河北省国学传承与发展协同创新中心项目成果

# 唐宋词绝唱

谭新红　柯贞金　编著

中华书局

图书在版编目(CIP)数据

唐宋词绝唱/谭新红,柯贞金编著. —北京:中华书局,2017.5
ISBN 978-7-101-12429-3

Ⅰ.唐… Ⅱ.①谭…②柯… Ⅲ.唐宋词-诗歌欣赏
Ⅳ.I207.23

中国版本图书馆 CIP 数据核字(2017)第 014908 号

书　　名　唐宋词绝唱
编 著 者　谭新红　柯贞金
责任编辑　许庆江
出版发行　中华书局
　　　　　(北京市丰台区太平桥西里 38 号　100073)
　　　　　http://www.zhbc.com.cn
　　　　　E-mail:zhbc@zhbc.com.cn
印　　刷　北京瑞古冠中印刷厂
版　　次　2017 年 5 月北京第 1 版
　　　　　2017 年 5 月北京第 1 次印刷
规　　格　开本/880×1230 毫米　1/32
　　　　　印张 11⅝　插页 2　字数 220 千字
印　　数　1-6000 册
国际书号　ISBN 978-7-101-12429-3
定　　价　28.00 元

# 目　录

# 凡　例



一、“绝唱”指诗词文创作上的最高造诣。在中国古代文学批评史中，常有某首作品被称誉为“绝唱”的现象，意即这首作品是最好的，要优于同类型的其他作品。本编所录各词，即以那些曾被历朝历代批评家评为“绝唱”的唐宋词为主。

一、“第一”、“绝妙”、“观止”、“压卷”之类的赞誉之词与“绝唱”之意相差无几，都是称赞作品好到极点，能够压倒其他的同类作品。因此本编在搜集资料时，并不限于被夸为“绝唱”的词，也包括那些被誉为“古今第一”、“绝妙”、“观止”、“压卷”之类的作品。

一、本编所录各词以曾昭岷、曹济平、王兆鹏、刘尊明等新编《全唐五代词》（中华书局 1999 年版）、唐圭璋编纂、王仲闻参订、孔凡礼补辑《全宋词》（中华书局 1999 年版）为底本，以作者的时间先后为序、同一词人的多首词又以创作时间先后为序编排而成。

一、本编“评语”部分指评价该词为“绝唱”的相关资料，其来源包括唐圭璋《词话丛编》、屈兴国《词话丛编二编》、朱崇才《词话丛编续编》、葛渭君《词话丛编补编》、吴熊和《唐宋词汇评》、邓子勉《宋金元词话全编》、邓子勉《明词话全编》及历代词集序跋等词学文献。

一、本编“注释”部分只注作品中的用典、名物，一般性语词不注，各版本间的异文也尽量加以注明。注释时参考了学术界关于唐宋词笺注的大量成果，并择其善者而从之。此外，编者自己偶有愚见时，也不避浅漏，一一加以补注。

一、本编“题解”部分，注重挖掘词的意蕴、结构特点、艺术技巧等方面，进而揭示该词之所以被誉为“绝唱”的原因。在编写过程中，参考了唐圭璋《唐宋词简释》、俞平伯《唐宋词选释》、龙榆生《唐宋名家词选》、沈祖棻《宋词赏析》、上海辞书出版社《唐宋词鉴赏辞典》等著作。

一、本编之末附以“本编所录词人生平简介”，对一般中小词人侧重介绍其生平仕履，对著名词人则简要介绍生平仕履而侧重介绍其词创作的特点、词学贡献及地位等。

# 好时光

李隆基



宝髻偏宜宫样[1]。莲脸嫩[2],体红香。眉黛不须张敞画[3],天教入鬓长。　　莫倚倾国貌[4],嫁取个,有情郎。彼此当年少,莫负好时光。

**评语**

顾梧芳《尊前集序》(《词苑英华》本《尊前集》卷首):然近体造端梁、陈,更唐天宝、开元,其格始纯,又况填词之精工哉!若玄宗之《好时光》、李太白之《菩萨蛮》、张志和之《渔父》、韦应物之《三台》,音婉旨远,妙绝千古。它如王、杜、刘、白,卓然名家。

**注释**

①宝髻:古代妇女发髻的一种。王勃《登高台》:"为君安宝髻,蛾眉罢花丛。"偏宜:甚合。宫样:皇宫中流行的装束、服具等的式样。

②莲脸:美如荷花的脸。形容貌美。薛道衡《昭君辞》:"自知莲脸歇,羞看菱镜明。"

③眉黛:古代女子用黛画眉,因称眉为眉黛。张敞:汉宣帝时为京兆尹,曾为妻子画眉。后用为夫妻恩爱之典。《汉书·张敞

传》:"敞为京兆,朝廷每有大议,引古今,处便宜,公卿皆服,天子数从之。然敞无威仪,时罢朝会,过走马章台街,使御吏驱,自以便面拊马。又为妇画眉,长安中传张京兆眉怃。有司以奏敞。上问之,对曰:'臣闻闺房之内,夫妇之私,有过于画眉者。'上爱其能,弗备责也。然终不得大位。"

④倾国貌:形容女子极其美丽。《汉书·李夫人传》:"延年侍上起舞,歌曰:'北方有佳人,绝世而独立,一顾倾人城,再顾倾人国。宁不知倾城与倾国,佳人难再得!'"



**题解**

唐明皇洞晓音律,所制曲绝妙入神,今唯存《好时光》一曲。上阕以细腻之笔触写一倾国丽人:宝髻甚合宫样,肌肤红润芳香,脸如荷花娇嫩,眉黛修长入鬓。下阕抒情含蓄,翼其切勿自恃美貌,枉费青春,如遇有情郎,不妨付衷肠。玄宗好诗歌,擅音律,本性多情。此词将宫中女子写得清纯脱俗,似含爱慕之意,亦似含关切之情,其间关系耐人寻味。全词语言生动、流畅,饶有民歌率真风味又不失含蓄。风格婉约,抒情委婉,描写细腻,影响后世词风。

## 菩萨蛮



李　白

平林漠漠烟如织①。寒山一带伤心碧②。暝色入高楼③。有人楼上愁。　　玉阶空伫立④。宿鸟归飞急。何处是回程。长亭接短亭⑤。

## 评语

卓人月《古今词统》卷五:徐士俊云:词林以此为鼻祖,其古致遥情,自然压卷。

李佳《左庵词话》卷下:李青莲《菩萨蛮》云(略),《忆秦娥》云(略)。二作为此调鼻祖,实亦千古绝唱。谪仙才固自不凡。

## 注释

①平林:凭高望远时所见的树林,树梢齐平,展现了全词阔大高远的意境。《诗·小雅·车辖》:“依彼平林,有集维鷮。”毛传:“平林,林木之在平地者也。”漠漠:形容暮烟笼罩的模样。王逸《九思·疾世》:“时咄咄兮旦旦,尘漠漠兮未晞。”烟如织:暮烟浓密,像织上一层布幕一般。

②寒山:冷落寂静的山。伤心:极甚之辞,犹言万分。伤心碧,极言暮山之青。杜甫《滕王亭子》:“清江锦石伤心丽,嫩蕊浓花满目班。”

③暝色:暮色;夜色。谢灵运《石壁精舍还湖中作》:“林壑敛暝色,云霞收夕霏。”

④玉阶:玉石砌成或装饰的台阶。班固《西都赋》:“玄墀扣砌,玉阶彤庭。”张铣注:“玉阶,以玉饰阶。”李白《玉阶怨》:“玉阶生白露,夜久侵罗袜。”伫立:久立。《诗·邶风·燕燕》:“瞻望弗及,伫立以泣。”

⑤长亭:古时于道路每隔十里设长亭,五里设短亭,供行旅停息。近城的十里长亭常为送别之处。庾信《哀江南赋》:“十里五里,长亭短亭。”倪璠注:“《白孔六帖》云:‘十里一长亭,五里一短亭。’”

## 题解

黄昇《唐宋诸贤绝妙词选》卷一称此词与《忆秦娥》(萧声咽)为“百代词曲之祖”,这两首词的归属问题其实是个“千年难解之迷”。它们是李白写的吗?胡应麟在《少室山房笔丛正集》卷二十五中的怀疑并非完全没有道理,虽然他的理由比较牵强。关键是文献的来源令人生疑。首先,提到这首词的《尊前集》并不是一本太靠谱的书,它也将韦庄的《菩萨蛮》(人人尽说江南好)归属为李白呢!文莹《湘山野录》卷上记录说魏泰曾见过这首词,并查证是李白的作品。问题是魏泰本身就喜欢讹托他人之名写书,如托张师正名作《志怪集》、《括异志》、《倦游录》,借梅尧臣名作《碧云騢》。而他用真名发表的《临汉隐居集》二十卷、《临汉隐居诗话》一卷、《东轩笔录》十五卷中都没有记录这件事,这也不能不令人生疑。可要说不是李白所写,又有谁能写出如此苍茫壮阔、神完气足而又韵味无穷的千古绝唱呢?谁又舍得将如此佳作的署名权白白地让给别人呢?

此词主旨有三说:或曰望远怀人,或曰远客思归,或曰上片怀人,下片思归,此正可见其神在个中,音流弦外,有多义性之阅读效果。全词情景高度融合,上片偏于客观景物的渲染,平林烟漠漠、寒山伤心碧、暝色入高楼,客观景物中含有浓厚的主观情绪。下片着重主观心理的描绘,写主人公空伫阶前,然归期无望,愁情离绪浸染于玉阶、宿鸟、长亭之中,主观之心理又糅合于客观之景物。全词境界高远开阔,情味深长,语工笔健,自是词中高格。

# 忆秦娥

李　白

箫声咽。秦娥梦断秦楼月①。秦楼月。年年柳色。灞桥伤别②。　　乐游原上清秋节③。咸阳古道音尘绝④。音尘绝。西风残照,汉家陵阙⑤。

**评语**

蔡嵩云《柯亭词论》:小令犹诗中绝句,首重造意,故易为而不易工。若只图以敷辞成篇,日得数十首何难。作小令,须具纳须弥于芥子手段,于短幅中藏有许多境界,勿令闲字闲句占据篇幅,方为绝唱。如李太白《忆秦娥》,即其一例。此词一字一句,都有着落,包含气象万千。若但从字面求之,毫厘千里矣。善学之,方有入处。

**注释**

①秦娥:秦地美女。《列仙传》卷上《萧史》:"萧史者,秦穆公时人也,善吹箫,能致孔雀白鹤于庭。穆公有女字弄玉,好之,公遂以女妻焉。日教弄玉作凤鸣,居数年,吹似凤声,凤凰来止其屋。公为作凤台,夫妇止其上,不下数年,一旦皆随凤凰飞去,故秦人为作凤女祠于雍,宫中时有箫声而已。"梦断:梦醒。

②灞桥:一作"霸陵"。灞桥在霸陵附近灞水上,汉唐人送客至此,折柳赠别。

③乐游原：又名乐游苑。在长安东南郊。本为秦时的宜春苑，汉宣帝时改建乐游苑。唐时为长安士女游赏胜地。清秋节：指农历九月九日重阳节。亦可泛指清秋时节。

④咸阳：秦时都城，汉唐改称渭城，在长安西北，是汉唐时由长安往西北的必经之地。

⑤陵阙：指皇帝的陵墓。阙，陵墓前的牌楼。渭水北岸有长陵、安陵、阳陵、茂陵、平陵等五陵。



**题解**

此词托闺怨以抒写千古兴亡之悲慨。秦楼乃箫史与弄玉琴瑟和鸣、引凤升仙之所，其人其事其景，后人无不倾慕！词人以月下凄咽箫声引起，写秦娥梦醒往日情事，岂料秦楼之月依旧，然征人已去，徒留霸陵杨柳、伤离情怀。下片写汉时极为繁盛之乐游园，如今则咸阳古道，音尘已绝，惟见斜日映照汉家陵阙！一种山河兴废之感，溢于笔端。全词声情激越，感慨深沉，以气象取胜。吴梅《词学通论》第六章赞此词云："太白此词，实冠今古，决非后人可以伪托。"信然！

## 清平调

李　白



云想衣裳花想容。春风拂槛露华浓①。若非群玉山头见②，会向瑶台月下逢③。

## 评语

李调元《雨村词话》卷一：太白词有"云想衣裳花想容"，已成绝唱。

## 注释

①槛（jiàn）：栏杆。露华：露水。伶玄《赵飞燕外传》："婕妤浴豆蔻汤，傅露华百英粉。"

②群玉山：传说为西王母所居处。《穆天子传》卷二："天子北征，东还，乃循黑水。癸巳，至于群玉之山。"按，《山海经·西山经》："玉山，是西王母所居也。"晋郭璞注："此山多玉石，因以名云。《穆天子传》谓之'群玉之山'。"

③会向：犹应在。瑶台：指传说中的神仙居处。王嘉《拾遗记·昆仑山》："傍有瑶台十二，各广千步，皆五色玉为台基。"

## 题解

词为李白在长安供奉翰林时所作。一日，玄宗和杨贵妃在宫中赏牡丹，因命李白写新乐章，李白奉诏而作三首《清平调》，此为第一首。词咏杨贵妃。此词之妙，妙在词人全不从正面着笔，而是用侧面烘托的手法来突出人物之美。"云想衣裳花想容"，言在此而意在彼：云彩所想之华丽衣裳，花儿欣羡之娇美容颜，天姿云裳皆聚贵妃一身，世上怎得见此如花美人！二"想"字，化实为虚，得恍惚之致，新颖奇妙。次句用春风拂花喻贵妃之摇曳，以露浓形容其芳容。烘托渲染，堪称化工之笔！三四句以递进一层手法，把贵妃比作仙界天女，突出她出尘脱俗之美，也使词作从浓艳中解脱出来，进入清新的神仙境界。整首词清便宛转，自成风调，堪称绝唱！

## 渔　父

张志和

西塞山边白鹭飞①。桃花流水鳜鱼肥②。青箬笠③，绿蓑衣。斜风细雨不须归。

**评语**

见前李隆基《好时光》评语。

**注释**

①西塞山：在今浙江湖州西郊弁南乡樊漾湖村境内。也有学者认为在湖北黄石大冶长江边。边：一作“前”。

②鳜（guì）鱼：俗称“花鱼”、“桂鱼”。

③青箬笠：雨具。箬竹叶或篾编制的笠帽。

**题解**

张志和《渔父》五首，是最早的隐逸词，不仅深得苏轼、黄庭坚等后世文人的喜爱，而且诞生不久就传入日本，得到嵯峨天皇的极力称赏并唱和五首，成为日本填词的滥觞。这首词是其中最著名的一首。开篇两句描绘春天美好的自然景物：山、水、花、鸟、鱼，既为下文垂钓构设优美景象，也烘托渔父的快乐心情。后两句写一着“青箬笠”、“绿蓑衣”的渔父垂钓于烟波之上，悠然自得。苍岩、白鹭、红桃、青笠、绿蓑，色彩鲜明而又显柔和，气氛宁静而充满活力，意境优美，意趣高远，超凡脱俗。词人通过对自然风光和渔人垂钓的赞美，寄托向往自由、热爱自然的隐逸情怀。此词超越时空，演变为中国文人的精神家园和心灵慰藉！寥寥二十七字，堪称中国最短小的文学经典。

## 渔　父

张志和

青草湖中月正圆[①]。巴陵渔父棹歌还[②]。钓车子[③]，掘头船[④]。乐在风波不用仙。



### 评语

杨希闵《词轨》卷一：陈懿叔云："唐代独绝之词，为北宋所未有。"

### 注释

①青草湖：湖名。古五湖之一。亦名巴丘湖，在今湖南省岳阳市西南，和洞庭湖相连。因青草山而得名。一说湖中多青草，冬春水涸，青草弥望，故名。

②巴陵：旧县名。晋太康元年置，治所在今湖南岳阳。

③钓车：又名"钓鱼车"，一种钓具。上有轮子缠络钓丝，既可放远，也可迅速收回。

④掘头船：一作"橛头船"。简陋小船。



### 题解

唐宋词多写忧愁，这首词则写快乐，故显珍贵！古人写乐，或写脸上之乐，如"笑从双脸生"、"脸慢笑盈盈"；或写心中之乐，如"春风得意马蹄疾"、"白日放歌须纵酒"。此词类属后者。词以景开端，写月圆人静、夜色苍茫之时，湖面忽然传来渔歌声，悠长连绵，不绝如缕。高亢清越的歌声，正可见出渔父之快乐，发自心底。而其所唱，或许正是屈原的渔父歌："沧浪之水清兮，可以濯我缨；沧浪之水浊兮，可以濯我足。"末句则直抒胸臆：如此自由、快乐，就是神仙也不抵作悠游风波的渔父！乐天知命，襟怀之超逸可知！

## 宫中调笑

王　建



团扇[①]。团扇。美人病来遮面。玉颜憔悴三年。谁复商量管弦[②]。弦管。弦管。春草昭阳路断[③]。

**评语**

陈廷焯《云韶集》卷二十四：仲初"春草昭阳"一阕，千秋绝唱。

**注释**

①团扇：圆形有柄的纨扇。古代歌女在演唱时常用以遮面。《文选》卷二十七《诗戊·乐府上·怨歌行序》："昔汉成帝班婕妤失宠，供养于长信宫，乃作赋自伤，并为《怨诗》一首：新裂齐纨素，鲜洁如霜雪。裁为合欢扇，团团似明月。出入君怀袖，动摇微风发。常恐秋节至，凉风夺炎热。弃捐箧笥中，恩情中道绝。"以团扇秋来被弃，比喻恩尽失宠。



②商量：理会。

③昭阳：汉宫殿名，在长安，原为汉成帝赵皇后（飞燕）所住。后借用作宠妃所住的地方。《三辅黄图·未央宫》："武帝时，后宫

八区，有昭阳……等殿。”班固《西都赋》：“昭阳特盛，隆乎孝成。”

**题解**

词写宫怨。开篇以“团扇”为起笔，乃用《诗经》“比”的写法。词先写美人生病，自惭色减，遂以扇遮面，楚楚可怜。再写憔悴之久，已过三年。又写憔悴之因，被摈弃后百无聊赖。最后融情会景，以“春草昭阳路断”，表达春虽再来，却再无召幸之望，“路断”一词，言其心绝望，情极哀婉凄怨。作品抒发了“红颜未老恩先断”的感慨，对宫女的不幸寄以深切同情。本词意随调转，内容上多转折照应，一韵一层次，而又互相呼应，音节亦流动生姿。



## 杨柳枝

刘禹锡

炀帝行宫汴水滨[①]。数株残柳不胜春[②]。晚来风起花如雪[③]，飞入宫墙不见人。

**评语**

俞陛云《诗境浅说续编》：此隋宫怀古之作。咏残柳以写亡国之悲，情韵双美，寄慨苍凉，与《石头城怀古》诗，皆推为绝唱，宜白乐天称为“诗豪”也。



**注释**

①行宫：古代京城以外供帝王出行时居住的宫室。左思《吴都赋》：“乌闻梁岷有陟方之馆，行宫之基欤？”刘逵注：“天子行所

立，名曰行宫。”

②株：一作“枝”。残：一作“杨”。不胜：无法承担；承受不了。《管子·入国》：“子有幼弱不胜养为累者。”尹知章注：“胜，堪也。谓不堪自养，故为累。”

③晚：一作“昨”。

**题解**

隋炀帝植柳汴堤，谓之柳塘，故词人依旧曲翻新声，借咏隋宫残柳以写亡国之悲。末句写杨花“飞入宫墙不见人”，谓宫墙尚在，宫中无人，其荒凉之象，写尽故宫黍离之悲。全词韵远情深，寄慨深沉。



## 竹　枝

刘禹锡

四方之歌，异音而同乐。岁正月，余来建平，里中儿联歌《竹枝》，吹短笛击鼓以赴节。歌者扬袂睢舞，以曲多为贤。聆其音，中黄钟之羽。卒章激讦如吴声，虽伧伫不可分，而含思宛转，有淇澳之艳。昔屈原居沅、湘间，其民迎神，词多鄙陋，乃为作《九歌》，到于今荆楚鼓舞之。故余亦作《竹枝词》九篇，俾善歌者飏之，附于末。后之聆巴歈，知变风之自焉。

白帝城头春草生[①]。白盐山下蜀江清[②]。南人上来歌一曲[③]，北人莫上动乡情[④]。

## 评语

周敬《删补唐诗选脉笺释会通评林》卷五十七:周珽云:"《竹枝》绝唱,后人苦力不到。"

## 注释

①白帝城:古城名。故址在今四川省奉节县东瞿塘峡口。郦道元《水经注》卷三十三:"江水又东迳鱼复县故城南,故鱼国也……公孙述名之为白帝,取其王色。"

②白盐山:山名。在重庆市奉节县东。郦道元《水经注》卷三十三:"山上有神渊,渊北有白盐崖,高可千余丈,俯临神渊。土人见其高白,故因名之。"

③南人:南方人。《论语·子路》:"南人有言曰:'人而无恒,不可以作巫医。'"何晏集解引孔安国曰:"南人,南国之人。"

④北人:北方人。颜之推《颜氏家训·风操》:"南人宾至不迎,相见捧手而不揖,送客下席而已;北人迎送并至门,相见则揖,皆古之道也。"

## 题解

《竹枝》,唐教坊曲名,本是巴渝(今重庆市一带)民歌中的一种。唱时以笛、鼓伴奏,同时起舞,声调宛转动人。刘禹锡任夔州刺史时,依调填词,时人争相唱和,流行一时。此为九首中的第一首。首二句写夔门山水雄阔隽秀。"白帝城头春草生"从高处写白帝山上春草茂盛,"白盐山下蜀江清"转变视角,从低处写清澈的江水依山而行。高与低,山与水,白与青,有一种强烈的视觉效果。两用"白"字,不显重复,反生趣味。后二句言南人过此,近乡而喜,在雄山碧水间放声高歌;北人溯峡而上,受那歌声的感染,触发起思乡之情，然乡关愈远，乡思愈深。此词词意高妙，古澹有味，无怪乎翁方纲在《石洲诗话》卷二中说：“刘宾客之能事，全在《竹枝》词。”

## 浪淘沙

皇甫松

蛮歌豆蔻北人愁[①]。蒲雨杉风野艇秋[②]。浪起䴔䴖眠不得[③]，寒沙细细入江流[④]。



### 评语

宋顾乐《唐人万首绝句选评》：作此题者应推此首为第一绝唱，只写本意，情味无穷。

### 注释

①蛮歌：南方少数民族之歌。杜甫《夜》诗之一：“蛮歌犯星起，重觉在天边。”豆蔻：诗文中常用以比喻少女。

②野艇：指野船，乡野之小船。

③䴔䴖：即池鹭。

④寒沙：称寒冷季节的沙滩。丘迟《旦发鱼浦潭》：“森森荒树齐，析析寒沙涨。”



### 题解

此词言在此而意在彼，通过描绘深秋寒夜、蒲雨杉风、江流细细之境，隐含各人处境不同，悲欢各异的人生慨叹。首句写南方人唱豆蔻歌而北方人闻歌发愁，慨叹之中，深藏切身体验；中间二句写深秋寒夜真切感受，通过描绘深秋寒夜、蒲雨杉风、江流细细之境言自身之愁；结尾一句抒发无限慨叹：事物之变，如细沙暗流。李冰若在《栩庄漫记》中云"此首也有受谗畏讥之意，寄托遥深"，亦可解。

## 菩萨蛮

温庭筠

小山重叠金明灭[①]。鬓云欲度香腮雪[②]。懒起画蛾眉。弄妆梳洗迟[③]。　照花前后镜。花面交相映。新贴绣罗襦[④]。双双金鹧鸪[⑤]。

### 评语

陈廷焯《白雨斋词话》卷一：飞卿词，如"懒起画蛾眉，弄妆梳洗迟"，无限伤心，溢于言表。又"春梦正关情，镜中蝉鬓轻"，凄凉哀怨，真有欲言难言之苦。又"花落子规啼，绿窗残梦迷"，又"鸾镜与花枝，此情谁得知"，皆含深意。此种词，第自写性情，不必求胜人，已成绝响。后人刻意争奇，愈趋愈下，安得一二豪杰之士，与之挽回风气哉！

### 注释

①小山：指屏风，或说指山眉、山枕等。金明灭：金光闪耀的样子。

②鬓云：象云朵似的鬓发。度：过，掩。香腮雪：雪白的面颊。犹言鬓丝缭乱。

③蛾眉：形容女子眉毛细长如蚕蛾的触须。弄妆：梳妆打扮。

④罗襦(rú):丝罗短袄。《说文》段注引《急救篇》颜注:"短衣曰襦,自膝以上。"

⑤鹧鸪:鸟名,形似鹌鹑,俗谓其鸣声曰"行不得也哥哥"。浦江清《词的讲解》曰:鹧鸪是舞曲,伎人衣上画鹧鸪,"故知飞卿所写正是伎楼女子"。

**题解**

词人用浓厚的色彩,为我们描绘了一幅深闺美人图。首二句写梳妆之前:晨间闺中待起,眉山蹙锁,额黄脱落,鬓发散乱。次二句写梳妆之态:慵懒而起,细画蛾眉,弄妆梳洗,迟迟未绪。五六句写妆成对镜:簪花为饰,前后照镜,花面相映,愈增艳丽。末二句妆成之后,刺绣罗襦,然触目之处,鹧鸪成双,不禁触景生情:膏沐为谁而容?由未起写到初起、梳洗、簪花照镜、换衣服,层次分明,章法细密。"花间鼻祖"温庭筠这首代表作之所以是"绝响",尚有二因:一曰造语精工,如用"云"形容发多,"雪"形容肤白,用"欲度"将头发与香腮两种静态之物联系起来,使人物栩栩如生。二曰用意深密,用少许言发多重意,故张惠言《词选》云其有"《离骚》初服之意",陈廷焯《白雨斋词话》云其"无限伤心,溢于言表"。

## 菩萨蛮

温庭筠

玉楼明月长相忆①。柳丝袅娜春无力②。门外草萋萋③。送君闻马嘶。　画罗金翡翠④。香烛销成泪⑤。花落子规啼⑥。绿窗残梦迷。

## 评语

同上。

## 注释

①玉楼:装饰华丽的高楼。此指思妇所居,或云指妓楼。

②袅娜:细长柔美貌。梁简文帝《赠张缵》:“洞庭枝袅娜,澧浦叶参差。”白居易《别柳枝》:“两枝杨柳小楼中,袅娜多年伴醉翁。”春无力:言春风无力。李商隐《无题》:“东风无力百花残”。此句以柳丝袅娜无力之状,暗示思妇慵懒无聊之态。

③萋萋:草木茂盛貌。《诗·周南·葛覃》:“葛之覃兮,施于中谷,维叶萋萋。”毛传:“萋萋,茂盛貌。”淮南小山《招隐士》:“王孙游兮不归,春草生兮萋萋。”

④“画罗”句:指画有翡翠的帷帐。翡翠:鸟名。《楚辞·招魂》:“翡翠珠被,烂齐光些。”王逸注:“雄曰翡,雌曰翠。”洪兴祖补注:“翡,赤羽雀;翠,青羽雀。《异物志》云:翠鸟形如燕,赤而雄曰翡,青而雌曰翠。”

⑤杜牧《赠别》:“蜡烛有心还惜别,替人垂泪到天明。”

⑥子规:杜鹃鸟的别名。传说为蜀帝杜宇的魂魄所化。常夜鸣,声音凄切,故借以抒悲苦哀怨之情。《埤雅》卷九:“杜鹃,一名子规。苦啼,啼血不止。一名怨鸟。夜啼达旦,血渍草木。凡始鸣皆北向,啼苦则倒悬于树。”

## 题解

此首写女子怀人。起两句写相思:正是暮春时节,闺中思妇在明月之夜思忆离人,因思极而无精打采,故觉柳丝亦困倦无力。后两句为回忆:因长相思而心神恍惚,因相思而相忆分别情景:芳草萋萋的季节，送君远行，依依惜别，而马亦不舍，嘶鸣不已。五六句写眼前：由室外移至室内，写玉楼中的长夜思念，孤寂难眠。最后两句言难以入梦：窗外残红飘落、子规啼血，窗内残梦凄迷、哀思绵绵。以“花落子规啼”的凄迷景色作铺叙，映衬人在梦中的痛苦情怀。通体景真情真，浑厚流转。

## 更漏子

温庭筠



柳丝长，春雨细。花外漏声迢递[①]。惊塞雁[②]，起城乌。画屏金鹧鸪。　　香雾薄。透帘幕。惆怅谢家池阁[③]。红烛背[④]，绣帏垂[⑤]。梦长君不知。

**评语**

陈廷焯《白雨斋词话》卷一：飞卿《更漏子》三章，自是绝唱，而后人独赏其末章“梧桐树”数语。胡元任云：“庭筠工于造语，极为奇丽，此词尤佳。”即指“梧桐树”数语也。不知“梧桐树”数语，用笔较快，而意味无上二章之厚。胡氏不知词，故以奇丽目飞卿，且以此章为飞卿之冠，浅视飞卿者也。后人从而和之，何耶？



**注释**

①漏声：铜壶滴漏之声。杜甫《奉和贾至舍人早朝大明宫》：“五夜漏声催晓箭，九重春色醉仙桃。”迢递：远远传来，连绵不绝。

②塞雁：塞外的鸿雁，亦称塞鸿。秋季南来，春季北去，故古人常以之作比，表示对远离家乡的亲人的怀念。鲍照《代陈思王京

洛篇》:“春吹回白日,霜歌落塞鸿。”

③谢家:东晋谢道韫为著名才女,善诗。另据段安节《乐府杂录》载,唐李德裕有妾谢秋娘,太尉以华屋贮之,眷之甚隆。谢亡后,李德裕为作《谢秋娘》曲。此盖泛指恋情中的青年男女,不必泥于道韫或秋娘也。

④红烛背:指烛光熄灭。背:暗。韩偓《闻雨》:“罗帐四垂红烛背,玉钗敲著枕函声。”

⑤绣帷:一作“绣帘”。



**题解**

本词写相思。上阕围绕“漏声”写相思女子种种感受与惆怅。深夜漏声,如柳丝长,如春雨细,但于孤独失眠中异常敏感之女子而言,却似能惊起远处塞雁、城乌,甚而至于惊醒画屏上之鹧鸪。下阕写室内之景,言女子薰香独坐之无聊,耐尽凄凉,惟灭烛就寝,翼进入梦乡以排遣离情,寻觅离人踪影,然只怕梦再长而君不知也,可悲可叹!全词意境深沉,风格婉约含蓄,是“花间范式”的典范作品之一。

## 更漏子

温庭筠



星斗稀,钟鼓歇。帘外晓莺残月。兰露重[①],柳风斜[②]。满庭堆落花。　　虚阁上[③]。倚栏望。还似去年惆怅[④]。春欲暮,思无穷。旧欢如梦中[⑤]。

## 评语

同上。

## 注释

①兰露重:言深宵露重而兰叶低垂。

②柳风:指春风。元稹《遣春十首》:"暗芳飘露气,轻寒生柳风。"

③虚阁:空而静的楼阁。

④"还似"句:言已别离经年。

⑤旧欢:昔日的欢乐。潘岳《哀永逝文》:"昔同涂兮今异世,忆旧欢兮增新悲。"



## 题解

此词写女主人公晨起之后,登楼远望思念心上人的惆怅心情。上片写景,景中含情。前三句从视听的感觉描写清晨景象:月残星稀,报时警夜的钟鼓声已经停歇,莺鸟开始发出啼叫声。次三句写露重风斜、落花满院,点明季节是暮春时节。满目萧索景,满耳凄清音,词人通过对时序更迭、晨景转变的刻画来烘托主人公的相思之苦。下片抒情,写主人公登上空寂的楼阁,倚栏远望,引起无限惆怅之情。结三句点明惆怅的原因:美好的春天(青春)即将逝去,所欢却遥不可及,往日欢乐唯有在梦中追寻。全词语浅情深,意蕴丰富,在温词秾丽的主体风格中颇显别致。谢章铤《赌棋山庄词话》卷八云:"温尉词当看其清真,不当看其繁缛。"此词得之!

# 更漏子

温庭筠

玉炉香①，红蜡泪②。偏照画堂秋思③。眉翠薄④，鬓云残⑤。夜长衾枕寒⑥。　梧桐树。三更雨⑦。不道离情正苦⑧。一叶叶，一声声。空阶滴到明。

**评语**

同上。

**注释**

①玉炉：熏炉的美称。胡杲《七老会》："霜鬓不嫌杯酒兴，白头仍爱玉炉熏。"

②红蜡泪：红烛燃烧时垂滴的蜡油。皮日休《春夕酒醒》："夜半醒来红蜡短，一枝寒泪作珊瑚。"

③偏：正、恰。画堂：泛指华丽的堂舍。秋思：秋日寂寞凄凉的思绪。沈佺期《古歌》："落叶流风向玉台，夜寒秋思洞房开。"

④眉翠薄：指涂画在眉毛上的翠黛色已暗淡。

⑤鬓云：形容妇女鬓发美如乌云。鬓云残指鬓发散乱。

⑥衾枕：被子和枕头。泛指卧具。谢灵运《登池上楼》："衾枕昧节候，褰开暂窥临。"

⑦三更：指半夜十一时至翌晨一时。《乐府诗集·清商曲辞二·子夜变歌一》："三更开门去，始知子夜变。"

⑧不道:不管,不顾。

**题解**

词写离愁。上片写女主人公的居住环境和孤寂难眠的痛苦心情。起三句写其居室内,玉炉里清烟缭绕,如缕缕愁丝,红蜡泪犹如人之泪,滴滴含情。次三句由景写到人,用"眉翠"、"鬓云"刻画人之美,用"薄"、"残"形容美人眉黛褪色、鬓发不整,结句揭示原因:长夜漫漫,孤枕难眠。下片由室内写到室外,用二十三字全力铺写静夜雨声。彻夜无眠之离愁别绪,无一语道破,只是借此雨声渲染出来,尤显含蓄。全词浓淡相间。上片秾丽,得温词主体风格之长;下片疏淡,似直实纡,又得顿挫深厚之妙。无怪乎李冰若在《花间集评注》中称此词为温词之冠!



## 南歌子

温庭筠

手里金鹦鹉,胸前绣凤皇①。偷眼暗形相②。不如从嫁与③,作鸳鸯④。

**评语**



谭献《复堂词话》:尽头语,单调中重笔,五代后绝响。

**注释**

①滕白《燕》:"佳人未必全听尔,正把金针绣凤凰。"

②偷眼:偷偷地窥看。形相:端详、细看。王建《同于汝锡赏白牡丹》:"价数千金贵,形相两眼疼。"

③从嫁与:任从心愿嫁给他。从:任从,意即无须考虑。顾况《梁广画花歌》:“心相许,为白阿娘从嫁与。”

④鸳鸯:鸟名。旧传雌雄偶居不离,古称“匹鸟”。《诗·小雅·鸳鸯》:“鸳鸯于飞,毕之罗之。”毛传:“鸳鸯,匹鸟也。”崔豹《古今注·鸟兽》:“鸳鸯,水鸟,凫类也。雌雄未尝相离,人得其一,则一思而死,故曰疋鸟。”常用来比喻夫妻。司马相如《琴歌》之一:“何缘交颈为鸳鸯,胡颉颃兮共翱翔。”

**题解**

贺裳《皱水轩词筌》云:“小词以含蓄为佳,亦有作决绝语而妙者。”此词即作决绝语而妙者。词写一个多情女子,一日偶遇一贵介公子,只见他手携金鹦鹉,胸绣双凤凰。如此风流英俊美少男,自然引出后面多情女偷看打量,并心生嫁他之意。这首词以简单朴实的语言写出了非常浓挚的感情,更可贵的是语言虽然明快,却富于情韵,能让读者生发联想。

## 菩萨蛮

韦 庄

劝君今夜须沉醉[①]。罇前莫话明朝事[②]。珍重主人心。酒深情亦深。　　须愁春漏短[③]。莫诉金杯满[④]。遇酒且呵呵[⑤]。人生能几何。

**评语**

丁寿田等《唐五代四大名家词》乙篇:“珍重”二句,以风流蕴藉之笔调，写沉郁潦倒之心情，真绝妙好词也。最后“人生能几何”一语，有将以前“年少”、“白头”等字样一笔勾消之概。

## 注释

①沉醉：大醉。李商隐《龙池》：“夜半宴归宫漏永，薛王沉醉寿王醒。”

②罇：古代盛酒的器具。

③春漏：春日的更漏。多指春夜。韦应物《听莺曲》：“还栖碧树锁千门，春漏方残一声晓。”“春漏短”犹云春日短。

④诉：辞酒。杨衡《将之荆州南与张伯刚马总钟陵别后》：“莫诉杯来促，更筹屡已倡。”金杯：泛指精美的杯子。卢照邻《秋霖赋》：“绣毂银鞍，金杯玉盘，坐卧珠璧，左右罗纨。”

⑤呵呵：笑声。此指强颜欢笑。

## 题解

韦庄羁留蜀地，深受蜀帝王建眷渥，任命他为宰相。然眷怀故国之情，终不能已。只是中原乱离，欲归不能，故其内心必有极难堪痛苦之处。这首劝酒词即以貌似旷达的语言，抒写眷怀故国却不得归的沉痛心情，似直而纡，似达而郁，堪称词中胜境。用叮嘱的语气填词是本词一大特色。词开头两句说“劝君今夜须沉醉，罇前莫话明朝事”，换头处又说“须愁春漏短，莫诉金杯满”，四句之中用两个“须”字两个“莫”字，殷殷之心甚明。词人还用对比的手法来突出意旨，如“今夜”与“明朝”、“沉醉”与辞酒、“遇酒且呵呵”与“人生能几何”等，就都有这种效果。

# 乐游曲

陈金凤

西湖南湖斗彩舟。青蒲紫蓼满中洲①。波渺渺②，水悠悠③。长奉君王万岁游④。

**评语**

谢章铤《赌棋山庄词话》卷六：按《乐游曲》，诸家选词概不收录，然其音节与张志和《渔歌子》极相类，是固绝妙词者。红友《词律》据以为谱，真不为无见也。

**注释**

①青蒲：蒲：即蒲草，水生植物。嫩者可食，茎叶可供编织蒲席等物。王维《皇甫岳云溪杂题·鸬鹚堰》："乍向红莲没，复出青蒲飏。"紫蓼：蓼的一种。多生水边，花呈紫色。蓼：一年生草本植物，生浅水中。全草入药，味辛辣。也称辣蓼。

②渺渺：水广阔无际的样子。

③悠悠：连绵不尽貌。温庭筠《梦江南》："过尽千帆皆不是，斜晖脉脉水悠悠。"

④万岁：万年；万代。《庄子·齐物论》："参万岁而一成纯，万物尽然。"《史记·田叔列传》："故范蠡之去越，辞不受官位，名传后世，万岁不忘，岂可及哉！"

**题解**

本词写福州西湖风光。福州西湖公园，晋朝开凿，历代有所兴废。五代时,闽王王审知次子王延钧继位,在此建水晶宫,于湖中设楼船。端午节与宠妃陈金凤在此观龙舟竞渡,赐锦争夺,观者如潮。陈金凤作《乐游曲》写龙舟竞渡盛况,发“长奉君王万岁游”之愿,有歌颂太平盛世之意。

## 菩萨蛮

牛　峤



玉楼冰簟鸳鸯锦[1]。粉融香汗流山枕[2]。帘外辘轳声[3]。敛眉含笑惊。　　柳阴烟漠漠[4]。低鬓蝉钗落[5]。须作一生拼[6]。尽君今日欢。

### 评语

王国维《人间词话删稿》:词家多以景寓情。其专作情语而绝妙者,如牛峤之“甘作一生拼,尽君今日欢”、顾敻之“换我心为你心,始知相忆深”、欧阳修之“衣带渐宽终不悔,为伊消得人憔悴”、美成之“许多烦恼,只为当时,一晌留情”。此等词,求之古今人词中,曾不多见。

### 注释



①玉楼:一作“玉炉”。冰簟:凉席。李商隐《可叹》:“冰簟且眠金镂枕,琼筵不醉玉交杯。”鸳鸯锦:绣有鸳鸯图案的锦被。温庭筠《菩萨蛮》:“水精帘里颇黎枕,暖香惹梦鸳鸯锦。”

②粉融香汗:言脂粉被汗水融解。山枕:枕头。古代枕头多用木、瓷等制作,中凹,两端突起,其形如山,故名。温庭筠《更漏子》:“山枕腻,锦衾寒,觉来更漏残。”

③辘轳:汲水装置。《广韵》:“辘轳,圆转木,用以汲水。”贾思勰《齐民要术·种葵》:“井别作桔槔、辘轳。”原注:“井深用辘轳,井浅用桔槔。”

④漠漠:迷蒙貌。王逸《九思·疾世》:“时咄咄兮旦旦,尘漠漠兮未晞。”一本作“莫莫”。杜甫《茅屋为秋风所破歌》:“俄顷风定云墨色,秋天漠漠向昏黑。”

⑤蝉钗:蝉形的金钗。

⑥一生拼:舍弃一生。拼,舍弃,不顾惜,一作“拌”。



**题解**

本词写男女欢会。全词艳冶至极,然艳而不淫,冶而不荡。上片言欢会情景,词意径露。首二句写令人意乱情迷之环境氛围与男女主人公之狎昵情事,“须作一生拼,尽君今日欢”是尽头语,作艳词者,无以复加！三、四句言正深情缱绻时,不知不觉天已将明,窗外汲井之声,惊扰春梦,不禁“敛眉含笑惊”！五字三重意,将面部表情的变化和内心活动的曲折深入细致地描绘出来。为何“敛眉”？因为辘轳声将主人公从忘我境界中惊醒;为何“含笑”？因为面对情郎及刚才美好情事也;又因何而“惊”呢？只因天已渐亮,离别将至矣。下片即写离别,柳烟漠漠,蝉钗掉落,结句将满腔激情,倾泻而出,得决绝语之妙。



## 诉衷情

顾　夐

永夜抛人何处去①,绝来音。香阁掩②。眉敛。月将沉。

争忍不相寻[③]。怨孤衾[④]。换我心、为你心。始知相忆深。

**评语**

同上。

**注释**

①永夜:一作"夜永"。长夜。齐己《不睡》:"永夜不欲睡,虚堂闭复开。"

②香阁:青年女性的内室。李白《菩萨蛮》:"泣归香阁恨,和泪淹红粉。"

③争忍:怎忍。白居易《华阳观桃花时》:"争忍开时不同醉,明朝后日即空枝。"

④孤衾:一床被子。喻独宿。柳恽《捣衣》:"孤衾引思绪,独枕怆忧端。"

**题解**

词用白描手法写闺怨。"永夜"句倾诉负心人离家外出,杳无音讯,一怨抛家不顾。"香阁掩"三句写掩门守候,然月将下沉,人犹未归,二怨长夜不归。"争忍"两句写人孤枕难眠,三怨离人不寻归路。末三句希翼相互换心,体验真情,四怨对方不能将心比心。全词怨由爱生,怨中有爱,爱怨兼发,心情复杂。既有文人词之细腻华美,又有民歌之质朴与直白,其透骨情语已开宋代柳永一派。

# 思越人

鹿虔扆

翠屏欹[1],银烛背,漏残清夜迢迢[2]。双带绣窠盘锦荐[3],泪侵花暗香销。　　珊瑚枕腻鸦鬟乱[4]。玉纤慵整云散[5]。苦是适来新梦见[6]。离肠争不千断[7]。

**评语**

吴任臣《十国春秋》卷五十六:鹿虔扆《思越人》词,有"双带绣窠盘锦荐,泪侵花暗香销"之句,词家推为绝唱。

**注释**

①翠屏:绿色屏风。江淹《丽色赋》:"紫帷铪匝,翠屏环合。"欹(qī):倾斜。

②迢迢:指时间久长。戴叔伦《雨》:"历历愁心乱,迢迢独夜长。"

③"双带"句:绣着花团的双带,垂在锦席之上。绣窠:绣的花朵图案。盘锦:用金线在丝织物上盘出的图案。盘:垂落、盘置。荐:卧席。温庭筠《常林欢歌》:"锦荐金炉梦正长,东家咿喔鸡鸣早。"

④珊瑚枕:李绅《长门怨》:"珊瑚枕上千行泪,不是思君是恨君。"鸦鬟:犹鸦髻。色黑如鸦的丫形发髻。李白《酬张司马赠墨》:"黄头奴子双鸦鬟,锦囊养之怀袖间。"王琦注:"双鸦鬟,谓头上双髻,色黑如鸦也。"

⑤玉纤:玉润、纤细的手指。云散:像天空的云那样四处散开,形

容头发散乱。

⑥适来:犹刚才。干宝《搜神记》卷三:“南边坐者语曰:‘适来饮他酒脯,宁无情乎?’”《敦煌变文集·伍子胥变文》:“适来鉴貌辨色,观君与凡俗不同。”

⑦争不:怎不。末二句意为最痛苦的是刚才还梦见过,醒来却不见人,怎不教人离肠千断。

**题解**



此词写相思之苦。上片写深夜愁思。“翠屏欹,银烛背,漏残清夜迢迢”三句描述室内环境:翠屏斜立,银烛放出昏暗的光线,残漏的声音断续传来,在夜深人静时清脆可闻。此三句虽为写景,然也将女主人公夜长难熬的痛苦心情从侧面烘托出来。“双带绣窠盘锦荐,泪侵花暗香销”句写她绣着花团的双带,垂在锦席之上,貌似荣华锦绣,然独守空房,因为思念的折磨而伤心憔悴。换头二句写女主人公的慵倦情态,结尾两句点明原因,原来是离愁别苦使得她如此痛苦不堪。词人或是正面表现或是侧面烘托主人公内心的痛苦心情,将内心真挚的情感表现得淋漓尽致。

# 临江仙



鹿虔扆

金锁重门荒苑静①,绮窗愁对秋空②。翠华一去寂无踪③。玉楼歌吹④,声断已随风。　　烟月不知人事改⑤,夜阑还照深宫⑥。藕花相向野塘中。暗伤亡国,清露泣香红⑦。

## 评语

姜方锬《蜀词人评传》:《临江仙》一阕,感慨悲歌,独绝千古。

## 注释

①金锁:李中《隔墙花》:“朱门金锁隔,空使怨春风。”重门:宫门。谢朓《观朝雨》:“平明振衣坐,重门犹未开。”吕向注:“重门,帝宫门也。”荒苑:指前蜀后主王衍所建宣华苑。张唐英《蜀梼杌》:“乾德元年。以龙跃池为宣华池,即摩诃池也。……三年三月,衍还成都。五月,宣华苑成,延袤十里,有重光、太清、延昌、会真之殿,清和、迎仙之宫,降真、蓬莱、丹霞之亭。土木之功,穷极奢巧。衍数于其中为长夜之饮,嫔御杂坐,舄履交错。”

②绮窗:雕刻或绘饰得很精美的窗户。左思《蜀都赋》:“开高轩以临山,列绮窗而瞰江。”吕向注:“绮窗,雕画若绮也。”

③翠华:天子仪仗中以翠羽为饰的旗帜或车盖。司马相如《上林赋》:“建翠华之旗,树灵鼍之鼓。”李善注:“翠华,以翠羽为葆也。”沈约《九日侍宴乐游苑》:“虹旌迢递,翠华葳蕤。”为御车或帝王的代称。此句指唐庄宗同光三年(925)九月,发兵攻蜀,蜀主王衍出降于成都北五里升仙桥。四年四月,王衍奉诏入洛阳,行至秦川驿,庄宗遣宦者向延嗣诛其族。见欧阳修《新五代史·前蜀世家》。

④玉楼:传说中天帝或仙人的居所。此当指王衍居所。歌吹:歌声和乐声。唐临《兖州人》:“丝竹奏乐,歌吹盈耳。”

⑤烟月:云雾笼罩的月亮;朦胧的月色。人事改:指前蜀亡国。

⑥夜阑:夜残;夜将尽时。蔡琰《胡笳十八拍》:“山高地阔兮,见汝无期;更深夜阑兮,梦汝来斯。”

⑦清露:洁净的露水。张衡《西京赋》:“立修茎之仙掌,承云表之

清露。"香红:指花。顾况《春怀》:"园莺啼已倦,树树陨香红。"温庭筠《菩萨蛮》:"双鬓隔香红,玉钗头上风。"此指荷花。

### 题解

本词暗伤蜀亡,为文人词中最早写黍离之悲者。全词用曲折之笔,以故宫荒废景象,寄托亡国之思。上阕写今昔对比,以"金锁"、"绮窗"、"翠华",反衬故宫荒废。下阕用拟人手法,借藕花泣露,写亡国伤痛。全词以曲折之笔,抒无限感慨,而成此沉痛苍凉之词,词格甚高,堪称花间异响!



## 浣溪沙

孙光宪

蓼岸风多橘柚香①。江边一望楚天长②。片帆烟际闪孤光③。　目送征鸿飞杳杳④,思随流水去茫茫。兰红波碧忆潇湘⑤。

### 评语

陈廷焯《云韶集》卷一:"片帆"七字,压遍古今词人。

又:"闪孤光"三字警绝,无一字不秀炼,绝唱也。



### 注释

①蓼:红蓼,秋日开花,紫红色,多生水边,亦名泽蓼。李中《渔父》:"移舟过蓼岸,待月正丝纶。"橘柚香:王昌龄《送魏二》:"醉别江楼橘柚香,江风引雨入舟凉。"

②楚天:南方楚地的天空。杜甫《暮春》:"楚天不断四时雨,巫峡

常吹万里风。”

③烟际：云烟迷茫之处。刘昼《新论·通塞》：“入井望天，不过圆盖；登峰眺目，极于烟际。”孤光：指片帆在日光照耀下的闪光。

④征鸿：即征雁。江淹《赤亭渚》：“远心何所类，云边有征鸿。”杳杳：深远幽暗貌。

⑤兰红：即红兰，秋日开花。《述异记》：“紫述香，一名红兰香，出苍梧、桂林、上郡界。”江淹《别赋》：“见红兰之受露，望青楸之罹霜。”潇湘：湘水与潇水在湖南汇合，称为“潇湘”。谢朓《新亭渚别范零陵》：“洞庭张乐池，潇湘帝子游。”李善注引王逸曰：“娥皇女英随舜不返，死于湘水。”“忆潇湘”常用来比喻分别在天涯的亲人，相互在殷切地思念着。



**题解**

此词当为作者任职荆南时所作。全词以一“望”字领起，以一“思”字为纽带。上片以望起思：首句为悠闲地四处张望，可见长江两岸，蓼花盛开，橘柚飘香；次句为江边远望，面对辽阔楚天，亲人即将离开，“念去去，千里烟波，暮霭沉沉楚天阔”，离愁油然而生；第三句为凝望，江上雾气与天边云气迷茫，亲友孤舟即将消失，“孤帆远影碧空尽。唯见长江天际流”的离愁愈来愈深。下片因望而忆：前两句续上文，久久目送，至孤帆远去，征鸿杳然，然人虽远去，思却相随；末句为心中之望，即想象来年兰红波碧时相思亦或相见之景。整首词全借写景之笔，抒发惜别留恋之情，句句写景，字字含情，其中尤以“片帆烟际闪孤光”一句，将点点白帆明灭于夕阳烟霭间的绝佳风景描绘得如诗如画，而被人誉为绝唱。

## 鹊踏枝

冯延巳

六曲阑干偎碧树[①]。杨柳风轻，展尽黄金缕[②]。谁把钿筝移玉柱[③]。穿帘海燕惊飞去[④]。　满眼游丝兼落絮[⑤]。红杏开时，一霎清明雨[⑥]。浓睡觉来慵不语。惊残好梦无寻处。



**评语**

陈廷焯《白雨斋词话》卷一：冯正中词，极沉郁之致，穷顿挫之妙，缠绵忠厚，与温、韦相伯仲也。《蝶恋花》四章，古今绝构。

陈廷焯《白雨斋词话》卷六：《蝶恋花》一调，最为古雅。"六曲栏干"唱后，几成绝句。

**注释**

①阑干：栏杆。李白《清平调》之三："解释春风无限恨，沉香亭北倚阑干。"偎：紧靠着。

②黄金缕：形容嫩黄的柳条，如同金丝金线一般。白居易《杨柳枝》："一树春风千万枝，嫩于金色软于丝。"李商隐《咏柳》："已带黄金缕，仍飞白玉花。"

③钿筝：用金翠宝石装饰的筝。玉柱：筝上定弦用的玉制码子。江淹《别赋》："掩金觞而谁御，横玉柱而沾轼。"李善注："琴有柱，以玉为之。"

④海燕：传说燕子来自海上，故称"海燕"。双飞，一作"惊飞"。

以上两句是写有人弹起筝来，双燕由帘内惊起飞走。

⑤游丝：飘动着的蛛丝。沈约《三月三日率尔成篇》："游丝映空转，高杨拂地垂。"皎然《效古诗》："万丈游丝是妾心，惹蝶萦花乱相续。"落絮：飘落的柳絮。

⑥一霎：谓时间极短。顷刻之间；一下子。孟郊《春后雨》："昨夜一霎雨，天意苏群物。"

**题解**

此词乃深闺独居女子流连春光、惆怅自怜之作。"六曲"三句写庭院春景，杨柳依依，其色鹅黄如金，其势则轻柔飘逸，"尽"字写尽春机勃发。"谁把"二句写帘内景，春光明媚，唯见燕子穿帘双飞，可见弹筝者了无知音，幽思难托。"满眼"三句依旧写春光：落絮纷飞，红杏花开，黄梅雨下，吹箫玉人何在？"浓睡"二句作答：镇日凄清，百无聊赖，一晌贪欢。然偏偏莺语惊醒残梦，惆怅之情跃然纸上。全词语言明丽，用意婉曲，有意内言外之致。



## 鹊踏枝

冯延巳

谁道闲情抛掷久。每到春来，惆怅还依旧。日日花前常病酒[①]。敢辞镜里朱颜瘦。　河畔青芜堤上柳[②]。为问新愁，何事年年有。独立小楼风满袖。平林新月人归后[③]。



**评语**

同上。

## 注释

①病酒：醉酒，饮酒过量而有难受的感觉。

②青芜：丛生的青草。《古诗十九首》："青青河畔草，绵绵思远道。"

③平林：登楼望远时所见的树林。

## 题解

冯延巳词难学，也不易解说。即以此词而论，无非写闲愁，又有何可说？然细读之，始知其不落寻常处：寻常人言愁多言美好事物逝去之愁，词人所言却是春光明媚、青春大好时之愁，其在人生得意时之反省意识甚至有超越李白"人生得意须尽欢，莫使金樽空对月"之处，此即况周颐《蕙风词话》、王国维《人间词话》极力称赏冯词"堂庑特大"原因之所在，盖反省越强，词境越高也；其次，词人填词每先景后情，此词则先情后景，以情语取胜。结尾两句景语，实亦是借美景而言愁情；其三，此词上、下片实都是以问起，以答结，于问答之中更可见作者愁情之深厚。无怪乎陈廷焯《白雨斋词话》云此词"沉著痛快之极，然却是从沉郁顿挫来"，龙榆生《唐宋名家词选》亦赞此词为冯词中"最杰出"的作品之一！



# 鹊踏枝



冯延巳

几日行云何处去[①]。忘却归来，不道春将暮[②]。百草千花寒食路。香车系在谁家树[③]。　　泪眼倚楼频独语。双燕飞来，陌上相逢否。撩乱春愁如柳絮。悠悠梦里无寻处。

## 评语

同上。

## 注释

①行云:比喻冶游不归的男子。语本宋玉《高唐赋序》:“旦为朝云,暮为行雨。”

②忘却:一作“忘了”。不道:不管,不顾。

③香车:用香木做的车。泛指华美的车或轿。卢照邻《长安古意》:“长安大道连狭斜,青牛白马七香车。”



## 题解

词咏离情,仍然以情语取胜。上片写主人公因心上人外出不归,抱怨他春光已暮而留滞忘归,进而怀疑他是否别有所欢。下片写自己倚栏独语,看见飞来双燕,情不自禁地向双燕发问:你们在来的路途中有没有遇见我的心上人?相思之深,怅望之切,并于痴痴一问中尽见。结句言满怀愁绪犹如满天柳絮,即使入梦亦无处可寻。词情缠绵悱恻,一往而深;词境迷离惝恍,堪称词家妙境。

# 鹊踏枝

冯延巳



庭院深深深几许[①]。杨柳堆烟[②],帘幕无重数。玉勒雕鞍游冶处[③]。楼高不见章台路[④]。　　雨横风狂三月暮[⑤]。门掩黄昏,无计留春住。泪眼问花花不语。乱红飞入秋千去[⑥]。

## 评语

同上。

陈廷焯《云韶集》卷一:连用三“深”字,妙甚。偏是楼高不见,试想千古有情人读至结处,无不泪下。绝世至文。

## 注释

①几许:多少;若干。《古诗十九首·迢迢牵牛星》:“河汉清且浅,相去复几许。”

②堆烟:形容杨柳浓密。

③玉勒:玉制的马衔。雕鞍:精雕的马鞍。游冶处:指歌楼妓院。

④章台:汉长安街名,后人用作游冶之地的代称。《汉书·张敞传》有“走马章台街”语。许尧佐《章台柳传》记妓女柳氏事,后因以章台为歌妓聚居之地。

⑤横(hèng):凶暴。

⑥严恽《落花》:“春光冉冉归何处,更向花前把一杯。尽日问花花不语,为谁零落为谁开。”乱红:落花。入:一作“过”。

## 题解

谢榛《四溟诗话》云:“凡起句当如爆竹,骤响易彻;结句当如撞钟,清音有余。”是说写诗填词起句要响亮,能让人为之一震;结尾要有韵味,能让人回味无穷。本词即属起句响亮、结句有余味的精妙之作。首句叠用三个“深”字,最见奇妙:庭院深深,一可见主人公身份之高贵;二可见主人公身心禁锢,形同囚居;三可见主人公心事深、积怨沉。意蕴如此丰富,无怪乎李清照会“酷爱”之!而杨柳堆烟、帘幕重重,又加重了愁怨之情。“玉勒”两句言行人冶游不归,自己仍执着地登高远望,盼人能归,然终究只有失望!换头由怀人转为伤春,也自伤美好年华即将逝去。结尾两句,被清初毛先舒评为意层深而语浑成,被清末王国维《人间词话》誉为“无我之境”的典范。整首词不言愁而愁自见,情深意厚,寄托遥深,不愧为绝世至文!

## 浣溪沙

李 璟



手卷真珠上玉钩①。依前春恨锁重楼②。风里落花谁是主,思悠悠。　　青鸟不传云外信③,丁香空结雨中愁④。回首绿波三楚暮,接天流⑤。

**评语**

陈廷焯《云韶集》卷二十四:那不魂销,绮丽芊绵。置之元明以后,便成绝妙好词,缘彼时尚以古为贵故。

**注释**

①真珠:一作“珠帘”。指珍珠帘。《漫叟诗话》云:“李璟有曲云:‘手卷真珠上玉钩’,或改为‘珠帘’,非所谓知音者。”罗隐《帘》诗之一:“会应得见神仙在,休下真珠十二行。”玉钩:玉制的挂钩。亦为挂钩的美称。《楚辞·招魂》:“挂曲琼些。”王逸注:“曲琼,玉钩也……雕饰玉钩,以悬衣物也。”

②春恨:伤春的愁思。锁:这里形容春愁笼罩。

③青鸟:信使。传说曾为西王母传递消息给汉武帝。云外:指遥远的地方。

④结：指含蕾不吐。古人常借丁香结象征愁思郁结。李商隐《代赠二首》："芭蕉不展丁香结，同向春风各自愁。"

⑤三楚：指西楚、东楚、南楚。这里用《汉书·高帝纪》颜师古注引孟康曰："旧名江陵（今湖北江陵一带）为南楚，吴（今江苏吴县一带）为东楚，彭城（今江苏铜山县一带）为西楚。"这里泛指长江中下游一带。"三楚"，一作"三峡"，一作"春色"。

**题解**



词咏春愁。首句"手卷真珠"，本意是想卷帘以销释心中愁恨，不料依旧是"春恨锁重楼"！缘何而"恨"呢？原来是开帘即见花落无主，不禁感慨万千。此乃伤春。下片写远信不至，幽愁空结，转入怀人。"回首"两句以江天茫茫之景作结，以接天江流喻指愁情绵绵不断，境界阔大，气象雄伟。此词之"恨"另有一解——忧国感慨。据马令《南唐书》卷二十五载：李璟即位，歌舞玩乐不辍，歌人王感化尝为之唱"南朝天子爱风流"句至再三再四以刺之，李璟遂悟，作《浣溪沙》二阕并手书以赐感化，此为其一。以此观之，词中"春恨"非对景所抒一般之闲愁，或为感受南唐为周威胁所发之危苦感慨。"青鸟"典故云西王母因汉武帝虔诚，当面许其开疆扩土、文治武功、江山永固，故"青鸟"句即为忧国之思的深沉寄托了。



## 虞美人

李　煜

春花秋月何时了[①]。往事知多少。小楼昨夜又东风[②]。故国不堪回首月明中。　雕阑玉砌依然在[③]。只是朱颜改[4]。问君都有几多愁[5]。恰似一江春水向东流[6]。

## 评语

谭献《词辨》卷二：二词（指两首《虞美人》）终当以神品目之。

## 注释

①春花秋月：指春秋佳景或泛指美好的时光。秋月：一作“秋叶”。了：了结，完结。

②楼：一作“园”。东风：指春风。《礼记·月令》：“（孟春之月）东风解冻，蛰虫始振，鱼上冰。”李白《春日独酌》诗之一：“东风扇淑气，水木荣春晖。”东：一作“西”。

③雕阑玉砌：指远在金陵的南唐故宫。砌：台阶。依然：一作“应犹”。

④朱颜改：指所怀念的人已衰老。

⑤问君：一作“不知”。都：或作“能”、“那”、“还”、“却”。几多：一作“许多”。

⑥恰似：一作“恰是”、“却似”。

## 题解

此词为亡国之音，时李煜囚居汴京。据陆游《避暑漫抄》载：“归朝后，郁郁不乐，见于词语。”后太宗闻而毒杀之。全词至佳处莫过于两问。开篇问天：春花秋月，可谓良辰美景，然作者却殷切盼其早日了却，可谓追忆往事，感伤故国，嗟叹自己由帝王之尊一朝沦为阶下之囚，长歌当哭，悲愤已极，“诚《天问》之遗也”（唐圭璋《唐宋词简释》）。中间四句写物是人非，故国不堪回首。篇末自问，以水喻愁，将无形之愁化为有形之水，既言忧愁之多，如春江之水，又言忧愁之久，逝者如斯，不舍昼夜。俞陛云《唐五代两宋词选释》云："就词而论，李、刘、秦诸家之以水喻愁，不若后主之'春江'九字，真伤心人语也。"李煜历此巨变巨耻，遂有万斛愁恨，其痛苦经历，为他人所不及。

## 虞美人

李　煜

风回小院庭芜绿[①]。柳眼春相续[②]。凭栏半日独无言。依旧竹声新月似当年[③]。　　笙歌未散尊前在[④]。池面冰初解[⑤]。烛明香暗画堂深[⑥]。满鬓清霜残雪思难任[⑦]。

### 评语

同上。

### 注释

①风：指春风。庭芜：庭院里丛生的草。芜，丛生的杂草。

②柳眼：早春时柳树初生的嫩叶，好像人的睡眼初展，故称柳眼。李商隐《二月二日》："花须柳眼各无赖，紫蝶黄蜂俱有情。"春相续：一年又一年的春天继续来到人间。

③竹声：风吹竹叶之声。一说指竹制管乐器发出的声音。竹，古乐八晋之一，指竹制管乐器，箫、管、笙、笛之类。

④笙歌：泛指奏乐唱歌，这里指乐曲。尊前，一作"尊罍（léi）"，一作"金罍"。尊前在：意谓酒席未散，还在继续。

⑤池面冰初解：池水冰面初开，指时已初春。

⑥烛明香暗：指夜深之时。香，熏香。画堂：一作“画歌”，一作“画楼”，一作“画阑”。指华丽而精美的堂舍。深：幽深。一作“声”。

⑦清霜残雪：形容鬓发苍白，如同霜雪，谓年已衰老。思难任（rèn）：忧思令人难以承受，即指极度忧伤。思，忧思。难任，难以承受。任：一作“禁”。

**题解**

沈际飞《草堂诗余续集》云：“此亦在汴京忆旧乎？华疏采会，哀音断绝。”此首为忆旧词。在对往昔的依依怀念中蕴含着不堪承受的哀痛与悔恨。上片首二句写春景，生机盎然。次二句写人事，“凭栏”句写孤独凭栏，终日无言。“依旧”句写风吹竹子之声音与新月照耀之景还像当年，然已物是人非，景况不同。下片承上，写笙歌饮宴犹在，而痛苦难耐。“烛明香暗”陪衬“画堂深”，用“满鬓清霜残雪”的霜雪来反衬“冰初解”。既有故国之怀念，又有亡国之痛苦。此词琢句工炼，语多高浑，抒情缠绵悱恻，凄韵欲流，亦为李煜名作。

## 浪淘沙

李　煜

帘外雨潺潺①。春意将阑②。罗衾不暖五更寒③。梦里不知身是客④，一晌贪欢⑤。　　独自莫凭栏。无限关山⑥。别时容易见时难。流水落花归去也，天上人间⑦。

## 评语

郭麐《灵芬馆词话》卷二:绵邈飘忽之音,最为感人深至。李后主之"梦里不知身是客,一晌贪欢",所以独绝也。

## 注释

①潺潺:形容雨声。柳宗元《雨中赠仙人山贾山人》:"寒江夜雨声潺潺,晓云遮尽仙人山。"

②将阑:一作"阑珊"。残,将近。

③罗衾:绸被子。暖:一作"耐"。五更:旧时自黄昏至拂晓一夜间,分为甲、乙、丙、丁、戊五段,谓之"五更"。又称五鼓、五夜。颜之推《颜氏家训·书证》:"或问:'一夜何故五更?更何所训?'答曰:'汉魏以来,谓为甲夜、乙夜、丙夜、丁夜、戊夜;又云鼓,一鼓、二鼓、三鼓、四鼓、五鼓;亦云一更、二更、三更、四更、五更;皆以五为节……更,历也,经也,故曰五更尔。'"此特指第五更的时候,即天将明时。

④身是客:指被拘汴京,远离故国。

⑤一晌:一会儿,片刻。冯延巳《鹊踏枝》:"一晌凭阑人不见,鲛绡掩泪思量遍。"贪欢:指贪恋梦境中的欢乐。

⑥关山:一作"江山"。

⑦天上人间:有迷茫邈远,难以寻觅之意。张泌《浣溪沙》:"天上人间何处去,旧欢新梦觉来时。"





## 题解

此为后主绝命词,抒发了词人的亡国之痛和囚徒之悲,哀痛至极。上片用倒叙,先写梦后窗外残春景象:帘外雨,五更寒,凄凉惨淡;再写梦中欢乐:忘却亡国之君及阶下囚身份,肆情欢乐,然潺潺春雨和阵阵春寒惊醒残梦。“一晌”言欢乐之短。梦中梦后，实际是今昔之比。下片抒发感慨。“独自莫凭栏”，因凭栏自然望向故国江山，会引起无限伤感，况别时容易见时难，恐以后将相见无期。“流水”二句，写春归去，景物变化悬殊，如从天上到人间，人亦将归去？也可理解为水流尽，花落尽，春归去，人亦将亡。此词用寻常语抒哀痛情，风格上既雄奇又幽怨，含思凄婉，真可谓词中至真至痛之文字也。



## 阳关引

寇　准

塞草烟光阔[①]。渭水波声咽[②]。春朝雨霁轻尘歇[③]。征鞍发[④]。指青青杨柳，又是轻攀折。动黯然、知有后会甚时节。　　更尽一杯酒，歌一阕。叹人生，最难欢聚易离别。且莫辞沉醉，听取阳关彻[⑤]。念故人、千里自此共明月。

### 评语

胡仔《苕溪渔隐丛话后集》卷九：旧本《兰畹集》载寇莱公《阳关引》，其语豪壮，送别之曲，当为第一。亦以此绝句填入词去。



### 注释

①烟光：指春天的风光。黄滔《祭崔补阙》：“闽中二月，烟光秀绝。”

②渭水：源出甘肃渭源县，东南流入陕西，至潼关入黄河。

③霁：雨停。轻尘：尘土质轻，易于飞扬，故称。木华《海赋》：“轻尘不飞，纤萝不动。”温庭筠《题李处士幽居》：“水玉簪头戴角

巾，瑶琴寂历拂轻尘。”

④征鞍：犹征马。指旅行者所乘的马。杜审言《经行岚州》：“自惊牵远役，艰险促征鞍。”

⑤阳关：古曲《阳关三叠》的省称。亦泛指离别时唱的歌曲。李商隐《饮席戏赠同舍》：“唱尽《阳关》无限叠，半杯松叶冻颇黎。”彻：毕，完。

**题解**

此词咏别情，化用王维《渭城曲》而成篇。前三句脱化于“渭城朝雨浥轻尘”。恰春日清晨，宿雨初霁，尘土不扬，征人跨鞍待发。远望塞上草原，烟光渺渺，近听渭水低吟，分别在即，双方平添几分惆怅与伤感。“征鞍”三句脱化于“客舍青青柳色新”，见柳色青青，词人依依不舍，故折柳条以赠行者，以壮行色。“动黯然”二句化用江淹《别赋》“黯然销魂者，唯别而已矣”句，写分别中二人黯然销魂，不知后会何期。下片融化《渭城曲》后两句。词人虽别情满怀，然送君千里，终有一别，唯殷勤劝饮，对酒当歌。再以个人之别提升至天下苍生，叹息别时容易聚时难。最后，词人劝友人“且莫辞沉醉，听取阳关彻”。从此以后，唯有明月千里寄相思了！这是宋代较早的一首豪放词，写景壮阔，豪迈奔放，一洗唐五代词境小径狭的格局。



## 点绛唇

林　逋

金谷年年[①]，乱生春色谁为主。余花落处[②]。满地和烟雨[3]。　　又是离歌，一阕长亭暮[4]。王孙去[5]。萋萋无数[6]。南北东西路。

## 评语

卓人月《古今词统》卷三：终篇不出草字，古今咏草，惟此压卷。

王国维《人间词话》：人知和靖《点绛唇》、圣俞《苏幕遮》、永叔《少年游》三阕为咏春草绝调。不知先有正中"细雨湿流光"五字，皆能摄春草之魂者也。

## 注释

①金谷：即金谷园，指西晋富豪石崇在洛阳建造的一座奢华别墅。因征西将军祭酒王诩回长安时，石崇曾在此为其饯行，而成为送别、饯行的代称。又指生死相伴的情谊。潘岳《金谷集作》："朝发晋京阳，夕次金谷湄。"江淹《别赋》："送客金谷。"李白《宴陶家亭子》："若闻弦管妙，金谷不能夸。"

②余花：残花。谢朓《游东田诗》："鱼戏新荷动，鸟散余花落。"

③罗邺《咏草》："不似萋萋南浦见，晚来风雨正相和。"

④长亭：古时于道路每隔十里设长亭，故亦称"十里长亭"。供行旅停息。近城者常为送别之处。庾信《哀江南赋》："十里五里，长亭短亭。"

⑤王孙：本是古代对贵族公子的尊称，后来代指出门远游之人。这里指作者友人。

⑥萋萋：草盛貌。《楚辞·招隐士》："王孙游兮不归，春草生兮萋萋。"

## 题解

词借咏春草以抒离愁。上片写荒草。"金谷"二句,言金谷园曾经锦绣繁华,如今杂草乱生,荒芜无主,与杜牧《金谷园》"流水无情草自春"异曲同工。"余花"两句,写荒园细雨凄凄,残花零落,春色凋零,含蓄表达了"匆匆春又归去"的慨叹。下片写离情。"又是"句,写长亭惜别,离歌相送。"王孙"三句,化用《楚辞·招隐士》"王孙游兮不归,春草生兮萋萋"之意,借春草之无穷写离愁之无限,与李煜《清平乐》"离恨恰如春草,更行更远还生"相类。全词清新空灵,熔咏物与抒情于一炉,既寄寓惆怅伤春之情,又渲染绵绵不尽之离愁。



# 喜迁莺

夏　竦

霞散绮[①],月沉钩。帘卷未央楼[②]。夜凉河汉截天流[③]。宫阙锁清秋。　　瑶阶曙[④]。金盘露[⑤]。凤髓香和烟雾[⑥]。三千珠翠拥宸游[⑦]。水殿按凉州[⑧]。

## 评语



吴师道《吴礼部诗话》:姚子敬尝手选《古今乐府》一帙,以夏英公竦《喜迁莺》宫词为冠。其词云:"霞散绮(略)。"富艳精工,诚为绝唱。

## 注释

①霞散绮:形容晚霞绚丽的景象。化用谢朓《晚登三山还望京邑》

诗意:“余霞散成绮。”绮(qǐ):有花纹的丝织品。

②未央楼:汉代长安有未央宫。此处借指宫苑楼阁。

③河汉:天河。《古诗十九首》:“河汉清且浅,相去复几许?盈盈一水间,脉脉不得语。”

④瑶阶:玉石台阶。古代传说中昆仑山上有瑶池,为西王母所居之地,周穆王曾在此参加西王母宴会。

⑤金盘露:汉建章宫有铜制承露盘,高二十丈,上有仙人掌承露。这里暗用其典。

⑥凤髓:凤凰的骨髓。借为烛油的美称。李咸用《富贵曲》:“活花起舞夜春来,蜡焰煌煌天日在。雪暖瑶杯凤髓融,红拖象箸猩唇细。”和凝《宫词》之十四:“兰烛时将凤髓添,寒星遥映夜光帘。”

⑦珠翠:指珠光宝气的宫女。宸游:帝王之巡游。宸,皇上所居之所。苏颋《奉和初春幸太平公主南庄应制》:“主第山门起灞川,宸游风景入初年。”

⑧水殿:建于水上的殿宇。按,演奏。凉州:唐大曲名。

## 题解

本词作于宋真宗大中祥符初,写帝王歌舞升平的生活。宋人《青箱杂记》卷五记载,时夏竦刚授馆职,宋真宗于后宫大摆宴席,饮酒作乐。酒酣兴畅之际,真宗命令夏竦为此次宴乐填词,一为助兴,二为试探夏竦才华。夏竦奉旨后,遂作此应制词。上片写后宫宴乐的环境、景色、气氛,将后宫比拟为仙界,“霞散绮”三句,点明了时间、地点及时令气候,“夜凉”二句当为卷帘之所见,万籁俱寂,境界空阔。“瑶阶”四句写宴会之奢华。“三千”两句,写宫中富丽豪华场面,与上片之凄清寂寥对照。此应制之作,写出了太平盛世气象,语言“高华莹澈,犹以质胜”(先著《词洁》)。

# 苏幕遮

## 怀旧

范仲淹

碧云天,黄叶地。秋色连波,波上寒烟翠[①]。山映斜阳天接水。芳草无情[②],更在斜阳外。　黯乡魂[③],追旅思[④]。夜夜除非,好梦留人睡。明月楼高休独倚。酒入愁肠,化作相思泪。



**评语**

彭孙遹《金粟词话》:范希文《苏幕遮》一调,前段多入丽语,后段纯写柔情,遂成绝唱。

**注释**

①波上寒烟翠:江波之上笼罩着一层翠色的寒烟。烟本呈白色,因其上连碧天,下接绿波,远望即与碧天同色,正所谓"秋水共长天一色"。

②芳草无情,更在斜阳外:意思是,草地绵延到天涯,似乎比斜阳更遥远。"芳草"常暗指故乡,因此,这两句有感叹故乡遥远之意。

③黯乡魂:因思念家乡而黯然神伤。黯,形容心情忧郁。江淹《别赋》:"黯然销魂者,唯别而已矣。"

④追旅思(sì):撇不开羁旅的愁思。追,追随,这里有缠住不放的意思。旅思,旅居在外的愁思。思,心绪,情怀。

**题解**

此词写乡思旅愁。词的上片写景。词人自上而下、自近及远地描绘了一幅苍茫秋色图，由远近山川一望无际的秋色，进而把目光移向天边，点出家乡遥远，极目难寻。“碧云天，黄叶地”二句，俯仰之间，苍茫廖廓之秋景扑面而来，为元代王实甫《西厢记》“碧云天，黄花地”唱词所本。上片虽是赋景，然情已跃然。下片抒写乡愁，情中布景。过片点明羁旅之思和乡愁之深的题旨，接着以夜不能寐、楼不能倚、酒不能消解三层进行刻画。结拍两句，想象奇特，情感真挚动人，许昂霄《词综偶评》赞云：“铁石心肠人，亦作此消魂语。”整首词境界阔远，词笔婉丽，风格上柔而有骨。

## 雨霖铃

柳　永

寒蝉凄切[①]。对长亭晚，骤雨初歇[②]。都门帐饮无绪[③]，留恋处、兰舟催发[④]。执手相看泪眼，竟无语凝噎[⑤]。念去去、千里烟波[⑥]，暮霭沉沉楚天阔[⑦]。　多情自古伤离别[⑧]。更那堪、冷落清秋节。今宵酒醒何处，杨柳岸、晓风残月[⑨]。此去经年[⑩]，应是良辰、好景虚设。便纵有、千种风情，更与何人说[⑪]。

**评语**

沈谦《填词杂说》：词不在大小浅深，贵于移情。“晓风残月”、“大江东去”，体制虽殊，读之皆若身历其境，惝恍迷离，不能自主，文之至也。

梁令娴《艺蘅馆词选》乙卷引梁启超语:"兔葵燕麦"二语,与柳屯田之"晓风残月",可称送别词中双绝。皆熔情入景也。

## 注释

①寒蝉:又名寒蜩、寒螀。《礼记·月令》:"孟秋之月,寒蝉鸣。"凄切:凄凉急促。

②骤雨:急猛的阵雨。初歇:刚停。

③都门:国都之门。这里代指北宋的首都汴京(今河南开封)。帐饮:谓在郊野张设帷帐,宴饮送别。《晋书·石崇传》:"崇有别馆在河阳之金谷,一名梓泽,送者倾都,帐饮于此焉。"江淹《别赋》:"帐饮东都,送客金谷。"无绪:心怀惆怅,没有情绪。

④兰舟:相传鲁班以木兰树刻作舟,故后世以兰舟为船的美称。

⑤凝噎:喉咙哽塞,欲语不出的样子。

⑥去去:重复"去"字,表示行程遥远。烟波:烟雾弥漫的水面。

⑦暮霭:黄昏时的云气。楚天:指南方楚地的天空。

⑧伤离别:屈原《九歌·少司命》:"悲莫悲兮生别离。"江淹《别赋》:"黯然消魂者,唯别而已矣。"唐·李白《忆旧游寄谯郡元参军》:"问余别恨知多少,落花春暮争纷纷。"

⑨晓风残月:温庭筠《菩萨蛮》:"江上柳如烟,雁飞残月天。"韦庄《荷叶杯》:"惆怅晓莺残月。"

⑩经年:一年,或若干年。即年复一年之意。

⑪风情:风流情意。此指爱情。更:一作"待"。

## 题解

这是柳永的代表作。词以冷落的秋景作为衬托,抒写其离汴京南下时与恋人难以割舍的感情。因仕途失意而不得不离开京师远行，人生的压抑和失去爱情慰藉的苦闷交织在一起，使得词的情调迷茫中见哀怨。词的上片写实，刻画离别场景；下片写虚，悬想别后情状。此词绝妙之句有三：其一为"执手相看泪眼，竟无语凝噎"，语言通俗，形象逼真，以传神妙笔写尽"流泪眼看流泪眼，断肠人对断肠人"之临别情事。"无语凝噎"四字情动于中，然千言万语竟凝噎在喉，有无声胜有声之效。其二为"念去去、千里烟波，暮霭沉沉楚天阔"，既可以是送行者口中言"去吧去吧"，送君千里，终须一别，也可是远行者劝慰，"去了，去了"，兰舟催发，子勿再送。另外，"念"、"去去"字用得极妙。清人万树《词律发凡》云："名词转折跌荡处，多用去声，何也？三声之中，上、入二者可以作平，去则独异。……当用去者，非去则激不起。"此句以去声"念"字作为领格，"去去"二字连用，读时一字一顿，则愈显顿挫，遂觉路途遥远，去路茫茫。其三，"今宵酒醒何处，杨柳岸、晓风残月"，想象分别后酒醒时所到之处，借虚景写深情，惝恍迷离，为千古名句。

## 夜半乐

柳　永

冻云黯淡天气[①]，扁舟一叶，乘兴离江渚[②]。渡万壑千岩[③]，越溪深处[④]。怒涛渐息，樵风乍起[⑤]，更闻商旅相呼。片帆高举。泛画鹢、翩翩过南浦[⑥]。　望中酒旆闪闪[⑦]，一簇烟村，数行霜树。残日下，渔人鸣榔归去[⑧]。败荷零落，衰杨掩映，岸边两两三三，浣纱游女。避行客、含羞笑相语。　　到此因念，绣阁轻抛[9]，浪萍难驻[10]。叹后约丁宁竟何据[11]。惨离怀，空恨岁晚归期阻。凝泪眼、杳杳神京路[12]。断鸿声远长天暮[13]。

**评语**

郑文焯《乐章集校》：清空流宕，天马行空，一气挥洒。为柳屯田绝唱。屡欲和之，不敢下笔。

**注释**

①冻云：冬天浓重聚积的云。方干《冬日》："冻云愁暮色，寒日淡斜晖。"黯淡：阴沉；昏暗。杜牧《代吴兴妓春初寄薛军事》："柳暗霏微雨，花愁黯淡天。"

②江渚：江中小洲，此指水边。李绅《渡西陵十六韵》："海门凝雾暗，江渚湿云横。"

③万壑千岩：形容峰峦、山谷极多。语出刘义庆《世说新语·言语》："顾长康从会稽还，人问山川之美，顾云：'千岩竞秀，万壑争流。'"

④越溪：若耶溪，在浙江会稽若耶山下。相传越国美女西施曾浣纱于此，故又名浣纱溪。

⑤樵风：指顺风、好风。《后汉书·郑弘传》李贤注引南朝宋孔灵符《会稽记》："汉太尉郑弘尝采薪，得一遗箭，顷有人觅，弘还之。问何所欲，弘识其神人也，曰：'常患若邪溪载薪为难，愿旦南风，暮北风。'后果然。"后世因称若耶溪之风为樵风，或郑公风。宋之问《游禹穴回出若邪》："归舟何虑晚，日暮使樵风。"

⑥画鹢（yì）：船头绘有鹢鸟图案的船。鹢：水鸟，善飞翔，不怕风，古时画在船头以图吉利。《淮南子·本经训》："龙舟鹢首，浮吹以娱。"高诱注："鹢，大鸟也。画其像著船头，故曰鹢首。"陈

正见《泛舟横大江》："波中画鹢涌，帆上锦花飞。"翩翩：船行轻快貌。南浦：南岸的水边，泛指水滨。后常用称送别之地。《楚辞·九歌·河伯》："子交手兮东行，送美人兮南浦。"王逸注："愿河伯送己南至江之涯。"江淹《别赋》："春草碧色，春水渌波，送君南浦，伤如之何。"

⑦望中：视野之中。权德舆《酬冯监拜昭陵途中遇雨》："甘谷行初尽，轩台去渐遥。望中犹可辨，耘鸟下山椒。"酒旆：酒旗。杜牧《代人寄远》："河桥酒旆风软，候馆梅花雪娇。"

⑧鸣榔：用长木敲击船舷，使鱼受惊入网。有时敲船以为唱歌的节拍，这里用后者，即渔人唱着渔歌回家。潘岳《西征赋》："纤经连白，鸣根厉响。"李善注："《说文》曰：根，高木也。以长木叩舷为声，言曳纤经于前，鸣长根于后，所以惊鱼，令入网也。"李白《送殷淑》诗之一："惜别耐取醉，鸣榔且长谣。"王琦注："所谓鸣榔者，常是击船以为歌声之节，犹叩舷而歌之义。"

⑨绣阁轻抛：绣阁，犹绣房，女子的居室装饰华丽如绣，故称。绣阁轻抛，指轻易抛弃了偎红倚翠的生活。

⑩浪萍难驻：漂泊漫游如浪中浮萍一样行踪无定。

⑪后约：约定以后相见的日期。丁宁：同"叮咛"，临别郑重嘱咐。

⑫神京：指都城汴京。

⑬断鸿：失群的孤雁。李峤《送光禄刘主簿之洛》："背枥嘶班马，分洲叫断鸿。"长天：辽阔的天空。王勃《滕王阁诗序》："落霞与孤鹜齐飞，秋水共长天一色。"





**题解**

陈振孙《直斋书录解题》卷二十一云柳永"尤工于羁旅行役"，以此词观之，信然！全词长达144字，表现了作者奔走仕途"浪萍难驻”的失意心情。词共三片。上片述泛舟所经。“冻云”句点明出发时间是在傍晚(由“黯淡”可知,再者古人乘船多在傍晚出发),天气则阴沉昏暗。接二句虽云“乘兴离江渚”,然“扁舟一叶”实已暗露孤独情怀。“渡万壑”两句写舟行之速、之远,不知不觉间已是江尽溪行,由涛怒风烈之江面进入风平浪静的溪流。词接着写舟行溪流时所见所闻:浪头渐小,风势渐弱,往来船客互相打着招呼,扯起高高风帆的船只,一下子变得轻快起来。中片写途中所历渔村黄昏景象:酒旗、烟村、霜树、败荷掩映中,渔夫鸣榔而归,浣纱女含羞絮语,场景如画。下片触景生情,抒写去国离乡情怀。以“念”字转入,感叹离家远行,归期不定且后会无期,不禁潸然泪下。“断鸿”句以景结情,而情自在景中。此词层次井然,线索分明,为慢词长调之铺叙手法开无数法门。写景开阔,笔力高健,亦似不减唐人高处者也。



## 八声甘州

柳　永

对潇潇、暮雨洒江天[①],一番洗清秋。渐霜风凄惨,关河冷落[②],残照当楼。是处红衰翠减[③],苒苒物华休[④]。惟有长江水,无语东流。　　不忍登高临远,望故乡渺邈[⑤],归思难收。叹年来踪迹,何事苦淹留[⑥]。想佳人、妆楼颙望[⑦],误几回、天际识归舟[⑧]。争知我、倚阑干处,正恁凝愁[⑨]。

**评语**

陈廷焯《大雅集》卷二:情景兼到,骨韵俱高,无起伏之痕,有生动之趣，古今杰构，耆卿集中仅见之作。

## 注释

①潇潇：形容雨声急骤。《诗·郑风·风雨》：“风雨潇潇，鸡鸣胶胶。”毛传：“潇潇，暴疾也。”

②凄惨：一作“凄紧”。关河：泛指江山。关：山关，关塞。

③是处：到处，处处。红衰翠减：红花绿叶，凋残零落。李商隐《赠荷花》：“此花此叶长相映，翠减红衰愁煞人”。翠：一作“绿”。

④苒苒：茂盛的样子。一说，同“冉冉”，犹言“渐渐”。物华：美好的景物。休：消逝。

⑤渺邈：遥远。

⑥何事：犹言因何。淹留：久留。

⑦颙望：举头凝望。一作“长望”。李赤《望夫山》：“颙望临碧空，怨情感离别。”

⑧天际识归舟：谢朓《之宣城郡出新林浦向板桥》：“天际识归舟，云中辨江树。”这里反用其意。

⑨争：怎。恁：如此，这般。凝愁：凝结不解的深愁。李咸用《同友人秋日登庾楼》：“六代风光无问处，九条烟水但凝愁。”

## 题解

这首著名的羁旅行役词，抒写了作者漂泊江湖的愁思和仕途失意的悲慨。上片写雨后清秋傍晚之景。“对”字领起前两句：急骤暮雨在辽阔的江天倾洒，一番雨洗后的秋景分外清朗寒凉，“洗”透出洗去尘埃后的心境。“渐”字领以下三句：寒风暮雨竞相催逼，关山江河一片冷落，残日余辉映照高楼，景色苍茫辽阔，境界高远雄浑，连苏轼亦赞叹“此语于诗句不减唐人高处”（赵令畤《侯鲭录》)。以上为高处所见。“是处”两句写低处所见：到处花落叶败，万物都在凋零，更引起无限悲哀。最后用长江无语东流寄托韶华易逝之感慨。下片由景转入情，抒发对故乡亲人的怀念。换头处以“不忍”二字领起，言不忍心登高望远以免引出乡思。再以“叹”字领二句，感叹一年来到处漂泊淹留。再以“想”字领起，由望乡想到意中人望归，把独望故乡变成双方千里相望，见出两地同心。结尾由“争知”领起，由想象对方再回到自己，推测心上人会埋怨自己不早归家，却不知自己何等思念与无奈。领字的恰当运用，加强了词情的转折顿挫、声气吞吐之妙。全词层层深入，以铺张扬厉手法，曲折委婉地表达登楼凭栏、望乡思亲之羁旅离愁。



## 天仙子

张 先

时为嘉禾小倅，以病眠不赴府会。[1]

水调数声持酒听[2]。午醉醒来愁未醒。送春春去几时回，临晚镜。伤流景[3]。往事后期空记省[4]。 沙上并禽池上暝[5]。云破月来花弄影[6]。重重帘幕密遮灯，风不定。人初静。明日落红应满径。



**评语**

吴幵《优古堂诗话》：张子野长短句“云破月来花弄影”，往往以为古今绝唱，然予读古乐府唐氏谣《暗别离》云：“朱弦暗度不见人，风动花枝月中影。”意子野本此。

李廷机评《新刻注释草堂诗余评林》卷三：张子野作乐词，有"三中"、"三影"，果奇拔，为骚弦绝唱，至今诵之，快耳赏心。

## 注释

①嘉禾小倅(cuì)：嘉禾，秀州别称，治所在今浙江嘉兴市。小倅：小官。倅，副职。宋仁宗庆历三年(1043)春，张先为秀州判官。

②水调：曲调名。杜牧《扬州》诗之一："谁家唱《水调》，明月满扬州。"自注："炀凿汴河，自造水调。"

③流景：逝去的光阴。景，日光。武平一《妾薄命》："流景一何速，年华不可追。"杜牧《代吴兴妓春初寄薛军事》："自悲临晓镜，谁与惜流年。"

④记省：清楚地记得。省，清楚，明白。

⑤并禽：成对的鸟儿。这里指鸳鸯。崔豹《古今注》卷中："鸳鸯，水鸟，凫类也，雌雄未尝相离，人得其一，则一思而至死，故曰匹鸟。"暝：天色昏暗。

⑥古乐府唐氏谣《暗别离》："朱弦暗度不见人，风动花枝月中影。"李煜《蝶恋花》："数点雨声风约住，朦胧淡月云来去。"

## 题解

这首词伤春怀人。张先是最早写题序的词人，而这首词的序又是张先最早写的题序，这改变了以往词作有调而无题的传统格局，为读者提供了词的创作缘起、时间和背景等，就这一贡献而言，张先无愧于陈廷焯《白雨斋词话》卷一"古今一大转移"的赞誉！张先描写自然景物独具匠心，往往通过物影来表现景物的动态美和朦胧美。其《安陆词》中有20多个写"影"的句子，其中"云破月来花弄影"、"帘压卷花影"和"堕轻絮无影"特别有名，张先因此而获“张三影”的美名。“云破月来花弄影”一句写云的流动、风的吹拂带动了花影的摇曳，以如神之笔绘影绘色，意境优美，写景灵动，无怪乎杨慎《草堂诗余评》赞叹说：“景物如画，画亦不能至此。绝倒！绝倒！”而王国维《人间词话》更是独赏一“弄”字：“‘云破月来花弄影’，著一‘弄’字，而境界全出矣。”

# 玉楼春

## 春景

宋　祁

东城渐觉风光好。縠皱波纹迎客棹[①]。绿杨烟外晓寒轻，红杏枝头春意闹[②]。　　浮生长恨欢娱少[③]。肯爱千金轻一笑[④]。为君持酒劝斜阳，且向花间留晚照[⑤]。



**评语**

刘体仁《七颂堂词绎》：“红杏枝头春意闹”，一“闹”字卓绝千古。

陈廷焯《别调集》卷一：红杏尚书，艳夺千古。为乐当及时，有心人语。



**注释**

①縠(hú)皱波纹：形容波纹细如皱纹。縠皱：即皱纱，有皱褶的纱。棹：船桨，此指船。

②闹：浓盛。

③浮生：指飘浮无定的短暂人生。《庄子·外篇·刻意》：“其生若浮，其死若休。”后来相沿称人生为浮生。

④肯爱:岂肯吝惜,即不吝惜。一笑:特指美人之笑。

⑤李商隐《写意》:“日向花间留返照,云从城上结层阴。”

**题解**

在宋代,词的创作是倚声填词,需要一个字一个字地仔细斟酌,因此相较于诗歌,更容易出现以单个字而闻名者。宋祁传世的词只有6首,就是因为《玉楼春》中一个“闹”字用得特别好而名垂千古。这首词写春游所见所闻所感。上片写在烂漫的春光中,荡起小舟到城东波纹轻细的小河上探春,天气澄和,风物闲美,人意欢欣。“绿杨”二句,描绘所见之景。色彩明丽,对仗精美,而“闹”字用得无理而妙,尤为传神,道尽了红杏花盛开的枝头,蜂围蝶绕、生意盎然的春天景象,视觉、听觉、嗅觉全部出来了,整个画面被统接在一起,烘托出浓浓的春意,在全词中也有画龙点睛的作用,宋祁因此而得“红杏尚书”的雅号(见《苕溪渔隐丛话》前集卷三十七引《遁斋闲览》),无怪乎王国维《人间词话》云其“著一‘闹’字而境界全出矣”!下片抒发惜时的感触。人生常苦忧患多而欢娱少,因此宁肯抛舍物质财富而追求精神享受。劝斜阳留花间,更体现出对春意的低徊眷恋。全词洋溢着春的优美和生机,荡漾着爱美惜春、珍视人生的情趣,传达出北宋开国时人们内心真诚的喜悦之情,与其时欣欣向荣的国势相吻合。





# 苏幕遮

梅尧臣

露堤平,烟墅杳[1]。乱碧萋萋[2],雨后江天晓。独有庾郎年最少[3]。窣地春袍[4],嫩色宜相照[5]。　接长亭,迷远道。堪怨王孙[6],不记归期早,落尽梨花春又了。满地残阳,翠色和烟老。

**评语**

见前林逋《点绛唇》评语。

**注释**

①烟墅:烟雾朦胧中的别墅。杳:远。

②乱碧:指碧绿的青草。萋萋:形容草生长茂盛。

③庾郎:庾信是南朝梁代著名文士,使西魏被留,被迫仕于北朝。其《哀江南赋》云:“青袍如草,白马如练。”此借指离乡宦游的才子。

④窣(sū)地:拂地,拖地。窣:下垂。春袍:青袍。宋时刚入仕途的官员服青袍。

⑤此句指青袍与青草互相映衬。

⑥《楚辞·招隐士》:“王孙游兮不归,春草生兮萋萋。”

**题解**

梅尧臣以诗名而不以词著,然此词咏草,通篇不着一“草”字,在当时就得到欧阳修的击节称赏,也符合后来沈义父在《乐府指迷》中提出来的“咏物词,最忌说出题字”的观点。此词上片以绮丽之笔写雨后青草之美。“露堤”两句写长堤上绿草沾着露水,一片平整;远处别墅在如烟绿草掩映下若隐若现。“乱碧”两句写芳草萋萋,在雨后江天之下,生机蓬勃。“独有”三句,由物及人,以遍地春草映衬少年之春风得意。下片以凄迷之调写青草有情。过片二句化用李白“何处是归程,长亭连短亭”之意。“堪怨”二句,春去春来,归期难定,暗露厌倦宦海浮沉,迷失自己。“落尽”句化用李贺“曲水飘香去不归,梨花落尽成秋苑”句,暗示仕途之春天正在消逝。“满地”句写春草由“嫩”变“老”,渲染残春迟暮,暗寓伤春嗟老之意。梅氏论诗云:“状难写之景如在目前,含不尽之意见于言外”,此词得之。



## 浣溪沙

晏　殊

一曲新词酒一杯。去年天气旧亭台①。夕阳西下几时回。　　无可奈何花落去,似曾相识燕归来②。小园香径独徘徊③。

### 评语

沈祥龙《论词随笔》:词中对句,贵整炼工巧,流动脱化,而不类于诗赋。史梅溪之“做冷欺雨,将烟困柳”,非赋句也;晏叔原之“落花人独立,微雨燕双飞”,晏元献之“无可奈何花落去,似曾相识燕归来”,非诗句也;然不工诗赋,亦不能为绝妙好词。



### 注释

①“去年”句:语本郑谷《和知己秋日伤怀》:“流水歌声共不回,去年天气旧亭台。梁尘寂寞燕归去,黄蜀葵花一朵开。”

②“无可”二句:传说上句是晏殊所写,下句是王琪所写。蔡正孙

《诗林广记》后集卷九引《复斋漫录》云:“晏元献因观王琪大明寺诗板,大加称赏,召至同饭。饭已,又同步游池上。时春晚有落花,晏云:‘每得句书墙壁间,或弥年未尝强对。且如“无可奈何花落去”一句,至今未能对也。’王应声云:‘似曾相识燕归来。’自此辟置馆职,遂跻侍从。”这二句晏殊非常得意,同时写进他的《示张寺丞王校勘》诗中:“元巳清明假未开,小园幽径独徘徊。春寒不定斑斑雨,宿醉难禁滟滟杯。无可奈何花落去,似曾相识燕归来。游梁赋客多风味,莫惜青钱万选才。”

③香径:落花飘香的小路。



**题解**

这首词是晏殊的代表作,表现了他对时光流逝的怅惘之情和对春意衰残的惋惜之情,也表现了他对人生深沉的思考。通篇只是以一系列物象来抒情达意,正所谓“一切景语皆情语也”。上片睹今思昔,天气、亭台、夕阳,依然去年光景,只是所唱已非昔时之词,唱词之人亦非昔时之人了。人去亭空、歌声已杳,置此夕阳西下之时能不令人怆然!下片借花、燕抒发人生感慨。花落难返枝,不禁感伤;旧时燕归来,又生喜悦。凋落的花、归来的燕,实是喻指个体生命中两种不同的状态;“无可奈何”、“似曾相识”,指人生中两种不同情绪的交织。结句写词人于小园香径,独自徘徊,韵味悠长。此词能使人体味出人生之大无奈。燕徙燕归、花开花谢,令人生物是人非之感。即使徘徊,又怎能够解脱!但在无奈中,词人告诉我们,人生中还有不变和永恒,无奈之时仍会有喜悦和快乐,我们应该坚守这份希望!

# 临江仙

欧阳修

柳外轻雷池上雨[1],雨声滴碎荷声。小楼西角断虹明。阑干倚处,待得月华生[2]。　　燕子飞来窥画栋[3],玉钩垂下帘旌[4]。凉波不动簟纹平[5]。水精双枕[6],傍有堕钗横[7]。



## 评语

许昂霄《词综偶评》:不假雕饰,自成绝唱。

## 注释

①柳:宋本《醉翁琴趣外篇》作“池”。轻雷:一作“轻阴”。李商隐《无题》:“飒飒东风细雨来,芙蓉塘外有轻雷。”

②月华:月光,月色。江淹《王徵君养疾》:“清阴往来远,月华散前墀。”张若虚《春江花月夜》:“此时相望不相闻,愿逐月华流照君。”

③画栋:彩绘装饰的栋梁。王勃《滕王阁》:“画栋朝飞南浦云,珠帘暮卷西山雨。”

④玉钩:喻新月。鲍照《玩月城西门廨中》:“蛾眉蔽珠栊,玉钩隔琐窗。”李白《挂席江上待月有怀》:“倏忽城西郭,青天悬玉钩。”帘旌:帘端所缀之布帛。亦泛指帘幕。白居易《旧房》:“床帷半故帘旌断,仍是初寒欲夜时。”李商隐《正月崇让宅》:“蝙拂帘旌终展转,鼠翻窗网小惊猜。”冯浩笺注:“帘旌,帘端施帛也。”

⑤凉波:月光。李商隐《令狐舍人说昨夜西掖玩月因戏赠》:“凉波冲碧瓦,晓晕落金茎。”簟纹:亦作“簟文”。席纹。梁简文帝《咏内人昼眠》:“簟文生玉腕,香汗浸红纱。”章碣《夏日湖上即事寄晋陵萧明府》:“行来宾客奇茶味,睡起儿童带簟纹。”

⑥水精:水晶。《后汉书·西域传·大秦》:“(大秦)宫室皆以水精为柱,食器亦然。”杜甫《丽人行》:“紫驼之峰出翠釜,水精之盘行素鳞。”

⑦李商隐《偶题》:“水文簟上琥珀枕,傍有堕钗双翠翘。”



**题解**

欧阳修在词中写人物时,能够用明朗生动的语言准确地表现人物的神情风貌。这首词更是写“无人”之人,即不直接写人而又处处见人,非常巧妙。此词与李商隐《偶题》诗情景相似:“小亭闲眠微醉消,石榴海柏枝相交。水文簟上琥珀枕,傍有堕钗双翠翘。”词写一女子先是倚楼待月,然后垂帘就寝。夏日的雷声、雨声、荷声及雨后的彩虹和月华都写得鲜明生动,历历如在目前。而词中的佳人,虽未直接描绘其容貌,但从行动和细节描写中,已如见其人。笔法极简炼,而提供给读者的想象却很丰富。

## 浣溪沙



欧阳修

堤上游人逐画船[①]。拍堤春水四垂天[②]。绿杨楼外出秋千[③]。　　白发戴花君莫笑[④],六么催拍盏频传[⑤]。人生何处似尊前。

## 评语

吴曾《能改斋漫录》卷八引晁无咎评乐章：欧阳永叔《浣溪沙》云："堤上游人逐画船，拍堤春水四垂天，绿阳楼外出秋千。"要皆绝妙，然只一"出"字，自是后人道不到处。

## 注释

①画船：装饰华美的游船。梁元帝《玄圃牛渚矶碑》："画船向浦，锦缆牵矶。"范仲淹《献百花洲图上陈州晏相公》："步随芳草远，歌逐画船移。"

②四垂天：谓天幕四垂与水面相接。韩偓《有忆》："愁肠泥酒人千里，泪眼倚楼天四垂。"

③王维《寒食城东即事》："蹴鞠屡过飞鸟上，秋千竞出垂杨里。"冯延巳《上行杯》："柳外秋千出画墙。"

④戴：《古今诗余醉》作"带"。欧阳修《洛阳牡丹记》："洛阳之俗，大抵好花。春时，城中无贵贱，皆插花，虽负担者亦然。"赵翼《陔余丛考》卷三十一："今俗惟妇女簪花，古人则无有不簪花者。"

⑤六么：唐教坊曲名，后用为词牌。又名《绿腰》。其词为双调九十四字，仄韵。白居易《杨柳枝词》之一："六么水调家家唱，白雪梅花处处吹。"

## 题解

《草堂诗余隽》卷二误此词为黄庭坚词。《花庵词选》有词题"湖上"，《乐府雅词》有词题"草堂"。《唐宋词汇评》云："咏颍州西湖，当作于皇祐元年(1049)知颍州时。"词写春游时的欢快场面。上片写人之欢。天高云淡，春水碧绿，来往穿梭的画船轻漾湖面,如织的游人在湖堤上打闹嬉戏、逐船而走。在那绿杨丛中荡起的秋千架上,传来了青春少女的盈盈笑语。三句三场景,而尤以“绿杨楼外出秋千”为千古名句,只因一“出”字不仅点出了秋千,更暗示出荡秋千之人:秋千荡,必因有人;人荡秋千,多为青春少女;少女荡千秋,定会开心至极而发出欢快的笑语声。故一“出”字,使此句不写人而人自见,具有画龙点睛之效。下片言己之乐。虽然已是满头花发,却还要簪花发间,在歌筵舞席间推杯换盏,人生还有什么比这更欢乐的呢?结句触景生情,寓有及时行乐之意,黄苏《蓼园词选》云其“写得无限凄怆沉郁,妙在含蓄不尽”。



## 少年游

欧阳修

阑干十二独凭春[①]。晴碧远连云[②]。千里万里,二月三月,行色苦愁人[③]。　谢家池上[④],江淹浦畔[⑤],吟魄与离魂[⑥]。那堪疏雨滴黄昏[⑦]。更特地、忆王孙[⑧]。

**评语**



见前林逋《点绛唇》评语。

**注释**

①阑干十二:曲曲折折的栏杆。十二,言其曲折之多。张先《蝶恋花》:“楼上东风春不浅,十二阑干,尽日珠帘卷。”

②晴碧:此指春草。连云:与天空之云相连。形容高远,众多。白

居易《李白墓》:"采石江边李白坟,绕田无限草连云。"

③行色:行旅出发前后的情状。冯延巳《归国谣》:"芦花千里霜月白,伤行色,明朝便是关山隔。"

④谢家池上:《南史·谢惠连传》:"族兄灵运嘉赏之,云'每有篇章,对惠连辄得佳语'。尝于永嘉西堂思诗,竟日不就,忽梦见惠连,即得'池塘生春草',大以为工。常云'此语有神功,非吾语也'。"晏几道《木兰花》:"晚红初减谢池花,新翠已遮琼苑路。"

⑤江淹浦:南浦。指代送别之处。《文选》卷十六《赋辛·哀伤·别赋》:"下有芍药之诗,佳人之歌。桑中卫女,上宫陈娥。春草碧色,春水渌波。送君南浦,伤如之何!"李善注引《楚辞》曰:"子交手兮东行,送美人兮南浦。"

⑥吟魄:指谢灵运《登池上楼》诗。离魂:指江淹《别赋》。

⑦那堪:怎堪,怎能禁受。李端《溪行遇雨寄柳中庸》:"那堪两处宿,共听一声猿。"张先《青门引·春思》:"那堪更被明月,隔墙送过秋千影。"

⑧特地:突然,忽然。罗邺《大散岭》:"岭头却望人来处,特地身疑是鸟飞。"王孙:王的子孙。后泛指贵族子弟。淮南小山《招隐士》:"王孙游兮不归,春草生兮萋萋。"王夫之通释:"王孙,隐士也。秦汉以上,士皆王侯之裔,故称王孙。"杜甫《哀王孙》:"腰下宝玦青珊瑚,可怜王孙泣路隅。"





**题解**

《词律》卷五误此词为梅尧臣词。欧阳修这首咏物词与林逋《点绛唇》(金谷年年)、梅尧臣《苏幕遮》(露堤平)齐名,是北宋前期享有盛誉的三首咏春草词,被王国维《人间词话》誉为"绝调"。

起句点明时间、地点和人物的处境、动作与情态，内涵十分丰富。次句开始正面咏草，说芳草延伸，至目尽处与天相接。接下来两句一从空间上渲染春草之绵延无垠，一从时间上渲染春草滋生时间之长久，进而结出不胜离别之旨。过片连用两个与春草有关的典故，写词人由眼前的无边草色所勾引起的离恨别绪。“那堪”句将此种不堪离愁之苦的感情再翻进一层，结句再用典，绾合春草与离愁。这首咏物词既体物精微，又以写意为主，为能得春草之神者。



## 桂枝香

王安石

登临送目[①]。正故国晚秋[②]，天气初肃[③]。千里澄江似练，翠峰如簇[④]。归帆去棹残阳里，背西风、酒旗斜矗。彩舟云淡，星河鹭起[⑤]，画图难足。　　念往昔、繁华竞逐。叹门外楼头[⑥]，悲恨相续[⑦]。千古凭高，对此谩嗟荣辱。六朝旧事随流水[⑧]，但寒烟、芳草凝绿。至今商女，时时犹唱，后庭遗曲[⑨]。



**评语**

《古今词话》：金陵怀古，诸公寄调于《桂枝香》，凡三十余首，独介甫最为绝唱。东坡见之，不觉叹息曰：“此老乃野狐精也。”

刘克庄《后村先生大全集》卷一百二十一“启”：荆公有《桂枝香》，尤为绝唱。

## 注释

①登临送目:登山临水,举目望远。送目:放目远眺。

②故国:即故都,旧时的都城。金陵为六朝故都,故称故国。

③初肃:指秋气肃杀。肃,萎缩,肃杀,形容草木枯落,天气寒而高爽。

④千里澄江似练:形容长江像一匹长长的白绢。语出谢朓《晚登三山还望京邑》:“余霞散成绮,澄江静如练。”澄江,清澈的长江。练,白绸带。如簇:这里指群峰好像丛聚在一起。簇,丛聚。

⑤星河,天河,这里指长江。

⑥门外楼头:指南朝陈亡国惨剧。语出杜牧《台城曲》:“门外韩擒虎,楼头张丽华。”韩擒虎是隋朝开国大将,统兵伐陈,他已带兵来到金陵朱雀门(南门)外,陈后主尚与他的宠妃张丽华于结绮阁上寻欢作乐。陈后主、张丽华被韩俘获,陈亡于隋。门,指朱雀门。楼,指结绮阁。

⑦悲恨相续:指六朝亡国的悲恨,接连不断。

⑧六朝:指三国吴、东晋、南朝宋、齐、梁、陈六个朝代。它们都建都金陵。此两句化用窦巩《南游感兴》诗:“伤心欲问南朝事,惟见江流去不回。日暮东风春草绿,鹧鸪飞上越王台。”

⑨商女:卖唱的歌女。后庭遗曲:指歌曲《玉树后庭花》,传为陈后主所作,其辞哀怨绮靡,后人将它看成亡国之音。最后三句化用杜牧《泊秦淮》“商女不知亡国恨,隔江犹唱《后庭花》”诗意。

## 题解

这首登高怀古之作,有可能写于作者再次罢相、出知江宁府之时。作者通过描写金陵景物抒发历史兴亡之感叹,寄托对朝政的担忧。上阕写登临所见金陵之景。词人选取澄江、翠峰、归帆、残阳、酒旗、西风、淡云、白鹭、星河等,水面、陆上、空中之景交错写来,动静结合,简笔勾勒,境界苍凉雄浑。起即开门见山,点明时地。接着极形容江山之美,眺远览近,景物各殊。只见斜阳映照之下,数不清的帆风樯影,交错于闪闪江波之上;那酒肆青旗高高挑起,因风飘拂。歇拍三句写日落时之江天洲渚。下阕抒登临怀古之情,今昔对比,虚实相生,借历史的兴亡寄托对现实的忧患。"念往昔"由所见转入所想,揭露金陵繁华与奢靡。"叹门外"句再现隋兵虽已临城下陈后主却仍在宫中寻欢作乐之可悲。"悲恨相续",言后代君主不鉴于此,以至相继覆亡,令人遗恨嗟叹。"千古"二句,是直接抒情,凭吊古迹,抒发不满。以下三句写六朝旧事如流水消逝,只留下满眼衰草,触目惊心。结尾虽化用杜牧《泊秦淮》诗意,但不似杜牧责怪商女无知,而是意在言外:歌妓们至今犹唱亡国之音,只因当权者沉湎酒色,醉生梦死,如不吸取历史教训,富国强兵,六朝亡国的悲剧还会重演。此词笔力清遒,境界朗肃,层次井然,发意高远,文字美,音节细,抒情写景都堪称绝唱。



## 水龙吟

章　楶



燕忙莺懒芳残,正堤上、柳花飘坠。轻飞点画青林①,谁道全无才思②。闲趁游丝③,静临深院,日长门闭。傍珠帘散漫,垂垂欲下,依前被,风扶起。　　兰帐玉人睡觉,怪春衣、雪沾琼缀④。绣床旋满,香球无数,才圆却碎。时见蜂儿,仰粘轻粉,鱼吹池水[⑤]。望章台路杳[⑥],金鞍游荡,有盈盈泪。

## 评语

《苏轼文集》卷五十五《与章质夫三首》其一:某启。承喻慎静以处忧患。非心爱我之深,何以及此,谨置之座右也。《柳花》词绝妙,使来者何以措词。本不敢继作,又思公正柳花飞时出巡按,坐想四子,闭门愁断,故写其意,次韵一首寄去,亦告不以示人也。

《施注苏诗》卷三十六《章质夫送酒六壶,书至而酒不达,戏作小诗问之》诗注:此诗之作,质乃时帅广,其赋柳絮《水龙吟》词,东坡属和,人皆推为绝唱。

许昂宵《词综偶评》:(东坡)《水龙吟》与原作均是绝唱,不容妄为轩轾。

## 注释

①点画:画家作画的一种技法。黄休复《益州名画录·滕昌祐》:"其画蝉蝶草虫,谓之点画,盖唐时陆果、刘褒之类也。"青林:苍翠的树林。陶弘景《答谢中书书》:"青林翠竹,四时俱备。"

②韩愈《晚春》:"杨花榆荚无才思,惟解漫天作雪飞。"

③游丝:柳条随风舞动,像游动的丝线。

④雪沾琼缀:指柳花落在衣上,如雪花、如琼玉。

⑤鱼吹池水:指游鱼吹散落在池中的柳絮。

⑥章台路:汉代张敞走马过长安章台街,以扇自障面。后世以章台走马指冶游之事。许尧佐《柳氏传》中亦有"章台柳"的故事。

**题解**

据苏轼《与章质夫书》,苏轼和词作于元丰四年(1081),原唱即本年"柳花飞时"作。时苏轼因"乌台诗案"被贬黄州,章质夫提点湖北刑狱。词咏杨花。上片写暮春季节,风吹柳絮情景。"芳残",知时为暮春;"堤上",指明地点;"柳花飘坠",点明主题。"轻飞"以下,渲染杨花飘坠之状。"傍珠帘散漫"数语,谓杨花散漫欲下,却又被风扬起。黄昇《唐宋诸贤绝妙词选》卷五赞其"形容尽矣";魏庆之《诗人玉屑》卷二十一赞其"曲尽杨花妙处",认为苏轼和词"恐未能及"。下片从"玉人"的视角写杨花四处飘落:或粘于春衣,或堆满绣床,或才如香球飞滚,却在瞬间破碎。时而粘上轻粉,招惹蜜蜂;时而坠入水中,为鱼所戏,以此反衬幽闺少妇孤寂无聊。末三句云杨花飘荡似游冶郎"章台走马",徒令"玉人"滴下盈盈粉泪。诸评家谓此词写闺怨,盖出于此。



## 临江仙

晏几道

梦后楼台高锁①,酒醒帘幕低垂。去年春恨却来时②。落花人独立,微雨燕双飞③。　记得小蘋初见④,两重心字罗衣⑤。琵琶弦上说相思⑥。当时明月在,曾照彩云归⑦。

**评语**

见前晏殊《浣溪沙》评语。

## 注释

①许浑《客有卜居不遂薄游汧陇因题》:“楼台深锁无人到,落尽春风第一花。”

②却来:又来,再来。

③“落花”二句:用五代翁宏《春残》诗原句。

④小蘋:歌妓名。晏几道《小山词自序》云:“始时沈十二廉叔、陈十君宠家,有莲、鸿、蘋、云,品清讴娱客。每得一解,即以草授诸儿。”

⑤心字罗衣:指衣服上绘着心字型图案。欧阳修《好女儿令》:“一身绣出,两同心字,浅浅金黄。”一说女子衣领屈曲如心字。又说是一种心字香熏过的罗衣。杨慎《词品》卷二:“所谓心字行者,以香末萦篆成心字也。‘心字罗衣’则谓心字香熏之尔。或谓女人衣曲领如心字,又与此别。”还有人认为是女子耳环。

⑥白居易《琵琶行》:“低眉信手续续弹,说尽心中无限事。”

⑦彩云:喻指小蘋。一作“彩鸾”。李白《宫中行乐词》:“只愁歌舞散,化作彩云飞。”

## 题解

词写追忆歌女小蘋的怅惘之情。晏几道多用歌妓真名入词,这在他之前不多见,在他之后因为词人追求典雅而不复用矣。有明确而具体的思念对象,使得小山恋情词的情感更显真挚。首二句通过对外景和内景的描写,表现了如今居处的凄凉和人去楼空的落寞,亦暗示出昔日的歌舞繁华和共处的欢乐。境界深远寥廓,故康有为赞其“纯是华严境界”(《艺衡馆词选》乙卷引)。“去年”句兜入“恨”字,点明春恨由来已久,承上启下。“落花”两句用古人诗句画出一幅暮春独立怀人图,落花、微雨,春意阑珊,一派迷蒙;人独立、燕双飞,两相对照,倍增怀思。其境凄迷,其情愁苦。谭献《复堂词话》赞此二句为“名句千古,不能有二,所谓柔厚在此”。陈廷焯《白雨斋词话》卷一亦称此二句“既闲婉,又沉着,当时更无敌手”。过片三句回忆当时初见情景,她穿着绣有双重心字图案的罗衣,弹奏着美妙的琵琶曲调。结尾两句又回到现实,词人因见皓月当头,便又回忆起当年在月下伴送她回去的情景,而今月依旧人却不知身处何方,回应篇首,含蓄不尽,感慨无涯。整首词通过四幅画面,逐层表达了作者的思绪起伏和深沉忆念。



## 更漏子

晏几道

柳丝长[①],桃叶小。深院断无人到。红日淡,绿烟晴。流莺三两声。　　雪香浓[②],檀晕少[③]。枕上卧枝花好。春思重[④],晓妆迟[⑤]。寻思残梦时。

### 评语

俞陛云《唐五代两宋词选释》:前写景,后言情,景丽而情深,《金荃集》中绝妙词也。



### 注释

①柳丝:垂柳枝条细长如丝,因以为称。白居易《杨柳枝词》之八:“人言柳叶似愁眉,更有愁肠似柳丝。”

②雪香:形容美女皮肤白嫩而散发出香气。晏殊《木兰花》:“雪香浓透紫檀槽,胡语急随红玉腕。”

③檀晕:形容浅赭色。与妇女眉旁的晕色相似,故称。苏轼《次韵杨公济奉议梅花》之九:"鲛绡剪碎玉簪轻,檀晕妆成雪月明。"

④春思:春日的思绪、情怀。沈佺期《送陆侍御馀庆北使》:"朔途际辽海,春思绕轩辕。"

⑤温庭筠《菩萨蛮》:"懒起画娥眉,弄妆梳洗迟。"

**题解**

词写春日闺思。上片写景。首二句描绘柳丝细长、桃叶细嫩的初春景象。"深院"句由景而人,"无人到"是说词中主人公所居环境是深院空寂,无人到访,暗示了主人公之孤独寂寞。歇拍三句又描写清晨景致:红日淡淡,浓绿如烟的树丛中,传来三两声流莺的鸣啭。有声胜无声,三两声莺啼,更衬托出环境的寂静和主人公的寂寞。下片言情。过片三句写闺中人肌肤如雪,透出浓香,可见其富贵美丽;枕上花枝美好,而脸上红晕消褪,又可知主人公孤枕难眠,形容憔悴。结拍三句写她春日情思深重,起床后亦迟迟不愿梳妆打扮,可以想见其愁情没有尽头。全词含蓄蕴藉,深婉曲折,为学温庭筠词而得其神者!又能情余言外,不用香泽字面,对花间词风又有所突破。



## 水调歌头

苏　轼

丙辰中秋,欢饮达旦,大醉。作此篇,兼怀子由。①

明月几时有,把酒问青天②。不知天上宫阙,今夕是何年[③]。我欲乘风归去[④]，又恐琼楼玉宇[⑤]，高处不胜寒[⑥]。起舞弄清影，何似在人间[⑦]。　转朱阁，低绮户，照无眠[⑧]。不应有恨，何事长向别时圆[⑨]。人有悲欢离合，月有阴晴圆缺。此事古难全。但愿人长久，千里共婵娟[⑩]。

## 评语

杨慎《草堂诗余》卷三：中秋词，古今绝唱。

况周颐《蕙风词话补编》卷一：词，《说文》："意内而言外者也。"意内者何？言中有寄托也。所贵于寄托者，触发于弗克自已，流露于不自知，吾为词而所寄托者出焉，非因寄托而为是词也。有意为是寄托，若为吾词增重，则是骛乎其外，近于门面语矣。苏文忠"琼楼玉宇"之句，千古绝唱也。设令似此意境，见于其他词中，只是字句变易，别无伤心之怀抱、婉至激发之性真，贯注于其间，不亦无谓之至耶！寄托犹是也，而其达意之笔，有随时逐境之不同，以谓出于弗克自已，则亦可耳。



## 注释

①丙辰：宋神宗熙宁九年（1076）。这年作者在密州（山东诸城）。子由：苏辙字子由，此时在齐州（山东济南）任掌书记。

②把酒：端起酒杯。李白《把酒问月》："青天有月来几时，我今停杯一问之。"



③《诗经·唐风·绸缪》："今夕何夕，见此良人。"韦瓘《周秦纪行》："再三邀余作诗。余不得辞，遂应命作诗曰：'香风引到大罗天，月地云阶拜洞仙。共道人间惆怅事，不知今夕是何年。'"

④《列子》卷上《黄帝》："（列子）随风东西，犹木叶干壳，竟不知风乘我邪，我乘风乎。"这里是说，作者本想像神仙一样乘风回到

天上的宫阙去。

⑤琼楼玉宇：指月宫。段成式《酉阳杂俎·前集》卷二：“翟天师名乾祐，峡中人……曾于江岸与弟子数十玩月，或曰：‘此中竟何有？’翟笑曰：‘可随我指观。’弟子中两人见月规半天，琼楼金阙满焉，数息间不复见。”又恐：一作“惟恐”、“只恐”。

⑥月宫又名广寒宫，故有此联想。不胜：难以忍受。傅注：“《明皇杂录》：八月十五夜，叶静能邀上游月宫，将行，请上衣裘而往。及至月宫，寒凛特异，上不能禁。静能出丹二粒，进上，服之乃止。”

⑦李白《月下独酌》：“我歌月徘徊，我舞影零乱。”弄清影：和月亮照耀下的自己的影子一起嬉戏。

⑧朱阁：朱红的华丽楼阁。低：低低地照进。绮（qǐ）户：雕饰华丽的门窗。

⑨司马光《温公续诗话》：“李长吉‘天若有情天亦老’，人以为奇绝无对。曼卿对‘月如无恨月长圆’，人以为劲敌。”

⑩共：共赏。婵娟：美好的姿态，此指月亮。谢庄《月赋》：“美人迈兮音尘阙，隔千里兮共明月。”许浑《怀江南同志》：“唯应洞庭月，万里共婵娟。”



## 题解

胡仔在《苕溪渔隐丛话》中曾说：“中秋词，自东坡《水调歌头》一出，余词尽废。”据词题可知，此词为熙宁九年丙辰（1076）中秋作于密州，时苏轼于超然台宴饮达旦。蔡絛《铁围山丛谈》卷三云作于镇江金山妙高台，袁文《甕牖闲评》卷五云作于黄州，均误。词以天仙化人之笔，勾勒出皓月当空、美人千里、孤高旷远的境界氛围，抒发了自己外放无侣的孤独情怀。作者俯仰古今变迁，感慨宇宙流转,厌倦宦海风波,揭示睿智的人生理念。词的上片因月而生奇想,借月而喻清高,反映了作者在“退”与“进”、“仕”与“隐”抉择中的徘徊困惑心态。下片因月而感人间离情。作者由月的圆缺想到人的离别和团聚终不可避免,而自慰自解。结句藉月盟心,情深意厚。全词空灵蕴藉,用情缠绵悱恻,用笔大开大阖。王国维《人间词话》云:“东坡之词旷,稼轩之词豪。”这首词就比较典型地表现了苏轼的旷达性格,也更能代表苏轼的主体风格。



## 水龙吟

次韵章质夫杨花词①

苏　轼

似花还似非花②,也无人惜从教坠③。抛家傍路,思量却是,无情有思④。萦损柔肠,困酣娇眼,欲开还闭⑤。梦随风万里,寻郎去处,又还被、莺呼起⑥。　不恨此花飞尽,恨西园、落红难缀⑦。晓来雨过,遗踪何在,一池萍碎⑧。春色三分,二分尘土,一分流水⑨。细看来,不是杨花点点,是离人泪⑩。



**评语**

见章质夫《水龙吟》评语。

先著、程洪《词洁》卷五:《水龙吟》末后十三字,多作五四四,此作七六,有何不可。近见论谱者于“细看来不是”及“杨花点点”

下分句，以就五四四之印板死格，遂令坡公绝妙好词不成文理。起句入魔，“非花”矣，而又“似”，不成句也。“抛家傍路”四字欠雅。“缀”字趁韵不稳。“晓来”以下，真是化工神品。

## 注释

①《宋史》卷三二八《章楶传》：“章楶字质夫，建州浦城人……楶以叔得象荫，为孟州司户参军。应举入京，闻父对狱于魏，弃不就试，驰往直其冤。还，试礼部第一，擢知陈留县，历提举陕西常平、京东转运判官、提点湖北刑狱、成都路转运使，入为考功、吏部、右司员外郎。”

②“似花”句：言杨花又像花，又不像花。

③“也无”句：言杨花无人爱惜，任其飘来坠去。

④“抛家”三句：反用韩愈《晚春》“杨花榆荚无才思，惟解漫天作雪飞”诗意，谓杨花并非无情无意地抛家傍路、漫天飞舞，而是有其愁思。思（sì），情思。

⑤萦损：愁思萦回侵扰。柔肠：比喻柳枝。白居易《杨柳枝》：“人言柳叶似愁眉，更有愁肠如柳丝。”娇眼：比喻柳叶。

⑥金昌绪《春怨》：“打起黄莺儿，莫教枝上啼。啼时惊妾梦，不得到辽西。”

⑦西园：园林名。汉上林苑的别名。张衡《东京赋》：“岁维仲冬，大阅西园，虞人掌焉，先期戒事。”薛综注：“西园，上林苑也。”缀：连缀。此句言难将落花再连缀在枝头，表示对春光已去的伤感。

⑧傅幹注：“公旧注云：‘杨花落水为浮萍，验之信然。’”《西溪丛话》：“杨、柳二种，杨树叶短，柳树叶长。花初发时，黄蕊子为飞絮，今絮中有小青子，着水泥沙滩上，即生小青芽，乃柳之苗也。

东坡谓絮化为浮萍，误矣。”

⑨李调元《雨村词话》卷一：“宋初叶清臣，字道卿，有《贺圣朝》词云：‘三分春色三分愁，更一分风雨。’东坡《水龙吟》演为长(短)句云：‘春色三分，二分尘土，一分流水。’神意更远。”

⑩以上三句，曾季狸《艇斋诗话》说是化用唐人诗句：“君看陌上梅花红，尽是离人眼中血。”此三句尚有“细看来，不是杨花，点点是离人泪”和“细看来不是，杨花点点，是离人泪”两种标点方法。



## 题解

这首咏物词虽然是苏轼唱和章楶时所填，但寄托遥深，沈谦《填词杂说》称其“幽怨缠绵，直是言情，非复赋物”。据孔凡礼《苏轼年谱》，此词作于神宗元丰四年(1081)，时作者因“乌台诗案”被贬黄州，故将反省、委曲、伤感等与所咏之物杨花融为一体。起首两句既是对杨花物性的精确把握，也未尝没有自我反省、自我怜惜之情感在。“似花还似非花”，花，自然是美好的事物，可杨花似花却又不是花。苏轼在遭受打击后，不免对自我产生怀疑。想当年仁宗皇帝策试贤良时，是将我们兄弟俩当作日后宰相之才录取的啊！如今却被贬荒隅，我苏轼到底是人才还是愚鲁之辈呢？这是苏轼的自我反省。“也无人惜从教坠”，杨花开放枝头时，无可赏玩；迎风飘坠时，又无人怜惜。苏轼在此表面是惜花，实为自惜。“抛家”三句，描写杨花飘坠之态，叹其零落无归，感其貌似无情实则愁思满怀，这又是在写自己被贬黄州后的生活实况。“萦损”以下三句写杨花曾经依托之柳枝、柳叶，盖暗示朝廷对己之态度也。“梦随风”三句写杨花随风逐梦，未曾想被莺声惊扰，是写自己虽仍心系朝廷，但却被群小诽谤。上片写杨花飘坠，下片接写杨花零落之后的遭遇。“不恨”两句写杨花飘尽，春事已毕，也是在说忠臣被逐，朝中充斥群小，忧国之情，何等殷殷！“晓来”以下六句写杨花零落成泥，也暗示自己的不幸遭遇。结句绘其形而入其神，其伤感怨悱之情，离索迁谪之感，溢于笔端。

《苏轼文集》卷五十五《与章质夫三首》其一（黄州作）云：“某启。承喻慎静以处忧患。非心爱我之深，何以及此，谨置之座右也。《柳花》词妙绝，使来者何以措词。本不敢继作，又思公正柳花飞时出巡按，坐想四子，闭门愁断，故写其意，次韵一首寄去，亦告不以示人也。”既处忧患而填此词，复告友人“不以示人”，故以寄托之意解读此词，盖不远矣。另外，此词格律精细，被王国维《人间词话》誉为咏物词中“最工”之作，在苏轼词中属意、艺兼长的佳作。



## 念奴娇

### 赤壁怀古[1]

苏　轼

大江东去，浪淘尽、千古风流人物[2]。故垒西边人道是，三国周郎赤壁[3]。乱石穿空，惊涛拍岸，卷起千堆雪[4]。江山如画，一时多少豪杰。　　遥想公瑾当年，小乔初嫁了[5]，雄姿英发[6]。羽扇纶巾谈笑间[7]，强虏灰飞烟灭[8]。故国神游[9]，多情应笑，我早生华发[10]。人间如梦，一尊还酹江月[11]。

## 评语

胡仔《苕溪渔隐丛话》前集卷五十九:东坡"大江东去"赤壁词,语意高妙,真古今绝唱。

元好问《题闲闲书〈赤壁赋〉后》(《遗山先生文集》卷四十):夏口之战,古今喜称道之。东坡赤壁词殆戏以周郎自况也。词才百余字,而江山人物无复余蕴,宜其为乐府绝唱。

沈雄《古今词话·词话》卷上:江尚质曰:"东坡《酹江月》为千古绝唱。"



## 注释

①赤壁:湖北江汉之间称赤壁者有五:蒲圻县赤壁山、武昌县西赤矶山、汉阳县西南临障山南峰、汉川县城西八十里之赤壁草市、黄州城西之赤鼻山(又名赤鼻矶)。三国赤壁在鄂州蒲圻县西北一百二十里长江南岸,一说在湖北武昌县西南赤矶山。此处所写赤壁为黄州赤壁。苏轼《东坡志林》卷四《赤壁洞穴》:"黄州守居之数百步为赤壁,或言即周瑜破曹公处,不知果是否?"

②大江:长江。李白《庐山谣寄卢侍御虚舟》:"登高壮观天地间,大江茫茫去不还。"浪淘尽:一作"浪声沉。"

③周郎:《三国志》卷五四《吴书·周瑜传》:"周瑜,字公瑾,庐江舒人也……坚子策,与瑜同年,独相友善……是岁建安三年也,策亲自迎瑜,授建威中郎将,即与兵二千人,骑五十匹。瑜时年二十四,吴中皆呼为周郎。"



④乱石穿空:形容峭壁耸立,好像要刺破了天空似的。诸葛亮《黄陵庙记》:"乱石排空,惊涛拍岸。"卷起千堆雪:形容很多白色的浪花。柳永《望海潮》:"怒涛卷霜雪,天堑无涯。"

⑤小乔:三国时乔公之女,周瑜之妻。乔,姓,一作"桥"。《三国

志》卷五四《吴书·周瑜传》："（孙）策欲取荆州，以瑜为中护军，领江夏太守，从攻皖，拔之。时得桥公两女，皆国色也。策自纳大桥，瑜纳小桥。"赤壁之战时周瑜与小乔结婚已十年。

⑥《三国志》卷五四《吴书·周瑜传》："瑜长壮有姿貌。"《三国志》卷五四《吴书·吕蒙传》："孙权与陆逊论周瑜、鲁肃及蒙曰：'公瑾雄烈，胆略兼人……（吕蒙）学问开益，筹略奇至，可以次于公瑾，但言议英发不及之耳。'"苏轼《送欧阳推官赴华州监酒》："知音如周郎，议论亦英发。"

⑦羽扇：用鸟羽做的扇。纶（guān）巾：丝帛做的便装头巾，又曰诸葛巾。程大昌《演繁露》卷八《羽扇》条："《语林》曰：'诸葛武侯与晋宣帝战于渭滨，乘素车，着葛巾，挥白羽扇，指麾三军。'"《晋书》卷六八《顾荣传》："顾荣征陈敏，自以羽扇麾之，敏众大溃。"

⑧强虏：一作"樯橹"。王楙《野客丛书》卷二十四："淮东将领王智夫言：尝见东坡亲染所制水调词，其词谓'羽扇纶巾，谈笑处、樯橹灰飞烟灭'，知后人伪为'强虏。'"李白《赤壁歌送别》："二龙争战决雌雄，赤壁楼船扫地空。烈火张天照云海，周瑜于此破曹公。"

⑨故国：旧地，指古战场赤壁。神游：谓形体不动而心神向往，如亲游其境。《列子》卷上《周穆王》："化人曰：'吾与王神游也，形奚动哉？'"

⑩"多情"两句：刘驾《山中夜坐》："谁遣我多情，壮年无鬓发。"

⑪尊：酒器。酹：把酒浇在地上祭奠。

## 题解

此词或云作于宋神宗元丰四年（1081）十月，王文诰《苏诗总案》卷二一:“元丰四年辛酉,十月,赤壁怀古作《念奴娇》词。”或云作于元丰五年(1082)七月,傅藻《东坡纪年录》:“元丰五年壬戌,公在黄州。七月,既望,泛舟于赤壁之下,作《赤壁赋》,又怀古作《念奴娇》。”后多以傅说为是。词借怀古以抒怀抱。开篇由滚滚大江着笔,将自然与人事、空间与时间绾合,寓无穷兴亡之感。“故垒”两句点赤壁,“乱石”三句写赤壁景色,大笔烘染,险境奇景,惊心动魄。“江山”两句赞赤壁风景秀美、地灵人杰,束上启下。下片先写周瑜幸福的爱情,接写其不世的战功,突出周瑜爱情事业双丰收。“羽扇纶巾谈笑间,强虏灰飞烟灭”,用十三个字就写尽了赤壁之战,对历史事件的勾勒极具概括力。“故国”三句折到自身,古今对照,以周瑜的得意人生,反衬自己年华渐老而事业无成的失意人生。结句以酒自解,达观之中有沉痛,沉痛之中又见希望。全词境界阔大,大气磅礴,意蕴丰厚,是作者豪放词的代表作。



## 西江月

梅花[①]

苏　轼

玉骨那愁瘴雾[②],冰姿自有仙风[③]。海仙时遣探芳丛。倒挂绿毛么凤[④]。　素面翻嫌粉涴[⑤],洗妆不褪唇红[⑥]。高情已逐晓云空。不与梨花同梦[⑦]。

**评语**

杨慎《词品》卷二:古今梅词,以坡仙“绿毛幺凤”为第一。

潘游龙《精选古今诗余醉》卷一三:末二语不必有所指,即咏梅绝佳。

## 注释

①傅干《注坡词》卷二:"公自跋云:诗人王昌龄梦中作《梅花》诗。南海有珍禽,名倒挂子,绿毛,如鹦鹉而小。惠州多梅花,故作此词。"

②韩愈《杏花》:"浮花浪蕊镇长有,才开还落瘴雾中。"

③姿:傅本作"肌"。《庄子·逍遥游》:"藐姑射之山,有神人居焉,肌肤若冰雪,绰约若处子。"李白《大鹏赋序》:"余昔于江陵见天台司马子微,谓余有仙风道骨。"

④海仙:指下句的绿毛么凤,南方的一种珍禽,绿毛红喙,栖集时皆倒悬于枝上,俗称"倒挂子"。庄绰《鸡肋编》卷下:"东坡在惠州作梅词云(词略)。广南有绿羽丹嘴禽,其大如雀,状类鹦鹉,栖集皆倒悬于枝上,土人呼为'倒挂子'。而梅花叶四周皆红,故有'洗妆'之句。二事皆北人所未知者。"《苏轼诗集》卷三八《再用前韵》:"蓬莱宫中花鸟使,绿衣倒挂扶桑暾。"苏轼自注:"岭南珍禽有倒挂子,绿毛,红喙,如鹦鹉而小,自东海来,非尘埃中物也。"

⑤翻:傅本、元本作"常",元本注:"一作翻"。乐史《杨太真外传》:"封大姨为韩国夫人,三姨为虢国夫人,八姨为秦国夫人,同日拜命,皆月给钱十万为脂粉之资。然虢国不施妆粉,自衒美艳,常素面朝天。"张祜《集灵台》:"虢国夫人承主恩,平明骑马入宫门。却嫌脂粉污颜色,淡扫蛾眉朝至尊。"涴(wò):沾污,弄脏。

⑥惠洪《冷斋夜话》卷十:"岭外梅花与中国异,其花几类桃花之色,而唇红香著。"

⑦傅注:“公自跋云:‘诗人王昌龄,梦中作梅花诗。南海有珍禽,名倒挂子,绿毛,如鹦鹉而小。惠州多梅花,故作此词。’诗话云:王昌龄梅诗曰‘落落寞寞路不分,梦中唤作梨花云’,方知公引用此诗。”

**题解**

惠洪《冷斋夜话》卷一云:“东坡南迁,侍儿王朝云者请从行,东坡佳之,……予家有数妾,四五年相继辞去,独朝云随予南迁。……(绍圣)三年(1096)七月十五日,朝云卒,葬于栖禅寺松林中,直大圣塔。……又作《梅花》词曰‘玉骨那愁瘴雾’者,其寓意为朝云作也。”知此词名为咏梅,实则是为悼念侍妾王朝云而作。上片写惠州梅超尘脱俗的神仙风致。“玉骨”两句说惠州梅虽然生长在瘴疠之地,却不畏瘴气的侵袭,仍然保持着冰清玉洁的高贵品质和美好姿容。“海仙”两句用珍禽从侧面烘托梅花之品味。下片正面写梅。“素面”两句云其不施粉黛,天然娇容。结句感叹梅花高洁,不与凡花同梦。全词既是写梅,也是写朝云,蕴有对朝云无限赞美和深沉怀念之情,格调哀婉,情韵悠长,既是咏梅词名篇,也是悼词中的佳作。

# 卜算子

苏　轼

黄鲁直跋云:“东坡道人在黄州时作,语意高妙,似非吃烟火食人语。非胸中有万卷书,笔下无一点尘俗气,孰能至是。”①

缺月挂疏桐，漏断人初静②。时见幽人独往来③，缥缈孤鸿影。　惊起却回头，有恨无人省。拣尽寒枝不肯栖④，枫落吴江冷⑤。

**评语**

袁文《甕牖闲评》卷五：苏东坡谪黄州，邻家一女子，甚贤，每夕只在窗下听东坡读书。后其家欲议亲，女子云："须得读书如东坡者乃可。"竟无所谐而死。故东坡作《卜算子》以记之。黄太史谓"语意高妙"。盖东坡是词为冠绝也。

黄苏《蓼园词选》：此词乃东坡自写在黄州之寂寞耳。初从人说起，言如"孤鸿"之冷落，第二阕专就鸿说，语语双关。格奇而语隽，斯为超诣神品。

**注释**

①一作"黄州定惠院寓居作。"

②漏断：古代以漏壶盛水刻度计时，"漏断"指壶水滴尽，表明夜已深。许慎《说文》："漏，以铜受水，刻节，昼夜百刻。"

③幽人：幽居孤独之人。孟浩然《夜归鹿门歌》："岩扉松径长寂寥，唯有幽人独往来。"

④寒枝：寒冷季节的树枝。李元操《鸣雁行》："夕宿寒枝上，朝飞空井傍。"

⑤鲖阳居士《复雅歌词》作"寂寞吴江冷"，俞文豹《吹剑录》作"寂寞沙洲冷"。陈鹄《耆旧续闻》卷二引顾禧《补注东坡长短句》云："余顷于郑公实处见东坡亲迹，书《卜算子》断句云：'寂寞沙洲冷'，今本作'枫落吴江冷'，词意全不相属。""枫落吴江冷"原为唐人崔信明名句。《旧唐书》卷一百九十上《郑世翼

传》："崔信明自谓文章独步，多所凌轹。世翼遇诸江中，谓之曰：'尝闻"枫落吴江冷"。'信明欣然示百余篇。世翼览之未终，曰：'所见不如所闻。'投之于江。信明不能对，拥楫而去。"

**题解**

宋神宗元丰三年(1080)，苏轼初贬黄州寓居定惠院时作此词。全词因物见意、以鸿见志，自写被贬黄州的寂寞。词的上片写深夜所见，即鸿见人。"缺月"二句营造孤寂氛围：缺月挂疏桐、夜深人初静，为人物活动作铺垫。"时见"二句写"幽人"独来独往、心事浩茫，"孤鸿"缥缈若仙，超凡脱俗，由人及鸟，鸟亦如人，人、鸟孤独冷落的形象相互对应，互为补充。下片专就鸿说，语语双关。"惊起"二句触兴于惊鸿，写词人惊恐孤苦的心境无人理解，情不能堪！"拣尽"二句写那惊惶四顾的孤鸿虽无枝可依，也不愿随意栖息，正如词人虽处绝境而仍然高洁自许，不愿同流合污。整首词格奇语隽，思深情苦，读之使人忧思神伤，不愧为超诣神品！



## 贺新郎[①]

夏景

苏　轼



乳燕飞华屋[②]。悄无人、桐阴转午[③]，晚凉新浴。手弄生绡白团扇，扇手一时似玉[④]。渐困倚、孤眠清熟[⑤]。帘外谁来推绣户，枉教人、梦断瑶台曲[⑥]。又却是，风敲竹[⑦]。　石榴半吐红巾蹙[⑧]。待浮花、浪蕊都尽，伴君幽独[⑨]。秾艳一枝细看取，芳心千重似束[10]。又恐被、秋风惊绿[11]。若待得君来向此，花前对酒不忍触。共粉泪，两簌簌[12]。

## 评语

胡仔《苕溪渔隐丛话》后集卷三九：野哉，杨湜之言，真可入《笑林》！东坡此词，冠绝古今，托意高远，宁为一娼而发邪？“帘外谁来推绣户，枉教人、梦断瑶台曲。又却是，风敲竹”，用古诗“卷帘风动竹，疑是故人来”之意，今乃云“忽有人叩门声，急起而问之，乃乐营将催督”，此可笑者一也。“石榴半吐红巾蹙。待浮花、浪蕊都尽，伴君幽独。秾艳一枝细看取，芳心千重似束”，盖取夏之时，千花事退，榴花独芳，因以中（申）写幽闺之情，今乃云“是时榴花盛开，秀兰以一枝藉手告倅，其怒愈甚”，此可笑者二也。此词腔调寄《贺新郎》，乃古曲名也，今乃云“取其沐浴新凉，曲名《贺新凉》，后人不知之，误为《贺新郎》”，此可笑者三也。《词话》中可笑者甚众，姑举其尤者。第东坡此词，深为不幸，横遭点污，吾不可无一言雪其耻。

周济《介存斋论词杂著》：北宋有无谓之词以应歌，南宋有无谓之词以应社。然美成《兰陵王》、东坡《贺新郎》当筵命笔，冠绝一时。



## 注释

①《贺新郎》词调因此词又名《贺新凉》、《乳飞燕》、《风敲竹》等。

②乳燕：雏燕。杜甫《题省中壁》：“落花游丝白日静，鸣鸠乳燕青春深。”华屋：华美的屋宇。曹植《野田黄雀行》：“生存华屋处，零落归山丘。”

③转午：转过正午，即午后。

④言扇、手皆呈玉色。刘义庆《世说新语·容止》:“王夷甫容貌整丽,妙于谈玄,恒捉白玉柄麈尾,与手都无分别。”

⑤清熟:谓睡眠安稳沉酣。

⑥瑶台:华美的楼台,传说中的神仙居所。此处指梦中仙境。曲:幽僻处。《离骚》:“望瑶台之偃蹇兮,见有娀之佚女。”

⑦李益《竹窗闻风寄苗发司空曙》:“开门复动竹,疑是故人来。”

⑧“石榴”句:意为石榴花半开时如有皱褶的红色丝巾一样。蹙:皱。白居易《题孤山寺山石榴花示诸僧众》:“山榴花似结红巾,容艳新妍占断春。”

⑨浮花浪蕊:指桃杏之类的俗常花卉,它们春天绽放,石榴繁盛时,这些花已凋落。韩愈《杏花》:“浮花浪蕊镇长有,才开还落瘴雾中。”傅注:“石榴繁盛时,百花零落尽矣。”

⑩形容榴花重瓣,拟人之心情沉重精神蹙束。

⑪谓担心石榴花被秋风吹落后,只剩下满枝绿叶。皮日休《石榴歌》:“蝉噪秋枝槐叶黄,石榴香老愁寒霜。”

⑫此句谓花与泪共落。簌簌:纷纷落下的样子。李端《妾薄命》:“惟余坏粉泪,未免映衫匀。”元稹《连昌宫词》:“又有墙头千叶桃,风动落花红簌簌。”

## 题解

此词本事有多种说法:一、杨湜《古今词话》云此词是苏轼熙宁年间做杭州通判时为歌妓秀兰而作。胡仔《苕溪渔隐丛话》后集卷三十九云此说“真可入笑林”,并认为词中所咏“盖初夏之时,千花事退,榴花独芳,因以申写幽闺之情”。二、曾季貍《艇斋诗话》则云此词“在杭州万顷寺作。寺有榴花树,故词中云石榴。又是日有歌者昼寝,故词中云‘渐困倚、孤眠清熟’”。三、陈鹄《耆旧续闻》卷二指出此词是东坡晚年南迁时所作,并云此说得之于晁以道。

谭献评《词辨》卷二云:“颇欲与少陵《佳人》一篇互证。”杜甫《佳人》一诗,写“绝代有佳人,幽居在空谷。自云良家女,零落依草木”。她“在山泉水清,出山泉水浊”、“天寒翠袖薄,日暮倚修竹”,这种贫贱不移、贞节自守的精神,与杜甫虽漂泊流离却始终不忘国忧的精神非常相像。同样,苏轼在这首词中写了一位高洁绝尘的幽居美人,她纯洁、贞静、形神俱美,然而却寂寞无依,好梦难成,实际上也是在写他自己。词的上片写佳人之美丽高贵及其所居之孤寂幽僻。“乳燕”三句既点明了季节(春末夏初)时间(午后),也为佳人营造了一高贵而寂寞的环境。“手弄”两句突出佳人之纯洁美丽。她倚枕孤眠,却因风动竹摇而美梦初醒,一个孤高夐绝的绝代佳人形象就出现在我们面前。下片写的是不与“浮花浪蕊”为伍而愿意“伴君幽独”的榴花,它幽独、秀洁、芳心千重,忧惧西风摧折。词的结尾指明美人与榴花有着同样的遭遇。词以榴花衬映美人,美人艳如榴花,花着人之愁情,人具花之品格,是花是人,融合为一,共宣迟暮之感,同发身世之叹。婉曲缠绵,寄托遥深,抒发了怀才不遇而年岁渐老的抑郁心情。



## 八声甘州



寄参寥子①

苏　轼

有情风、万里卷潮来,无情送潮归。问钱塘江上,西兴浦口，几度斜晖[②]。不用思量今古，俯仰昔人非[③]。谁似东坡老，白首忘机[④]。　　记取西湖西畔，正暮山好处，空翠烟霏[⑤]。算诗人相得，如我与君稀。约他年、东还海道，愿谢公、雅志莫相违[⑥]。西州路，不应回首，为我沾衣[⑦]。

**评语**

郑文焯《手批东坡乐府》：突兀雪山，卷地而来，真似钱塘江上看潮时，添得此老胸中数万甲兵，是何气象雄且杰！妙在无一字豪宕，无一语险怪，又出之以闲逸感喟之情，所谓骨重神寒，不食人间烟火者，词境至此，观止矣！……云锦成章，天衣无缝。是作从至情流出，不假熨贴之工。



**注释**

①本题下注“时在巽亭”。巽亭在杭州东南。《乾道临安志》卷二：“南园巽亭，庆历三年，郡守蒋堂于旧治之东南建巽亭，以对江山之胜。”参寥子：《苏轼诗集》卷十七《次韵僧潜见赠》施注：“僧道潜，字参寥，於潜（今属浙江临安）人。能文章，尤喜为诗。尝有句云：‘风蒲猎猎弄轻柔，欲立蜻蜓不自由。五月临平山下路，藕花无数满汀洲。’过东坡于彭城，甚爱之，以书告文与可，谓其诗句清绝，与林逋上下，而通了道义，见之令人萧然。坡守吴兴，会于松江。坡既谪居，不远二千里，相从于齐安。留期年，遇移汝海，同游庐山，有《次韵留别》诗。坡守钱塘，卜智果精舍居之，入院，分韵赋诗，又作《参寥泉铭》。坡南迁，遂欲转海访之。以书力戒，勿萌此意，自揣余生必须相见。当路亦捃其诗语，谓有刺讥，得罪，反初服。建中靖国初，曾子开在翰苑，言其非罪。诏复祝发。苏黄门每称其体制绝似储光羲，非

近世诗僧所能比也。”

②傅注：“钱塘、西兴，并吴中之绝景。”《钱塘记》：“大海在县东一里，符郡议曹华信家，议立此塘，以防海水。始开，募有能致一斛土者，即与钱一千。旬月之间，来者云集，塘未成而不复取。于是载土石者，皆弃而去，塘以之成，故改名钱塘焉。”《会稽志》：“西陵在萧山县，吴越改为西兴。”

③王羲之《兰亭集序》：“向之所欣，俯仰之间，已为陈迹……每览昔人兴感之由，若合一契，未尝不临文嗟悼，不能喻之于怀。”

④东坡老：作者自指。忘机：恬淡无为，与世无争。李白《下终南山过斛斯山人宿置酒》：“我醉君复乐，陶然共忘机。”

⑤惠洪《冷斋夜话》卷四：“东晋骚人胜士最多，皆无出谢安石之右，烟霏空翠之间，乃携娉婷登临之。”

⑥海道：指滨海的浙东一带。谢公雅志：东晋谢安曾隐居会稽东山，中年出仕后，时时怀东山之志。此指归隐山林的高雅志向。

⑦西州路：即入西州城的路。《晋书·谢安传》：“羊昙者，太山人，知名士也，为安所爱重。安薨后，辍乐弥年，行不由西州路。尝因大醉，不觉至州门。左右白曰：‘此西州门。’昙悲感不已，以马策扣扉，诵曹子建曰：‘生存华屋处，零落归山丘。’因恸哭而去。”此借用以设想友人对自己的思念之情。西州：南朝晋宋间扬州刺史治所在金陵（今江苏南京），以治事在台城西，故称西州。后常以西州指金陵。

## 题解

胡仔《苕溪渔隐丛话》后集卷三十九云：“东坡别参寥长短句云（词略）。其词石刻后东坡自题云：‘元祐六年三月六日。’余以东坡先生年谱考之，元祐四年知杭州，六年召为翰林学士承旨，则长短句盖此时作也。”词为苏轼离杭赴京时别友人参寥之作，表达了二人间深厚的情谊。同时也抒发了苏轼历经坎坷后出世的玄想，表现出人生空漠之感。起句气象雄杰，破空而来，写尽钱塘江潮水的涨落来去，又可见千古之循环兴废。接三句以“问”字领起，在对钱塘江面浩阔景象的描写中，有一种历史的苍茫感，也暗示二人友情长久。“不用”以下四句，劝慰朋友，在漫长的历史长河中，我们不必思量今古，计较对错，能够少一些机心、多一点达观就好。下片回忆二人在西湖边的游赏活动，感慨二人性情相投，情深谊重，并约定他日再见，同隐山林。整首词寄伊郁于豪宕，气势恢宏而又含蓄蕴藉。



## 绿头鸭

晁端礼

锦堂深[①]，兽炉轻喷沉烟[②]。紫檀槽、金泥花面，美人斜抱当筵[③]。挂罗绶、素肌莹玉，近鸾翅、云鬓梳蝉[④]。玉笋轻拢[⑤]，龙香细抹，凤凰飞出四条弦。碎牙板、烦襟消尽，秋气满庭轩[⑥]。今宵月，依稀向人，欲斗婵娟[⑦]。　变新声、能翻往事[⑧]，眼前风景依然。路漫漫、汉妃出塞[⑨]，夜悄悄、商妇移船[⑩]。马上愁思，江边怨感，分明都向曲中传。困无力、劝人金盏，须要倒垂莲。拚沉醉，身世恍然，一梦游仙。

## 评语

张表臣《珊瑚钩诗话》:予尝语晁次膺曰:"公《绿头鸭》琵琶词诚妙绝,盖自'晓风残月'之后,始有'移船出塞'之曲。"

## 注释

①锦堂:华美的卧室。

②兽炉:兽形的香炉。杜牧《春思》:"兽炉凝冷焰,罗幕蔽晴烟。"沉烟:指点燃的沉香。顾敻《酒泉子》:"堪恨荡子不还家,谩留罗带结,帐深枕腻炷沉烟,负当年。"

③檀槽:檀木制成的琵琶、琴等弦乐器上架弦的槽格。亦指琵琶等乐器。李贺《感春》:"胡琴今日恨,急语向檀槽。"王琦汇解:"唐人所谓胡琴,应是五弦琵琶耳。檀槽,谓以紫檀木为琵琶槽。"张先《西江月》:"体态看来隐约,梳妆好是家常。檀槽初抱更安详,立向尊前一行。"金泥:用以饰物的金屑。孟浩然《宴张记室宅》:"玉指调筝柱,金泥饰舞罗。"

④云鬓:形容妇女浓黑而柔美的鬓发。《木兰诗》:"当窗理云鬓,挂镜帖花黄。"李商隐《无题》:"晓镜但愁云鬓改,夜吟应觉月光寒。"

⑤玉笋:喻女子手指。韩偓《咏手》:"腕白肤红玉笋芽,调琴抽线露尖斜。"轻拢:弹琵琶的指法。白居易《琵琶引》:"轻拢慢捻抹复挑,初为《霓裳》后《绿腰》。"

⑥牙板:亦作"牙版"。象牙或木制的拍板。歌时击之为节拍。烦襟:烦闷的心怀。王勃《游梵宇三觉寺》:"遽忻陪妙躅,延赏涤烦襟。"秋气:指秋高气爽。杜甫《曲江》诗之一:"曲江萧条秋气高,菱荷枯折随风涛。"庭轩:庭院中的小室。张先《青门引》:"庭轩寂寞近清明,残花中酒,又是去年病。"

⑦婵娟：指代明月或月光。苏轼《水调歌头》："但愿人长久，千里共婵娟。"

⑧新声：新作的乐曲；新颖美妙的乐音。《国语·晋语八》："平公说新声。"陶潜《诸人共游周家墓柏下》："清歌散新声，绿酒开芳颜。"孟郊《楚竹吟酬卢虔端公见和湘弦怨》："握中有新声，楚竹人未闻。"

⑨汉妃出塞：《昭明文选》卷二十七《王明君词并序》："王明君者，本是王昭君，以触文帝讳改焉。匈奴盛，请婚于汉。元帝以后宫良家子昭君配焉。昔公主嫁乌孙，令琵琶马上作乐，以慰其道路之思。其送明君，亦必尔也，其造新曲，多哀怨之声，故叙之于纸云尔。"李善注引《汉书》曰："乌孙使使献马，愿得尚公主，乃遣江都王建女为公主，以妻乌孙焉。"

⑩商妇移船：白居易《琵琶引》："移船相近邀相见，添酒回灯重开宴。"



## 题解

词咏琵琶。上片正面写琵琶。开篇两句言环境，接着三句入题。"挂罗绶、素肌莹玉，近鸾翅、云鬓梳蝉"连用两个三、四句式，描写弹奏琵琶者美丽的妆扮与容颜。"玉笋轻拢，龙香细抹，凤凰飞出四条弦"写弹奏姿态及效果。"碎牙板、烦襟消尽，秋气满庭轩"仍然是从效果方面说美妙的琵琶声能让人消烦解暑，秋气宜人。"今宵月"三句荡开笔势，由庭院琵琶引向秋夜明月，营造一种高雅的氛围。下片用典，从侧面烘托琵琶。换头三句由乐曲转入历史，接着的"路漫漫、汉妃出塞，夜悄悄、商妇移船"用两个整饬的三、四对句，高度精炼地概括出历史中两个与琵琶有关的著名典故，一是昭君出塞，一是白居易《琵琶行》，来增加自己所歌咏对象——琵琶的历史厚重感。“马上”三句进一步抒写这两个故事。“困无力”至结尾由琵琶乐曲写到饮酒，写到人生，提升词作的境界。这首词语言精炼，结构井然，为咏琵琶而能得其神者。

## 望海潮[①]

秦　观

梅英疏淡，冰澌溶泄[②]，东风暗换年华[③]。金谷俊游，铜驼巷陌[④]，新晴细履平沙。长记误随车[⑤]。正絮翻蝶舞，芳思交加[⑥]。柳下桃蹊[⑦]，乱分春色到人家。　西园夜饮鸣笳[⑧]。有华灯碍月，飞盖妨花[⑨]。兰苑未空[⑩]，行人渐老，重来是事堪嗟。烟暝酒旗斜[⑪]。但倚楼极目，时见栖鸦。无奈归心，暗随流水到天涯。

### 评语

陈廷焯《白雨斋词话》卷一：少游词最深厚，最沉着，如“柳下桃蹊，乱分春色到人家”，思路幽绝，其妙令人不能思议，较“郴江幸自绕郴山，为谁流下潇湘去”之语，尤为入妙。

### 注释

①此词残宋本《淮海居士长短句》无题，汲古阁本《淮海词》题作“洛阳怀古”，词乃感旧而非怀古，词题乃后人妄加。《草堂诗余》作“春感”。

②冰澌（sī）：冰块流融。澌：流水。冰初凝或初融皆可称冰澌。

苏辙《游城西集庆园》:“冰澌片断水光浮,柳线和柔风力软。”溶泄:溶解流泄。皇都风月主人《绿窗新话》引唐南卓《解题叙》:“后二年,江上烟波溶泄,见女立于水中。”

③东风:《礼记·月令》:“东风解冻。”此句言东风顿起,不知不觉又换了岁月。

④金谷:指西晋富豪石崇在洛阳所筑的金谷园。潘岳《金谷集作》:“朝发晋京阳,夕次金谷湄。”铜驼:即铜驼街。在今河南省洛阳市故洛阳城中。以道旁曾有汉铸铜驼两枚相对而得名。为古代著名的繁华区域。《太平御览》卷一五八引晋陆机《洛阳记》:“洛阳有铜驼街。汉铸铜驼二枚,在宫南四会道相对。俗语曰:‘金马门外集众贤,铜驼陌上集少年。’”金谷、铜驼对文屡见唐人诗,如骆宾王《艳情》:“铜驼路上柳千条,金谷园中花几色。”杜甫《至后》:“金谷铜驼非故乡。”

⑤韩愈《嘲少年》:“只知闲信马,不觉误随车。”张泌《浣溪沙》:“晚逐香车入凤城,东风斜揭绣帘轻,慢回娇眼笑盈盈。”

⑥芳思(sì):春天引起的情思。交加:纷多杂乱貌。

⑦桃蹊:桃树下的小路。《史记·李将军传》:“谚曰:桃李不言,下自成蹊。”蹊:小径。

⑧西园:园林名。在河南省临漳县邺县旧治北,传为曹操所建,为曹植兄弟游宴之处。曹植《公宴诗》:“清夜游西园,飞盖相追随。”宋时附马都尉王诜在汴京也建有西园,苏轼、秦观、黄庭坚等名士曾在此雅集,李伯时画有《西园雅集图》。宋时洛阳亦有西园,见李格非《洛阳名园记》。或云词中西园泛指风景优美的园林。笳:胡笳,古代西北少数民族的一种管乐器。

⑨指灯光亮得妨碍了观月，车马多得妨碍了赏花。

⑩兰苑：美丽的园林，亦指西园。

⑪烟暝：烟霭弥漫，天色昏暗。

**题解**

元祐年间，秦观在朝廷供职，常与公卿名流文酒期会，元祐七年（1092）的赐宴尤为印象深刻。《淮海集》载《西城宴集》诗序云："诏赐馆阁官花酒，以中浣日游金明池、琼林苑，又会于国夫人园。会者二十有六人。"然绍圣元年（1094）政局大变，秦观坐党籍被贬，将遣离汴京赴处州任通判，重游其地，感慨万千。此词不止于伤春怀旧，亦含政治失意之慨叹。上片起头三句，写初春景物。"暗换年华"，既指眼前自然变化，又指人事沧桑、政局变化。"金谷俊游"以下以"长记"领起，写两年前诏赐游宴情景，热闹繁华，衬出自己当前凄凉、寂寞境地。"兰苑"三句，暗中转折，写世易时移，行人渐老，点明怀旧之意，感慨至深。以下写独倚酒楼，只见烟暝旗斜，暮色苍茫，既无飞盖俊侣，亦无鸣笳夜饮，极目所至，无絮蝶桃柳之春色，惟"时见栖鸦"而已。无奈宦海风波，仕途蹉跌，还未离开汴京，已是归心渐浓。

## 八六子

秦　观

倚危亭[①]。恨如芳草，萋萋刬尽还生[②]。念柳外青骢别后，水边红袂分时[③]，怆然暗惊。　无端天与娉婷[④]。夜月一帘幽梦，春风十里柔情[⑤]。怎奈向[⑥]、欢娱渐随流水，素弦声断[7]，翠绡香减，那堪片片飞花弄晚，濛濛残雨笼晴。正销凝。黄鹂又啼数声[8]。

## 评语

张侃《拙轩词话》：秦淮海词，古今绝唱，如《八六子》前数句云："倚危亭。恨如芳草，萋萋刬尽还生。"读之愈有味。

张炎《词源》卷下：秦少游《八六子》云："倚危亭（略）。"离情当如此作，全在情景交炼，得言外意，有如"劝君更尽一杯酒，西出阳关无故人"，乃为绝唱。



## 注释

①危亭：高亭。

②恨如芳草：李煜《清平乐》："离恨恰如春草，更行更远还生。"萋萋：形容草生长茂盛。刬（chǎn）：同"铲"，铲除。

③青骢（cōng）：毛色青白相间的马。红袂（mèi）：指女子红色的衣袖。

④无端：没来由。娉（pīng）婷：姿态美好的样子。

⑤杜牧《赠别》："春风十里扬州路，卷上珠帘总不如。"

⑥怎奈向：犹言怎奈、奈何。向：语助词。晏殊《殢人娇》："罗巾掩泪，任粉痕沾污，争奈向、千留万留不住。"



⑦素弦：指素琴的弦，素琴指不加装饰的琴。刘禹锡《许给事见示哭工部刘尚书诗因命同作》："素弦哀已绝，青简叹犹新。"

⑧销凝：销魂、凝魂，指伤心凝思出神。杜牧《八六子》："正销魂，梧桐又移翠阴。"黄鹂：又名黄莺。何逊《石头答庾郎丹》："黄鹂隐叶飞，蛱蝶萦空戏。"

**题解**

宋神宗元丰三年(1080),少游曾至扬州游大明寺、九曲池诸名胜。其间曾与一女子相恋,别后北归,中途倚亭南望,一腔离愁油然而生,遂有此怀人之作。起句写主人公倚亭南望,离恨犹如春草绵绵不绝。起笔突兀,以春草拟离愁,为神来之笔。第四句着一"念"字,转入追念分别情景:自己骑着青骢马,她则身着红色丽装,在冰畔柳旁,怆然而别。下片起三句怀想与伊人相遇、相恋与睽离的经过。自"怎奈向"起又折回别后,此中多少离别失恋痛苦皆从急管繁弦和残花晚烟的凄迷景象中自然流出。结句几声黄鹂,惊断怀旧思绪,深化无限愁情。全词情景交炼,寄慨无端。多四、六句式,语句清峭中见柔绵。虽写离情,然能调感怆于融会中,故能委婉曲折,哀而不伤,堪称离情词之典范。



## 满庭芳

秦 观

山抹微云,天连衰草,画角声断谯门①。暂停征棹,聊共引离尊②。多少蓬莱旧事,空回首、烟霭纷纷③。斜阳外,寒鸦万点,流水绕孤村④。 销魂⑤。当此际,香囊暗解,罗带轻分⑥。谩赢得、青楼薄幸名存⑦。此去何时见也,襟袖上、空惹啼痕。伤情处,高城望断,灯火已黄昏⑧。



**评语**

《百名家词钞》引聂先语:少游"山抹微云"一阕,为古今绝唱。

贺贻孙《诗筏》:秦少游"斜阳外,寒鸦万点,流水绕孤村"。晁无咎云:“此语虽不识字者,亦知是天生好言语。”渔隐云:“无咎不见炀帝诗耳。”盖以隋炀帝有“寒鸦千万点,流水绕孤村”之句也。余谓此语在隋炀帝诗中,只属平常,入少游词特为妙绝。盖少游之妙,在“斜阳外”三字,见闻空幻。又“寒鸦”、“流水”,炀帝以五言划为两景,少游用长短句错落,与“斜阳外”三景合为一景,遂如一幅佳图。此乃点化之神。必如此,乃可用古语耳。

陈廷焯《词则·大雅集》卷二:诗情画景,情词双绝。此词之作,其在坐贬后乎?



## 注释

①抹:涂抹。连:一作“粘”。画角:涂有彩色的军中号角。发声哀厉高亢,古时军中多用以警昏晓,振士气,肃军容。帝王出巡,亦用以报警戒严。梁简文帝《折杨柳》:“城高短箫发,林空画角悲。”谯门:建有瞭望楼的城门。《汉书·陈胜传》:“攻陈,陈守令皆不在,独守丞与战谯门中。”颜师古注:“谯门,谓门上为高楼以望者耳。”

②征棹:远行之船。引:指举杯相劝。杜甫《夜宴左氏庄》:“看剑引杯长。”

③蓬莱:海上三座仙山之一,借指美女所居。这里一笔二用,又指会稽(今浙江绍兴)蓬莱阁。烟霭:云气。纷纷:形容烟雾浓盛、迷蒙。



④隋炀帝诗:“寒鸦千万点,流水绕孤村。”万点:一作“数点”。

⑤销魂:形容心神恍惚的样子,亦指极度沉痛。江淹《别赋》:“黯然销魂者,唯别而已矣。”

⑥香囊:盛香料的袋子,即香荷包,佩于身或悬于帐以为饰物。与下句“罗带”都是男女定情之物。繁钦《定情》:“何以致叩叩,

香囊系肘后。”

⑦谩:通“漫”。徒然。薄幸:薄情。杜牧《遣怀》:“十年一觉扬州梦,赢得青楼薄幸名。”

⑧欧阳詹《初发太原途中寄太原所思》:“高城已不见,况复城中人。”谓回望高城,不见恋人而只见灯火黄昏。

## 题解

这首恋情词作于宋神宗元丰二年(1079)。是年五月,秦观自高邮(今属江苏)赴会稽(今浙江绍兴)省亲,曾客居会稽龙山下蓬莱阁,与知越州程师孟(字公闢)相得甚欢,且颇有宴游。期间曾与人产生恋情。年底离开会稽,对这段感情念念不忘,于是填写了这首词。当时传唱甚广,首句尤为人称道,苏轼曾戏称之为“山抹微云君”、“山抹微云秦学士”,秦观的女婿范温在酒宴上向他人作自我介绍时也不说自己叫范温,而是说“某乃山抹微云女婿也”,可见其影响之大!起二句写别时所见,以秋天衰飒晚景衬离情,情感真挚。这两句之所以巧妙,从句式上看,用两个四字对句发端,从容整炼;从用字上看,“抹”、“连”两个动词,工致巧妙。“抹”字更将绘画技法引入景物描写,使词画意更浓。“画角”句写别时所闻,足堪断肠。此皆作为离情的衬托和渲染。以下遂转入饯别。“多少”两句回忆往昔欢乐往事,如今俱化为纷纷烟霭,飘渺无踪。“斜阳”三句插写外景,烘托凄凉,浓化别绪。晁补之曾赞曰:“虽不识字者,亦知是天生好言语。”此三句虽化用隋炀帝“寒鸦千万点,流水绕孤村”诗,但少游词在寒鸦、流水、孤村之外,另设一斜阳,空间景致的立体感更显强烈,画面的色彩、层次更加丰富,因此炀帝诗只属平常,少游词则特为绝妙。下片写离别。过片直抒感慨,“香囊”两句言分离之易,“谩赢得”句将无限身世之感打并入离情之中,

“此去”句叹相见无期。结句写旅船驶远，城不见而夜已深，然仍回首凝望，缠绵情思，一往而深。

## 千秋岁[①]

秦　观

水边沙外。城郭春寒退[②]。花影乱，莺声碎[③]。飘零疏酒盏，离别宽衣带[④]。人不见，碧云暮合空相对[⑤]。　忆昔西池会。鹓鹭同飞盖[⑥]。携手处，今谁在。日边清梦断[⑦]，镜里朱颜改。春去也，飞红万点愁如海[⑧]。



### 评语

胡仔《苕溪渔隐丛话前集》卷五十引《冷斋夜话》：少游小词奇绝，咏歌之，想见其神情在绛阙道山之间。

### 注释

①范成大《次韵徐子礼提举莺花亭诗序》云：“秦少游‘水边沙外’之词，盖在括苍监征时所作。予至郡，徐子礼提举按部来过，劝予作小亭，记少游旧事，又取词中语，名之曰莺花，赋诗六绝而去。明年亭成，次韵寄之。”黄昇《花庵词选》此词调下题作“少游谪处州日作”，并注云：“今郡治有莺花亭，盖因此词而取名。”均云作于处州。吴曾《能改斋漫录》卷十七则云作于衡阳：“秦少游所作《千秋岁》词，予尝见诸公唱和亲笔，乃知在衡阳时作也。”徐培均《秦少游年谱长编》云：“考少游乃于绍圣三年丙子（1096）岁暮抵郴州，其过衡阳，至少在秋天；而词则写春

景，殊不相合。故此词应以范、陆、花庵诸说为是，系作于处州，至衡阳始录示孔毅甫耳。”汲古阁本《淮海词》题下注曰：“谪虔州日作。”考少游生平，未过虔州，显误。

②水边：《草堂诗余》、《历代诗余》、《词谱》作“柳边”。城郭：城墙。城指内城的墙，郭指外城的墙。春寒：《草堂诗余》、《词谱》作“轻寒”。

③乱：凌乱。徐培均《淮海居士长短句笺注》解释为“花之繁茂”，并引白居易《钱塘湖春行》“乱花渐欲迷人眼”为据。这一解释与词结尾处“春去也，飞红万点愁如海”似有龃龉之处。碎：形容莺声细碎。杜荀鹤《春宫怨》：“风暖鸟声碎，日高花影重。”

④飘零：飘泊。疏酒盏：多时不饮酒。宽衣带：谓消瘦。《古诗十九首》之一：“相去日已远，衣带日已缓。”柳永《凤栖梧》：“衣带渐宽终不悔，为伊消得人憔悴。”

⑤江淹《拟休上人怨别》：“日暮碧云合，佳人殊未来。”

⑥西池：指金明池，在汴京，秦观于元祐年间居京时，与诸同僚有金明池之游会。鹓（yuān）鹭：鹓与鹭两种鸟飞时整齐有序，如朝官之行列，故以之喻朝官。《隋书·音乐志》：“怀黄绾白，鹓鹭成行。”飞盖：曹植《公宴诗》：“清夜游西园，飞盖相追随。”这里代指车，即好友如云，宾朋群集。

⑦日边：见《世说新语·夙惠》：“晋明帝数岁，坐元帝膝上。有人从长安来，元帝问洛下消息，潸然流涕。明帝问何以致泣，具以东渡意告之。因问明帝：‘汝意谓长安何如日远？’答曰：‘日远，不闻人从日边来，居然可知。’元帝异之。明日集群臣宴会，告以此意，更重问之，乃答曰：‘日近。’元帝失色，曰：‘尔何故

异昨日之言邪?'答曰:'举目见日,不见长安。'"后以日边喻京都帝王左右。

⑧飞红:《花庵词选》、《草堂诗余》、《历代诗余》、《词谱》作"落红"。杜甫《曲江对酒》:"一片花飞减却春,风飘万点正愁人。"

## 题解

这首词作于处州贬所,可能是秦观最为悲哀沉痛的词作之一,表达的情感非常复杂:有贬谪的痛苦,有离别的悲哀,有飘零的无奈,有对美好季节和年华逝去的惆怅,有因政治理想破灭而无以自解的忧伤,凡此种种,汇聚在一起,凝炼成"飞红万点愁如海"这一悲天怆地的咏愁名句。起首二句写眼前景,点明地点、时令。"花影乱,莺声碎"乃化用唐代杜荀鹤《春宫怨》"风暖鸟声碎,日高花影重"而成,一从听觉的角度写莺声盈耳,一从视觉的角度写花影迷目。"乱""碎"二字,将原本应该是悦人耳目的花影鸟语,写得是那么地扰人心神,炼字工致。"飘零"两句以极其哀怨的笔调,写尽飘零和离别的主题。歇拍二句进一步抒发离别后的惆怅情怀。过片回忆昔日西池宴集盛况,然点到为止,重点是要突出今日朋辈的风流云散,被贬谪到全国各地。"携手处,今谁在",用一反问句控诉政治斗争之惨烈,"日边清梦断"曲曲传出回归朝廷政治理想的破灭,"镜里朱颜改"感慨自己朱颜渐老、年华已逝。结句面对万物消退的暮春时节,悲叹愁深似海。其所展示出的绚烂背后的飒然凋零感人至深。全词哀怨凄婉,缠绵悱恻,有一唱三叹之妙。

# 踏莎行[1]

秦　观

雾失楼台，月迷津渡[2]。桃源望断无寻处[3]。可堪孤馆闭春寒，杜鹃声里斜阳暮[4]。　　驿寄梅花，鱼传尺素[5]。砌成此恨无重数[6]。郴江幸自绕郴山，为谁流下潇湘去[7]。



## 评语

胡仔《苕溪渔隐丛话前集》卷五十引范元实《诗眼》：后诵淮海小词云："杜鹃声里斜阳暮。"公（黄庭坚）曰："此词高绝。但既云'斜阳'，又云'暮'，则重出也。欲改'斜阳'作'帘栊'。"

王士禛《花草蒙拾》："郴江幸自绕郴山，为谁流下潇湘去。"千古绝唱。秦殁后，坡公尝书此于扇云："少游已矣，虽万人何赎！"高山流水之悲，千载而下，令人腹痛。

## 注释

①黄庭坚《山谷题跋》卷九《跋秦少游踏莎行》："右少游发郴州回横州，反顾有所属而作。"汲古阁本《淮海词》有词题"郴州旅舍"。

②雾失楼台：暮霭沉沉，楼台消失在浓雾中。月迷津渡：月色朦胧，渡口迷失不见。

③桃源：桃花源，指陶渊明在《桃花源记》中所描写的避世仙境。望断：极目远眺。无寻处：找不到。

④可堪：怎堪，哪堪，受不住。杜鹃：鸟名，又名布谷鸟，常在春末

夏初鸣叫,相传其鸣叫声像人言“不如归去”,容易勾起人的思乡之情。斜阳暮:黄庭坚以“斜阳暮”为复,欲改为“帘栊暮”;《郴州志》改“暮”为“度”;《野客丛书》则谓“暮”原作“曙”;胡仔谓“斜阳”属日,“暮”属时,引苏轼“回首斜阳暮”、周邦彦“雁背斜阳红欲暮”证其非复;宋翔凤据《说文》“莫从日,在草中”,谓“斜阳”是日斜时,“暮”是日入时,自昃至暮,杜鹃之声亦云苦矣。

⑤驿寄梅花:《荆州记》:“吴陆凯与范晔善,自江南寄梅花诣长安与晔,并赠诗曰:‘折梅逢驿使,寄与陇头人。江南无所有,聊赠一枝春。’”鱼传尺素:指传递书信。汉无名氏《饮马长城窟行》:“客从远方来,遗我双鲤鱼。呼儿烹鲤鱼,中有尺素书。”也有人说,古时舟车劳顿,信件很容易损坏,古人便将信件放入匣子中,再将信匣刻成鱼形,美观而又方便携带。尺素:指书信。古人常用素绢写信,以尺计,故称。

⑥砌:堆砌。无重数:数不尽。

⑦郴江:在湖南郴州,北流入湘江。幸自:本自,本来是。为谁:为什么。潇湘,潇水和湘水,是湖南境内的两条河流,在湖南零陵县合流后称湘江,又称潇湘。



**题解**

宋哲宗绍圣四年(1097)二月,秦观自郴州移横州(今广西横县)编管,此词即离别郴州时所作。这首羁旅行役词以凄婉的笔调,描述贬居地的荒凉和羁旅孤寂的心情,流露出作者对被贬的怨恨。除了哀婉欲绝、浑化苍茫的绝佳词境外,这首词的造语尤其隽永有味。开篇用两个四字对句写贬居地的凄迷景象:夜雾弥漫,月色朦胧,看不见楼台和渡口。此两句看似平常,实则虚实相生,既是实写征途所见，又未尝不是写自己因元祐党祸而屡遭贬谪后感到回朝无望、没有出路的痛苦绝望心情。“雾失”、“月迷”，是被政敌谗毁打击的形象写照。“桃源”紧承上两句而来，既无出路，想寻找一方桃花源似的人间净土也“无寻处”，更可见去路茫茫之感。“可堪”两句，“景中见情，精深高妙。所处者‘孤馆’，所感者‘春寒’，所闻者‘鹃声’，所见者‘斜阳’，有一于此，已令人生愁，况并集一时乎，不言愁而愁自难堪矣”（唐圭璋《唐宋词简释》），故曾深得徐釚、王国维等著名词学家的赞誉。下片进一步写迁谪之恨。先用两则友人投书的典故，写乡国之思和愁恨之深。结句即景取喻、借物寓意，以郴水本自围绕郴山，竟遽然远逝，比喻自己离开故国远谪南方，自悲际遇，自伤迁谪，以淡语写浓情，语甚沉痛，故苏轼“绝爱”此二句，王士禛也称其为“千古绝唱”。全词韵调凄婉，色相朦胧，寄意幽隐，耐人寻味。



## 芳心苦

贺　铸

杨柳回塘[①]，鸳鸯别浦[②]。绿萍涨断莲舟路[③]。断无蜂蝶慕幽香，红衣脱尽芳心苦[④]。　返照迎潮[⑤]，行云带雨。依依似与骚人语[⑥]。当年不肯嫁春风，无端却被秋风误[⑦]。



**评语**

陈廷焯《云韶集》卷三：此词必有所指，特借荷寓言耳。通首如怨如慕，如泣如诉，有多少惋惜，有多少慨叹！淋漓顿挫，一唱三叹，真能压倒今古。

## 注释

①回塘:曲折回环的堤岸。张衡《南都赋》:“分背回塘。”唐李善注:“塘,堤也。”梁简文帝《入溆浦诗》:“泛水入回塘,空枝度日光。”温庭筠《商山早行》:“因思杜陵梦,凫雁满回塘。”

②别浦:河流入江海之处称浦,或称别浦。谢庄《山夜忧》:“凌别浦兮值泉跃。”杜甫《奉送卿二翁统节度镇军还江陵》:“嘹唳吟笳发,萧条别浦清。”

③白居易《池上》:“小娃撑小艇,偷采白莲回。不解藏踪迹,绿萍一道开。”薛能《戏舸》:“远舸冲开一路萍。”此反其意而用之。

④“断无”句:崔涂《残花》:“蜂蝶无情极,残香更不寻。”“红衣”句:指荷花花瓣凋落,结成带苦芯的莲子。红衣:荷花瓣的别称。芳心:莲心。庾信《入彭城馆》:“槐庭垂绿穗,莲浦落红衣。”羊士谔《玩荷花》:“红衣落尽暗香残,叶上秋光白露寒。”赵嘏《长安晚秋》:“紫艳半开篱菊静,红衣落尽渚莲愁。”

⑤返照:夕阳的回光。此句言在日暮斜阳中迎接浦口涌入的潮水。

⑥依依:轻柔的姿态。骚人:《离骚》中有“制芰荷以为衣兮,集芙蓉以为裳”之句。李白《渌水曲》:“荷花娇欲语,愁杀荡舟人。”

⑦“当年”二句:韩偓《寄恨》:“莲花不肯嫁春风。”张先《一丛花》:“沉恨细思,不如桃杏,犹解嫁东风。”无端:引申指无因由,无缘无故。





## 题解

此词伤悼残荷,而又以荷花自比,寄寓词人的身世之感,是一首托物言情的咏物佳作。起三句描画荷花所处之环境:曲折回环的堤岸上垂柳披拂,长满绿萍的池塘里鸳鸯交颈,荷花就生长在这样一个幽寂偏远、莲舟难至的水域。“断无”两句写不仅莲舟不至，就连那逐香吸蕊的蜂蝶对荷花的幽香也不屑一顾，娟洁芬芳的荷花唯有在寂寞中自开自落，徒留莲心清苦。此二句咏物穷妍尽态，以荷花绾合自己虽年华老大却功业未成的不幸遭遇，托寓亦浑化无痕。一“苦”字为词中之眼。过片二句写日夕潮生，云遮雨降，为荷花设置一动态背景。“依依”句言荷花在风雨中摇曳，似与骚人诉说流落无偶的不幸遭际。末二句言群芳多在春季绽放，荷花偏在夏天飘香，素秋凋零。词人将荷花开放与凋谢时节与其高尚品格、命运遭际相提，既表现自己不愿阿附权贵之品质，亦显示蹉跎岁月、怀才不遇之悲哀。此词物态人情融合无间，写得婉约含蓄，欲语还休，含不尽凄恻之感。



## 横塘路 青玉案[1]

贺　铸

凌波不过横塘路[2]。但目送、芳尘去[3]。锦瑟华年谁与度[4]。月桥花院，琐窗朱户[5]。只有春知处。　碧云冉冉蘅皋暮[6]。彩笔新题断肠句[7]。试问闲情都几许。一川烟草，满城风絮。梅子黄时雨[8]。



**评语**

胡仔《苕溪渔隐丛话前集》卷三十七：潘子真《诗话》云：“世推方回所作‘梅子黄时雨’为绝唱，盖用寇莱公语也。寇诗云：‘杜鹃啼处血成花，梅子黄时雨如雾。’”

黄氏《蓼园词评》：沈际飞曰：叠写三句闲愁，真绝唱。山谷尝称云:“解道江南断肠句,世间惟有贺方回。”是也。

## 注释

①名本张衡《四愁诗》“何以报之青玉案”。此调一般以贺铸此作为正格,故又名《横塘路》。双调,六十七字,前后段各六句,五仄韵。参见《词谱》卷十五。

②凌波:形容女子步态轻盈。曹植《洛神赋》:“凌波微步,罗袜生尘。”横塘路:据龚明之《中吴纪闻》卷三载,贺铸居苏州,“有小筑,在盘山之南十余里,地名横塘,方回往来其间”。

③目送:《左传·桓公元年》:“宋华父督见孔父之妻于路,目逆而送之,曰:‘美而艳。’”芳尘:指女子行走时扬起的纤尘,用以指代美人。

④锦瑟华年:指美好的青春时期。李商隐《锦瑟》:“锦瑟无端五十弦,一弦一柱思华年。”

⑤琐窗:雕刻成连琐形饰纹的窗户。朱户:朱红大门。

⑥碧:一作“飞”。冉冉:指云彩缓缓流动。蘅皋:长着杜蘅香草的水边高地。

⑦彩笔:比喻有写作的才华。《南史·江淹传》:“(淹)尝宿于冶亭,梦一丈夫自称郭璞,谓淹曰:‘吾有笔在卿处多年,可以见还。’淹乃探怀中得五色笔一以授之。”断肠句:伤感的诗句。

⑧试问:一说“若问”。闲情:一说“闲愁”。都几许:总共有多少。一川:满川,遍地。梅子黄时雨:江南一带初夏梅熟时多连绵之雨,俗称“梅雨”。《岁时广记》卷一引《东皋杂录》:“后唐人诗云:‘楝花开后风光好,梅子黄时雨意浓。’”寇准诗:“杜鹃啼处血成花,梅子黄时雨如雾。”

## 题解

词写梅雨时节幽居生活的闲愁，亦含蓄地表达自己沉沦下僚、怀才不遇的感慨。起二句写路遇佳人，飘然远去，已见怅惘之情。次四句言其大好年华与谁共度呢？外有月桥花院，内则琐窗朱户，暗示无人共度，唯有易逝之春与其共处，可以想见其寂寥之况与离索之怀。过片先说人去冉冉，杳无音讯。次句自述相思之苦，人既不来，信又不闻，只有自题自解。末四句写愁，以"试问"句呼起，用三个比喻作答，化无形为有形，将愁思之多而纷乱、迷茫无边及连绵不休形容曲尽（这三句在空间上是广漠的，在时间上是前后延续的，"一川烟草"是二、三月间，"满城风絮"是三、四月间，"梅子黄时雨"是四、五月间），新奇而不失自然，用笔轻灵飞动，历来脍炙人口。



# 减字浣溪沙

贺　铸

秋水斜阳演漾金[①]。远山隐隐隔平林[②]。几家村落几声砧[③]。　　记得西楼凝醉眼，昔年风物似如今[④]。只无人与共登临[⑤]。



## 评语

陈廷焯《云韶集》卷三：（下片）纯用虚字琢句，奇绝横绝。总由笔力振得住。

## 注释

①演漾：水波荡漾。阮籍《咏怀》之七五："汎汎乘轻舟，演漾靡

所望。”

②平林：平原上的林木。《诗·小雅·车辖》：“依彼平林，有集维鷮。”毛传：“平林，林木之在平地者也。”李白《菩萨蛮》：“平林漠漠烟如织，寒山一带伤心碧。”

③砧声：捣衣声。李颀《送魏万之京》：“关城曙色催寒近，御苑砧声向晚多。”

④风物：风光景物。陶渊明《游斜川》诗序：“天气澄和，风物闲美。”张昪《离亭燕》：“一带江山如画，风物向秋潇洒。”

⑤登临：语本《楚辞·九辩》：“憭栗兮若在远行，登山临水兮送将归。”本指登山临水，后泛指游览。孟浩然《与诸子登岘山》：“江山留胜迹，我辈复登临。”



## 题解

这是一首怀人词。周济《介存斋论词杂著》曾云：“耆卿熔情入景，故淡远。方回熔景入情，故秾丽。”贺铸填词善于言情，本词上片写登临所见，却以景语取胜。首句中“秋水”点明了季节，“斜阳”点明了时间，这四字两景原本平淡无奇，然“演漾金”三字将二者绾合起来，描绘出残阳如血、金波荡漾的壮美景象。首句写水，次句则写山，与名篇李白《菩萨蛮》之“平林漠漠烟如织”有异曲同工之妙，都写出了平林铺展、远山漠漠的旷远感。这两句词所布之景，有静默的远山，有流动的秋水；天空中有夕阳，秋水中有波浪，波浪上有金光，词人用短短十四个字就为我们描绘了一幅色彩斑斓、苍茫壮阔的秋季山水画。“几家”句由景而人，广袤的川原上，散布着稀疏的村落，传来断续砧杵声，使词人所绘之景多了一份凄凉意味，为下片的抒情奠定感情基调。陈廷焯《云韶集》卷三称此句“只七字，胜人数百句”，信然！下片转入怀人。“记得”两句回忆往日情事：当年曾一起登上西楼，同赏风景，共饮美酒，如今风物依旧，却人去楼空，于是无限感慨尽见于结句“只无人与共登临”七字中！陈廷焯《白雨斋词话》卷一盛赞此词下片：“只用数虚字盘旋唱叹，而情事毕现，神乎技矣。世第赏其‘梅子黄时雨’一章，犹是耳食之见。”

## 薄　幸

贺　铸



艳真多态[①]。更的的、频回眄睐[②]。便认得、琴心相许[③]，与写宜男双带[④]。记画堂、斜月朦胧[⑤]，轻颦微笑娇无奈[⑥]。便翡翠屏开，芙蓉帐掩[⑦]，与把香罗偷解[⑧]。　　自过了收灯后[⑨]，都不见、踏青挑菜[⑩]。几回凭双燕，丁宁深意[⑪]，往来翻恨重帘碍。约何时再。正春浓酒暖，人闲昼永无聊赖。厌厌睡起[⑫]，犹有花梢日在。

### 评语

陈廷焯《云韶集》卷三：风致嫣然，低回往复，妙绝古今。

又：意味极缠绵，而笔势极飞舞，宜其独步千古也。



### 注释

①艳真：一作“淡妆”。

②的的：娇美之貌，意则“娇滴滴”。郑仅《调笑转踏》：“吴姬绰约开金盏，的的娇波流美盼。”眄睐（miǎnlài）：顾盼。《古诗十九首》之十六：“眄睐以适意，引领遥相睎。”

③琴心:琴声表达的情意。《史记·司马相如列传》:“是时,卓王孙有女文君新寡,好音,故相如缪与令相重,而以琴心挑之。”

④与写宜男:一作“欲绾合欢”。宜男:指宜男草。曹植《宜男花颂》:“草号宜男,既晔且贞。”《齐民要术·鹿葱》引周处《风土记》:“宜男,草也,高六尺,花如莲。怀姙人带佩,必生男。”

⑤画堂:华丽的堂舍。斜月朦胧:一作“岁月逢迎”。

⑥轻颦:微微皱眉。李煜《长相思》:“云一緺,玉一梭,淡淡衫儿薄薄罗,轻颦双黛螺。”无奈:犹言无比。苏辙《次韵毛君九日》:“手拈霜菊香无奈,面拂江风酒自开。”

⑦芙蓉帐:用芙蓉花染缯制成的帐子。泛指华丽的帐子。李白《对酒》:“玳瑁筵中怀里醉,芙蓉帐里奈君何。”牛峤《女冠子》词之二:“绣带芙蓉帐,金钗芍药花。”

⑧香罗:绫罗的美称。杜甫《端午日赐衣》:“细葛含风软,香罗叠雪轻。”

⑨收灯:旧俗农历正月十五为灯节,正月十三日谓上灯,正月十八日谓收灯。一云二月十五日收灯。

⑩踏青挑菜:指踏青节、挑菜节,是古代的两个民间节日。踏青节:清明节前后郊野游览的习俗。旧时并以清明节为踏青节。亦有正月初八、二月初二、三月初三踏青等诸种说法。孟浩然《大堤行》:“岁岁春草生,踏青二三月。”挑菜节:旧俗,农历二月初二日,仕女出郊拾菜,士民游观其间,谓之挑菜节。

⑪丁宁:叮嘱,嘱托。

⑫厌厌:同“恹恹”,形容精神压抑不舒畅。

**题解**

此词怀人。上片追叙前欢。起二句直奔主题,写二人初次见面时,但见女主人公婀娜多姿、娇媚可爱、明眸善睐,接着用司马相如琴挑卓文君的典故,写二人一见钟情,目成心许。“记画堂”以下进一步回忆二人欢会时的情形:由“画堂”可见二人约会环境之富丽,主人公身份之高贵自可想见;由“轻颦浅笑”可见女主人公心情之愉悦、性格之含蓄。“便翡翠”三句写二人缱绻缠绵情事,妙在用烘托手法突出人之美艳、情之浓厚,艳而不淫。下片写今情。“自过了”几句是说自从收灯节欢会以后,就再也无缘得见,于是多次想双燕为自己传情,没想到双燕为重重帘幕所阻,重会之约又何时得以实现?主人公内心之焦虑,感同身受!“正春浓”两句极写人在思而不可得见时百无聊赖的难堪情形,唯有借饮酒酣睡打发无聊时日,哪曾想心事重而睡眠浅,醒来时日在花梢,时间尚早,则醒后时光之难捱自可推想。贺铸此词直叙情事,直抒情意,以情语取胜。周济《宋四家词选》评此词即云:“耆卿于写景中见情,故淡远。方回于言情中布景,故秾至。”

## 盐角儿

### 亳社观梅[1]

晁补之

开时似雪。谢时似雪。花中奇绝。香非在蕊,香非在萼,骨中香彻。　　占溪风,留溪月。堪羞损、山桃如血[2]。

直饶更、疏疏淡淡[3]，终有一般情别。

## 评语

李调元《雨村词话》卷二：各家梅花词不下千阕，然皆互用梅花故事缀成，独晁无咎补之不持寸铁，别开生面，当为梅花第一词。

## 注释

①亳社：亳州（今安徽亳县）祭祀土地神的社庙。

②堪：可能，能够。羞损：羞煞，使羞惭而失色。山桃：谢灵运《酬从弟惠连》："山桃发红萼，野蕨渐紫苞。"

③直饶更：纵使，即便。李咸用《依韵修睦上人山居》之七："兼济直饶同巨楫，自由何似学孤云。"

## 题解

宋哲宗绍圣二年（1095）春，晁补之贬应天府通判，九月改亳州通判，此词为是冬观梅作。词人写梅并不拘泥于梅花的形貌，而是抓住梅花的特征和精神进行描写。梅花之特点一在洁白，二是芳香，三为疏淡。"开时似雪，谢时似雪"用打比方的手法突出梅花颜色之洁白，手法朴拙，效果奇佳。"开时""谢时"有时间上的延续性，强调的是终其一生，梅花都是纯洁而不受污染的。"香非在蕊，香非在萼，骨中香彻"三句写梅花香彻透骨，迥异于凡花由花蕊花萼散发出来的浅薄之香。"直饶更、疏疏淡淡"言梅花不是花团锦簇，而是枝叶花影稀疏，并补足上阕对其香味的描写——因为不是由花蕊花萼散发出来的香味，而是从花骨中散发出来，因此其味也不像凡花那么浓郁，而是清香淡淡。下片主要写梅花之精神品格。

"占溪风,留溪月",淡月轻风,云其生长环境之清幽雅洁;"堪羞损、山桃如血",词人运用对比手法,以鲜艳无比之山桃花衬托梅花超凡脱俗的气质与神韵。词人写梅花品格,实际上也是表达自己被贬后如梅花般"骨中香彻"、"终有一般情别"的志趣与情操。整首词一气如话,不用典,不使事,明白晓畅,却情意深挚,此王国维《人间词话》所谓"不隔"也!词的上片连用六个四字句,环环相扣,有优游不迫的韵律感受。



## 瑞龙吟 大石[①]

周邦彦

章台路[②]。还见褪粉梅梢,试花桃树[③]。愔愔坊陌人家[④],定巢燕子,归来旧处[⑤]。　　黯凝伫。因念个人痴小,乍窥门户[⑥]。侵晨浅约宫黄,障风映袖[⑦],盈盈笑语。　　前度刘郎重到[⑧],访邻寻里,同时歌舞。唯有旧家秋娘[⑨],声价如故。吟笺赋笔,犹记燕台句[⑩]。知谁伴、名园露饮,东城闲步[⑪]。事与孤鸿去[⑫]。探春尽是,伤离意绪。官柳低金缕[⑬]。归骑晚,纤纤池塘飞雨。断肠院落,一帘风絮[⑭]。



**评语**

俞平伯《清真词释》:此词《清真》、《片玉》各本俱列第一,当是压卷之作。

## 注释

①《瑞龙吟》调始清真。黄昇《花庵词选》题作“春词”。

②章台：秦昭王台名，汉时章台街在其地。《汉书》卷七十六《张敞传》：“然（张）敞无威仪，时罢朝会，走马过章台街，使御吏驱，自以便面拊马。”颜师古注：“孟康曰：‘在长安中。’臣瓒曰：‘在章台下街也。’”后人因以章台称妓女聚居之地。欧阳修《蝶恋花》：“玉勒雕鞍游冶处，楼高不见章台路。”

③还见：《草堂诗余》、《花草粹编》作“还是”。褪粉：《乐府雅词》作“退”。试花：花朵初放。范成大《两木》：“去年小试花，珑珑犯冰寒。”张籍《新桃行》：“植之三年余，今年初试花。”

④愔愔：幽深貌；悄寂貌。蔡琰《胡笳十八拍》：“雁飞高兮邈难寻，空肠断兮思愔愔。”韩愈《送浮屠令纵西游序》：“乘间致密，促席接膝，讥评文章，商较人士，浩浩乎不穷，愔愔乎深而有归。”坊陌：唐制妓女所居之地。一本作“坊曲”。孙棨《北里志·海论三曲中事》：“平康里入北门东回三曲，即诸妓所居之聚也。妓中有铮铮者，多在南曲、中曲，其循墙一曲，卑屑妓所居，颇为二曲轻斥之。其南曲、中曲门前通十字街。初登馆阁者，多于此窃游焉。”

⑤《乐府诗集·杂曲歌辞十三·杨白花》：“秋去春还双燕子，愿衔杨花入窠里。”杜甫《堂成》：“暂止飞鸟将数子，频来语燕定新巢。”

⑥柳永《鹊桥仙》：“伤心脉脉谁诉，但黯然凝伫，暮烟寒雨，望秦楼何处。”因念：《乐府雅词》作“曾记”，《阳春白雪》、《花庵词选》、毛本作“因记”。个人：彼人，那人。痴小：幼稚，幼弱。白居易《井底引银瓶》：“寄言痴小人家女，慎勿将身轻许人。”范

成大《樱桃花》："玉梅一见怜痴小，教向傍边自在开。"乍窥门户：宋人称妓院为门户人家，此即倚门卖笑之意。长孙佐辅《伤故人歌妓》："愁脸无红衣满尘，万家门户不容身。"

⑦侵晨：天快亮时，拂晓。《乐府雅词》作"清晨"。宫黄：古代妇女以黄粉涂于额上，称额黄，宫中所用为最上，称宫黄。障风映袖：庾肩吾《咏美人看画时》："看妆畏水动，敛袖避风吹。"

⑧前度刘郎：刘义庆《幽明录》载，相传东汉永平年间，刘晨、阮肇在天台桃源洞遇仙，还乡后，又重到天台。后因称去而重来者为"前度刘郎"。刘禹锡《再游玄都观》："种桃道士归何处，前度刘郎今又来。"此为二典合用。

⑨旧家秋娘：杜牧《杜秋娘诗序》："杜秋，金陵女也。年十五，为李锜妾。后锜叛灭，籍之入宫，有宠于景陵。穆宗即位，命秋为皇子傅姆。皇子壮，封漳王。郑注用事，诬丞相欲去己者，指王为根。王被罪废削，秋因赐归故乡。予过金陵，感其穷且老，为之赋诗。"后成为歌女的通称。白居易《琵琶行》："曲罢曾教善才服，妆成每被秋娘妒。"

⑩燕台句：李商隐有《燕台诗》四首，其《赠柳枝》云："长吟远下燕台去，唯有衣香染未销。"《柳枝序》云："柳枝，洛中里娘也。……余从昆让山比柳枝居为近。他日春曾阴，让山下马柳枝南柳下，咏余《燕台诗》，柳枝惊问：'谁人有此，谁人为是？'让山谓曰：'此吾里中少年叔耳。'柳枝手断长带，结让山为赠叔乞诗。明日，余比马出其巷，柳枝丫环毕妆，抱立扇下，风障一袖，指曰：'若叔是？后三日，邻当去溅裙水上，以博山香待，与郎俱过。'余诺之。会所友有偕当诣京师者，戏盗余卧装以先，不果留。"后因以"燕台句"指工于言情的诗词

佳作。

⑪东城：杜牧《张好好诗序》云："牧大和三年，佐故吏部沈公江西幕，好好年十三，始以善歌来乐籍中。后一岁，公移镇宣城，复置好好于宣城籍中。后二岁，为沈著作以双鬟纳之。后二岁，于洛阳东城重睹好好，旧伤怀，故题诗赠之。"闲步：漫步，散步。曹植《七启》："雍容闲步，周旋驰耀。"

⑫杜牧《题安州浮云寺楼寄湖州张郎中》："恨如春草多，事与孤鸿去。"孤鸿：阮籍《咏怀诗》之一："孤鸿号外野，朔鸟鸣北林。"张九龄《感遇》诗之四："孤鸿海上来，池潢不敢顾。侧见双翠鸟，巢在三珠树。"

⑬意绪：心意，情绪。王融《咏琵琶》："丝中传意绪，花里寄春情。"徐铉《柳枝辞》之十二："唯有美人多意绪，解依芳态画双眉。"官柳：官府种植的柳树。《晋书》卷六十六《陶侃传》："（陶侃）尝课诸营种柳，都尉夏施盗官柳植之于己门。侃后见，驻车问曰：'此是武昌西门前柳，何因盗来此种？'施惶怖谢罪。"

⑭"一帘"句：化用晏殊《寓意》"梨花院落溶溶月，柳絮池塘淡淡风"诗。

## 题解

周邦彦因遭党祸被罢庐州教授十年，绍圣四年（1097）春，始被召回汴京任国子监主簿。词人旧地重游，追怀往事，面对美好春光，思念当年眷念过的一位歌妓，抒发了世事沧桑、物是人非的伤离意绪。词的第一叠写物。先点明地点是"章台路"，即妓女聚居地，暗示词人眷念的乃是汴京的一位歌妓。"褪粉梅梢，试花桃树"两句点明季节是梅谢桃开的阳春三月，"还见"二字有物是人非之感。"愔愔"三句写旧时燕子，仍然归来旧处安定巢穴，进一步抒发了这一感慨。这一感慨只是通过对旧物的描写间接地传达出来，有沉郁低徊之效。词的第二叠因物及人，回忆当年欢会时的情形。“黯凝伫”三字承上启下，物是人非而黯凝伫，黯凝伫而思及前人前事。“因念”以下回忆歌女薄施粉黛，年轻貌美而又不失天真烂漫。第三叠访旧伤今。“前度”至“声价如故”乃访旧，言斯人虽已不在，然声名如故，未曾衰减。“吟笺”两句写自己仍然记得当年所写恋爱诗句。“知谁伴、名园露饮，东城闲步”乃悬想之辞，是说如今又是谁在陪伴她饮酒散步呢？实际上也是说自己在这寂寥的名园，无人伴饮，也无人陪伴着闲步，无限感伤之情自然逗引出后面“伤离意绪”的主题来。“官柳”至词的末尾，写词人踏上归途。一“晚”字，可见徘徊之久、留恋之深。“官柳低金缕”、“纤纤池塘飞雨”、“断肠院落”、“一帘风絮”均为其归途及到家后所见，而这些景又无一不是令人忧伤、添人惆怅。沈义父《乐府指迷》曾云：“结句须要放开，含有余不尽之意，以景结情最好。”此词即以景结情的典范之作。全词叙事、抒情、写景水乳交融，层次分明而曲折盘旋，不愧为周邦彦的代表作。



## 瑞鹤仙 高平[①]

周邦彦



悄郊原带郭[②]。行路永，客去车尘漠漠[③]。斜阳映山落。敛余红、犹恋孤城栏角[④]。凌波步弱[⑤]。过短亭、何用素约[⑥]。有流莺劝我，重解绣鞍，缓引春酌[⑦]。　　不记归时早暮[⑧]，上马谁扶，醒眠朱阁。惊飙动幕[⑨]。扶残醉[⑩]，绕红药。叹西园、已是花深无地[11]，东风何事又恶。任流光过却。犹喜洞天自乐[12]。

**评语**

俞陛云《宋词选释》：夏闰庵云：此阕与《兰陵王》、《浪淘沙》、《大酺》、《六丑》诸作，人巧至而天机随，词中之圣。与史迁之文、杜陵之诗，同为古今绝作，无与抗手者。

**注释**



①《草堂诗余》、《花草粹编》有题作"春游"。

②带郭：绕城外郭；近城郭。皎然《寻陆鸿渐不遇》："移家虽带郭，野径入桑麻。"

③车尘：车行扬起的尘埃。喻奔走的辛苦。温庭筠《秋日》："天籁思林岭，车尘倦都邑。"漠漠：迷蒙貌。王逸《九思·疾世》："时咄咄兮旦旦，尘漠漠兮未晞。"

④孤城：边远的孤立城寨或城镇。杜甫《登四安寺钟楼寄裴十四迪》："孤城返照红将敛，近市浮烟翠且重。"

⑤凌波：比喻美人步履轻盈，如乘碧波而行。曹植《洛神赋》："凌波微步，罗袜生尘。"梁简文帝《咏舞诗》："娇情因曲动，弱步逐风吹。"



⑥素约：先前约定。《史记》卷四十五《韩世家》："楚、韩非兄弟之国也，又非素约而谋伐秦也。"

⑦白居易《三月二十八日赠周判官》："一春惆怅残三日，醉问周郎忆得无。柳絮送人莺劝酒，去年今日别东都。"春酌：美酒。杜甫《醉时歌》："清夜沉沉动春酌，灯前细雨檐花落。"

⑧早暮：早晚，时候。《素问·玉机真藏论》："一日一夜五分之，

此所以占死生之早暮也。”

⑨惊飙(biāo):突发的暴风;狂风。曹植《吁嗟篇》:“惊飙接我出,故归彼中田。”

⑩扶残醉:指略带醉态之身。《挥麈余话》、《诗话总龟》作“犹残醉”。

⑪西园:张衡《东京赋》:“岁惟仲冬,大阅西园。”薛综注:“西园,上林苑也。”曹魏时邺都上林苑有西园。此泛指文期酒会之集所。

⑫过却:过去。冯延巳《思越人》:“寒食过却,海棠零落。”洞天:道家神仙所居之地。《茅君内传》:“大天之内,有地之洞天三十六所,乃真仙所居。”



## 题解

这首词具体的创作时间和地点众说纷纭,但基本认同是词人晚年所作,或以为是其绝笔。词的上片写郊外送客,驿亭春酌。起句点明送客的地点、环境:连着城郭的郊野,四周一片静悄悄。客人所乘之车渐行渐远,掀起阵阵尘埃。起首三句既是实写,也曲曲传达出因客人离去而带给自己的失落感、空虚感、孤独感。“斜阳”三句,写送客后返归途中所见:夕阳收敛余辉,但仍然依依不舍地恋着孤城的一角栏杆而不忍下沉。词人以我观物,将自己的主观情感扩散开去,使得因客人远去而产生的恋恋不舍之情,笼罩在周围的客观景物之上,故物皆著我之色彩,于是主客融合,全部沉浸在离愁别绪之中。“凌波”三句写过短亭时又有所遇,于是解鞍重酌,此正所谓“山重水复疑无路,柳暗花明又一村”也。盖无限离恨,此时当有所解脱。词的下片写酒醒后赏花,感时伤逝。“不记归时早暮,上马谁扶,醒眠朱阁”,从次日酒醒以后写起,活画出词人酒醒后的惊讶迷茫之状：我是什么时候来到了这里呢？又是谁扶我上的马？“惊飚”三句，写一阵狂风吹过，词人因风起而念落花，故扶醉往视，但见落花满地，词人不仅感叹：东风啊，你为什么又要摧残如此美好物事呢？一“叹”字，既流露出对春光的深切依恋之情，也表达了词人晚年深沉的忧患之感，故黄苏《蓼园词选》云：“此词美成或在出守顺昌后作乎？似有郁郁不得意而托于游，托于酒，以自排遣。”结句伤时，又故作自我解脱之语，有沉郁顿挫之妙。



## 浪涛沙　商调[1]

周邦彦

昼阴重[2]，霜凋岸草，雾隐城堞[3]。南陌脂车待发[4]。东门帐饮乍阕[5]。正拂面垂杨堪揽结[6]，掩红泪[7]、玉手亲折。念汉浦离鸿去何许[8]，经时信音绝。　情切。望中地远天阔[9]。向露冷风清，无人处、耿耿寒漏咽[10]。嗟万事难忘，唯是轻别。翠尊未竭[11]。凭断云留取，西楼残月。　罗带光销纹衾叠。连环解、旧香顿歇[12]。怨歌永、琼壶敲尽缺[13]。恨春去、不与人期，弄夜色、空余满地梨花雪[14]。



**评语**

万树《词律》卷一：精绽悠扬，真千秋绝调。其用去声字，尤不可及。

## 注释

①《草堂诗余》有词题“春别”,汲古阁本《片玉词》有词题“恨别”。

②昼阴:汲古阁本《片玉词》作“晓阴”。白昼阴暗。司马相如《长门赋》:“浮云郁而四塞兮,天窈窕而昼阴。”

③城堞:城上短墙。元稹《欲曙》:“片月低城堞,稀星转角楼。”

④南陌:南面的道路。沈约《鼓吹曲同诸公赋·临高台》:“所思竟何在,洛阳南陌头。”脂车:古代以油脂涂车辖,以利滚动。辖,轴头键也。梁简文帝《大同八年秋九月》:“时余守西掖,脂车归北宫。”东门:《汉书》卷七十一《疏广传》:“上疏乞骸骨……公卿大夫故人邑子设祖道,供张东都门外,送者车数百两,辞决而去。”《东门行》:“出东门,不顾归。”

⑤帐饮:设帐幕而饮。江淹《别赋》:“帐饮东都,送客金谷。”柳永《雨霖铃》:“都门帐饮无绪,留恋处,兰舟催发。”乍阕:乍,刚刚结束。阕,一曲终了。

⑥垂杨:垂柳。古诗文中杨、柳常通用。谢朓《隋王鼓吹曲·入朝曲》:“飞甍夹驰道,垂杨荫御沟。”韦庄《河传》:“翠娥争劝临邛酒,纤纤手,拂面垂丝柳。”与下句化用陆琼《长相思》:“鸿已去,柳堪结。”

⑦红泪:血泪。王嘉《拾遗记》:“文帝所爱美人,姓薛名灵芸,常山人也……灵芸闻别父母,嘘唏累日,泪下霑衣。至升车就路之时,以玉唾壶承泪,壶则红色。既发常山,及至京师,壶中泪凝如血。”

⑧汉浦:汉江之滨。《列仙传》记载郑交甫在汉江边遇二仙女,仙女解玉佩赠郑。此指男女相别之处。离鸿:失群的雁,离散的

雁，喻人不见也。潘岳《笙赋》："夫其悽戾辛酸，嘤嘤关关，若离鸿之鸣子也。"

⑨望中：视野之中。权德舆《酬冯监拜昭陵途中遇雨》："望中犹可辨，耘鸟下山椒。"

⑩耿耿：明亮貌，此处引申为清晰。寒漏咽：寒天漏壶的滴水呜咽有声。此三句化用柳永《二郎神》："乍露冷风清庭户，爽天如水，玉钩遥挂。……极目处，乱云暗度，耿耿银河高泻。"

⑪轻别：一本作"离别"。翠尊：又作翠樽。饰以绿玉的酒器。曹植《七启》："于是盛以翠樽，酌以雕觞，浮蚁鼎沸，酷烈馨香。"吕延济注："翠樽，以翠饰樽也。"

⑫连环解：喻指爱情被拆散。旧香：用贾午偷异香赠韩寿事。

⑬怨歌：梁简文帝《筝赋》："情长响怨，意满声多。奏相思而不见，吟夜月而怨歌。"《晋书》卷九十八《王敦传》："（王敦）每酒后辄咏魏武帝乐府歌曰：'老骥伏枥，志在千里。烈士暮年，壮心不已。'以如意打唾壶为节，壶边尽缺。"

⑭梨花雪：形容梨花满地。毛熙震《菩萨蛮》："梨花满地飘香雪，高楼一夜风筝咽。"



## 题解

此词怀人。万树《词律》卷一云："此词各刻俱作两段，而《词综》于'西楼残月'分段，作三叠，必有所据。"今据《词综》分为三片。上片追述往事。起三句回忆当初离别时的环境氛围：季节是秋季，景色是秋草衰残，雾气浓重，遮住了离别之地城堞。词人所写之景造成一种抑郁的气氛，将离别时惆怅低沉的心情烘托了出来。"凋"字"隐"字，看似寻常却奇崛，能准确地描绘出霜重雾浓的肃杀秋景，有力量！"南陌"两句述饯行。"南陌"、"东门"，方位看似迷离,实则只是虚写,点明离别之地而已。“正拂面”二句写折柳赠别,将难舍难分之悲伤心情表达得淋漓尽致。以上皆为回忆,“念汉浦”二句转回到现在,言当初离别之人如今身处何方?为何出行日久却音信全无?接下来两片承上,写怀人之深。“情切”二字将思念之情直接说出,更见真挚深切。“望中”数句写怅望所见之景:地远天阔,露冷风清,寒漏幽咽。正所谓一切景语皆情语也,如此景致自然烘托出离人空虚寂寞、悲伤痛苦的伤离意绪来。“嗟万事”两句叹轻别之难忘,是深谙离别痛苦后的一种独特的心理感受。“翠尊”几句言离别之后,唯有断云残月陪伴自己度过凄清寒夜,何以解忧?只有整日以酒浇愁。第三片写别后之怨气。“罗带光销”言罗带失去了光泽,有衣带渐宽之意;“纹衾叠”言丝被折皱,可见慵懒之态;“连环解”,本来连为一体的玉连环被分离开来,暗示离别之迫不得已;“旧香顿歇”言情人所赠之香已褪尽芬芳,暗示离别时间之长;“怨歌永、琼壶敲尽缺”言离情难解。光销、衾叠、连环解、香歇、壶敲缺,将离别之苦对人的无情折磨一层深入一层地表达出来,极写怨恨之深。结句托情于物,以景结情,恨春亦为怨人,得含蓄蕴藉之致。



## 一落索 双调

周邦彦

眉共春山争秀[①]。可怜长皱[②]。莫将清泪湿花枝,恐花也、如人瘦[③]。　　清润玉箫闲久[④]。知音稀有[⑤]。欲知日日倚阑愁[⑥],但问取、亭前柳[⑦]。

## 评语

陈廷焯《云韶集》:情词双绝,奴婢秦、柳。

## 注释

①春山:春日山色黛青,因喻指妇人姣好的眉毛。李商隐《代董秀才却扇》:"莫将画扇出帷来,遮掩春山滞上才。"

②可怜:可惜。长皱:指经常愁眉不展。

③湿花枝:李商隐《天涯》:"莺啼如有泪,为湿最高花。"苏轼《生查子》:"酒罢月随人,泪湿花如雾。"湿:又作"滴"。恐花也、如人瘦:黄庭坚《蓦山溪》(赠衡阳妓陈湘):"春未透,花枝瘦,正是愁时候。"罗忼烈《清真集笺注》云:"李清照《醉花阴》'帘卷西风,人比黄花瘦';程垓《江城梅花引》'一夜被花憔悴损,人瘦也,比梅花,瘦几分';朱淑真《菩萨蛮》'人怜花似旧,花比人应瘦',皆自清真句化出。"

④清润:形容她吹萧时乐声清丽温润。钟嵘《诗品》卷下:"祏诗猗猗清润,弟祀明靡可怀。"罗注:"《礼记·聘义》谓玉有五德,'温润而泽','叩之其声清越以长',皆玉德也,'清润'字本此。"

⑤枚乘《杂诗九首(其五)》:"不惜歌者苦,但伤知音稀。"

⑥王昌龄《闺怨》:"闺中少妇不知愁,春日凝妆上翠楼。忽见陌头杨柳色,悔教夫婿觅封侯。"此用其意。许浑《秋晚云阳驿西亭莲池》:"空怀远道难赠持,醉倚阑干尽日愁。"

⑦戴叔伦有《赋得长亭柳》诗,"亭前柳"即长亭柳也。问取:问,询问。取,助词,无义。岑参《与鲜于庶子泛汉江》:"山公醉不醉,问取葛彊知。"

## 题解

词咏闺愁。上片写思妇外貌之美和闲愁之深。“眉共春山争秀”言她有着比春山更为秀丽的眉毛,可内心的忧愁却使得她美眉长锁,“可怜”二字既可见出思妇楚楚可怜的神态,亦可见词人怜惜心理。“莫将”三句承上描写外貌。“清泪滴花枝”,以花喻人,既言其外貌美,亦言其满腹哀怨。“恐花也、如人瘦”,以花瘦比人瘦,然另辟新境:一谓泪滴花枝,花不堪其悲愁而瘦损;二谓人落泪而“滴破胭脂脸”,人因伤悲而瘦。此二句由人及花,着眼于花,花人合一,流露出词人无限怜惜与关切之情。下片写思妇内心之愁。“清润”二句,先以“玉箫”陪衬,既言思妇之闲雅风姿,又言思妇内心孤寂,鲜有知音。“欲知”三句写思妇内心之愁。以“欲知”,“但问”连属,似思妇自问自答,亦似对促膝相劝者之答复。而“日日倚阑”不见夫婿,唯有亭前杨柳,如烟杨柳即其万般愁绪之见证。整首词感情真挚,语言清淡自然,在周词中属别开生面者。

# 浣溪沙

周邦彦

宝扇轻圆浅画缯[①]。象床平稳细穿藤[②]。飞蝇不到避壶冰[③]。　翠枕面凉频忆睡[④],玉箫手汗错成声[⑤]。日长无力要人凭[⑥]。

## 评语

俞陛云《宋词选释》:词意与前首相类,赋景物,极妍丽之采,状闺情,尽娇慵之态。《草堂诗余》选词,以春夏秋冬之景分隶之。此词洵夏令之绝妙好词也。

## 注释

①画缯:有图绘的丝织品。

②象床:象牙装饰的床。《战国策·齐策三》:"孟尝君出行国,至楚,献象床。"鲍彪注:"象齿为床。"鲍照《代白纻舞歌辞》之二:"象床瑶席镇犀渠,雕屏匼匝组帷舒。"

③壶冰:古人暑日用壶盛冰以消暑避蝇。梅尧臣《韩子华遗冰》:"开盘一见水玉璞,置坐百步无青蝇。"

④翠枕:青瓷枕。

⑤"玉箫"句:吹箫的人因手有汗而指滑,按箫孔时有误,因而错不成音。夏竦《宫词》:"绛唇不敢深深注,却怕香脂污玉箫。"

⑥凭:拿,扶。

## 题解

此词写消夏。古人写诗填词,多写春、秋两季,写夏日而为名篇者,并不多见,此词即写夏日消暑这一日常生活,颇属难得。上片用铺陈手法,为我们描述屋外虽炎炎酷暑、室内则凉爽如秋的消夏陈设:首先是质地优良、扇面考究的轻巧团扇;其次是用细细藤条穿制在一起的象牙床;再次是因冰气寒凉连飞蝇也躲避的壶冰。宝扇、象床、壶冰,为人们在夏日提供凉意的程度逐渐加深。宝扇,还只能提供丝丝凉风;象床,也还只能凉在肌肤;壶冰,则已凉侵骨髓了。上片虽然主要是写景,但景中实有人。宝扇,美人所持也;象床,美人所卧也;壶冰,特为美人所置也。下片遂由景而人。"翠枕"句呈上片而来,写象牙床上的青瓷枕在壶冰的作用下,寒凉如水，因此才会使女主人公“频忆睡”。“玉箫”句写歌女因手汗在演奏时而错不成声，从侧面烘托其心理之乱。“日长”句则突出其娇慵之状。因此，此词所写之情也比较特殊，并非常见之伤春悲秋，甚至亦非离愁别恨，而是女性在炎炎夏日中的慵懒之情。

## 点绛唇　仙吕

周邦彦



征骑初停[①]，酒行莫放离歌举[②]。柳汀莲浦[③]。看尽江南路[④]。　　苦恨斜阳，冉冉催人去[⑤]。空回顾。淡烟横素[⑥]。不见扬鞭处[⑦]。

### 评语

陈廷焯《云韶集》：情景兼胜，笔力高绝，较柳耆卿“今宵酒醒何处”，更高一着。

### 注释

①征骑：指战马。韩愈《送汴州监军俱文珍》：“晓日驱征骑，春风咏采兰。”

②此句一作“画筵欲散离歌举”。酒行：斟酒。《史记》卷一百一十三《南越传》：“酒行，太后谓嘉曰：‘南越内属，国之利也。’”离歌：伤别的歌曲。何逊《答丘长史诗》：“宴年时未几，离歌倏成赋。”

③柳汀：柳树成行的水边平地。陆龟蒙《冬柳》：“柳汀斜对野人窗，零落衰条傍晓江。”莲浦：一作“烟浦”。褚载《残句》：“莲浦浪澄堪倚钓，柳低风暖好垂鞭。”

④晏几道《蝶恋花》:“梦入江南烟水路。行尽江南,不与离人遇。”

⑤苦恨:甚恨,深恨。秦韬玉《贫女》:“苦恨年年压金线,为他人作嫁衣裳。”冉冉:匆忙貌。何逊《聊作百一体》:“生途稍冉冉,逝水日滔滔。”

⑥淡烟:柳永《轮台子》:“匆匆策马登途,满目淡烟衰草。”李白《早过漆林渡寄万巨》:“水色倒空青,林烟横积素。”

⑦扬鞭:温庭筠《春洲曲》:“紫骝蹀躞金衔嘶,岸上扬鞭烟草迷。”



**题解**

词写远行途中第一次歇息时所见所感。观首句“征骑初停”,知是旅途初次小憩。“酒行莫放离歌举”言饮离别酒,唱离别歌,或许是有人送行至此并设宴饯行。“柳汀烟浦,看尽江南路”回顾自己在旅途中沿着柳岸莲湖,看遍江南美景,便有难舍欲留之意。下片写重新启程。“苦恨”二句前路遥远,不得不再行。原本是自己不愿离开,却恨斜阳催人,有金昌绪《春怨》中黄莺惊梦之效。“空回顾”以下三句写虽然催马前行,终因仍有所恋,故不得不回顾。然回头所见,唯有白烟浮空,早已不见分别时的地方了。此词情景兼胜,笔力雄健,境界高远,在以婉约含蓄取胜的北宋小令中别树一帜。

## 齐天乐 正宫①



秋思

周邦彦

绿芜凋尽台城路②,殊乡又逢秋晚③。暮雨生寒,鸣蛩劝织[4]，深阁时闻裁剪。云窗静掩[5]。叹重拂罗茵[6]，顿疏花簟[7]。尚有练囊[8]，露萤清夜照书卷。　　荆江留滞最久[9]，故人相望处，离思何限。渭水西风，长安乱叶[10]，空忆诗情宛转。凭高眺远[11]。正玉液新篘[12]，蟹螯初荐[13]。醉倒山翁，但愁斜照敛[14]。

**评语**

俞平伯《清真词释》：情景融会无间，悲秋绝调也。

**注释**

①《齐天乐》调始清真。景宋本、朱刻本《片玉集》调名下注“正宫”，有词题“秋思”。《花庵词选》题作“秋词”，《花草粹编》题作“秋”。

②绿芜：丛生的绿草。韩偓《船头》：“两岸绿芜齐似剪，掩映云山相向晚。”台城：东晋和南朝的朝廷禁省和皇宫的所在地，位于都城建康城内，遗址在今江苏省南京市江宁县玄武湖侧，与鸡鸣山相接。后人多称金陵为台城。许嵩《建康实录》卷七：“（晋显宗成皇帝咸和三年）夏五月乙未，（苏）峻逼帝迁于石头城。帝哀泣升车，群臣步徙。峻以仓屋为宫。……（咸和七年十一月）新宫成，署曰建康宫，亦曰显阳宫。开五门，南面二门，东西北各一门。案《图经》：即今所谓台城也，今在县城东北五里，周八里，有两重墙。”刘禹锡《金陵五题·台城》：“台城六代竞豪华，结绮临春事最奢。万户千门成野草，只缘一曲后庭花。”

③殊乡：异乡；他乡。王嘉《拾遗记·轩辕黄帝》：“帝乘云龙而

游，殊乡绝域，至今望而祭焉。”秋晚：鲍溶《晚山蝉》：“山蝉秋晚妨人语，客子惊心马亦嘶。”

④蛩：《尔雅·释虫》：“蟋蟀，蛬（通蛩）。”郭璞注：“今促织也，亦名青蛚。蛬，音拱。”邢昺疏：“蟋蟀，一名蛩，今促织也。亦名青蛚。《诗·唐风》云：‘蟋蟀在堂，岁聿其暮。’陆机疏云：‘蟋蟀似蝗而小，正黑有光泽如漆，有角翅，一名蛬，一名蜻蛚，楚人谓之王孙，幽州人谓之趋织。里语曰“趋织鸣，懒妇惊”是也。’”

⑤韩偓《倚醉》：“分明窗下闻裁剪，敲遍阑干唤不应。”云窗：饰有云纹的窗户，闺房的美称。韩愈《华山女》：“云窗雾阁事恍惚，重得翠幕深金屏。”



⑥罗茵：亦作“罗裀”，丝质褥子。鲍令晖《代葛沙门妻郭小玉作诗二首》（之一）：“明月何皎皎，垂幌照罗茵。”

⑦花簟：李贺《河南府试十二月乐词》：“仅厌舞衫薄，稍知花簟寒。”王琦《三家评注李长吉歌诗汇解》：“晋《子夜四时歌》：‘反复花簟上，屏障了不施。’颜师古《急就篇》注：‘织竹为席谓之簟。’《段氏蜀记》云：‘渝州出花竹簟，为时所重。’”

⑧练囊：粗布袋。练：粗丝织成的布。一作“练囊”。今按“练囊”失律，当以“练囊”为是。《晋书》卷八十三《车胤传》：“胤恭勤不倦，博学多通。家贫不常得油，夏月则练囊盛数十萤火以照书，以夜继日焉。”



⑨荆江：即今湖北江陵至湖南洞庭湖入江口的长江河段。许浑《思妇》：“殷勤楼下水，几日到荆江。”

⑩渭水：黄河支流，流经长安附近。贾岛《忆江上吴处士》：“秋风生渭水，落叶满长安。”

⑪眺远：一本作“眺望”。

⑫玉液：《乐府雅词》作"渌液"。刘孝仪《谢晋安王赐宜城酒启》："瓶泄椒芳，壶开玉液。"篘（chōu）：漉酒竹器，此作动词"过滤"之意。新篘，新漉取的酒。《唐诗纪事》载杜荀鹤残句："旧衣灰絮絮，新酒竹篘篘。"

⑬蟹螯：古人以蟹螯下酒为韵事。《晋书》卷四十九《毕卓传》："卓尝谓人曰：'得酒满数百斛船，四时甘味置两头，右手持酒杯，左手持蟹螯，拍浮酒船中，便足了一生矣。'"

⑭山翁：指晋代的山简。他镇守襄阳时常喝得大醉。《晋书》卷四十三《山简传》："简优游卒岁，唯酒是耽。诸习氏，荆土豪族，有佳园池，简每出嬉游，多之池上，置酒辄醉，名之曰高阳池。时有童儿歌曰：'山公出何许，往至高阳池。日夕倒载归，茗艼无所知。时时能骑马，倒著白接䍦。举鞭向葛彊：何如并州儿？'"王维《汉江临泛》："襄阳好风日，留醉与山翁。"



## 题解

此词当为周邦彦晚年由金陵重游荆南时作，主题则众说纷纭，有云悲秋者，有云写艳情者，亦有云别有寄托者，此正可见其意蕴丰厚。"绿芜凋尽台城路，殊乡又逢秋晚"，既处异乡，又逢秋晚，景象衰飒凋零，能不令人黯然魂销？此二句沉郁苍凉，在结构上笼罩全篇。"暮雨"三句主要从听觉的角度渲染秋感。萧萧暮雨，令人生寒；鸣蛩悲吟，让人生哀；那深阁绣户中传来的断续裁剪声，暗喻客子无衣，亦可推想阁中人之孤独也。裁剪之声与上句鸣蛩促织之音衔接无痕！"云窗"以下数句，承"深阁"而来，写室内情景。"静掩"二字，极写深阁与外界隔绝，主人公之寂寞。"重拂罗茵，顿疏花簟"言夏去秋来，着一"叹"字，则主人公面对季节更替，惆怅感伤之情尽显无遗。“尚有”两句亦紧承上句而来,花簟虽已收藏,然尚留清夜聚萤读书之练囊,旧日情事,隐隐逗出。下片换头三句合前游言之,此次荆南再见,距上次见面已是长久,离情别绪自是无限。“渭水西风,长安乱叶,空忆诗情宛转”,词人面对秋风残叶,更牵夙忆,京华尘梦。“凭高”以下数句,言词人登高眺远,杳不可见,唯有借酒消愁。然纵然如山简般酩酊大醉,仍然无计逃愁。忽见夕阳西沉,词人此心,顿时沉入无穷迟暮之悲。此词内涵丰富,秋晚之愁、岁暮之悲、失恋之苦、失意之叹,似皆能隐约见之。结构转折多变,境界苍凉深稳,无限愁情以淡雅之笔出之,故含蓄蕴藉。



## 少年游 商调[1]

周邦彦

并刀如水[2],吴盐胜雪[3],纤手破新橙[4]。锦幄初温,兽烟不断[5],相对坐调笙[6]。　　低声问向谁行宿[7],城上已三更[8]。马滑霜浓[9],不如休去,直是少人行[10]。

**评语**

王又华《古今词论》引毛稚黄曰:周清真《少年游》题云“冬景”,即似饮妓馆之作。起句“并刀如水”四字,若掩却下文,不知何为陡著此语。“吴盐”、“新橙”,写境清别。“锦幄”数语,似为上下文太淡宕,故著浓耳。后阕绝不作了语,只以“低声问”三字贯彻到底,蕴藉袅娜,无限情境都自纤手破橙人口中说出,更不必别著一语。意思幽微,篇章奇妙,真神品也。

又:周美成词家神品。如《少年游》:“马滑霜浓,不如休去,直是少人行。”何等境味！若柳七郎，此处如何煞得住。

陈廷焯《云韶集》卷四：秀艳。情急而语甚婉约，妙绝古今。

## 注释

①《草堂诗余》、《古今词统》题作“冬景”。郑文焯本《片玉集》题作“感旧”。

②并刀：古并州（今山西太原）出产的刀，以锋利著称。杜甫《戏题王宰画山水图歌》：“焉得并州快剪刀，剪取吴松半江水。”

③吴盐：古吴地（今江苏浙江一代）产盐，以洁白著称。古人以橙蘸盐去其酸味。李白《梁园吟》：“玉盘杨梅为君设，吴盐如花皎如雪。”

④毛本作“纤指破”，《乐府雅词》作“纤指割”。《古诗·迢迢牵牛星》：“纤纤擢素手。”李白《凤笙篇》：“欲叹离声发绛唇，更嗟别调流纤指。”

⑤锦幄：锦制的帷幄。亦泛指华美的帐幕。温庭筠《题翠微寺二十二韵》：“岚湿金铺外，溪鸣锦幄傍。”兽烟：毛本作“兽香”。

⑥调笙：毛本作“吹笙”，并注云：“‘相对坐吹笙’，或用王建《宫词》‘沈香火底坐吹笙’句。”刘禹锡《早夏郡中书事》：“高帘覆朱阁，忽尔闻调笙。”

⑦行（háng）：《乐府雅词》作“边”。谁行：谁那里。

⑧三更：指半夜十一时至翌晨一时。《乐府诗集·清商曲辞二·子夜变歌一》：“三更开门去，始知子夜变。”崔颢《七夕词》诗：“班姬此夕愁无限，河汉三更看斗牛。”

⑨马滑霜浓：杜甫《放船》：“直愁骑马滑，故作放船回。”又《水会度》：“霜浓木石滑，风急手足寒。”

⑩直是：纵是，即便是。郑本、朱本作“直自”，《乐府雅词》、《草堂诗余》、《词的》、《古今诗余醉》作“直自”。

**题解**

张端义《贵耳集》、周密《浩然斋雅谈》谓此作乃记宋徽宗微服访李师师情事，王国维《清真先生遗事》已辨其诬。龙榆生《清真词叙论》云：“《少年游》一类温柔狎昵之作，自不似五、六十岁人所为。假定此为邦彦少年居汴赠妓词，殆无疑义。”这首词描写一对情人的生活片断，艺术性极高。上片描写一系列美好的物象：在锦帐四围的华丽闺房里，兽形香炉升起缕缕轻烟，温暖适意；一对情人正在笙箫声中，就着如雪的吴盐，品尝着刚上市的新橙。通过这些描写，展现了闺房内暖香温馨、风流旖旎的情景。下片全从女性言语角度着墨，几句低声问话，絮絮道来，温柔体贴，缠绵委婉，表现了她情意缠绵的内心世界。全词清丽婉雅，情语得中，正合词之本色。词本以抒情见长，此词妙在以短短五十一字，记一完整恋爱细节，有人物对话，有故事情节，有环境描写，其表达功力细腻熨帖，不失分寸，堪称大师级作品！



## 大酺 越调①

### 春雨

周邦彦



对宿烟收②，春禽静，飞雨时鸣高屋③。墙头青玉旆，洗铅霜都尽④，嫩梢相触。润逼琴丝⑤，寒侵枕障，虫网吹粘帘竹[6]。邮亭无人处[7]，听檐声不断，困眠初熟。奈愁极顿惊，梦轻难记，自怜幽独[8]。　　行人归意速。最先念、流潦妨车毂[9]。怎奈向、兰成憔悴[10]，卫玠清羸[11]，等闲时、易伤心目。未怪平阳客，双泪落、笛中哀曲[12]。况萧索、青芜国[13]。红糁铺地，门外荆桃如菽[14]。夜游共谁秉烛[15]。

**评语**

同前周邦彦《瑞鹤仙》评语。

王灼《碧鸡漫志》：世间有《离骚》，惟贺方回、周美成时时得之。贺《六州歌头》、《望湘人》、《吴音子》诸曲，周《大酺》、《兰陵王》诸曲，最奇崛。

**注释**

①《大酺(pú)》调始清真。毛本、《阳春白雪》有词题“春雨”。

②宿烟：夜里的烟雾。“宿烟收”指昨宵的烟雾消敛。刘禹锡《登陕州城北楼却寄京都亲友》：“尘息长道白，林清宿烟收。”

③春禽：鲍照《拟行路难十八首》(之十三)：“春禽喈喈旦暮鸣，最伤君子忧思情。”飞雨：飘飞的雨。杜甫《立秋雨院中有作》：“萧萧两栋秋，飞雨动华屋。”杜甫《酬本部韦左司》：“好鸟依桂树，飞雨洒高屋。”

④青玉旆(pèi)：青玉色的旗，此处代指新竹。旆，古代旐旗末端形如燕尾的垂旒飘带。洗铅霜都尽：谓竹枝竹叶被春雨冲刷得十分干净。刘禹锡《庭竹》：“露涤铅粉节，风摇青玉枝。”

⑤润逼琴丝：指春雨带来的湿气使琴丝受潮。王充《论衡·变动篇》：“故天且雨，蝼蚁徙，蚯蚓出，琴弦缓，固疾发：此物为天所

动之验也。”

⑥枕障:犹枕屏。张泌《浣溪沙》:“枕障熏炉隔绣帏。”虫网:蜘蛛网。帘竹:即竹帘。沈约《直学省愁卧》:“网虫垂户织,夕鸟傍檐飞。”

⑦邮亭:驿亭。《汉书》卷八十三《薛宣传》:“(薛)宣子惠亦至二千石。始惠为彭城令,宣从临淮迁至陈留,过其县,桥梁邮亭不修。”颜师古注:“邮,行书之舍,亦如今之驿及行道馆舍也。”元稹《酬乐天东南行诗一百韵》:“邮亭一萧索,烽候各崎岖。”



⑧幽独:静寂孤独。亦指静寂孤独的人。《楚辞·九章·涉江》:“哀吾生之无乐兮,幽独处乎山中。”顿惊:《阳春白雪》、毛本作“频惊”。

⑨流潦:路上的积水。曹植《赠白马王彪》:“霖雨泥我途,流潦浩纵横。”毂(gǔ):车轮中心的圆柱。代指车马。《荀子·法行篇》:“诗曰:‘涓涓源水,不雝不塞。毂已破碎,乃大其辐。事已败矣,乃重太息。’”苏辙《立冬闻雷》:“半夜发春雷,中天转车毂。”

⑩怎奈向:怎奈。向为语助词。兰成:庾信小字。《北史》卷八十三《文苑传》载庾信奉命出使西魏,留异乡。后入北周,“信虽位望通显,常作乡关之思。”乃作《哀江南赋》以抒悲情。



⑪卫玠:《阳春白雪》、毛本作“乐广”。《世说新语·容止》:“卫玠从豫章下都,人久闻其名,观者如堵墙。玠先有羸疾,体不堪劳,遂成病而死,时人谓看杀卫玠。”清羸:清秀瘦弱。

⑫未怪:难怪。平阳客:指离京客居平阳的东汉马融。平阳在今陕西眉县。马融爱好音乐,能鼓琴吹笛,一次在平阳客舍闻人吹笛甚悲,因作《长笛赋》。见马融《长笛赋序》。陈嘉言《晦日

宴高氏林亭》:“人是平阳客,地即石崇家。”

⑬青芜国:杂草丛生的草地。温庭筠《春江花月夜词》:“玉树歌阑海云黑,花庭忽作青芜国。”

⑭糁(sǎn):吴方言称饭粒为饭米糁,常泛指散粒状的东西。此处指红色落花。韩愈《送无本师归范阳》:“始见洛阳春,桃枝缀红糁。”荆桃如菽:《尔雅·择木》:“楔,荆桃。”郭璞注:“今樱桃。”菽(shū):豆类的总称。比喻初结的小樱桃。

⑮秉烛:谓持烛以照明。《古诗十九首》:“昼短苦夜长,何不秉烛游。”



**题解**

词写萧萧雨景,抒幽独愁情。上片以写景为主,景中有情。春天本是烟雨蒙蒙、百鸟争喧,然起二句却云“烟收”、“禽静”,言一夜风雨后,浓雾散尽,众鸟不鸣,只有阵阵飞雨击打得屋顶铮铮作响。此从侧面烘托雨势急。“墙头”三句写屋外景,言竹叶青翠、竹枝婆娑,亦可见雨急风骤。此六句景语有一石二鸟之效,既是写景,也是为“春雨”传神。“润逼琴丝,寒侵枕障,虫网吹粘帘竹”三句转写雨天室内景象及其给人的独特感受:琴声滞涩,枕障寒凉,蛛网粘帘,乃风雨造成之耳。所以此三句写室内景,仍然是从侧面写春风春雨。“邮亭”以下数句由景而人,因人而情。“邮亭无人处”承上启下,既点明前面景语所涉之地乃在邮亭,又由景而及于人,“无人处”,实则有一己在也,以下即写自己独处邮亭时的孤寂感、幽独情:屋檐下春雨滴答,催人入眠,然刚恍惚入梦,又被愁惊醒,梦轻难记,倍感孤独。此数句写情之语亦紧密关涉春雨,盖“檐声”即雨声,主人公之“困眠”、之“顿惊”、之“自怜”,均由此檐声引起也。下片抒思归之情,以言情为主,然情中又有景。“行人归意速”，承上片而来，“自怜幽独”因此而起归意也。一“速”字言其归心似箭。然淫雨霏霏，道路泥泞，车毂难行，仍然是与雨相关。“怎奈向”以下，连用三个典故，将归去不得的愁绪，铺写得淋漓尽致，最后归结到“伤心目”三字。“况萧索”以下，以景结情，言杂草丛生，言落花满地，重述雨景，感情则由羁旅行役转入惜花伤春。结句“夜游共谁秉烛”仍然回到幽独主题，在结构上与上片“自怜幽独”相呼应。此词通首俱写雨中情景，写景鲜明生动，写情委曲尽致，浑脱流利，含蓄蕴藉。



## 花　犯 小石[①]

### 梅花

周邦彦

粉墙低，梅花照眼[②]，依然旧风味[③]。露痕轻缀。疑净洗铅华[④]，无限佳丽[⑤]。去年胜赏曾孤倚[⑥]。冰盘同宴喜[⑦]。更可惜，雪中高树，香篝熏素被[⑧]。　今年对花最匆匆[⑨]，相逢似有恨，依依愁悴[⑩]。吟望久，青苔上、旋看飞坠[⑪]。相将见、脆丸荐酒[⑫]，人正在、空江烟浪里[⑬]。但梦想、一枝潇洒，黄昏斜照水[⑭]。



**评语**

吴从先《草堂诗余隽》李攀龙批：机轴圆转，组织无痕，一片锦心绣口，端不减天孙妙手，宜占花魁矣。

黄苏《蓼园词选》:“愚谓此词为梅词第一。总是见宦迹无常,情怀落寞耳。忽借梅花以写,意超而思永。言梅犹是旧风情,而人则离合无常。去年与梅共安冷淡,今年梅正开,而人欲远别,梅似含愁悴之意而飞坠;梅子将圆,而人在空江中,时梦想梅影而已。”

乔大壮批《片玉集》:此是古今绝唱,读之可悟词境。“旧风味”、“去年”、“曾”、“今年”、“相将见”、“梦想”,皆时也。“粉墙”、“雪中”、“苔上”、“空江”、“照水”,皆地也。合时与地,遂成境界。

**注释**

①《花犯》调始清真。《花庵词选》题作“梅花”,《古今诗余醉》题作“梅”,毛本题作“咏梅”,《乐府雅词》、《花草粹编》无题。

②粉墙低:张先《菊花新》:“院深池静花相妒。粉墙低、乐声时度。”照眼:犹耀眼。杜甫《酬郭十五受判官》:“药裹关心诗总废,花枝照眼句还成。”

③风味:风度;风采。《宋书》卷一百《自序》:“(沈伯玉)温雅有风味,和而能辨,与人共事,皆为深交。”林逋《梅花三首》(之一):“堪笑胡雏也风味,解将声调角中吹。”

④疑净洗:《全芳备祖》无“疑”字。王安石《与微之同赋梅花得香字三首》(之二):“不御铅华知国色,只裁云缕想仙装。”铅华:搽脸的黛粉。

⑤佳丽:《乐府雅词》、《阳春白雪》、《花庵词选》作“清丽”,《花草粹编》误作“佳期”。梁简文帝《美女篇》:“佳丽尽关情,风流最有名。”此两句谓梅花疑似洗净脂粉、天生丽质的美女。

⑥胜赏:美景。《陈书》卷二十五《孙玚传》:“泛长江而置酒,亦一时之胜赏。”

⑦冰盘:盘内放置碎冰,上面摆列藕菱瓜果等食品,叫做冰盘。夏

季用以解渴消暑。徐陵《春情诗》:“竹叶裁衣带,梅花奠酒盘。”同宴喜:《草堂诗余》、《花草粹编》、《古今词统》作“共宴喜”。指喜得梅子而同宴进酒。

⑧更可惜:《阳春白雪》作“最好是”。可惜:可爱。雪中高树:《乐府雅词》作“高士”。杜甫《江梅》:“雪树元同色,江风也自波。”香篝:熏香的竹笼。此句指梅树上覆盖的白雪如一层素白的棉被;而其香味阵阵透出,又如被子底下有一熏笼在散发香气。

⑨最匆匆:《花庵词选》、《古今词统》、《古今诗余醉》作“太匆匆”。

⑩愁悴:《古今词统》作“憔悴”。忧伤憔悴。罗隐《寄郑补阙》:“别来愁悴知多少,两度槐花马上黄。”

⑪吟望:《乐府雅词》、《花庵词选》、《花草粹编》作“凝望”。

⑫脆丸:代指青梅。毛本、《花庵词选》、《古今诗余醉》、《词萃》作“脆圆”。梁简文帝《奉答南平康王王赉朱樱诗》:“宁异梅似丸,不羡萍如日。”

⑬空江:浩瀚寂静的江面。张泌《洞庭阻风》:“空江浩荡景萧然,尽日菰蒲泊钓船。”⑭林逋《山园小梅》:“疏影横斜水清浅,暗香浮动月黄昏。”

## 题解

此词咏梅,而寓以个人宦途失意、离合无常的惆怅情怀。上片由眼前梅回忆去年与梅共安冷淡。起三句写与粉墙相映照的花光,以光之夺目来显示色之明丽。“粉墙低,梅花照眼”直起点题,语极沉著。“依然旧风味”为全词眼目,后文即以“去年”、“今年”分前后段标明之。“露痕”三句说梅花不施朱傅粉,而是丽质天成,光艳自然,写出了梅花高出于凡花俗艳的风神韵味。“去年胜赏曾孤倚”句以下,先回忆自己去年孤倚寒梅、与花共醉的情事,接着写去年梅花在雪中开放的景象：梅花为积雪覆盖，玉树冰枝，而梅香仍隐隐传出，犹如香篝之熏素被。下片由过去回到现在，又写到未来，纯从空处落笔，极吞吐之妙。“今年”以下五句写现在，梅正开而人却要远行。“对花最匆匆”既叹自身去留匆匆，即将远行，又叹梅花开落匆匆，芳景难驻。“相逢”两句移情于物，化作者的愁恨为梅花的愁恨。“吟望久”两句写梅花的飘零身世以及作者的留连怅惘之情。“相将见”以下悬想未来，作者由眼前飘飞的花瓣联想到青绿脆圆的梅子，由荐酒梅子又想到人正在扁舟之中，其时唯有梦想梅影而已。此词时空跳跃，体备刚柔，而运笔圆美流转，浑化无迹，被黄苏《蓼园词选》誉为“梅词第一”。



## 六　丑　中吕

### 落花[1]

周邦彦

正单衣试酒[2]，恨客里、光阴虚掷[3]。愿春暂留，春归如过翼[4]。一去无迹。为问花何在，夜来风雨，葬楚宫倾国[5]。钗钿堕处遗香泽[6]。乱点桃蹊，轻翻柳陌[7]。多情为谁追惜。但蜂媒蝶使，时叩窗隔[8]。　　东园岑寂[9]。渐蒙笼暗碧。静绕珍丛底[10]，成叹息。长条故惹行客。似牵衣待话，别情无极[11]。残英小、强簪巾帻。终不似一朵，钗头颤袅，向人攲侧[12]。漂流处、莫趁潮汐。恐断红[13]、尚有相思字，何由见得[14]。

## 评语

蒋敦复《芬陀利室词话》卷一："清真《六丑》一词，精深华妙，后来作者，罕能继踪。"

陈廷焯《云韶集》卷四：如泣如诉，语极呜咽，而笔力沉雄，如闻孤鸿，如听江声。笔态飞舞，反覆低徊，词中之圣也。结笔愈高。

又，美成词，大半以纡徐曲折制胜，妙于纡徐曲折中，有笔力，有品骨，故能独步千古。

乔大壮批《片玉集》：古今绝唱，妙在直笔而能绝处转回，慢词至此，可叹观止。



## 注释

①《六丑》调始清真。《阳春白雪》、《草堂诗余》、《词的》、《词统》、《百家词》注"中吕"宫，题作"落花"。毛本、《词萃》题作"蔷薇谢后作"。蔷薇：落叶灌木，茎细长，蔓生，枝上密生小刺，花白色或淡红色，有芳香。

②单衣：单层无里子的衣服。《管子·山国轨》："春缣衣，夏单衣。"苏轼《回文冬闺怨》："欺雪任单衣，衣单任雪欺。"试酒：宋代在阴历三月末或四月初有尝新酒的习俗。《武林旧事》卷三："户部点检所十三酒库，例于四月初开煮，九月初开清，先至提领所呈样品尝，然后迎引至诸所隶官府而散。"



③恨客里：《草堂诗余》、《花草粹编》、《词的》、《古今词统》、《古今诗余醉》作"怅客里"。客里：离乡在外期间。牟融《送范启东还京》："客里故人尊酒别，天涯游子弊裘寒。"光阴虚掷：刘禹锡《河南白尹有喜崔宾客归洛兼见怀长句因而继和》："遥羡光阴不虚掷，肯令丝竹暂生尘。"

④春归：费昶《和萧记室春旦有所思诗》："水逐桃花去，春随杨柳

归。”过翼：经过的飞鸟。杜甫《夜二首》（之二）：“城郭悲笳暮，村墟过翼稀。”

⑤花何在：《草堂诗余》、《花草粹编》、《词的》、《古今词统》、《古今诗余醉》、《词萃》作“家何在”。葬：《草堂诗余》、《花草粹编》作“送”。韩偓《哭花》：“若是有情争不哭，夜来风雨葬西施。”楚宫倾国：原指美人，此喻落花。《韩非子·二柄》：“楚灵王好细腰，而国中多饿人。”

⑥《新唐书》卷七十六《杨贵妃传》：“遗钿堕舄。瑟瑟玑琲。狼藉于道。香闻数十里。”此以美人遗落的首饰比喻零落的花瓣。钿：古代一种嵌金花的首饰。徐夤《蔷薇》：“朝露洒时如濯锦，晚风飘处似遗钿。”

⑦形容花瓣到处飘飞的样子。蹊：小路。

⑧为谁：毛本作“最谁”。《草堂诗余》、《花草粹编》、《古今词统》、《词萃》作“更谁”。窗隔：即窗格，上面糊纸或纱以挡风。裴说《牡丹》：“游蜂与蝴蝶，来往自多情。”“但蜂媒”二句言蜂蝶扑打窗花，似有情思。

⑨东园岑寂：毛本以此句属上阕，注曰：“或于‘时叩窗槅’分段，字句稍异。”黄庭坚《次韵黄斌老晚游池亭二首》（之二）：“岑寂东园可散愁，胶胶扰扰梦神游。”

⑩蒙笼：草木茂盛貌。《世说新语·言语》：“顾长康从会稽还，人问山川之美，顾云：‘千岩竞秀，万壑争流，草木蒙笼其上，若云兴霞蔚。’”郭璞《游仙》：“绿萝结高林，蒙笼盖一山。”珍丛：美丽的花丛。刘缓《看美人摘蔷薇》：“绕架寻多处，窥丛见好枝。”韩偓《大庆堂赐宴元珰而有诗呈吴越王》：“笙歌风紧人酣醉，却绕珍丛烂漫看。”

⑪梁简文帝《采莲曲二首》(之一):“荷丝傍绕腕,菱角还牵衣。”无极:无穷尽;无边际。元稹《奉和窦容州》:“自叹风波去无极,不知何日又相逢?”

⑫巾帻:帻里头巾,单言曰帻,重言曰巾帻。应璩《百一诗》:“醉酒巾帻落,秃顶赤如壶。”柳永《木兰花》:“美人纤手摘芳枝,插在钗头和凤颤。”攲侧:倾斜;歪斜。杨炫之《洛阳伽蓝记·闻义里》:“自此以西,山路攲侧,长坂千里,悬崖万仞,极天之阻,实在于斯。”

⑬断红:毛本作“断鸿”。郑本校:“此词通首赋落花,又题云:‘蔷薇谢后作’,则此句承上漂流之意,本作‘断红’,其义甚显,有《阳春白雪》可证。”谓稍抹胭脂,妇女的一种淡妆。元稹《莺莺传》:“常服睟容,不加新饰,垂鬟浅黛,双脸断红而已。”

⑭何由:《阳春白雪》作“无由”。从何处,从什么途径。《楚辞·天问》:“上下未形,何由考之?”



## 题解

词咏凋零的蔷薇,表现伤春之情,寄寓自己飘零不偶的情思,渲染一种感伤的氛围。词虽咏蔷薇,然上片起首六句却不言花,而是言客里送春,此所谓咏物而不滞于物,而咏物之前后左右也。“愿春暂留,春归如过翼。一去无迹”十三字千锤百炼,千回百转:不指望春久留,只要暂留即可,一转;春不但不暂留,而去如飞鸟之迅疾,二转;不但去得疾,而且踪影全无,三转。如此层层递进,将自己的惜春之情,表达得淋漓尽致。“翼”、“迹”二韵,力破余地,词家赋送春者,无此健笔。“为问花何在”始由春去而写到蔷薇凋谢时的情态:蔷薇遇风雨而凋零,犹如倾国美人殒逝;无数蔷薇花瓣,在桃蹊柳陌上乱点轻翻,又好像是女子遗落的首饰。它们香消玉殒，除了蜂蝶频扑窗花尚有追寻之意外，又有谁怜惜呢？上片写落时，下片接写落后。经过一夜风雨，词人步入寂静的东园，在飘落殆尽的蔷薇花树下，踽踽独行，凭吊凋谢后的蔷薇，发出轻轻的叹息声。蔷薇花刺亦似多情女子，牵住词人的衣服，似有无限离别之情要倾诉。词人回头一看，终于发现一朵残花，于是采摘下来，勉强插在头巾上。这朵花憔悴瘦小，与全盛时"钗头颤袅，向人攲侧"的模样不可同日而语，令人断肠。尽管如此，词人仍然叮嘱落红，不要随水而逝，不然如有相思字，也就无缘得见了。此为转深一层表现法，对凋谢后的蔷薇花也表达了无限怜惜之情。此词作者善于捕捉一些富有特征性的细节，从不同的角度、不同的侧面，层层铺叙花尽春空之境和惜花悼春之情，缠绵深婉，回旋往复。



## 兰陵王 越调[①]

### 柳

周邦彦

柳阴直[②]。烟里丝丝弄碧[③]。隋堤上[④]、曾见几番，拂水飘绵送行色[⑤]。登临望故国[⑥]。谁识。京华倦客[⑦]。长亭路[⑧]，年去岁来，应折柔条过千尺[⑨]。　　闲寻旧踪迹。又酒趁哀弦[⑩]，灯照离席。梨花榆火催寒食[⑪]。愁一箭风快[⑫]，半篙波暖[⑬]，回头迢递便数驿[⑭]。望人在天北。

凄恻[⑮]。恨堆积。渐别浦萦回[⑯]，津堠岑寂[⑰]。斜阳冉冉春无极。念月榭携手[⑱]，露桥闻笛[⑲]。沉思前事，似梦里，泪暗滴[20]。

## 评语

见前苏轼《贺新郎》、周邦彦《大酺》评语。

陈廷焯《云韶集》卷四：意与人同，而笔力之高，压遍千古。又沉郁，又劲直，有独往独来之概。

乔大壮批《片玉集》：古今绝唱，必须记诵。第一过变入情。"望人"句，两宋词人有作一四字句，有作二三字句，仍应是一四字句。"渐别浦"以下又回入景，此神力也。



## 注释

①《兰陵王》调始清真。《古今词统》题作"咏柳"。

②柳阴：柳下的阴影。诗文中多以柳阴为游憩佳处。《东京梦华录》一："东都外城方圆四十余里，城壕曰护龙河，阔十余丈，壕之内外，皆植杨柳。"直：长。指两端之间的距离大。俞樾《群经平议》："直训长，凡物曲则必短，直则必长。故直有长义。"庾信《忝在司水看治渭桥》："平堤石岸直，高堰柳阴长。"

③烟里：毛本作"烟缕"。此句谓柳条在轻烟笼罩下随风飞舞，显现出一片碧绿的颜色。李商隐《曲江》："张盖欲判江滟滟，回头更望柳丝丝。"魏野《柳》："硬渡临桥绕客亭，丝丝能系别离情。"



④隋堤：隋炀帝开凿通济渠，沿河筑堤种柳，后就称为隋堤。此处指汴京附近的一段，又称汴堤。

⑤拂水：柳条拂水。飘绵：指柳絮飞扬。送行色：指送别。

⑥故国：冯衍《显志赋》："览河华之泱漭兮，望秦晋之故国。"此指故乡。

⑦谁识:《草堂诗余》、《花草粹编》作"谁惜"。京华:京城。杜甫《奉赠韦左丞丈二十二韵》:"骑驴三十载,旅食京华春。"倦客:客游他乡而对旅居生活感到厌倦的人。陆机《长安有狭邪行》:"余本倦游客,豪彦多旧亲。"

⑧长亭:十里为长亭,五里为短亭。庾信《哀江南赋》:"十里五里,长亭短亭。"

⑨应折:《乐府雅词》作"攀折",《全芳备祖》作"因折"。柔条:特指垂柳的枝条。古人折柳赠别。《三辅黄图·桥》:"灞桥在长安东,跨水作桥。汉人送客至此桥,折柳赠别。"

⑩酒趁:《全芳备祖》作"酒听"。哀弦:悲凉的弦乐声。庾信《王昭君》:"别曲真多恨,哀弦须更张。"

⑪离席:饯别的宴席。谢朓《送江水曹还远馆》:"日暮有重城,何由尽离席。"榆火:寒食节禁火三天,节后朝廷用榆木取新火分赐百官。

⑫一箭:《花草粹编》作"一翦"。徐昌图《木兰花》:"沈檀烟起盘红雾,一剑霜风吹绣户。"

⑬半篙:苏轼《和鲜于子骏郓州新堂月夜二首》(之一):"池中半篙水,池上千尺柳。"

⑭回头:《花草粹编》作"回首"。迢递:遥远貌。嵇康《琴赋》:"指苍梧之迢递,临回江之威夷。"梅尧臣《永叔内翰见索谢公游嵩书感叹希深师鲁子聪几道皆为异物独公与余二人在因作五言以叙之》:"遂由龙门归,里堠环数驿。"

⑮凄恻:江淹《别赋》:"行子肠断,百感凄恻。"

⑯别浦:徐坚《初学记》:"大水有小口别通曰浦。"杜甫《赠李八秘书别三十韵》:"清秋凋碧柳,别浦落红蕖。"萦回:盘旋往复。

应玚《驰射赋》:"尔乃萦回盘厉,按节和旋。"

⑰津堠(hòu):渡口上供瞭望用的土堡,古时五里一堠。岑寂:寂静。张九龄《骊山下逍遥公旧居游集》:"岑寂罕人至,幽深获我思。"

⑱月榭:月下台榭。庾信《哀江南赋》:"月榭风台,池平树古。"念月榭:《花庵词选》、《全芳备祖》作"记月榭"。

⑲闻笛:《草堂诗余》、《花草粹编》、《古今词统》作"吹笛"。《乐府诗集》卷二十二《折杨柳·解题》引《唐书·乐志》曰:"梁乐府有胡吹歌云:'上马不捉鞭,反拗折杨柳。下马吹横笛,愁杀行客儿。'此歌辞元出北国,即鼓角横吹曲《折杨柳枝》是也。"李白《春夜洛城闻笛》:"此夜曲中闻折柳,何人不起故园情。"一说魏晋之间,向秀与嵇康、吕安友善,康、安为司马昭所杀,秀经嵇康山阳旧居,闻邻人笛声,感怀亡友,作《思旧赋》。后因以"闻笛"为悼念故人之词。

⑳沉思:《乐府雅词》作"追思"。耿沣《宋中》:"空思前事往,向晓泪沾巾。"



## 题解

此词主题,有人认为是客中送客,有人认为是久客淹留,也有人认为只是写柳,甚至有人认为是为李师师而作。这说明此词意蕴丰富,读者不必执一以求之。词的上片主要是咏柳:写柳阴直铺,柳丝青翠,柳条柔嫩。因古人有折柳送别的习俗,词人在咏柳的同时,又将咏柳和送别结合起来,诉说千古离别情。"隋堤上、曾见几番,拂水飘绵送行色",写人们离别之时,垂柳依依惜别;"登临望故国。谁识。京华倦客"既指词人自己,也指千古以来与自己一样厌倦了京华生活的诸多倦客,如但言词人自己,则境界小矣。

“长亭路，年去岁来，应折柔条过千尺”仍然是从大处着眼，说年复一年，人们在长亭送别时折断的柳条恐怕要超过千尺了吧！中片写别时情景。“酒趁”三句记别筵：在寒食节前的一个夜晚，饯别的酒宴上灯烛闪烁，歌妓正演奏着令人伤感的曲子。“愁一箭风快，半篙波暖，回头迢递便数驿。望人在天北。”别筵之后，自然是远行，此数句即写别后远行的情形与感慨：风快、舟疾、人远，因此而“愁”。下片紧承中片，写别后。“凄恻，恨堆积”，舟愈行愈远，人的感情也由中片的“愁”而到此时的“恨”，此恨犹如秦观《踏莎行》中之“砌成此恨无重数”，是堆砌起来的。“渐别浦萦回，津堠岑寂。斜阳冉冉春无极”几句，以景遏情，以免情感的抒发一泄无余，而所写冷清苍凉之景又能进一步渲染愁恨之情。“念月榭”至结尾数句回忆往事，黯然神伤。此词含清刚之气，笔力高远，声情激越，篇法井然有序，善于从虚处着想，无一沾滞之笔。



## 西　河　大石[①]

金陵

周邦彦

佳丽地。南朝盛事谁记[②]。山围故国绕清江[③]，髻鬟对起[④]。怒涛寂寞打孤城，风樯遥度天际[⑤]。　断崖树，犹倒倚。莫愁艇子曾系[⑥]。空余旧迹郁苍苍，雾沉半垒[⑦]。夜深月过女墙来，赏心东望淮水[⑧]。　酒旗戏鼓甚处市。想依稀、王谢邻里。燕子不知何世。入寻常、巷陌人家,相对如说兴亡,斜阳里⑨。

## 评语

陈廷焯《云韶集》:此词纯用唐人成句融化入律,气韵沉雄,苍凉悲壮,直是压遍古今。金陵怀古词,古今不可胜数,要当以美成此词为绝唱。

## 注释



①《西河》调始清真。景宋本、朱刻本题作"金陵"。《花庵词选》、《草堂诗余》、《花草粹编》、《古今词统》、毛本题为"金陵怀古"。

②佳丽地:美好的地方。特指金陵(今江苏南京)。谢朓《入朝曲》:"江南佳丽地,金陵帝王州。"南朝,又称六朝,指偏安南方的吴、东晋、宋、齐、梁、陈,均以金陵为都城。

③刘禹锡《石头城》:"山围故国周遭在,潮打空城寂寞回。"

④髻鬟对起:"髻鬟"状山之形,"对起"指钟山与石头山对峙。

⑤刘禹锡《石头城》:"山围故国周遭在,潮打空城寂寞回。"风樯:指帆船。樯:桅杆。度:过。

⑥莫愁艇子:《乐府诗集》卷四十八《莫愁乐》:"莫愁在何处,莫愁石城西。艇子打两桨,催送莫愁来。"莫愁传说是南朝金陵女子名。今南京有莫愁湖。



⑦垒:营垒。金陵有白石垒和药垒。《建康实录》卷七:"(晋显宗成皇帝咸和三年)夏五月乙未,(苏)峻逼帝迁于石头城。……贼盛,未即决战,议与查浦筑垒,监军李根固争之:'查浦地下,又在水南,惟白石,峻固修之,灭贼之术也。'(陶)侃等许之曰:'若垒不立,卿当腰斩。'根引兵夜修,晓讫,贼众见垒大

惊。……李阳临阵斩峻于白石彼岸，至今呼此陂为苏峻湖，今在县西北十二里，石头城北，白石垒即在彼东岸。”

⑧女墙：城头上带有垛口或射孔的墙垛。《释名·释宫室》：“城上垣曰睥睨，亦曰女墙。言其卑小，比于城，若女子之于丈夫也。”赏心：金陵有赏心亭。《景定建康志》：“赏心亭在下水门之城上，下临秦淮，尽观览之胜。丁晋公谓建。”淮水：指秦淮河。刘禹锡《石头城》：“淮水东边旧时月，夜深还过女墙来。”

⑨刘禹锡《乌衣巷》：“朱雀桥边野草花，乌衣巷口夕阳斜。旧时王谢堂前燕，飞入寻常百姓家。”胡仔《苕溪渔隐丛话》后集卷十引《与地志》云：“晋时王导自立乌衣巷，宋时诸谢曰乌衣之聚，皆此巷也。”



**题解**

此词与王安石《桂枝香》、贺铸《水调歌头》均为金陵怀古的名篇。作者将刘禹锡的诗句和自己的感触融合在一起，抒发了盛衰兴亡、怀古伤逝之感。全词三叠结构。一叠融化《石头城》诗前联，写金陵地势险固，境界旷远，雄壮中蕴含落寞；二叠糅合当地传说并《石头城》后联，写金陵的古迹，并抒发了物是人非之感；三叠写眼前景物，借斜阳、燕子，寄寓人世沧桑、古今兴亡之感。词人融化前人诗句浑然天成，如自己出，不着形迹。用古事时避熟就生，人详我略，止拣莫愁、王谢之无关国事者说，把主要笔墨用于渲染寂寥衰飒、苍茫悲壮之景与低回唱叹、幽咽苍凉之情上面，故而境界高远，神韵悠然。

# 夜飞鹊 道宫[1]

## 别情

周邦彦

河桥送人处，凉夜何其[2]。斜月远堕余辉。铜盘烛泪已流尽[3]，霏霏凉露沾衣。相将散离会，探风前津鼓[4]，树杪参旗[5]。华骢会意[6]，纵扬鞭、亦自行迟。　迢递路回清野，人语渐无闻[7]，空带愁归。何意重红满地，遗钿不见[8]，斜径都迷。兔葵燕麦[9]，向残阳、欲与人齐。但徘徊班草[10]，欷歔酹酒[11]，极望天西。

**评语**

见前柳永《雨霖铃》评语。

乔大壮批《片玉集》：和缓之笔，可与《四园竹》参看。乃片玉独到之处，古今无第二手。

**注释**

①《夜飞鹊》调始清真。汲古阁本题作"别情"，《草堂诗余》、《古今诗余醉》题作"离别"。

②凉夜何其：《诗经·庭燎》："夜如何其，夜未央。"意为夜已深但尚未到天明。其：语助词，无实义。

③斜月：西斜的落月。《乐府诗集·清商曲辞一·子夜四时歌秋歌八》："凉风开窗寝，斜月垂光照。"铜盘：指烛台。杜甫《从事

行赠严二别驾》:“铜盘烧蜡光吐日,夜如何其初促膝。”与下文“树杪参旗”化用李商隐《明日》:“天上参旗过,人间烛焰消。”

④霏霏:细密纷乱貌。《楚辞·九章·涉江》:“霰雪纷其无垠兮,云霏霏而承宇。”相将:行将。离会:《草堂诗余》、《花草粹编》、《古今诗余醉》作“离会处”,多一字。津鼓:渡口催换渡客并报时的更鼓。李端《古别离》:“天晴见海樯,月落闻津鼓。”

⑤树杪(miǎo):树梢。参(shēn)旗:指初秋黎明时出现在天东的参旗星,即今猎户星座。《史记·天官书》:“参旗九星在参西,一曰天旗,一曰天弓。”树杪参旗:指树梢上的夜空中散布着点点繁星。此句说参宿正在树梢,天将破晓。

⑥花骢:青白色的马。《草堂诗余》作“华骝”。杜甫《骢马行》:“邓公马癖人共知,初得花骢大宛种。”

⑦清野:清旷的原野。郦道元《水经注·获水》:“其楼之侧,襟汳带泗,东北为二水之会也。耸望川原,极目清野,斯为佳处矣。”渐无:《古今诗余醉》作“尽无”。

⑧何意:岂料;不意。遗钿:遗落在地上的钗钿首饰。徐夤《蔷薇》:“朝露洒时如濯锦,晚风飘处似遗钿。”

⑨兔葵燕麦:路旁的野葵、野麦,形容景象荒凉。刘禹锡《再游玄都观绝句并引》:“余贞元二十一年为屯田员外郎,时此观未有花。是岁出牧连州,寻贬朗州司马。居十年,召至京师。人人皆言,有道士手植仙桃满观,如红霞,遂有前篇,以志一时之事。旋又出牧。今十有四年,复为主客郎中,重游玄都观,荡然无复一树,惟兔葵、燕麦动摇于春风耳。”后常以兔葵燕麦表示人去景换的盛衰之感。

⑩欲与:汲古阁本、《草堂诗余》作“影与”。班草:指将草铺开于

地,列坐其上。《后汉书·陈留父老传》:“张升去官归里,道逢有人,共班草而言。”江淹《别赋》:“左右兮魂动,亲鬓兮泪滋。可班荆兮赠言。”王安石《次韵十四叔赐留别》:“班草数行衣上泪,何时携杖却相亲。”

⑪欷歔:哀叹。杜甫《羌村三首》:“感叹亦欷歔。”酹酒:以酒浇地,表示祭奠。古代宴会往往行此仪式。杜台卿《玉烛宝典·正月孟春》:“元日至月晦为酺食,度水。士女悉湔裳,酹酒于水湄,以为度厄。”



**题解**

这是一首送别词。上片追述昨夜送行情境。起首两句“河桥送人处,良夜何其”,点明送别的地点、时间。地点是河桥,一个一旦分别就会被河水阻隔的地方;时间是让人感到寒凉的秋夜凌晨。词人接着对离别情境展开具体描绘:室外斜月西沉,凉露沾衣;室内蜡尽烛残,灯光黯淡。如此景象,从侧面烘托出离人的凄恻和留恋。“相将散离会,探风前津鼓,树杪参旗”,点明离别主题。“花骢会意,纵扬鞭、亦自行迟”,原本是人不忍分离,却说马儿好似懂得人的心意,不愿奋蹄疾行,构思巧妙。下片写离别后的怀望之情,哀怨浑雅。过片三句写别后归程,孤独一人,唯有离愁作伴,故有路途漫漫、四周寂寞空旷之感。“何意”句回应篇首,领起后文,言自己回到凌晨送别之处“河桥”,已是人去而物非了:时间已是傍晚,斜阳里葵麦高与人齐,旷野中杂草丛生,将分别时的痕迹遮得严严实实。其境凄然,其情难堪,词人席草而坐,抚今追昔,怅望无极。全词熔情入景,意致绵密,情意深厚。结构上层次井然,不同于清真喜欢时空倒置的常规创作手法。语言则词采秾厚,且时出雄厚之句,是清真长调中比较晓畅、俊快的一首作品。

# 南　浦

## 旅怀

孔　夷

风悲画角[1]，听单于、三弄落谯门[2]。投宿骎骎征骑[3]，飞雪满孤村。酒市渐闲灯火，正敲窗、乱叶舞纷纷。送数声惊雁，下离烟水，嘹唳度寒云[4]。　　好在半胧溪月[5]，到如今、无处不销魂。故国梅花归梦[6]，愁损绿罗裙[7]。为问暗香闲艳，也相思、万点付啼痕。算翠屏应是[8]，两眉余恨倚黄昏。

**评语**

陈廷焯《白雨斋词话》：此词遣词琢句，工绝警绝，最令人爱。"好在"二语真好笔仗。"为问"二语淋漓痛快，笔仗亦佳。十分沈至。

**注释**

①风悲画角：寒风中传来悲凉的号角声。画角：涂有彩绘的军中乐器，其声音凄厉。

②单（chán）于：曲调名。唐《大角曲》中有《大单于》、《小单于》。三弄：三段乐曲。弄，演奏。韦庄《绥州作》："一曲单于暮烽起，扶苏城上月如钩。"谯（qiáo）门：建有瞭望楼的城门。

③骎骎（qīn）：马疾速奔驰貌。陆机《挽歌》之一："翼翼飞轻轩，

骎骎策素骐。”

④嘹唳(liáolì):大雁凄凉激越的叫声。谢朓《从戎曲》:“嘹唳清笳转,萧条边马烦。”

⑤半胧:谓淡月朦胧,半明半暗。

⑥“故国”句:《梅花曲》引起思归的梦想。

⑦“愁损”句:想起家里的爱人便愁坏了。绿罗裙,指家中着绿罗裙之人。

⑧翠屏:眉山。



**题解**

此词写旅途思乡之情。上片写旅途凄凉景况。“风悲画角,听单于、三弄落谯门”从听觉的角度写,寒风凛冽,号角呜咽,谯门上传来《单于》凄厉悲凉的乐曲声。“投宿骎骎征骑,飞雪满孤村”则从视觉的角度写,满天飞雪,词人骑马疾驰,终于抵达一座孤村。“酒市”以下数句写投宿孤村后所见所闻:酒店里人迹稀少,灯火阑珊,酒店外狂风卷叶,扑打门窗,更有云中大雁阵阵悲鸣声传来,衬托出词人独处旅舍之寂寞凄凉,无限乡思,油然而生,词笔自然转到下片的怀望故乡之情。“好在半胧溪月”由上片的雪转写月,盖雪停月出耳。正所谓“举头望明月,低头思故乡”,词人见月思乡,不禁黯然销魂。“故国”两句,回忆故乡的梅花和美丽的心上人。“为问暗香闲艳,也相思、万点付啼痕”两句云那暗香浮动的梅花,是否也因为相思而泪痕斑斑?结尾两句推己及人,悬想对方大概也因思念自己而倚床远望吧。词人雕章琢句,语言淋漓痛快,警峭有力。全词词境开阔,词旨含蓄,耐人寻味。

# 虞美人

雨后同幹誉、才卿置酒来禽花下作①

叶梦得

落花已作风前舞②。又送黄昏雨。晓来庭院半残红③。惟有游丝千丈、罥晴空④。　殷勤花下同携手。更尽杯中酒。美人不用敛蛾眉⑤。我亦多情、无奈酒阑时⑥。



## 评语

《古今词话·词辨上卷》:关注曰:叶右丞词,能于简淡处,时出雄杰,合处不减靖节、东坡,岂近世乐府之比哉。而尤以《虞美人》为绝唱,如"美人不用敛歌眉。我亦多情、无奈酒阑时"是也。

彭孙遹《金粟词话》:词以自然为宗,但自然不从追琢中来,便率易无味。如所云绚烂之极,乃造平淡耳。若使语意澹远者,稍加刻画,镂金错绣者,渐近天然,则骎骎乎绝唱矣。若《无住词》之"杏花疏影里,吹笛到天明",《石林词》之"美人不用敛蛾眉。我亦多情、无奈酒阑时",自然而然者也。



## 注释

①干誉:许亢宗,字干誉,饶州乐平(今属江西)人。才卿:生平事迹不详。二人皆叶梦得友人。来禽:果名。林檎别名,南方称花红,北方称沙果。或谓此果味甘,果林能招众禽,故名。《艺文类聚》卷八七引郭义恭《广志》:"林檎似赤柰,亦名黑檎……

一名来禽，言味甘熟则来禽也。”

②此句语本宋祁《落花》诗：“将飞更作回风舞，已落犹成半面妆。”

③残红：凋残的花；落花。王建《宫词》之九十：“树头树底觅残红，一片西飞一片东。”

④游丝：飘动着的蛛丝。沈约《三月三日率尔成篇》：“游丝映空转，高杨拂地垂。”罥：一作“袅”。挂，缠绕。

⑤蛾眉：螺子黛，乃女子涂眉之颜料，其色青黑，或以代眉毛。眉细如蛾须，乃谓蛾眉。更有以眉代指美人者。

⑥酒阑：谓酒筵将尽。《史记·高祖本纪》：“酒阑，吕公因目固留高祖。”裴骃集解引文颖曰：“阑言希也。谓饮酒者半罢半在，谓之阑。”杜甫《魏将军歌》：“吾为子起歌《都护》，酒阑插剑肝胆露。”



## 题解

此词为暮春感怀之作。上片起首两句即不凡，寻常人写暮春、写黄昏，多会伤感、凄凉，而“落花已作风前舞，又送黄昏雨”不说风雨摧落花，而说落花在风中翩翩起舞，送走了黄昏小雨。落花时节雨纷纷，原本让人黯然神伤，词人将悲景当乐景写，别出机杼。“晓来庭院半残红，惟有游丝千丈罥晴空”，时间到了第二天清晓，天气放晴，经过昨夜一场风雨，庭院中落红满地，花枝上游丝满身。此本亦是哀景，可“罥晴空”三字又将精神振起，使其写落花毫无衰飒之感。上片写景，下片抒情。过片“殷勤花下同携手，更尽杯中酒”两句点题，写自己与朋友干誉、才卿置酒来禽花下，“殷勤”、“携手”、“更尽”数字，可见出酒宴之欢快。结尾二句词人劝慰歌女，不要因为春天离去、酒阑人散而愁损蛾眉，慰人亦是慰己，要以一颗坦然欢乐的心态面对原本会让人伤感的自然变迁、人事消磨。关注《石林词跋》云叶梦得词“能于简淡时出雄杰”。毛晋《石林词跋》亦云：“《石林词》一卷，与苏、柳并传，绰有林下风，不作柔语殢人，真词家逸品也。”叶梦得填词有意学习苏轼，此词以健笔写柔情，意境清朗高旷，笔调简淡自然而有雄浑气韵，确有苏轼风味。

## 鹊桥仙

朱敦儒

溪清水浅，月胧烟淡，玉破梅梢未遍[①]。横枝依约影如无[②]，但风里、空香数点。　乘风欲去，凌波难住[③]，谁见红愁粉怨。夜深青女湿微霜[④]，暗香散[⑤]、广寒宫殿[⑥]。

**评语**

张端义《贵耳集》：朱希真南渡，以词得名。……赋梅词如不食烟火人语。“横枝消瘦一如无，但空里疏花数点”，语意奇绝。

朱彝尊《静志居诗话》卷十八：咏物诗最难工，而梅尤不易，林君复“雪后园林才半树，水边篱落忽横枝”，此为绝唱矣。……朱希真词“横枝清瘦只如无，但空里疏花数点”、李易安词“要来小酌便来休，未必明朝风不起”，皆得此花之神。

邓廷祯《双砚斋词话》：评梅花诗者，以庾子山之“枝高出手寒”、苏子瞻之“竹外一枝斜更好”、林君复之“疏影横斜水清浅，暗香浮动月黄昏”为千古绝词。余谓词亦有之，朱希真之“引魂枝消瘦一如无，但空里疏花数点”、姜石帚之“长记曾携手处，千树压西湖寒碧”，一状梅之少，一状梅之多，皆神情超越，不可思议，写生独步也。

## 注释

①梅梢：梅树梢头。范成大《坐啸斋书怀》：“月侵灯影吏方去，春遍梅梢官未知。”

②依约：隐约。刘兼《登郡楼书怀》：“天际寂寥无雁下，云端依约有僧行。”

③凌波：比喻美人步履轻盈，如乘碧波而行。曹植《洛神赋》：“凌波微步，罗袜生尘。”吕向注：“步于水波之上，如尘生也。”

④青女：传说中掌管霜雪的女神。《淮南子·天文训》：“至秋三月……青女乃出，以降霜雪。”高诱注：“青女，天神，青霄玉女，主霜雪也。”

⑤幽香：清淡的香气。亦谓香气清淡。温庭筠《东郊行》：“绿渚幽香生白苹，差差小浪吹鱼鳞。”欧阳修《醉翁亭记》：“野芳发而幽香，佳木秀而繁阴。”

⑥广寒宫：传说唐玄宗于八月望日游月中，见一大宫府，榜曰：“广寒清虚之府。”见旧题柳宗元《龙城录·明皇梦游广寒宫》。后因称月中仙宫为“广寒宫”。



## 题解



本词咏早梅。开篇“溪清”三句写梅花生长的环境：在浅水之处，清流之旁，淡月朦胧，轻烟弥漫，梅花树梢上梅萼如玉，梅蕊初破，星星点点，并未开遍。接着两句“横枝依约影如无，但风里、空香数点”写梅花的形态、香味与神韵，为词中名句，千余年来多受夸赞。张端义《贵耳集》称其“语意奇绝”，朱彝尊《静志居诗话》卷十八赞其能得梅花之神,邓廷桢《双砚斋词话》云其状梅之少,“神情超越,不可思议,写生独步也”。“横枝”为梅枝横斜之状,“依约影如无”写梅蕊初破,月光下梅影若有若无。空香数点,点明梅花仍未开遍,仅数点早梅在风中暗香浮动。词的上片乃变化林逋咏梅名诗“疏影横斜水清浅,暗香浮动月黄昏”而成者。下片托物言志,抒写词不同流俗之高洁情怀。“乘风”三句言梅花卓然不群,绰约如仙,笑傲霜雪,绝无红愁粉怨之品格。“夜深”三句写夜深微霜湿润花梢,而梅花幽香在月下浮动飘散直至月宫,写出梅于苦寒中卓然开放,香气更浓之坚毅品性。本词既写梅花,亦写词人如梅花一样不同流合污,笑对困境的可贵品格。



## 烛影摇红

### 题安陆浮云楼[①]

廖世美

霭霭春空[②],画楼森耸凌云渚[③]。紫薇登览最关情[④],绝妙夸能赋。惆怅相思迟暮。记当日、朱阑共语[⑤]。塞鸿难问,岸柳何穷,别愁纷絮。　　催促年光,旧来流水知何处。断肠何必更残阳,极目伤平楚[⑥]。晚霁波声带雨[⑦]。悄无人、舟横野渡。数峰江上,芳草天涯,参差烟树。



**评语**

况周颐《蕙风词话》卷二:廖世美《烛影摇红》过拍云:“塞鸿难

问，岸柳何穷，别愁纷絮。”神来之笔，即已佳矣。换头云：“催促年光，旧来流水知何处。断肠何必更残阳，极目伤平楚。晚霁波声带雨。悄无人、舟横古渡。”语淡而情深。令子野、太虚辈为之，容或未必能到。此等词一再吟诵，辄沁人心脾，毕生不能忘。花庵《绝妙词选》中，真能不愧“绝妙”二字，如世美之作，殊不覯。

**注释**

①安陆：今湖北安陆县。浮云楼：唐宋时期江南名楼，又名安陆西楼。约建于唐朝，明代可能尚存，今已了无踪影。

②霭霭：云气密集的样子。陶渊明《停云》：“霭霭停云，蒙蒙时雨。”

③森耸：高耸。郦道元《水经注·渐江水》：“楼侧悉是桐梓，森耸可爱。”云渚：指银河。李贺《河南府试十二月乐词·七月》：“星依云渚冷，露滴盘中圆。”王琦汇解引吴正子曰：“云渚，天河也。”

④紫薇：指杜牧。唐代称中书省为紫薇省，杜牧官至中书舍人，故又称杜紫薇。杜牧曾登浮云楼，作《题安州浮云寺楼寄湖州郎中》诗。关情：动心，牵动情怀。

⑤朱阑：即朱栏。《宋史·舆服志一》：“四面拱斗，外施方镜，九柱围以朱阑，中设御坐。”

⑥极目：纵目，用尽目力远望。王粲《登楼赋》：“平原远而极目兮，蔽荆山之高岑。”平楚：谓从高处远望，丛林树梢齐平。谢朓《宣城郡内登望》诗：“寒城一以眺，平楚正苍然。”

⑦晚霁：谓傍晚雪止或雨停，天气晴朗。唐彦谦《咏葡萄》：“西园晚霁浮嫩凉，开尊漫摘葡萄尝。”

## 题解

词为登安陆浮云楼而作。上片首二句"霭霭春空,画楼森耸凌云渚"写浮云楼雕梁画栋、高耸入云,突出楼之美与高。"霭霭"既刻画出云气笼罩的氛围,也为浮云楼的出场提供背景。"紫薇登览最关情,绝妙夸能赋"借赞美唐代著名诗人杜牧题写浮云楼的诗来增添浮云楼的历史厚重感。杜牧登浮云楼时,曾写下《题安州浮云寺楼寄湖州张郎中》诗,其中有"同倚朱阑语"、"事与孤鸿去"、"楚岸柳何穷,别愁纷如絮"等句,词接着就化用杜牧这些诗句,表达相思离别的惆怅之情。下片写浮云楼上下左右的自然风景,并借景抒情。过片"催促"二句,由楼前流水而生时光易逝之人生感叹。"断肠"二句本自杜牧《池州春送前进士蒯希逸》:"芳草复芳草,断肠还断肠。自然堪下泪,何必更残阳。"词人登楼极目,只见芳草连天,平野苍然,本已临景神伤,又增此残阳,更令人断肠。"晚霁波声带雨。悄无人、舟横野渡"写楼前江水,波声带雨,野渡无人舟自横;"数峰江上,芳草天涯,参差烟树"写江边青山烟树凄迷,芳草无涯。全词情景交融,写景壮阔,抒情真挚,意境幽美。



# 如梦令[①]

李清照



昨夜雨疏风骤[②]。浓睡不消残酒[③]。试问卷帘人[④],却道海棠依旧。知否。知否。应是绿肥红瘦[⑤]。

## 评语

陈郁《藏一话腴》甲集卷一:李易安工造语,故《如梦令》"绿肥红瘦”之句,天下称之。

王士禛《花草蒙拾》:前辈谓史梅溪之句法,吴梦窗之字面,固是确论。尤须雕组而不失天然。如“绿肥红瘦”、“宠柳娇花”,人工天巧,可称绝唱。

黄苏《蓼园词选》:按一问极有情,答以依旧,答得极澹,跌出“知否”二句来,而“绿肥红瘦”无限凄婉,却又妙在含蓄。短幅中藏无数曲折,自是圣于词者。

况周颐《玉栖述雅》:李易安《如梦令》:“昨夜雨疏风骤。浓睡不消残酒。试问卷帘人,却道海棠依旧。”晁次膺《清平乐》:“莫把珠帘垂下,妨他双燕归来。”并脍炙人口之句。



## 注释

①本词词意出自韩偓《懒起》诗:“昨夜三更雨,临明一阵寒。海棠花在否,侧卧卷帘看。”

②雨疏风骤:雨点稀疏,晚风急猛。疏:指稀疏。

③浓睡不消残酒:虽然睡了一夜,仍有余醉未消。浓睡:酣睡。残酒:尚未消散的醉意。

④卷帘人:指侍女。

⑤绿肥红瘦:绿叶繁茂,红花凋零。

## 题解



此词作于宋哲宗元符三年(1100)前后,时李清照 26 岁左右。全词委婉曲折地表达了作者怜花惜花的心情,反映了词人悠闲、风雅、诗意的生活情调。词人以寥寥数语而又新颖活泼的对话,揭示出暮春时节自然界变化的情景,表现了主人公惋惜春光逝去的微妙感情。犹如一独幕剧,环境氛围、人物动作情态、对白问答、心理活动,活脱呈现。词中运用反衬法,以“卷帘人”对花事之淡漠反衬出抒情主人公惜花情深;又藏问于答,含无数曲折。“知否知否”二叠语,口气宛然。全篇淡描,而以“绿肥红瘦”四个浓艳之字结句,委曲精工,含蓄无穷。

## 凤凰台上忆吹箫

李清照

香冷金猊[①],被翻红浪[②],起来人未梳头。任宝奁闲掩[③],日上帘钩[④]。生怕闲愁暗恨,多少事、欲说还休。今年瘦,非干病酒[⑤],不是悲秋[⑥]。　　明朝,这回去也,千万遍阳关,也即难留[⑦]。念武陵春晚[⑧],云锁重楼。记取楼前流水,应念我、终日凝眸[⑨]。凝眸处,从今更数,几段新愁。

### 评语

茅暎《词的》卷四:出自然,无一字不佳。

沈际飞《草堂诗余正集》卷三:顺说出妙。瘦为甚的,尤妙。“千万遍”,痛甚。转转折折,忤合万状。清风朗月,陡化为楚雨巫云;阿阁洞房,并变成离亭别墅,至文也。

### 注释

①金猊(ní):狮形铜香炉。徐伸《转调二郎神》:“薰彻金猊烬冷。”

②红浪:红色被子胡乱摊在床上,犹如红浪翻卷。柳永《凤栖梧》:“鸳鸯绣被翻红浪。”

③宝奁(lián):华贵的梳妆镜匣。

④日上帘钩:语本杜甫《落日》:“落日在帘钩,溪边春事幽。”此处反其意而用之。

⑤非干病酒:不是因饮酒过量而身体不适。干:关连,涉及。冯延巳《鹊踏枝》:“日日花前常病酒,不辞镜里朱颜瘦。”

⑥悲秋:宋玉《九辨》:“悲哉,秋之为气也。”杜甫《登高》:“万里悲秋常作客。”刘禹锡《秋词》:“自古逢秋悲寂寥。”

⑦阳关:又称《阳关三叠》或《渭城曲》,是唐宋时代流行的送别曲,歌词是王维的《送元二使安西》诗:“渭城朝雨浥轻尘,客舍青青柳色新。劝君更尽一杯酒,西出阳关无故人。”此处泛指离歌。

⑧武陵:今湖南常德市境。陶渊明《桃花源记》:“晋太康中,武陵人,捕鱼为业。缘溪行,忘路之远近。忽逢桃花林,夹岸数百步,中无杂树,芳草鲜美,落英缤纷。”此处借指爱人去的地方。

⑨凝眸:凝神注视。



## 题解

此词写即将与丈夫离别的感受。上片三层意。一层写自己心烦意乱,慵懒无聊;二层写欲说还休之心态,因愁而欲吐,但深恐愈吐而愈愁,故欲吐还吞;三层写新来消瘦,既非病酒,又非悲秋。至于“慵”、“愁”以至“瘦”的原因,过片才点明,原是“明朝”丈夫要“去也”。下片想象别后相思之苦,并期望夫君“记取”、“念我”之孤独相思,写法又别换角度。全词层层推进,逐层转深,将浓挚之爱写得力透纸背,真切感人。

# 一剪梅

李清照

红藕香残玉簟秋[①]。轻解罗裳[②]，独上兰舟[③]。云中谁寄锦书来[④]，雁字回时[⑤]，月满西楼。　　花自飘零水自流，一种相思，两处闲愁。此情无计可消除，才下眉头，却上心头[⑥]。

## 评语

陈廷焯《白雨斋词话》卷二：易安佳句，如《一剪梅》起七字云："红藕香残玉簟秋。"精秀特绝，真不食人间烟火者。

沈雄《古今词话·词辨》卷下：周永年曰：《一剪梅》惟易安作为善。

## 注释

①红藕：红色荷花。玉簟（diàn）秋：从竹席上感到了秋天的凉意。玉簟：光滑如玉的竹席。韦应物《马明生遇神女歌》："石壁千寻启双检，中有玉床铺玉簟。"

②罗裳：犹罗裙。《乐府诗集·清商曲辞一·子夜四时歌春歌十》："春风复多情，吹我罗裳开。"

③兰舟：《述异记》卷下谓木质坚硬而有香味的木兰树是制作舟船的好材料，诗家遂以木兰舟或兰舟为舟之美称。一说"兰舟"特指睡眠的床榻。

④锦书：对书信的一种美称，多指男女间的情书。《晋书·窦滔妻苏氏传》云苏蕙织锦为回文《璇玑图诗》，以寄其被徙流沙的丈

夫窦滔。这种用锦织成的字称锦字,又称锦书。

⑤雁字:成列而飞的雁群。群雁飞行时常排成"一"或"人"字形,故称。语出白居易《江楼晚眺景物鲜奇吟玩成篇寄水部张员外》:"风翻白浪花千片,雁点青天字一行。"

⑥"此情"三句:似从范仲淹《御街行》"都来此事,眉间心上,无计相回避"化出。黄庭坚《和范信中寓居崇宁遇雨》诗:"遣闷闷不离眼前,避愁愁已知人处。"意思相近。



**题解**

此词写与丈夫离别后的相思之情。开篇以不同空间的意象叠映,写出分别的时令和地点,烘托凄凉孤独的氛围。藕香残、玉簟凉,视觉、嗅觉及心理感受兼融。独卧故觉簟冷,读出离情。兰舟"独上",不觉忆起往日夫妇携手同上兰舟的情景。念别而思情书,然雁归而书不至,离情更重。西楼月满,而人不圆,其内心之孤苦可知。由我之思他而联想他亦念我:"一种相思,两处闲愁。"离苦中又有种幸福的慰藉,非单相思可比。结句化抽象之愁为具体可感之情,自然、新颖、生动。

此词之妙,首在学花间词而又超越花间词。词虽写相思,写离愁,也用到"红藕"、"玉簟"、"罗裳"、"兰舟"、"锦书"等具有花间风味的字眼,颜色丰富华丽,却能不俗不艳,甚至显得富贵典雅。故梁绍壬《两般秋雨庵随笔》卷三云:"易安《一剪梅》词起句'红藕香残玉簟秋'七字,便有吞梅嚼雪,不食人间烟火气象,其实寻常不经意语也。"其实岂止是开篇七字,通篇如此也。其次,此词名句甚多,如"雁字回时,月满西楼",有画面感,有气象,有境界;又如"花自飘零水自流",语飘逸而意丰厚;特别是"此情无计可消除,才下眉头,却上心头"三句,虽脱胎于范仲淹《御街行》中"都来此事，眉间心上，无计相回避”几句，但由于表现出了感情变化的复杂过程，句式也更加工巧流利，堪称青出于蓝而胜于蓝，历来为人称道。

## 醉花阴[①]

李清照

薄雾浓云愁永昼[②]。瑞脑消金兽[③]。佳节又重阳[④]，玉枕纱厨[⑤]，半夜凉初透[⑥]。　东篱把酒黄昏后[⑦]。有暗香盈袖。莫道不消魂，帘卷西风，人似黄花瘦[⑧]。



**评语**

许宝善《自怡轩词选》卷二：幽细凄清，声情双绝。

**注释**

①题伊世珍《瑯嬛记》卷中引《外传》：“易安以重阳《醉花阴》词函致明诚。明诚叹赏，自愧弗逮，务欲胜之。一切谢客，忘食忘寝者三日夜，得五十阕，杂易安作，以示友人陆德夫。德夫玩之再三，曰：‘只三句绝佳。’明诚诘之。曰：‘莫道不消魂，帘卷西风，人似黄花瘦。’政易安作也。”



②云：《古今词统》等作“雾”，《全芳备祖》作“阴”。永昼：漫长的白天。

③瑞脑：一种名贵香料，又称龙脑、冰片。消：《花草粹编》等作“喷”。金兽：兽形铜香炉。

④重阳：农历九月九日。《易经》把“六”定为阴数，把“九”定为

阳数，九月九日，日月并阳，两九相重，故而叫重阳，也叫重九。庾肩吾《九日侍宴乐游苑应令诗》："朔气绕相风，献寿重阳节。"

⑤玉枕：瓷枕的美称。纱厨：即防蚊蝇的纱帐。周邦彦《浣溪沙》："薄薄纱厨望似空，簟纹如水浸芙蓉。"厨，《彤管遗篇》等作"窗"。

⑥凉：《全芳备祖》等作"秋"。

⑦东篱：陶渊明《饮酒》："采菊东篱下，悠然见南山。"泛指菊花园。无可《菊》："东篱摇落后，密艳被寒吹。夹雨惊新拆，经霜忽尽开。"

⑧似：一作"比"。黄花：指菊花。《礼记·月令》："鞠有黄华。"鞠，本用菊。王绩《九月九日》："忽见黄花吐，方知素节回。"



## 题解

词写重阳怀人。此词之妙，一在以景托情。"薄雾浓云"比喻香炉飘出来的香烟，原本是袅袅青烟，却用浓重的云雾形容，主人公心情之不佳可见，此乃以哀景衬愁情，为正衬。词人以下所写之景则多为以乐景衬哀情：瑞脑金兽，可见室内环境之优雅；玉枕纱厨，可见秋夜之凉爽；东篱把酒，菊香盈袖，可见室外环境之美好。如此乐景，词人却用"凉初透"、"人似黄花瘦"两句勾连，佳节美景反而勾引起人的离愁别恨，为反衬。二是有名句。此词末三句古今传唱。此三句有人专赞第一句，如明人茅暎《词的》卷一云："但知传诵结语，不知妙处全在'莫道不消魂'。"当代学者余恕诚在《百家唐宋词新话》中则专门评第二句："结尾'莫道不销魂，帘卷西风，人比黄花瘦。''帘卷西风'，乍看可有可无，少此一笔似亦无损于诗意。实则不然。四字有‘帘卷’、‘西风’两个意象、‘西风’以凄冷、萧瑟的一面加强了词的情调气氛，‘帘卷’构成室内和室外的联系。没有‘帘卷’，‘人比黄花瘦’就变成单纯比喻。有此一笔，则交待出当帘卷西风之际，词人看到帘外黄花，因物生感迸发出了‘人比黄花瘦’这样的心声。显得真切自然，而非作词时强拉来的比喻。又，词中前后两句写人，中间插以‘帘卷西风’一句写景物，亦显得跌宕回肠，符合词人千回百转的感情节奏。”夏承焘先生则认为此三句中，“人比黄花瘦”一句以生动的形象表达感情，是警句，“瘦”字则是词眼。其实，此三句中第一句揭出愁苦之情，第二、三句具体形容，浑然一体，不可或缺。



## 念奴娇

李清照

萧条庭院，又斜风细雨，重门须闭[①]。宠柳娇花寒食近[②]，种种恼人天气。险韵诗成[③]，扶头酒醒[④]，别是闲滋味。征鸿过尽，万千心事难寄。　　楼上几日春寒，帘垂四面，玉阑干慵倚[⑤]。被冷香消新梦觉，不许愁人不起[⑥]。清露晨流，新桐初引[⑦]，多少游春意。日高烟敛[⑧]，更看今日晴未[⑨]。



### 评语

黄昇《唐宋诸贤绝妙词选》卷十：前辈尝称易安“绿肥红瘦”为佳句。余谓此篇“宠柳娇花”之句，亦甚奇俊，前此未有能道之者。

杨慎《草堂诗余》卷四:情景兼至,名媛中自是第一。

彭孙遹《金粟词话》:李易安"被冷香消新梦觉,不许愁人不起"、"守着窗儿,独自怎生得黑",皆用浅俗之语,发清新之思,词意并工,闺情绝调。

## 注释

①"又斜风"二句:张志和《渔歌子》:"青箬笠,绿蓑衣,斜风细雨不须归。"这里反用其意。重门:重重门户。张先《青门引》:"楼头画角风吹醒,入夜重门静。"

②宠柳娇花:指被春天宠爱的花、柳。

③险韵诗:以生僻而又难押之字为韵脚的诗。人觉其险峻而又能化艰僻为平妥,并无凑韵之弊。

④扶头酒:古人于卯时饮酒称"卯酒",亦名"扶头酒"。或云酒性烈,易使人醉的酒。贺铸《南乡子》:"易醉扶头酒,难逢敌手棋。"

⑤玉阑干:白色栏杆的美称。

⑥"被冷"二句:谓被子已凉,香又燃尽,梦又已觉,愁绪萦绕的自己只得起床了。

⑦"清露"二句:此系引用《世说新语·赏誉》篇的成句。初引:刚刚抽芽。

⑧烟敛:烟收、烟散的意思。烟,这里指像烟一样弥漫在空中的云气。

⑨晴未:天气晴了没有?未,同否,表示询问。

**题解**

此为清照前期春闺独处怀人之作，抒写了她寂寞、抑郁、愁苦的心情。起五句描写环境天气，言庭院萧条、风雨恼人，烘染出一派寂寞无聊的氛围。接着由景而人，主人公以诗酒消愁，诗成酒醒，更感闲闷。“征鸿”两句略点原因，原来是心事难寄。过片仍从所居环境天气入手，楼高寒重，玉阑慵倚；拥被入梦，梦觉被冷，再难入眠。“清露”两句逗入户外春色，并欲以游春自遣。末两句又宕开，欲游终懒，却以天气阴晴作借口，实则见出主人公之毫无意绪的落寞心态。此词情景兼至，结构浑然一体。黄苏《蓼园词选》即云：“只写心绪落寞，近寒食更难遣耳，陡然而起，便尔深邃；至前段‘重门须闭’，后段云‘不许不起’，一开一合，情各戛戛生新。起处雨，结句晴，局法浑成。”语言上无论是自铸新辞还是引用陈语，均能自然而然，如“宠柳娇花”之句，黄昇《唐宋诸贤绝妙词选》卷十赞其“奇俊”，王世贞《艺苑卮言》称其“新丽”；又如“清露晨流，新桐初引”两句，全用《世说新语·赏誉》中语，却能浑然巧妙，自然妥帖。



## 声声慢[①]

李清照



寻寻觅觅，冷冷清清，凄凄惨惨戚戚[②]。乍暖还寒时候[③]，最难将息[④]。三杯两盏淡酒，怎敌他、晚来风急[⑤]。雁过也，正伤心，却是旧时相识[⑥]。　　满地黄花堆积，憔悴损，如今有谁忺摘[⑦]。守著窗儿，独自怎生得黑[⑧]。梧桐更兼细雨[9]，到黄昏、点点滴滴。这次第，怎一个、愁字了得[10]。

**评语**

张端义《贵耳集》卷上：易安居士李氏，……秋词《声声慢》"寻寻觅觅，冷冷清清，凄凄惨惨切切"，此乃公孙大娘舞剑手。本朝非无能词之士，未曾有一下十四叠字者，用《文选》诸赋格。后叠又云"梧桐更兼细雨，到黄昏、点点滴滴"，又使叠字，俱无斧凿痕。更有一奇字云"守着窗儿，独自怎生得黑"，"黑"字不许第二人押。妇人中有此文笔，殆间气也。

杨慎《词品》卷二：宋人中填词，李易安亦称冠绝。使在衣冠，当与秦七、黄九争雄，不独雄于闺阁也。其词名《漱玉集》，寻之未得。《声声慢》一词，最为婉妙。

茅暎《词的》卷四：连用十四叠字，后又四叠字，情景婉绝，真是绝唱。后人效颦，便觉不妥。

万树《词律》卷十《声声慢》：用仄韵。从来此体皆收易安所作，盖其遒逸之气，如生龙活虎，非描塑可拟。其用字奇横而不妨音律，故卓绝千古。



**注释**

①此词至南宋末年尚在传唱。陈世崇《随隐漫录》卷二："庚申（景定元年，1260）八月，太子请两殿幸本宫清霁亭，赏芙蓉木犀。韶部头陈盼儿捧牙板，歌'寻寻觅觅'三句，上曰：'愁闷之词，非所宜听。'顾太子曰：'可令陈藏一撰一即景快活《声声慢》。'"

②戚戚：忧愁状。

③乍暖还(huán)寒:指秋天的天气,忽然变暖,又转寒冷。

④将息:唐宋时方言,意为调养、保养。王建《留别张广文》诗:"千万求方好将息,杏花寒食约同行。"

⑤敌:犹言抵得过。晚:《词综》等作"晓"。

⑥"雁过"三句:谓正值伤心之时,雁儿飞过,原来是旧相识。李清照的故乡在山东,晚年写此词时流寓在南方。故说从北方飞来南方的大雁是"旧时相识"。

⑦黄花:指菊花。《礼记·月令》:"(季秋之月)鞠有黄华。"陆德明释文:"鞠,本又作菊。"忺(xiān):想;愿。一本作"堪"。

⑧怎生:怎样,怎么。生:语助词。

⑨"梧桐"句:诗词中常用梧桐雨来烘托孤独情绪。如温庭筠《更漏子》:"梧桐树,三更雨。不道离情正苦。一叶叶,一声声,空阶滴到明。"

⑩次第:犹云这情形或这光景。了得:此指概括得了。

## 题解

南渡后,作者年老孀居,分外孤独寂寞,本词即写其晚年心态。此词之最受人称道者,乃开篇十四个叠字的运用。古人写诗填词,好用叠字者多矣,然未见有超越易安此作者,其妙处体现在如下数端:一是层次感及强,主人公动作神态、所处环境氛围与心理一并流于笔端。那份失落感、孤独感、茫然感及其对"乍暖还寒"气候变化之敏感,非久经忧患而又年老体弱者不能道出,表现出一种独特、深沉的人生体验。二是四声间隔使用,有轻有重,有缓有急,犹如大珠小珠落玉盘,节奏感强。三是情境婉绝。"寻寻觅觅"四字破空而来,将国破家亡、流离失所后急于找到出路的焦灼心情表现得淋漓尽致;"冷冷清清"则由外而内,既指外在环境,也指情感;

“凄凄惨惨戚戚”则纯属内心感受的描绘。希望、失望、绝望的情感变化,冷清的环境,在此三句中都得到充分地表现。其次,词人选取过雁、黄花、梧桐雨等意象多角度地烘托展现主体愁思,情与景、物与我交融一体,平常事写无限痛楚抑郁之情,自然而深切,是其妙处。其三,仄韵双声。《声声慢》本平韵调,易安此词用仄韵。万树《词律》卷十即云:“从来此体皆收易安所作,盖其遒逸之气,如生龙活虎,非描塑可拟。其用字奇横而不妨音律,故卓绝千古。”夏承焘《唐宋词字声之演变》分析此词用双声字甚多时云:“易安词确有用双声甚多者,如《声声慢》一首,用舌声共十六字:难、淡、敌他、地、堆、独、得、桐、到、点点滴滴、第、得;用齿声多至四十一字,有连续至九字者:寻寻、清清、凄凄惨惨戚戚、乍、时、最、息、三、盏、酒、怎、正伤心、是时、识、积、憔悴损、如、谁、守、窗、自、怎生、细、这次、怎、愁字。全词九十七字,而此两凡五十七字,占半数以上。当是有意啮齿丁宁之口吻,写其郁悒惝恍之情怀。宋词双声之例,此为仅见矣。”

## 卜算子

送春

如 晦

有意送春归[①],无计留春住。毕竟年年用著来,何似休归去[②]。　目断楚天遥[③],不见春归路。风急桃花也似愁,点点飞红雨[④]。

## 评语

黄苏《蓼园词选》:沈际飞云:善谑。送春词中,此为第一。清空超脱,不滑熟,不沾滞,当得一"隽"字。

## 注释

①春归:春去;春尽。

②"毕竟"两句:谓春天既然年年要来,何如别归去。

③楚天:南天,因为楚在南方。

④飞红雨:谓桃花乱落如红雨。吕本中《春晚即事》:"落花狼籍飞红雨,又是潺湲过一春。"

## 题解

本篇为送春词。上片写送春情景。"有意"二句言情意绵绵送春归去,因无法将春留住。"有意"与"无计"相对,衬出送春之不舍与无奈。"毕竟"言既然春天明年还会归来,不如今年别归去。明知不可留而留之,为戏谑之语,沈际飞言此词"善谑",即此。下片写春归后情景。"目断"二句拟人,言望断遥远天际,亦见春归之路,春归何处,惜春、念春之意更浓。"风急"二句不言人之悲伤,而言桃花亦因春归而悲伤:红色花上下飘飞,恰似纷飞泪雨。词人笔下,春富有灵性,能让人产生无限爱怜之意,依依难舍;桃花情感流露,实则寓情于物,借物抒情。作为一名僧人,静观世界,较之常人,对自然之变化更为敏感。此词语言明白如话,有民歌风味,元代散曲家薛昂夫就将它改写为散曲【双调】《楚天遥过清江引》:"有意送春归,无计留春住。明年又着来,何似休归去。桃花也解愁,点点飘红玉。目断楚天遥,不见春归路。春若有情春更苦,暗里韶光度。夕阳山外山,春水渡傍渡,不知那答儿是春住处。"

# 临江仙

夜登小阁,忆洛中旧游[①]

陈与义

忆昔午桥桥上饮,坐中多是豪英[②]。长沟流月去无声[③]。杏花疏影里,吹笛到天明。　　二十余年如一梦,此身虽在堪惊[④]。闲登小阁看新晴[⑤]。古今多少事,渔唱起三更[⑥]。



## 评语

见前叶梦得《虞美人》评语。

《词苑萃编》卷五引苕溪渔隐:张叔夏云:去非《临江仙》一阕,真是自然而然。其词云:"忆昔午桥桥上饮(略)。"清婉奇丽,集中惟此最优。

陈廷焯《白雨斋词话》卷一:陈简斋无住词,未臻高境。惟《临江仙》云:"忆昔午桥桥上饮(略)。"笔意超旷,逼近大苏。

## 注释



①洛中:北宋西京,今河南洛阳,作者的故乡。此词作于绍兴五年(1135),其时作者闲居湖州。

②午桥:午桥庄,在洛阳南,唐宋时为名胜之地,唐代宰相裴度曾在此建绿野堂别墅,修筑有风亭、水榭、凉台等优美建筑。裴度与白居易、刘禹锡经常游宴于此。至宋为张齐贤所有。二十多年前,词人直值青春年少,曾与朋友在此宴游欢饮。白居易《奉

和裴令公〈新成午桥庄绿野堂即事〉》诗："只添丞相阁，不改午桥庄。"坐中：座席之中。《史记·樊郦滕灌列传》："项羽既飨军士，中酒，亚父谋欲杀沛公，令项庄拔剑舞坐中，欲击沛公，项伯常屏蔽之。"豪英：指豪杰英雄。《战国策·齐策六》："内牧百姓，循抚其心，振穷补不足，布德于民；外怀戎翟、天下之贤士，阴结诸侯之雄俊豪英。"李白《邺中赠王大》诗："投躯寄天下，长啸寻豪英。"

③长沟流月：月光随着流水悄悄地消逝。此句即杜甫《旅夜书怀》"月涌大江流"之意，谓时间如流水般逝去。去无声：表示月亮西沉，夜深了。长沟：指洛河。

④堪惊：总是心战胆跳。此句包含着身经国难的余悸和对友人亡故的感叹。

⑤新晴：此指雨后初晴的月夜景致。

⑥渔唱：渔人唱的歌。郑谷《江行》："殷勤听渔唱，渐次入吴音。"三更：指半夜十一时至翌晨一时。《乐府诗集·清商曲辞二·子夜变歌一》："三更开门去，始知子夜变。"此二句意谓古今多少兴亡故事，都只有付之半夜里渔人当作歌唱罢了。

## 题解

靖康之难后，宋室南渡。词人在逃亡过程中，历经颠沛流离之苦，饱受国破家亡之痛，终于到达高宗"行在"。他回想当年在洛阳与友人诗酒交游时的情景，抚今思昔，不禁感叹今昔巨变，遂填此词抒发悲慨。上片追忆洛中旧游时的逸兴豪情。青年时代志气轩昂、春风得意的境况，宛然在目。下片表现了作者饱经丧乱以后的消极心情。过片两句括尽二十余年的颠沛流离和国事沧桑，笔力由疏宕转为悲凉。结三句回到"夜归小阁"本题，并将笔触伸到对古今——历史与现实升沉变迁的思索上，空灵顿挫，余韵不尽。此词笔意超旷，与东坡乐府同调。特别是其语言，清婉奇丽，有不少名句。如“长沟流月去无声”，言河水自去滔滔而兴会不歇，造语新奇，造境幽美；又如“杏花疏影里，吹笛到天明”，仰承“忆昔”，俯注“一梦”，由豪酣而怅悒，自然流利，意境清幽；结句“古今多少事，渔唱起三更”，将盛衰兴亡的深沉感慨，尽付渔歌樵唱，语旷达而意深厚。故明人沈际飞在《草堂诗余正集》中赞此三处云：“‘流月无声’，巧语也；‘吹笛天明’，爽语也；‘渔唱三更’，冷语也。功业自歉，文章自优。”



## 满江红

### 写怀

岳　飞

怒发冲冠[①]，凭栏处、潇潇雨歇[②]。抬望眼、仰天长啸，壮怀激烈。三十功名尘与土[③]，八千里路云和月。莫等闲、白了少年头，空悲切[④]。　靖康耻[⑤]，犹未雪。臣子恨[⑥]，何时灭。驾长车踏破，贺兰山缺[⑦]。壮志饥餐胡虏肉，笑谈渴饮匈奴血[⑧]。待从头、收拾旧山河，朝天阙[⑨]。



**评语**

沈际飞《草堂诗余正集》：胆量、意见、文章悉无今古。……有此愿力，是大圣贤、大菩萨。

潘游龙《古今诗余醉》卷十五:胆量意见,俱超今古。

况周颐《历代词人考略》卷二十四:两宋词人唯文忠苏公是清雄二字。清,可及也;雄,不可及也。鄂王《满江红》词,其为雄并非文忠所及。二公之词皆自性真流出,文忠只是诚于中,形于外;忠武是先行其言,而后从之。盖千古一人而已。

## 注释

①怒发冲冠:愤怒得头发竖立,上冲冠帽。《史记·廉颇蔺相如列传》:“相如因持璧却立,倚柱,怒发上冲冠。”《史记·刺客列传》载燕丹设宴送荆轲入秦刺秦王,荆轲悲歌慷慨,“士皆怒发上指冠”。

②凭:依靠。处:时,际。潇潇:急骤的雨声。

③此句意为年已三十,而报国壮志未能实现;已立功名,如同尘土一样,不值一提。此为自谦之语。

④等闲:轻易。此两句是说不要虚度年华,免得后悔莫及。

⑤靖康耻:指靖康元年(1126)金兵攻陷汴京,次年,徽宗赵佶、钦宗赵桓被俘北去,北宋灭亡事。靖康,钦宗年号。

⑥臣子恨:指二帝被俘的仇恨。

⑦长车:一种山地战车。贺兰山:在宁夏银川西,当时为西夏统治区。此借指金人统治区。北宋姚嗣宗题壁诗:“踏碎贺兰石,扫清西海尘。”一说指距岳飞家乡不远的河北磁县境内的贺兰山,岳飞早年曾随宗泽到过此地。缺:指山口。

⑧胡虏、匈奴:秦汉时称匈奴为胡虏,后世用为与中原敌对的北方部族之通称。此指金人。《汉书·王莽传》载校尉韩威云:“臣愿得勇敢之士五千人,人赍斗粮,饥食虏肉,渴饮其血,可以横行。”

⑨朝天阙:指回京献捷,朝见皇帝。天阙,皇帝的宫殿,借指朝廷。

## 题解

此词自明代以来广为传诵，之前则湮没无闻，因此余嘉锡、夏承焘、吴世昌等先生认为是明人所作而托名岳飞。几位先生所言并非完全没有道理，但这首词只有和岳飞才堪称绝配，故在没有铁证出现的情况下，今仍将此词归属岳飞。这是一首脍炙人口的富有爱国思想的名篇，表现了作者对恢复中原、统一祖国的必胜信念和对寇掠中原的敌人的无比仇恨。起三句即展现了一位凭栏远眺的悲愤的英雄形象。次三句状其感慨激愤之情。“三十功名尘与土，八千里路云和月”一联凝练精警，既反映了转战之艰苦，又谦称建树之微薄，识度超迈。“莫等闲”期许未来，情怀急切，激越中微含悲凉。下片将壮怀具体化，他要驾长车直捣敌人巢穴，要从头收拾旧山河，充满积极进取、昂扬乐观的战斗精神。全词慷慨激昂，音词激越，一气呵成，千载之下读之，犹觉凛凛有生气。



# 卜算子

### 席间再作

葛立方



袅袅水芝红[①]，脉脉蒹葭浦[②]。淅淅西风淡淡烟[③]，几点疏疏雨。　　草草展杯觞[④]，对此盈盈女[⑤]。叶叶红衣当酒船[⑥]，细细流霞举[⑦]。

## 评语

王弈清《历代词话》卷七：周密《草窗词评》云：葛立方《卜算

子》词，用十八叠字，妙手无痕，堪与李清照《声声慢》并绝千古。本邑学道人，胸中乃有此奇特。

## 注释

①袅袅：摇曳貌；飘动貌。古乐府《皑如山上雪》："竹竿何袅袅，鱼尾何簁簁。"鲍照《在江陵叹年伤老》诗："翾翾燕弄风，袅袅柳垂道。"水芝红：水芝是荷花异名，"红"既写其颜色之美，同时也写其开放之盛

②脉脉：犹默默。孟郊《乙酉岁舍弟扶侍归兴义庄》诗："僮仆强与言，相惧终脉脉。"蒹葭：是常见的价值低微的水草，以喻微贱。蒹葭浦，即指一般的、寻常的水滨。

③淅淅：象声词。风、雨声。李咸用《闻泉》诗："淅淅梦初惊，幽窗枕簟清。"

④草草：匆忙仓促的样子。李白《南奔书怀》诗："草草出近关，行行昧前算。"杯觞：酒杯。《三国志·吴志·胡综传》："性嗜酒，酒后欢呼极意，或推引杯觞，搏击左右。"

⑤盈盈：仪态美好貌。盈，通"赢"。古乐府《日出东南隅行》："盈盈公府步，冉冉府中趋。"古诗《青青河畔草》："盈盈楼上女，皎皎当窗牖。"李善注："《广雅》曰：'赢，容也。''盈'与'赢'同。"

⑥叶叶红衣：即片片荷花瓣儿。以"红衣"喻荷花。

⑦流霞：本为神话中的仙酒，这里指美酒。

## 题解

此词为赏荷席间所作。上片从多方面描写荷花。"袅袅水芝红"写荷花摇曳多姿、颜色美丽。"脉脉蒹葭浦"写荷花的生长环境，是一处长满蒹葭的寻常水滨，此正可衬托出其与众不同、出类

拔萃。“淅淅西风淡淡烟，几点疏疏雨”既点明荷花的生长季节，也点染秋景，以衬荷花在轻烟薄雾、秋风疏雨中的风神。下片写对荷畅饮，进一步地渲染荷花的外形，云其身形如轻盈少女，其花瓣鲜艳硕大，犹如红色酒船。全词清丽妩媚，婉转缠绵。特别是四十四个字当中，叠字占十八个，并且用得自然妥帖，妙手无痕，堪与李清照《声声慢》连用十四叠字媲美。



## 菩萨蛮

### 咏梅

朱淑真

湿云不渡溪桥冷[①]。嫩寒初破东风影[②]。溪下水声长。一枝和月香[③]。　　人怜花似旧。花不知人瘦。独自倚阑干。夜深花正寒。

**评语**

潘游龙《古今诗余醉》卷十三：咏梅词之灵慧，当推此为第一，而更喜其不犯一梅事。



**注释**

①湿云：湿度大的云。李颀《宋少府东溪泛舟》诗：“晚叶低众色，湿云带繁暑。”渡：一作“断”。

②嫩寒：微寒；轻寒。一作“娥寒”，“蛾”通“俄”。王诜《踏青游》：“金勒狨鞍，西城嫩寒春晓。”东风：一作“双钩”。

③一枝和月香:“月”一作“雪”。

## 题解

此词咏梅花。首句渲染孤寂阴冷的气氛,为梅花出场作铺垫:冬末春初的夜晚,乌云凝聚在天空中,一动不动;小桥下溪水缓缓流淌,让人感到阵阵寒凉。“嫩寒初破东风影”写梅花在这样的天气里,犯寒而开,在月光的映照和春风的吹拂下,花枝摇曳。此句内容丰富,有张先“云破月来花弄影”之妙。“溪下”两句写桥下溪水潺湲,送来梅花阵阵幽香,这幽香弥漫在朦胧月光之中,沁人心脾。“一枝和月香”构思奇妙。下片由花而人、由景而情。“人怜花似旧。花不知人瘦”抒发了自己对梅花的爱怜之情,并借助对梅花不解人瘦的抱怨,诉说自己的孤苦憔悴。结尾两句赞美了梅花不畏严寒的高洁品质,说花也是说自己。此词语言清丽,感情深沉。咏梅而不着一“梅”字,却能让读者读其词而能见其形、闻其香、观其影、体其神,故潘游龙《古今诗余醉》卷十三云此词能咏梅花之灵慧。此外,不用典故,纯用精心锻造的语言进行描写,使作品显得超旷流利。



# 凤栖梧

兰溪①



曹 冠

桂棹悠悠分浪稳②。烟幂层峦,绿水连天远。赢得锦囊诗句满③。兴来豪饮挥金碗④。 飞絮撩人花照眼。天阔风微，燕外晴丝卷[5]。翠竹谁家门可款[6]。舣舟闲上斜阳岸[7]。

## 评语

况周颐《蕙风词话》卷二：宋曹冠《燕喜词·凤栖梧》云："飞絮撩人花照眼。天阔风微，燕外晴丝卷。"状春情景色绝佳。每值香南研北，展卷微吟，便觉日丽风暄，淑气扑人眉宇。全帙中似此佳句，竟不可再得。



## 注释

①兰溪：指词人的故乡东阳（今浙江省金华县）。曹冠曾在兰溪溪畔建园筑阁，自号双溪居士。

②桂棹：桂木制的划船工具。《楚辞·九歌·湘君》："桂棹兮兰枻，斫冰兮积雪。"王夫之通释："棹，篙也。"

③锦囊：用锦制成的袋子。传说唐朝诗人李贺常携锦囊骑驴出外游，得诗即写下置囊中。

④金碗：铜酒杯。杜甫《催驸马山亭宴集》："客醉挥金碗，诗成得绣袍。"

⑤晴丝：虫类所吐的、在空中飘荡的游丝。杜甫《春日江村》诗之四："燕外晴丝卷，鸥边水叶开。"



⑥款：叩门，敲门。

⑦舣舟：停泊船只。

## 题解

此词赞美故乡兰溪的自然美景。上片写兰溪山水。首句写泛舟兰溪，水波不兴，舟平稳而心闲逸。"烟幂层峦，绿水连天远"，词人乘舟远眺，只见溪水蜿蜒连天，两岸层峦叠嶂，轻烟薄雾在山间盘旋缭绕。面对如此美景，词人不禁动诗情，发酒兴，尽显豪情雅致。如果说上片写大景、写远景，下片则写小景、写近景。“飞絮撩人花照眼”言飞絮蒙蒙，萦绕游人；两岸鲜花盛开，在丽日的映照下，光艳夺目。“天阔风微，燕外晴丝卷”则云晴空万里，微风吹拂，燕子贴水争飞，游丝轻盈舒卷。到处生意盎然，旷朗之胸怀及欣悦之情绪已自然流露。结二句与首句呼应。写词人沿溪缓行，见翠竹丛中有户人家，便停舟上岸，叩门相访，不知不觉间已是斜阳西下。此词写景精妙绝伦，堪称唐宋词中的山水名篇。



## 念奴娇

范端臣

寻常三五[①]，问今夕何夕[②]，婵娟都胜[③]。天豁云收崩浪净[④]，深碧琉璃千顷[⑤]。银汉无声[⑥]，冰轮直上[⑦]，桂湿扶疏影[⑧]。纶巾玉麈[⑨]，庾楼无限清兴[⑩]。　谁念江海飘零，不堪回首，惊鹊南枝冷[⑪]。万点苍山何处是，修竹吾庐三径[⑫]。香雾云鬟，清辉玉臂[⑬]，醉了愁重醒。参横斗转[⑭]，辘轳声断金井[⑮]。



**评语**

岳珂《宝真斋法书赞》卷二十七《范元卿中秋词帖》：右淳熙右史范端臣元卿《中秋词帖》真迹一卷，予旧传此词于乐府，实为月夕绝唱。

## 注释

①三五:指八月十五中秋节。《礼记·礼运》:"是以三五而盈,三五而阙。"《古诗十九首·孟冬寒气至》:"三五明月满,四五詹兔缺。"

②苏轼《水调歌头》:"不知天上宫阙,今夕是何年。"

③婵娟:指代明月或月光。苏轼《水调歌头》:"但愿人长久,千里共婵娟。"

④天豁:天气晴朗。崩浪:奔腾的波浪。郭璞《江赋》:"触曲厓以萦绕,骇崩浪而相礧。"此指云涛。

⑤琉璃:喻晶莹碧透之物。杜甫《渼陂行》:"琉璃汗漫泛舟入,事殊兴极忧思集。"此喻蓝色天空。

⑥银汉:天河,银河。鲍照《夜听妓》:"夜来坐几时,银汉倾露落。"苏轼《阳关词·中秋月》:"暮云收尽溢清寒,银汉无声转玉盘。"

⑦冰轮:指明月。王初《银河》:"历历素榆飘玉叶,涓涓清月湿冰轮。"

⑧扶疏:枝叶繁茂分披貌。《吕氏春秋·任地》:"树肥无使扶疏,树垮不欲专生而族居。肥而扶疏则多秕,垮而专居则多死。"

⑨纶巾:冠名。古代用青色丝带做的头巾。一说配有青色丝带的头巾。相传三国蜀诸葛亮在军中服用,故又称诸葛巾。《晋书·谢万传》:"万著白纶巾,鹤氅裘,履版而前。既见,与帝共谈移日。"玉麈:玉柄麈尾。东晋士大夫清谈时常执之。卢照邻《行路难》:"金貂有时换美酒,玉麈但摇莫计钱。"

⑩庾楼:楼名。一名庾公楼,在江西九江。传说为晋庾亮镇江州时所建。陆游《入蜀记》卷四:"楼正对庐山之双剑峰,北临大江,气象雄丽……庾亮尝为江荆豫州刺史,其实则治武昌。若

武昌南楼名庾楼,犹有理,今江州治所,在晋特柴桑县之湓口关耳,此楼附会甚明。”白居易《庾楼晓望》:“三百年来庾楼上,曾经多少望乡人。”清兴:清雅的兴致。王勃《山亭夜宴》:“清兴殊未阑,林端照初景。”

⑪南枝:朝南的树枝。梁简文帝《双燕》:“衔花落北户,逐蝶上南枝。”

⑫三径:赵岐《三辅决录·逃名》:“蒋诩归乡里,荆棘塞门,舍中有三径,不出,唯求仲、羊仲从之游。”后因以“三径”指归隐者的家园。陶潜《归去来辞》:“三径就荒,松竹犹存。”

⑬香雾云鬟,清辉玉臂:杜甫《月夜》:“香雾云鬟湿,清辉玉臂寒。”

⑭参横斗转:北斗转向,参星打横。指天快亮的时候。《宋史·乐志》:“斗转参横将旦,天开地辟如春。”苏轼《六月二十日夜渡海》:“参横北斗欲三更。”

⑮辘轳:井上汲水的起重装置。贾思勰《齐民要术·种葵》:“井别作桔槔、辘轳。”原注:“井深用辘轳,井浅用桔槔。”金井:井栏上有雕饰的井。一般用以指宫庭园林里的井。费昶《行路难》诗之一:“唯闻哑哑城上乌,玉栏金井牵辘轳。”

## 题解

词咏中秋,并抒发身世飘零之感和归隐之趣。上片咏月夕。首三句借苏轼名篇《水调歌头》中词句入题,接着五句描写中秋月夜的无限美景。“天豁云收崩浪净,深碧琉璃千顷”写秋夜的天空天清气朗,天宇四垂,一碧无际。“银汉无声,冰轮直上,桂湿扶疏影”言万籁俱寂,一轮明月洁白如玉,正缓缓直升天空。月中桂树枝叶扶疏,在人世间映射出道道疏影来。此五句景语为全词精华,用拍电影的手法将中秋月夜美景动态地展示给读者，将寻常画面组合成无穷的内涵，给读者留下无尽的想象空间。“纶巾玉麈，庾楼无限清兴”两句由景及人，言自己原本超凡脱俗，面对澄澈夜空更是引起清雅的兴致。上片以写景为主，下片则以言情为主。“谁念江海飘零，不堪回首，惊鹊南枝冷”言身世飘零，往事不堪回首，如此经历让人在中秋之夜感到阵阵寒凉。“万点苍山何处是，修竹吾庐三径”云苍山万点，不知身置何处，归隐的想法油然而生。“香雾云鬟，清辉玉臂，醉了愁重醒”写到当前酒宴，“香雾”两句写歌女不见艳丽，而是与中秋之月相得益彰。结尾两句中的第一句从视觉的角度、第二句从听觉的角度写一夜中时间的进程，点明此时已是黎明拂晓。天宇中参横斗转，人世间则是辘轳转动声戛然而止。写辘轳结合天空星斗写，不写其声而写其“声断”，均异于唐宋词中众多写辘轳的名句。



## 霜天晓角

蛾眉亭[1]

韩元吉



倚天绝壁[2]。直下江千尺。天际两蛾凝黛，愁与恨、几时极[3]。　　怒潮风正急。酒醒闻塞笛[4]。试问谪仙何处[5]，青山外[6]、远烟碧[7]。

**评语**

黄昇《中兴词话》：蛾眉亭题咏甚多，惟《霜天晓角》一曲为绝唱(略)。词意高绝,几拍谪仙之肩。

## 注释

①蛾眉亭:一作“题采石蛾眉亭”。蛾眉亭:在安徽当涂县北二十里,据牛渚绝壁。前直二梁山,夹江对峙,如峨眉然。见《安徽通志》。牛渚山,又名牛渚圻,面临长江,山势险要,其北部突入江中名采石矶,为古时大江南北重要津渡、军家必争之地。蛾眉亭便建在采石矶上。

②倚天:一作“倚空”。靠着天。形容极高。韩愈《酬司门卢四兄云夫院长望秋作》:“终南晓望蹋龙尾,倚天更觉青巉巉。”绝壁:陡峭的山壁。谢灵运《登石门最高顶》:“晨策寻绝壁,夕息在山栖。”

③两蛾凝黛:指东、西梁山如凝愁含恨的眉黛。极:尽。

④塞笛:边笛,边防军队里吹奏的笛声。当时采石矶就是边防的军事重镇(1161年虞允文曾大败金兵于此)。闻塞笛,暗示了作者的感触。

⑤谪仙:李白,唐人称为谪仙。他晚年住在当涂,并且死在那里。

⑥青山:在当涂东南,山北麓有李白墓。

⑦远烟:远处的云烟。鲍照《还都道中作》:“绝目尽平原,时见远烟浮。”梁简文帝《应令》:“远烟生兮含山势,风散花兮传馨香。”





## 题解

此词为词人登采石矶蛾眉亭远望,触景生情而作。上片以写景为主,景中有情。开篇“倚天绝壁,直下江千尺”两句起笔不凡,用极度夸张的笔法写采石矶壁立千仞,下插长江水,上与浮云齐,将采石矶写得雄伟壮丽,极富立体感。“天际两蛾凝黛,愁与恨,几时极”三句将视角投向采石矶对岸,用拟人的手法写东、西梁山似两弯愁眉,横亘在天际。此移情于物的创作手法有一箭双雕的功效,既状山的形状,也表达了自己因北宋覆亡、中原故土不能恢复而产生的愁恨之情。下阕以抒情为主,情与景融。“暮潮风正急,酒醒闻塞笛”写登临时的情景,暮潮涌动,江风呼啸,边塞的羌笛声清晰可闻,既是写实景,也表达了对国土日蹙、唯剩半壁江山的痛苦心情。结尾“试问”三句荡开笔墨,联想到为采石矶写下过许多著名诗篇并病逝于当涂的李白,抒发了诗人已去,如今但余青山远烟而已的人生感慨。整首词语短情长,刚柔相济,在写景中寓有家国之恨,为南宋立意高远的爱国主义名篇。



## 忆秦娥

### 初春[①]

杨万里

新春早[②]。春前十日春归了[③]。春归了。落梅如雪,野桃红小。　　老夫不管春催老[④]。只图烂醉花前倒[⑤]。花前倒。儿扶归去,醒来窗晓。



**评语**

魏庆之《诗人玉屑》卷二十一引《中兴词话》:诚斋长短句殊少,此曲精绝,当为拈出,以告世之未知者。

## 注释

①初春:春季的第一个月。又称孟春。傅玄《又答程晓》诗:"嘉庆形三朝,美德扬初春。"

②新春:初春。指农历元旦以后的一、二十天。王褒《别陆子云》诗:"细柳发新春,沧波不可望。"苏轼《次韵孙职方苍梧山》:"闻道新春恣游览,羡君平地作飞仙。"

③春归:春天来临。李白《宫中行乐词》之四:"玉树春归日,金宫乐事多。"滕迈《春色满皇州》诗:"蔼蔼复悠悠,春归十二楼。"此句谓新正(正月初一)前十日立春。

④老夫:年老男子的自称。《礼记·曲礼上》:"大夫七十而致事……适四方,乘安车,自称曰老夫。"郑玄注:"老夫,老人称也。"杜甫《北征》诗:"老夫情怀恶,呕泄卧数日。"

⑤烂醉:大醉。杜甫《杜位宅守岁》诗:"谁能更拘束,烂醉是生涯。"

## 题解

词咏初春。上片写春归。起二句言今年立春比寻常早了十天,接着用"落梅如雪,野桃红小"八个字具体描绘春归景致:梅花飘落如雪,野桃花则刚刚露出红色蓓蕾。词人没有面面俱到,而是选择梅与野桃这两种一落一开、前后接续的花,来展示季节更替时万物各有所呈现的自然奇观。下片由景及人,言自己可不管春光催人老,而是要醉倒花前,让众儿郎搀扶而归,一觉醒来,天已破晓。词人自称"老夫",颇有苏轼"老夫聊发少年狂"之豪情壮志。此词风格活泼自然,饶有谐趣,与其"诚斋体"诗风一脉相承。

# 六州歌头

张孝祥

长淮望断[①],关塞莽然平[②]。征尘暗,霜风劲,悄边声[③]。黯销凝[④]。追想当年事[⑤],殆天数,非人力,洙泗上,弦歌地,亦膻腥[⑥]。隔水毡乡,落日牛羊下,区脱纵横[⑦]。看名王宵猎[⑧],骑火一川明。笳鼓悲鸣。遣人惊。　念腰间箭,匣中剑,空埃蠹[⑨],竟何成。时易失,心徒壮,岁将零[⑩]。渺神京。干羽方怀远,静烽燧,且休兵[⑪]。冠盖使[⑫],纷驰骛,若为情。闻道中原遗老,常南望、翠葆霓旌[⑬]。使行人到此,忠愤气填膺。有泪如倾。



**评语**

张德瀛《词徵》卷五:张安国《六州歌头》:“长淮望断,关塞莽然平。”……皆所谓拔地倚天,句句欲活者。

**注释**

①长淮:淮河。宋高宗绍兴十一年(1141),宋金“立盟书,约以淮水中流画疆”(《宋史·高宗纪》)。这里是指望淮河以北的中原地区。

②“关塞”句:草木茂盛,高齐边塞。此句写南宋撤废两淮守备,关塞萧然,杂草丛生。

③悄边声:即边声悄然,暗示对敌人放弃了抵抗。

④黯销凝:黯然伤神。

⑤当年事:指宋钦宗靖康元年(1126)金人破汴,次年徽、钦二帝被掳北去,北宋灭亡。

⑥洙泗:指孔子聚徒讲学的山东曲阜,洙水和泗水都流经此地。弦歌地:礼义之邦。语本《论语·阳货》:"子之武城,闻弦歌之声。"邢昺疏:"时子游为武城宰,意欲以礼乐化导于民,故弦歌。"膻腥:牛羊的膻腥气,指被金人占领践踏。

⑦隔水毡乡:意思是隔淮河水就是金人居住区。毡:指游牧民族毡制帐篷。"落日"句,写晚望中所见。《诗经·王风·君子于役》:"日之夕矣,羊牛下来。"区(ōu)脱:侦察瞭望用的土室。此指金兵哨所。

⑧名王:指金兵将帅。宵猎:夜间打猎,有示威之意。

⑨埃蠹(dù):指箭和剑久弃不用,被尘封虫蛀。

⑩岁将零:一年将尽。

⑪神京:指北宋京城开封。干羽方怀远:用礼乐使周边少数民族来归附。讽刺朝廷向金人求和。干羽:盾和雉尾,都是跳舞者所持的道具。《尚书·大禹谟》载,大禹"舞干羽于两阶",使有苗来归顺。烽燧:报警的烽烟。黑夜举火叫烽,白天举烟叫燧。

⑫冠盖使:指宋赴金求和的使臣。驰骛:急忙奔走。

⑬翠葆霓旌:皇帝的仪仗,此指南宋皇帝御驾亲征北伐的军队。



## 题解



此词是爱国词人的引吭高歌。夏承焘《宋词系》、宛敏灏《张孝祥词笺校》系此词于宋高宗绍兴三十二年(1162),辛更儒《宛敏灏〈张孝祥词笺校〉辨正》编于绍兴三十一年十二月底。吴熊和先生《唐宋诗词探胜》则云:"宋孝宗赵昚隆兴元年(1163),主战派张浚任枢密使,出师江淮,收复宿州。这是南渡三十余年来首次振奋人心的北伐。孝宗赵昚手书慰劳张浚说：'近日边报，中外鼓舞，十年来无此克捷。'但由于将领失和，宋军在符离溃败。赵昚立即动摇，主和派借机排斥主战派，向金人求和。这首词写临淮观感。上片说北望中原，举目有山河之异，数千年文化之邦沦为犬羊窟宅。敌人入夜火光照天，无异向南宋军民示威。下片说边疆上冠盖往来，使节不断，朝廷改变了抗金方针，正以放弃恢复失地为代价同敌人谈和。这两件都是使志士仁人最为痛心的大事。前者是过去的错误政策造成的，作者不愿再提，以'殆天数，非人力'二句含糊带过；后者却是眼前发生的新的事变，因而使作者更感痛心。"当以吴先生所解为是。

此词是南宋爱国词中的名篇，其最大特点在容量甚大。词中有对山河沦陷、惟存半壁江山的悲恨，有对敌人猖狂的愤怒，有对自我报国无门的痛苦，有对朝廷议和投降的不满，有对盼望恢复的"中原遗老"的关切，有对"当年事"与现实形势的理性思考与分析。一首词中包含如此深广的现实与历史的内容，在南宋词中实为罕见。其次，此词笔酣墨饱，感愤淋漓，词人的激情、怒气如火山爆发，奔迸而出，毫不假借，其磅礴气势与力度美非一般词所能及，读之令人起舞，张浚在建康留守席上听此词，曾"为罢席而入"（《朝野遗记》）。





## 木兰花慢

张孝祥

紫箫吹散后[①]，恨燕子、只空楼[②]。念璧月长亏[③]，玉簪中断[4],覆水难收[5]。青鸾送碧云句[6],道霞扃雾锁不堪忧[7]。情与文梭共织,怨随宫叶同流[8]。　　人间天上两悠悠。暗泪洒灯篝。记谷口园林,当时驿舍,梦里曾游。银屏低闻笑语,但醉时冉冉醒时愁。拟把菱花一半[9],试寻高价皇州[10]。

**评语**

贺裳《皱水轩词筌》:升庵极称张孝祥词,而佳者不载。如“醒时冉冉梦时休。拟把菱花一半,试寻高价皇州”,此则压卷者也。

**注释**

①春秋秦穆公时,萧史善吹萧,能致孔雀白鹤于庭。穆公以女弄玉妻之。萧史日教弄玉吹萧作凤鸣,后凤凰来集其屋。穆公筑凤台,使萧史夫妇居其上,数年后,皆随凤凰飞去。见刘向《列仙传》。此处用“紫萧吹散”喻夫妇离散,也暗示夫妻恩爱。

②此句活用燕子楼典故。燕子楼:楼名。在今江苏省徐州市。相传为唐贞元时尚书张建封之爱妾关盼盼居所。张死后,盼盼念旧不嫁,独居此楼十余年。见白居易《〈燕子楼〉诗序》。后以“燕子楼”泛指女子居所。苏轼《永遇乐》:“燕子楼空,佳人何在,空锁楼中燕。”

③璧月:对月亮的美称。梁简文帝《慈觉寺碑序》:“龙星启曜,璧月仪天。”韦庄《咸通》诗:“诸郎宴罢银灯合,仙子游回璧月斜。”长亏:指月亮长时残缺不圆满。

④玉簪中断:白居易《井底引银瓶》:“井底引银瓶,银瓶欲上丝绳绝。石上磨玉簪,玉簪欲从中央折。瓶沉簪折知奈何,似妾今

朝与君别。”

⑤覆水难收:《后汉书·何进传》:“国家之事,亦何容易!覆水不可收。宜深思之。”后以“覆水难收”喻事成定局,难以挽回。骆宾王《艳情代郭氏答卢照邻》:“情知覆水也难收。”李白《妾薄命》:“雨落不上天,覆水难再收。君情与妾意,各自东西流。”

⑥青鸾:即青鸟,神话传说中为西王母取食传信的神鸟,后为信使的代称。《山海经·西山经》:“又西二百二十里,曰三危之山,三青鸟居之。”郭璞注:“三青鸟主为西王母取食者,别自栖息于此山也。”《艺文类聚》卷九一引旧题班固《汉武故事》:“七月七日,上(汉武帝)于承华殿斋,正中,忽有一青鸟从西方来,集殿前。上问东方朔,朔曰:‘此西王母欲来也。’有顷,王母至,有两青鸟如乌,夹侍王母旁。”赵令畤《蝶恋花》词:“废寝忘餐思想遍。赖有青鸾,不必凭鱼雁。”“碧云”句:江淹《拟休上人怨别诗》:“日暮碧云合,佳人殊未来。”

⑦霞、雾是唐宋诗词描写道家生活的常见语,此句诉说幽闭在道观里的凄寂难堪。

⑧文梭:织布的梭。宫叶:据范摅《云溪友议》卷十载:唐宣宗时,舍人卢渥赴京应举,偶从御沟中拾到一片红叶,上面题有绝句一首,遂珍藏于箱。后宣宗放宫女嫁人,卢渥恰娶题诗者。后遂以“宫叶”为男女相爱之典。

⑨指菱花镜。据孟棨《本事诗·情感》载,徐德言与乐昌公主夫妻诀别,各执半镜,约她日后以正月望日卖镜于都市,冀可相见。后来果真被他言中。李白《代美人愁镜》诗之二:“狂风吹却妾心断,玉箸并堕菱花前。”

⑩皇州：帝都；京城。鲍照《侍宴覆舟山》诗之二："繁霜飞玉闼，爱景丽皇州。"

## 题解

此词咏别情，乃怀念长子张同之生母李氏而作（在金兵越淮南下攻宋时，张孝祥南下途中认识李氏，同居而生张同之，并未正式婚娶，后因故分离，此词即抒写二人离别后的难舍之情，参宛敏灏《张孝祥研究中的几个问题》）。词的上片追思别时感受。"紫箫吹散后，恨燕子、只空楼"两句活用萧史与弄玉的传说和燕子楼空的典故，抒发人去楼空的伤感与惆怅之情。"璧月长亏，玉簪中断，覆水难收"三句连用自然界的三种现象喻指二人的爱情悲剧已成定局，无法挽回，如同明月一旦缺亏将长时间难以再圆，玉簪折断就再也无法接续，覆水入地也无法再收回来。"青鸾送碧云句，道霞扃雾锁不堪忧"云二人仍有书信往来，她在信中诉说自己幽闭在道观里，陷入了霞扃雾锁、不堪其忧的难堪境地。"情与文梭共织，怨随宫叶同流"写她情缘难断，只有如苏蕙织回文锦字和唐代宫女红叶题诗一样，在书信中抒发幽怨之情。词的下片追忆昔日欢乐。换头"人间天上两悠悠，暗泪洒灯篝"两句写如今两地悬隔，痛苦难忍，自然转到以下对往日恩爱的回忆：记得我们初识于谷口园林的驿舍，银屏掩映，笑语盈盈。如今只能在梦里重游，在醉里解愁，然梦醒酒醒，又添新愁。结尾两句，词人表达了能够破镜重圆的美好愿望。此词表现了词人的爱情悲剧，情悲境凄美，对典故的合理运用，使词作意蕴丰富，有含蓄蕴藉之效。贺裳《皱水轩词筌》称其为《于湖词》的压卷之作，亦未可言全无道理。

# 念奴娇

过洞庭[1]

张孝祥

洞庭青草[2],近中秋、更无一点风色。玉鉴琼田三万顷[3],著我扁舟一叶[4]。素月分辉,明河共影,表里俱澄澈[5]。悠然心会,妙处难与君说。　应念岭海经年[6],孤光自照[7],肝肺皆冰雪。短发萧骚襟袖冷[8],稳泛沧浪空阔[9]。尽吸西江[10],细斟北斗[11],万象为宾客[12]。扣舷独笑,不知今夕何夕[13]。



## 评语

魏了翁《跋张于湖念奴娇词真迹》(《鹤山题跋》卷二):张于湖有英姿奇气,著之湖湘间,未为不遇。洞庭所赋在集中最为杰特。方其吸江酌斗、宾客万象时,讵知世间有紫微青琐哉!

查礼《铜鼓书堂词话》:集内《念奴娇·过洞庭》一解,最为世所称颂。其中如:"玉鉴琼田三万顷,著我扁舟一叶。素月分辉,明河共影,表里俱澄澈。"又云:"短发萧骚襟袖冷,稳泛沧浪空阔。尽吸西江,细斟北斗,万象为宾客。扣舷独笑,不知今夕何夕"此皆神来之句,非思议所能及也。



## 注释

①乾道二年(1166),张孝祥罢知广南西路安抚使兼知静江府北

归，中秋前夕泛舟洞庭而作此词。叶绍翁《四朝闻见录》卷二："（张于湖）尝舟过洞庭，月照龙堆，金沙荡射，公得意命酒，唱歌所自制词，呼群吏而酌之，曰：'亦人子也。'其坦率皆类此。"

②洞庭青草：洞庭湖之南靠岳阳部分别名青草湖，二湖相连，总称洞庭湖。

③玉鉴琼田：形容湖面洁静如玉。

④著我：安置我，容我。

⑤"素月"三句：谓月亮与银河影映入湖面，上下一片澄明。

⑥岭海经年：一作"岭表经年"。在桂林做官一年多，张孝祥曾知静江府（今广西桂林）和广南西路经略安抚使。岭海，指五岭（大庾、始安、临贺、桂阳、揭阳）以南的广东、广西，因北有五岭，南有南海，故称"岭海"。

⑦孤光：月光。此亦指发自身心的光辉，即操守、信念，表示自己心地光明磊落，冰清玉洁。

⑧短发萧骚：头发短而稀。

⑨沧浪：青苍色的水。一作"沧溟"，大水弥漫貌。

⑩吸：一作挹。西江：长江中上游在洞庭之西，所以称为西江。

⑪细斟北斗：用北斗星作酒斗，慢慢斟酒。《楚辞·九歌·东君》："援北斗兮酌酒浆。"

⑫万象为宾客：请宇宙万物作客共饮。

⑬"不知"句：感叹今夜妙不可言。语本《诗经·绸缪》："今夕何夕，见此良人。"孔颖达疏："美其时之善，思得其时也。"苏轼《念奴娇·中秋》："起舞徘徊风露下，今夕不知何夕。"

**题解**

此词写中秋时节洞庭湖的湖光月色，表现了词人襟怀坦荡的政治家胸怀。乾道二年(1166),张孝祥自知静江府(今广西境内)被谗罢职北归。中秋前途经洞庭湖时,但见皓月当空,湖面如镜,词人“悠然心会”,将满腔郁勃之气,一发之于此千古绝唱之中。上片将“素月”、“明河”构成一“表里俱澄澈”之“三万顷”的时空境界,以寄寓冰清玉洁的主体心灵。其自我表白,系针对在“岭表”遭谗受谤而发。下片写主体心灵与大自然融为一体,忘却时空,忘却人世烦恼,从而在精神上达到超脱境界。本词一以空灵奇幻之境界取胜,一以豪旷飘逸之情怀胜。如“玉鉴琼田三万顷,著我扁舟一叶”两句,用比喻的手法形象地描绘出洞庭湖广阔浩渺、明澈空灵、优美宁静的境界,衬托出词人泛舟湖上的乐趣和纯洁高尚的人格;又如“素月分辉,明河共影,表里俱澄澈”三句,进一步描绘洞庭湖天空、水面、水中之景浑融一体的奇妙夜景,表现了自己的高洁人格,反映了自己对黑暗腐朽敌对势力的憎恶。故王闿运《湘绮楼评词》评此词云“飘飘有凌云之气,觉东坡《水调》有尘心”。词人想象力丰富,他幕天席地,交风际月,以北斗七星为酒杯,邀请宇宙万象为宾客,画面开阔,大气磅礴,意境优美。



## 摸鱼儿

辛弃疾



淳熙己亥,自湖北漕移湖南,同官王正之置酒小山亭,为赋。①

更能消、几番风雨②。匆匆春又归去。惜春长恨花开早,何况落红无数。春且住。见说道、天涯芳草迷归路③。怨春不语。算只有殷勤，画檐蛛网，尽日惹飞絮[④]。　　长门事，准拟佳期又误[⑤]。蛾眉曾有人妒[⑥]。千金纵买相如赋，脉脉此情谁诉。君莫舞。君不见、玉环飞燕皆尘土[⑦]。闲愁最苦。休去倚危楼，斜阳正在，烟柳断肠处[⑧]。

**评语**

陈廷焯《白雨斋词话》卷一：稼轩“更能消几番风雨”一章，词意殊怨。然姿态飞动，极沉郁顿挫之致。起句‘更能消’三字，是从千回万转后倒折出来，真是有力如虎。……怨而怒矣！然沈郁顿宕，笔势飞舞，千古所无。“春且住”三字一喝，怒甚。结得愈凄凉、愈悲郁。

陈廷焯《白雨斋词话》卷六：稼轩词，于雄莽中别饶隽味。如“马上离愁三万里，望昭阳宫殿孤鸿没。”又“休去倚危栏，斜阳正在，烟柳断肠处。”多少曲折，惊雷怒涛中，时见和风暖日。所以独绝古今，不容人学步。

梁令娴《艺蘅馆词选》丙卷引梁启超评语：“回肠荡气，至于此极。前无古人，后无来者。”

**注释**

①淳熙己亥：宋孝宗淳熙六年(1179)。其时作者自湖北转运副使调任湖南转运副使。漕：宋代转运使的简称，掌管一路租税财赋等事务。移：调任。王正之：王正己，字正之，四明人，曾任右司郎官、太府卿等职，为作者旧交，此时接替辛弃疾湖北转运副使职位，故称“同官”。小山亭：在鄂州(今湖北武汉市武昌)湖北转运使衙门内。此词曾传至宫中，罗大经《鹤林玉露》甲编卷一说宋高宗“见此词，颇不悦，然终不加罪”。

②消:忍受,经得起。

③“见说道”句:听说芳草已长遍天涯,遮断了春天的归路。

④“算只有”三句:意谓英雄志士想极力挽救国家危局,但只能是徒劳。算,料想。

⑤长门事:汉武帝陈阿娇皇后,失宠后住在长门宫,愁闷悲思,无奈之际,用黄金百斤请司马相如为作《长门赋》,武帝读后十分感动,阿娇复受宠爱。准拟:约定。佳期:指汉武帝与陈皇后相会的日子。



⑥蛾眉:代指美女。此明指陈皇后,暗喻作者自己。语本屈原《离骚》“众女嫉余之蛾眉兮,谣诼谓余以善淫”。辛弃疾《淳熙己亥论盗贼札子》自称“年来不为众人所容”,正可与“娥眉曾有人妒”相印证。淳熙五年,史浩为右丞相,拜命之初,即将辛弃疾、王希吕两人从在外实掌兵权的职务内调。王希吕亦为南归之士。

⑦君:指王正之。一说君指得意小人。莫舞:不要起舞。古代志士常借起舞以抒愤懑。玉环:即杨玉环,唐玄宗的宠妃。安史乱中被缢死。飞燕:即赵飞燕,汉成帝宠妃,后被废为平民,自杀。杨玉环和赵飞燕,既善舞,又特好妒忌。这里用以隐喻那些因妒忌而恶意中伤的小人。

⑧“斜阳”二句:喻国势衰微。



## 题解

此词作于淳熙六年(1179)春,其时辛弃疾在湖北转运副使上度过半年时间,被调为湖南转运副使,看似平调,实则离抗金前线愈远,抗金杀敌的报国雄心亦愈发不得实现。辛弃疾填此词时,南归已十七年,收复中原的壮怀理想一直不得实现,政治上还受到猜忌打击，故此词虽作于离别酒筵上，然无一语道离情，而是通篇从大处着眼，批评时政，攻击群小，抒胸中之悲愤，叹英雄之末路，此正所谓英雄之词也。本词第一大特色是以健笔写柔情，作者将满腔郁勃不平之气，以委婉语吞吐出之。第二大特色是情思回环转折，上片把惜春、恨春、唤春、叹春、怨春之复杂心理过程，表现得极自然动人。陈廷焯《白雨斋词话》卷一即云："'更能消几番风雨'一章，词意殊怨，然姿态飞动，极沈郁顿挫之致。起句'更能消'三字，是从千回万转后倒折出来，真是有力如虎。"本词的第三个特点是以象征手法，指斥群小、讽喻现实，结句"斜阳正在、烟柳断肠处"是国势萎靡不振、日薄西山之象征。善用虚词传情，是此词第四大特色。"又"字写出盼春之归非此一次，而是年年。"何况"将情思推进一层，皆足传神。此词系摧刚为柔的典范之作，有人以"肝肠似水，色笑为花"八字评之。



## 水调歌头

盟鸥[1]

辛弃疾

带湖吾甚爱[2]，千丈翠奁开[3]。先生杖屦无事[4]，一日走千回。凡我同盟鸥鸟，今日既盟之后，来往莫相猜[5]。白鹤在何处，尝试与偕来[6]。　破青萍，排翠藻，立苍苔[7]。窥鱼笑汝痴计[8]，不解举吾杯[9]。废沼荒丘畴昔，明月清风此夜，人世几欢哀[10]。东岸绿阴少，杨柳更须栽[11]。

## 评语

陈廷焯《白雨斋词话》卷六：稼轩词有以朴处见长，愈觉情味不尽者。如《水调歌头》结句云："东岸绿阴少，杨柳更须栽。"信手拈来，便成绝唱，后人亦不能学步。

## 注释

①盟鸥：活用《列子·黄帝》狎鸥鸟不惊的典故，指与鸥鸟约盟为友，永在水国云乡一起栖隐之意。李白《赠王判官时余归隐居庐山屏风迭》："明朝拂衣去，永与白鸥盟。"

②带湖：湖名，在信州（今江西上饶）北灵山下，辛弃疾长期落职闲居于此。

③翠奁：翠绿色的镜匣。这里用来形容带湖水面平静如一面绿色的镜子。

④先生：作者自称。杖屦（jù）：手持拐杖，脚穿麻鞋。屦，用麻、葛做成的鞋。二者皆为古代出游时的用具。苏轼《寄题刁景纯藏春坞》："白首归来种万松，待看千尺舞霜风。年抛造物陶甄外，春在先生杖屦中。"

⑤"凡我"三句：表示与鸥鹭结盟，要互相信任，不要猜疑。鹭，鹭鸶，一种水鸟。《左传》僖公九年："齐侯盟诸侯于葵丘曰：'凡我同盟之人，既盟之后，言归于好。'"张元干《临江仙》："泛宅浮家游戏去，流行坎止忘怀。江边欧鹭莫相猜。"

⑥偕来：一起来。

⑦"破青萍"三句：描写鸥鹭在水中窥鱼欲捕的情态。陆龟蒙《白鹭》："雪然飞下立苍苔，应伴江鸥拒我来。"

⑧痴计：心计痴拙。白居易《久雨闲闷对酒偶吟》："鹭临池立窥鱼笱，隼傍林飞拂雀罗。"黄庭坚《刘邦直送早梅水仙花》："鸳

鸯浮弄婵娟影，白鹭窥鱼凝不知。”

⑨“不解”句：不理解我举杯自饮的情怀。

⑩“废沼”三句：意思是过去荒凉的废池荒丘，如今变得景色优美。以带湖今昔的变化，感叹人世沧桑，欢乐和痛苦总是相继变化的。畴昔，以往，过去。白居易《闲卧有所思》：“偶因明月清风夜，忽想迁臣逐客心。”

⑪杜甫《舍弟占归草堂检校聊示此诗》：“东林竹影薄，腊月更须栽。”



**题解**

宋孝宗淳熙八年（1181）底，江西安抚使辛弃疾被人诬以“奸贪凶暴，帅湖南日虐害田里”的罪名而弹劾落职，次年春，词人闲居上饶带湖时填此词。此词表面写寄情山水的优游之趣、与鸥鹭为友的闲适之情，实则抚今追昔，感慨人世悲欢变化，忧虑国事，感叹自己壮志未酬。上片写自己对带湖自然风景和生活情趣的由衷喜爱，同时又寓无限感慨。“带湖吾甚爱，千丈翠奁开”写带湖湖面广阔，湖水碧绿，因此而“甚爱”。“先生杖屦无事，一日走千回”既是进一步申说自己对带湖的喜爱，更是言外有意。“杖屦”是自叹年华老大，精神萎靡（此时辛弃疾年仅四十三岁，正值壮年）；“无事”是闲居无聊，心中有事；“一日走千回”是彷徨无措，无以解忧。“凡我”三句，是对鸥鸟之愿：希望结盟之后，常来常往，不再相猜。“白鹤”二句，是对鸥鸟之嘱：邀请白鹤同来。与鸟结盟，实是说没有知己。下片抒发自己郁闷怅惘之情。过片紧承上片遐想，言鸥鸟时而拨动浮萍，时而排开绿藻，时而立于水边苍苔之上，自顾自乐，并不理解自己的情怀，也不理会自己的美意。“废沼”三句写新居今昔变化，感叹人世悲欢和沧桑之变。末二句写词人将久居长栖带湖，作者被迫隐居、不能用世之叹尽在其中。

此词之妙，一是意新奇。词人无奈之下与无知的鸥鸟订立盟约，并套用儒家经书所记载的古人盟言作为自己与鸟儿的盟言，陈鹄《耆旧续闻》卷五曾赞云："'凡我同盟鸥鸟，今日既盟之后，来往莫相猜'，亦为新奇。"二是语质朴。陈廷焯《云韶集》卷五即云："此词一味朴质，真不可及。胜读鲍明远《芜城赋》。结二句，愈直朴，愈有力。"



## 鹧鸪天

鹅湖归病起作①

辛弃疾

枕簟溪堂冷欲秋②。断云依水晚来收③。红莲相倚浑如醉，白鸟无言定自愁④。　书咄咄⑤，且休休⑥。一丘一壑也风流⑦。不知筋力衰多少，但觉新来懒上楼⑧。

**评语**

陈廷焯《白雨斋词话》卷一：余所爱者，如"红莲相倚深如怨，白鸟无言定是愁"，又"不知筋力衰多少，但觉新来懒上楼"……之类，信笔写去，格调自苍劲，意味自深厚。不必剑拔弩张，洞穿已过七札，斯为绝技。



**注释**

①《中兴绝妙词选》卷三题作"秋意"。鹅湖：鹅湖山在江西铅山

县东北,周四十余里。山上有湖多生荷,故名荷湖。东晋人龚氏曾居山蓄鹅,其双鹅育子数百,羽翮成乃去,更名鹅湖。山麓有唐禅师所建仁寿院,宋更名鹅湖寺,风景幽美。辛弃疾乡居时常来此游玩。

②簟:竹席。溪堂:建筑在水边供游赏的楼台亭阁。王珪《夏夜宿江亭有怀》:"沈上月华清到晓,簟间风意冷如秋。"

③断云:片云。此句言飘浮水上的云烟到了傍晚都散掉了。郑克己《飘转》:"断云依水定,薄月带沙流。"陆游《夜还驿舍》:"楼上鼕鼕初发更,断云收雨旋成晴。"

④浑如醉:皮日休《樱桃花》:"晚来嵬峨浑如醉,惟有春风独自扶。"白鸟:陆玑《毛诗草木鸟兽虫鱼疏》卷下:"鹭,水鸟也,好而洁白,故谓之白鸟。"

⑤咄咄:刘义庆《世说新语·黜免》:"殷中军被废,在信安,终日恒书空作字。扬州吏民寻义逐之,窃视,唯作'咄咄怪事'四字而已。"后因以"书空咄咄"为叹息、愤慨、惊诧的典实。

⑥休休:罢休。《新唐书·司空图传》载司空图隐居中条山,作亭名"休休",所作《休休亭记》,解"休休"的意义为:"休,休也,美也,既休而具美存焉。盖量其才一宜休,揣其分二宜休,耄且聩三宜休;又少而惰,长而率,老而迂,是三者皆非济时之用,又宜休也。"又本传云:"因为《耐辱居士歌》,题于东北楹曰:'咄咄!休休休!莫莫莫!伎俩虽多性灵恶,赖是长教闲处着。'"殆即辛词所本。

⑦一丘一壑:谓寄情山水。《世说新语·品藻》:"明帝问谢鲲:'君自谓何如庾亮?'答曰:'端委庙堂,使百僚准则,臣不如亮;一丘一壑,自谓过之。'"

⑧新来:最近。此句化用刘禹锡《秋日书怀寄白宾客》"兴情逢酒在,筋力上楼知"诗意。

**题解**

此词作于罢官闲居上饶期间。词人游鹅湖归,病愈而作。上片写景如画。首句点明节候,枕簟初凉,溪堂乍冷,秋天的脚步是越来越近了。以下三句依次写病起后所见溪上晚景:天空中夕阳西沉,浮云散尽;水面上荷花迎风摇曳,相倚相偎,犹如喝醉酒的美人;堤岸上白鸟静立,兀自发愁。"红莲相倚浑如醉,白鸟无言定自愁"二句景语,红白相间,动静相依,又用拟人手法突出莲花之红和水鸟之白。"醉"与"愁"语义双关,也表露出词人内心的愁闷。下片抒情。换头三句连用三个典故,表达自己与其像晋代殷浩那样罢官后终日宣泄失意情绪,还不如像司空图一样淡泊名利,退隐山林。这其实只是自我宽慰而已。结拍二句写病后衰弱,懒于登楼,即是实写,也是英雄壮怀理想不得实现而忧虑老之将至的内心写照。

## 菩萨蛮

书江西造口壁①

辛弃疾

郁孤台下清江水②。中间多少行人泪③。西北是长安。可怜无数山④。　　青山遮不住。毕竟东流去。江晚正愁予⑤。山深闻鹧鸪⑥。

## 评语

陈廷焯《云韶集》卷五：血泪淋漓，古今让其独步。结二语号呼痛哭，音节之悲，至今犹隐隐在耳。

梁令娴《艺蘅馆词选》丙卷引梁启超语：《菩萨蛮》如此大声鞳鞳，未曾有也。

俞陛云《唐五代两宋词选释》：词仅四十四字，举怀人恋阙，望远思归，悉纳其中，而以清空出之，复一气旋折，深得唐贤消息。集中之高格也。



## 注释

①造口：或称皂口，在今江西万安县西南六十里，有皂口溪。《（光绪）吉安府志》卷三《万安县》："皂口江在县南六十里，源出赣县三龙，经上造、下造入赣江。"

②郁孤台：在今江西赣州西南，又称望阙台。《方舆纪要》卷三十二："江南西路赣州南康郡，郁孤台在郡治，隆阜郁然，孤起平地数丈，冠冕一郡之形胜，而襟带千里之山川。登其上者，若跨鳌背而升方壶。唐李勉为虔州刺史，登临北望，慨然曰：'余虽不及子牟，而心在魏阙也。'改郁孤为望阙。"清江：即赣江，经赣州向东北流入鄱阳湖。

③行人泪：指赣水虽甚清澈，然急流险滩，行人到此而泪下。

④是：一作"望"。长安：汉、唐时京城，借指北宋都城汴京。

⑤愁予：使我感到愁苦。屈原《九歌·湘夫人》："帝子降兮北渚，目眇眇兮愁予。"苏轼《和邵同年戏赠贾收秀才》："莫向洞庭歌楚曲，烟波渺渺正愁予。"

⑥鹧鸪：鸟名，俗称其鸣曰"行不得也哥哥"。此为对朝廷主和派及苟安势力的嘲讽。

**题解**

宋高宗建炎三年(1129),金兵大举南侵。主力一路陷南京,追赶渡江南逃的宋高宗;一路从湖北进军江西,追隆祐皇太后。隆祐由南昌仓促南逃,到赣州才获安全。赣西一带受到金兵的侵扰,劫掠杀戮甚惨。此词即由此起兴。词作于淳熙三年(1176)春,时作者任江西提点刑狱。上片先从怀古发端,回忆四十多年前金兵侵扰赣西、人民遭受苦难的情景;接着笔锋转移到当前中原还没有恢复的现实,令人感慨万端。下片即景抒情,重重青山阻挡不住奔腾向前的江水,可是鹧鸪那"行不得也"的叫声又是那么令人沮丧。作者一方面满怀热望,另一方面又为自己只能羁留后方而壮志难酬的遭遇深感痛苦。全词构思十分精巧,无论情思如何转折变化,但始终不离眼前的"水"与"山"这两个意象,句句不离水与山,处处又有"我"在,主客交融,浑然一体。词中包含着丰富的历史内容和深沉的爱国情感,但无一言正面涉及,全从山、水意象中体现出来,用笔空灵,此周济《宋四家词选序论》所谓"敛雄心,抗高调,变温婉,成悲凉"者也,有尺幅千里之格局。



## 青玉案

元夕[1]

辛弃疾

东风夜放花千树。更吹落、星如雨[2]。宝马雕车香满路[3]。凤箫声动,玉壶光转,一夜鱼龙舞[4]。　蛾儿雪柳黄金缕[5]。笑语盈盈暗香去[6]。众里寻他千百度。蓦然回首，那人却在，灯火阑珊处[7]。

## 评语

陈廷焯《云韶集》卷五：题甚秀丽，措辞亦工绝，而其气是雄劲飞舞，绝大手段。

梁启勋《词学》下编：的是踏灯情事，而意境之高超，可谓独绝。

## 注释

①元夕：即元宵、上元夜，阴历正月十五日夜晚。

②“东风”二句：形容花灯灿烂，像千树花开。孟元老《东京梦华录》云元宵夜京城坊巷，“各以竹竿出灯球于半空，远近高低，若飞星然”。吴自牧《梦粱录·元宵》亦云：“诸营班于法不得与夜游，各以竹竿出灯球于半空，远睹若飞星。”星如雨：形容风吹时灯光晃动之状。庾信《灯赋》：“风起则流星细落。”

③“宝马”句：写街道上人来车往观看灯火的情景。

④“凤箫”三句：描摹元夕热闹场景。凤箫：箫之美称。箫形如凤翼，声如凤鸣，故称。玉壶：指月。鲍照《白头吟》：“清如玉壶冰。”后来唐宋诗词中每以“玉壶”、“冰壶”喻月。一说指灯。鱼龙：指鱼形、龙形的灯。夏竦《奉和御制上元观灯》：“鱼龙漫言六街呈，金锁通宵启玉京。”

⑤“蛾儿”句：皆妇女头上饰物。佚名《宣和遗事》前集“元宵看灯”：“宣和六年正月十四日……京师民有似雪浪，尽头上带着玉梅、雪柳、闹蛾儿，直到鳌山下看灯。”周密《武林旧事》卷二：“元夕节物，妇人皆戴珠翠、闹蛾、玉梅、雪柳……而衣多尚白，盖月下所宜也。”

⑥盈盈:形容仪态美好的样子。暗香:指美人。

⑦蓦然:忽然,突然。阑珊:零落稀少。

**题解**

乾道六年(1170)底,辛弃疾调为司农寺主簿,此词当作于次年元宵节。词用夸张的笔法,大力渲染临安上元节满城灯火、满街游人、通宵欢乐的热闹景象。上片描写帝都上元灯节的热闹景况和非凡气象。“东风夜放花千树”写固定的灯彩遍布大街小巷,“更吹落,星如雨”则写流动的烟火。此二句想象奇特:东风尚未吹开大自然的奇花异卉,却吹开了人间的火树银花;它不仅吹开了地上的灯火,而且吹落了天空中的如雨彩星,使得这上元灯节流光溢彩,热闹非凡。“宝马”数句写满街的香车宝马、佳男仕女,优美的凤箫声中,人们摇龙摆凤,载歌载舞,令人目不暇接。过片写到观灯的诸多女郎,她们一个个雾鬓云鬟,头上插戴着各式各样美丽的饰物,行走之间笑语盈盈,暗香满身。这些美丽尤物,皆非自已心仪之人。自己追慕的是一个不同凡俗、自甘寂寞而又有些迟暮之感的美人,然却遍寻不见。千寻万觅间,终于在那残灯侧旁发现了她。众声喧哗之中,她却独处于这冷落寂寞的地方,情有所属,心有所待。从词人始终不渝地坚持抗战理想看,这正是他不逐众流、不慕荣华、独来独往的精神人格的化身。反映了他在政治失意以后,宁愿闲居也不肯同流合污的高贵品质。

此词前后对照明显,落脚点全在结尾四句。上片极力渲染的元夕欢腾景象,过片着力描写的惹人眼花缭乱的一队队的仕女形象,都只是为了突出灯火阑珊处的那一人,真可谓“繁华落尽见真淳”。“众里寻他千百度”又可见人生追求理想之坚定。此四句甚有人生哲理,故王国维《人间词话》云古今之成大事业、大学问者，必经过三种之境界，而辛弃疾此词之境界为第三即最高之境界。

## 贺新郎

### 听琵琶[①]

辛弃疾



凤尾龙香拨[②]。自开元、霓裳曲罢，几番风月[③]。最苦浔阳江头客，画舸亭亭待发[④]。记出塞、黄云堆雪[⑤]。马上离愁三万里，望昭阳、宫殿孤鸿没[⑥]。弦解语，恨难说[⑦]。　辽阳驿使音尘绝[⑧]。琐窗寒、轻拢慢捻，泪珠盈睫[⑨]。推手含情还却手，一抹梁州哀彻[⑩]。千古事、云飞烟灭。贺老定场无消息，想沉香亭北繁华歇[⑪]。弹到此，为呜咽。

**评语**

陈廷焯《白雨斋词话》卷六：稼轩词，于雄莽中别饶隽味。如"马上离愁三万里，望昭阳、宫殿孤鸿没。"又"休去倚危栏，斜阳正在，烟柳断肠处"。多少曲折，惊雷怒涛中，时见和风暖日。所以独绝古今，不容人学步。



**注释**

①听琵琶：一作"赋琵琶"。

②凤尾：古琴尾部的美称。李煜《书琵琶背》："天香留凤尾，余暖在檀槽。"龙香拨：用龙香木料制成的拨子，用以弹奏月琴、琵琶

等弦乐器。郑嵎《津阳门》诗:“玉奴琵琶龙香拨,倚歌促酒声娇悲。”苏轼《宋叔达家听琵琶》:“数弦已品龙香拨,半面犹遮凤尾槽。”唐玄宗宠妃杨玉环善弹琵琶,她的琵琶用逻娑檀木做槽,龙香柏木作拨。

③开元:唐玄宗李隆基的年号(713—741)。霓裳曲:即《霓裳羽衣曲》。唐代著名法曲。为开元中河西节度使杨敬忠所献。初名《婆罗门曲》。经唐玄宗润色并制歌词,后改用今名。霓裳曲罢:暗指唐玄宗天宝末年安禄山叛乱,进攻长安,玄宗仓促逃走,在马嵬坡被迫缢死杨贵妃的事。白居易《新乐府·法曲》注:“霓裳羽衣曲,起于开元,盛于天宝。”白居易《长恨歌》:“渔阳鼙鼓动地来,惊破《霓裳羽衣曲》。”几番风月:经历了多少岁月。



④浔阳:江名。长江流经江西省九江市北的一段。浔阳江头客:指唐代诗人白居易。他曾被贬官江州(今江西九江),在江州所作《琵琶行》有“浔阳江头夜送客”之句。画舸:画船,装饰华美的游船。亭亭:高耸貌。张衡《西京赋》:“干云雾而上达,状亭亭以苕苕。”薛综注:“亭亭、苕苕,高貌也。”傅玄《短歌行》:“长安高城,层楼亭亭。”郑文宝《柳枝词》:“亭亭画舸系春潭,只待行人酒半酣。”此二句概括白居易浔阳江头夜送客时在船上听弹琵琶的故事。



⑤出塞:汉元帝对匈奴和亲,将王昭君远嫁呼韩邪单于,传说她在马上弹琵琶抒发怨恨。黄云堆雪:黄沙蔽天,白雪遍地,极言塞外苦寒。欧阳修《明妃曲》:“不识黄云出塞路,岂知此声能断肠。”

⑥昭阳:汉代长安未央宫中宫殿的名称,后泛指后妃所住的宫殿。

《三辅黄图·未央宫》："武帝时，后宫八区，有昭阳、飞翔、增成、合欢、兰林、披香、凤凰、鸳鸯等殿。"

⑦"弦解语"二句：意即琵琶虽然懂得表达人的心思，但人的怨恨却很难说清楚。

⑧辽阳：今辽宁省辽阳县，古时此为边防之地。驿使：在驿道上传递音信的使者。音尘绝：指音书断绝。司空图《偶题三首》："辽阳音信近来稀。"

⑨琐窗：雕花的窗户，此代指女子的卧室。轻拢慢捻：弹琵琶的两种指法。用左手指扣弦叫拢，用左手指揉弦叫捻。白居易《琵琶行》："轻拢慢捻抹复挑，初为《霓裳》后《六么》。"此两句言寒窗下，思妇含泪独弹琵琶。

⑩推手、却手：弹琵琶的两种指法。用右手指往前弹叫推手，往后弹叫却手。见刘熙《释名》卷七《释乐器》。欧阳修《明妃曲》："推手为琵却手琶，胡人共听亦咨嗟。"抹：琵琶指法。用右手指顺手下拨弦。梁州：唐教坊曲名，后改编为小令。顾况《李湖州孺人弹筝歌》："独把《梁州》凡几拍，风沙对面胡秦隔。"此两句言思妇饱含深情，一曲《梁州》哀痛欲绝。

⑪贺老：即贺怀智。唐玄宗时人物，善于演奏琵琶。定场：是说他琵琶弹得好，能压住场子。元稹《连昌宫词》："夜半月高弦索鸣，贺老琵琶定场屋。"苏轼《虞美人》："定场贺老今何在，几度新声改。"沉香亭：唐代长安兴庆宫中亭子名。唐玄宗与杨贵妃经常在此游玩取乐。李白《清平调》三首之三："解释春风无限恨，沉香亭北倚阑干。"此三句言千古往事如云飞烟灭，琵琶名师消息全无，想来沉香亭北百花争艳、歌舞繁喧的景象已经消歇。

## 题解

据邓广铭《稼轩词编年笺注》可知，淳熙七年(1180)至九年(1182)间，稼轩填此词于带湖。此词名为咏物，实则借物抒怀。上片连用三个与琵琶有关的典故赋琵琶。“凤尾”三句，写杨贵妃弹奏《霓裳羽衣曲》及安史之乱，以极为精炼的语言，概括出唐代由盛转衰的历史事实。词人借唐言宋，暗指北宋初期歌舞繁华之后国运衰微、动乱纷繁。“最苦”二句以白居易自比，抒发自己家在山东、如今却谪居江西的“天涯沦落”之感。“记出塞”数句以昭君出塞时弹奏琵琶低诉去国远嫁之恨的故事，暗示自己横遭贬谪的不幸遭遇。“望昭阳、宫殿孤鸿没。弦解语，恨难说”则上升到家国情怀，暗喻二帝蒙尘的靖康之变。梁启超在《艺蘅馆词选》丙卷中曾云此词“琵琶故事，网罗胪列，乱杂无章，殆如一团野草，惟其大气足以包举之，故不觉粗率。非其人，勿学步也”。此所谓“大气”即感时伤事的忧国情怀。有此伟大情怀，即使诸种典故互不相关，也能联成一串，谱写出一曲忧国哀歌。上片写琵琶哀史，下片则抒国势无法挽回的现实哀情。词人以假想的辽阳戍卒的闺中人，独自在寒窗下拨弄琵琶，弹奏一曲《梁州》，其声哀怨。“云飞烟灭”等句强调盛时已成过去，抒发悲慨无穷之国难家愁。结尾三句以没有定场的琵琶高手，暗示朝中无人，宋朝中兴无望，故惟有“呜咽”而已。此词用典虽多，而能圆转流丽，大气包举。咏物而别有寄托，且托意遥深，亦为此词一大特色。



# 贺新郎

辛弃疾

柳暗清波路[①]。送春归、猛风暴雨，一番新绿。千里潇湘葡萄涨[2]，人解扁舟欲去。又樯燕、留人相语[3]。艇子飞来生尘步，唾花寒、唱我新番句[4]。波似箭，催鸣橹[5]。　　黄陵祠下山无数。听湘娥、泠泠曲罢，为谁情苦[6]。行到东吴春已暮，正江阔、潮平稳渡。望金雀、觚棱翔舞[7]。前度刘郎今重到，问玄都、千树花存否[8]。愁为倩，么弦诉[9]。

**评语**

许昂宵《词综偶评》：通首寄慨绝远。

陈廷焯《云韶集》卷五：笔态恣肆，是幼安本色。字字有气魄，卓不可及。闲处亦不乏姿态。情景都绝。

**注释**

①清波路：一作"凌波"。指江边堤路。

②潇湘：潇水、湘水，在湖南零陵合流后，也称潇湘。葡萄：形容水色碧绿。因湘江水清深，故云。李白《襄阳歌》："遥看汉水鸭头绿，恰似葡萄初酦醅。"苏轼《南乡子·黄州临皋亭作》："万顷葡萄涨绿醅。"

③"又樯燕"句：杜甫《发潭州》："岸花飞送客，樯燕语留人。"樯：船上桅杆。相语：相互谈说。韩愈《此日足可惜赠张籍》诗："舍酒去相语，共分一日光。"

④"艇子"两句：歌女飞舟来到，唱我新词为之送行。生尘步：形容女子娇美轻盈的步态。唾花寒：《赵飞燕外传》："后误唾婕妤袖。婕妤曰：'姊唾染人绀袖，正是石上华。假令上方为之，未必能若此衣之华，以为石华广袖。'"番：通"翻"，依旧谱，写新词。

⑤“波似箭”两句:谓江流疾速,催舟早发。鸣橹:摇橹声。借指船行。王安石《题朱郎中白都庄》诗:“藜杖听鸣橹,篮舆看种田。”

⑥“黄陵”三句:设想友人此去舟泊黄陵,倾听湘妃奏瑟。黄陵祠:黄陵庙。传说为舜二妃娥皇、女英之庙,亦称二妃庙,在湖南省湘阴县北四十五里。郦道元《水经注·湘水》:“黄陵水上承大湖,湖水西流,迳二妃庙南,世谓之黄陵庙。言舜之陟方也。二妃从征,溺于湘江,神游洞庭之渊,出入潇湘之浦,故民为立祠于水侧。”郑谷《鹧鸪》诗:“雨昏青草湖边过,花落黄陵庙里啼。”湘娥:郭璞《江赋》称湘妃为湘娥。杜甫《湘夫人祠南夕望》:“湘娥倚暮花。”

⑦“行到”三句:谓船近临安,远远可以望见京都殿阁。“江阔”句:王湾《次北固山下》:“潮平两岸阔,风正一帆悬。”金雀觚棱:饰有金凤的殿角飞檐。班固《西都赋》:“设璧门之凤阙,上觚棱而栖金爵。”《文选》注云:“觚陵,阙角也。角上栖金爵(雀),金爵,凤也。”

⑧前度刘郎:相传东汉永平年间,刘晨、阮肇在天台桃源洞遇仙,还乡后,又重到天台。后因称去而重来者为“前度刘郎”。刘禹锡《再游玄都观》:“种桃道士归何处,前度刘郎今又来。”

⑨么弦:琵琶的第四弦,最细,故称么弦。借指琵琶。《唐诗纪事》载:“刘梦得曰:诗僧多出江右,么弦孤韵,瞥入人耳,非大音之乐。”张先《千秋岁》:“莫把么弦拨,怨极弦能说。”此两句云满腹离愁,唯凭弦丝倾诉。

## 题解

邓广铭《稼轩词编年笺注》编此词于淳熙七年(1180),并云:"玩词中语意,当是在长沙时送人归临安之作。"知作于湖南安抚使任上,是一首送别词。上片写送别情景。开篇即言柳,柳者留也,暗示离别主题,同时又是实写沿江种植的柳树呈现出幽暗深绿的颜色。"送春归、猛风暴雨,一番新绿"点出送别时的环境气氛:一阵狂风暴雨,送走了姹紫嫣红,迎来了遍野绿意。"千里潇湘葡萄涨"承上启下,所谓承上,是承前文之"猛风暴雨,一番新绿",自然使得千里潇湘水,碧绿饱满;所谓启下,是如此江水,正适宜舟行,自然引出下文之"人解扁舟欲去"。以下数句抒写难舍之情。"又樯燕、留人相语"说燕留人,实则是自己的不舍之情;"艇子飞来生尘步,唾花寒、唱我新番句"云轻舟上佳人唱曲挽留,实则也是表达自己的留别情意。尽管难舍难分,然而兰舟催发,离别是越来越近了。下片悬想离别之后。他想到朋友此番乘舟远行,先会经过供奉娥皇、女英的二妃祠,也许还会听到湘娥曲幽调苦的歌声呢!朋友听闻此曲,想必也会惨然不乐吧。他又想到朋友到达东吴时,正是暮春时节,江面宽阔,无风无浪,行舟平稳地驶向目的地。此亦可见出他对朋友远行一路平安的美好祝福。最后,他想到朋友到达临安,远远就望见了京城的宫殿。皇宫气势恢宏,实则表达友人能得重用之愿。"前度"两句化用典故,暗指朋友终于到朝,也表现出自己对临安故人的牵挂和政局的猜疑。结句回到现实,再次抒发难舍之情,并言自己要借音乐来舒散离愁。此词抒情真挚,能于悲壮中见浑厚;绘景如画,并且甚有气象,无怪乎陈廷焯《云韶集》卷五云此词"情景双绝"!

# 水龙吟

## 过南剑双溪楼[①]

辛弃疾

举头西北浮云[②]，倚天万里须长剑[③]。人言此地，夜深长见，斗牛光焰[④]。我觉山高，潭空水冷，月明星淡[⑤]。待燃犀下看，凭栏却怕，风雷怒，鱼龙惨[⑥]。　峡束沧江对起，过危楼、欲飞还敛[⑦]。元龙老矣，不妨高卧，冰壶凉簟[⑧]。千古兴亡，百年悲笑，一时登览。问何人又卸，片帆沙岸，系斜阳缆[⑨]。



**评语**

陈廷焯《云韶集》卷五：词直气盛，宝光焰焰，笔阵横扫千军。雄奇之景，非此雄奇之笔，不能写得如此精神。

**注释**

①南剑：一作“南涧”。宋时南剑州，属福建路，治所在延平（今福建南平市）。双溪楼：在南平城东，剑溪和樵川二水交流处，占溪山之雄，当水陆之会，为当时游览胜地。弘治《八闽通志》：“延平府，负山阻水，为七闽襟喉。剑溪环其左，樵川带其右。”

②举头：抬头远望。西北浮云：形容被金兵占领的中原上空，笼罩着一片乌云。《古诗十九首》：“西北有高楼，上与浮云齐。”曹丕《杂诗》：“西北有浮云，亭亭如车盖。”

③“倚天”句：谓须倚天长剑征服金人，收复北方失地。宋玉《大言赋》：“方地为车，圆天为盖，长剑耿耿倚天外。”《庄子·说剑》：“上抉浮云，下绝地纪，此剑一用，匡诸侯，天下服矣。”李白《临江王节士歌》：“安得倚天剑，跨海斩长鲸。”

④“人言”三句：王嘉《拾遗记》载干将、莫邪双剑的故事：“及晋之中兴，夜有紫色冲斗牛。张华使雷焕为丰城令，掘而得之。华与焕各宝其一。拭以华阴之土，光耀射人。后华遇害，失剑所在。焕子佩其一剑，过延平津。剑鸣，飞入水。及入水寻之，但见双龙缠屈于潭下，目光如电，遂不敢前取矣。”延平津即剑溪。斗牛：北斗、牵牛二星。光焰：指地下宝剑生出的紫气。

⑤“我觉”三句：描绘双溪楼夜晚景象，有隐喻现实严酷冷峻之意。潭：指双溪汇成的龙潭，为宝剑化龙之处。王象之《舆地纪胜·南剑州》：“剑溪环其左，樵川带其右，二水交流，汇为龙潭，是为宝剑化龙之津。”

⑥燃犀：点燃犀牛的角。《晋书·温峤传》载，东晋将军温峤路经牛渚矶，水深不可测，听当地人说矶下水中多妖怪，温峤“遂燃犀角而照之，须臾见水族覆灭，奇形异状，或乘车马、著赤衣者”。惨：凶狠。

⑦“峡束”三句：谓剑溪、樵川二水汇合后，奔腾欲飞，但受峡谷约束，不得不有所收敛。对起：隔江对峙。危楼：高楼。飞：飞泻。敛：收住，指水势缓和。杜甫《秋日夔府咏怀奉寄郑监李宾客一百韵》：“峡束苍江起，岩排古树圆。”

⑧元龙：东汉末高士陈登字元龙。词人以元龙自比。冰壶凉簟：黄庭坚《避暑李氏园二首》：“荷气竹风宜永日，冰壶凉簟不能回。”

⑨“问何人”三句：试问何人在斜阳下、沙岸边，卸帆系舟。卸：解下。缆：拴船的绳子。

**题解**

这首登临怀古词邓广铭《稼轩词编年笺注》未具体编年，蔡义江、蔡国黄《辛弃疾年谱》据“燃犀”数句，以为辛氏想劾举别人而有所顾忌，乃于提点刑狱任上，方才有此权力，因将之定于宋光宗绍熙三年（1192），时稼轩在闽宪任上。刘扬忠《辛弃疾词》则云：“宋光宗绍熙五年（1194）秋天，正在福建安抚使任上的辛弃疾被诬告落职，只得再回江西农村闲居。他在归途中经过南剑州，登上双溪楼，遥望西北蔽天的乌云，不觉百感交集，悲愤中写下了这首激楚苍凉的怀古伤今之词。”

上片写登楼所见，以及由此触发起来的想象。起笔气势非凡，胸襟高远。登楼远眺，首先想到山河沦陷，“西北”大地被“浮云”笼罩，须“长剑”扫清。以此入题，非英雄人道不出。以下则用想象之虚笔，结合当地有关双剑传说，创造出一惊心动魄之立体时空境界。“人言”六句借宝剑难寻抒发抗金力量久遭沉埋、收复北方失地无望的悲愤心情。“待燃犀”四句用温峤燃犀典，喻示自己虽想继续坚持抗金理想，但也深知敌对势力强大，壮怀理想终难酬。下片借景抒情。换头写楼前江水奔腾涌动，似要飞越而去，但最终还是在峡谷的夹束下平静下来缓缓流过。自己英雄无用武之地，处处受限，不正如这峡束苍江吗？动宕江水将词人从幻想世界拉回到现实中来，他感叹自己年华已老，不妨高卧云霞。千年兴亡的人类历史，百年盛衰的国家命运，几十年的身世沉浮，不过登览者的一时感慨而已，何必当真。似超脱语，实沉痛语。结尾三句以景遏情，情现景中，将自己对国家、民族的忧患之情，寄寓于斜阳意象中。全词虚实相生，纵横开阖，飞动奔走，沉郁顿挫，而构思却紧扣剑、溪、楼，不愧是大家手段。

## 王孙信

### 调陈莘叟[①]

辛弃疾



有得许多泪。又闲却、许多鸳被[②]。枕头儿、放处都不是。旧家时、怎生睡[③]。　　更也没书来，那堪被、雁儿调戏[④]。道无书、却有书中意。排几个、人人字[⑤]。

**评语**

陈廷焯《云韶集》卷五：一味古质，自是绝唱。通首缠绵尽致，语挚情真，愈朴愈妙。于此见稼轩真面目。

**注释**

①题一作"调陈莘叟忆内。"

②"有得"二句：《本事诗·情感》："朱滔括兵，不择士族。有士子，容止可观，滔召问有妻否？曰有。即令作《寄内》诗，援笔立成。词曰：'握笔题诗易，荷戈征戍难。惯从鸳被暖，怯向雁门寒。瘦尽宽衣带，啼多渍枕檀。试留青黛着，回日画眉看。'……滔遗以束帛，放归。"

③旧家时：即旧时、从前。李清照《南歌子》："旧时天气旧时衣，只有情怀不似旧家时。"

④那堪：怎堪；怎能禁受。李端《溪行遇雨寄柳中庸》："那堪两处宿，共听一声猿。"调戏：戏弄；嘲谑。

⑤人人字：指雁飞时排成"人"字形。

**题解**

这是一首取笑陈萃叟思念妻子的俳谐词。上片写他因忆内而坐卧不安。词一开篇即出人意料，一个大男人，竟然因为想老婆而涕泪涟涟，这在今天都会被视为天大的笑话，可陈萃叟居然就是这样一个多情的人。"又闲却、许多鸳被"艳而不俗。"枕头儿、放处都不是。旧家时、怎生睡"几句写他坐卧不安，孤枕难眠，既真实又富有生活趣味。上片是通过生活细节揭示主人公思念妻子时丰富的内心世界，下片则直抒胸臆：一怨妻子不来家书，二怨雁儿既然没有传递书信，干嘛飞行时还要排成一个一个的"人"字形呢？此一怨无理而妙，将主人公内心极度的思念之情通过俳谐的语气淋漓尽致地表现了出来。作者用明白通俗的语言传情达意，诙谐幽默，为我们塑造了一个深于爱情的男性主人公形象，这在宋词中还是不多见的。



## 贺新郎

辛弃疾



别茂嘉十二弟。鹈鴂、杜鹃实两种，见《离骚补注》。①

绿树听鹈鴂。更那堪、鹧鸪声住，杜鹃声切②。啼到春归无寻处，苦恨芳菲都歇③。算未抵、人间离别。马上琵琶关塞黑[4]，更长门、翠辇辞金阙[5]。看燕燕，送归妾[6]。　　将军百战身名裂。向河梁、回头万里，故人长绝[7]。易水萧萧西风冷，满座衣冠似雪。正壮士、悲歌未彻[8]。啼鸟还知如许恨，料不啼清泪长啼血[9]。谁共我，醉明月。

**评语**

陈廷焯《白雨斋词话》卷一：稼轩词，自以《贺新郎·别茂嘉十二弟》一篇为冠。沈郁苍凉，跳跃动荡，古今无此笔力。

王国维《人间词话》：稼轩《贺新郎》词《送茂嘉十二弟》，章法绝妙，且语语有境界，此能品而几于神者。然非有意为之，故后人不能学也。

**注释**

①茂嘉十二弟：即辛茂嘉，稼轩族弟，因排行十二，故称十二弟。此时他因事调官桂林，作者填词相送。《离骚补注》：宋洪兴祖撰。是书卷一云："然则子规、鹈鴂，二物也。"

②"更那堪"三句：《楚辞·离骚》："恐鹈鴂之先鸣兮，使夫百草为之不芳。"鹧鸪声或云"行不得哥也"，杜鹃啼声如云"不如归去"，三种啼声都不堪忍受，故云"更那堪"。

③"啼到"二句：屈原《离骚》："恐鹈鴂之先鸣兮，使夫百草为之不芳。"《文选》卷二十三阮籍《咏怀》"鹈鴂发哀音"下沈约注："此鸟鸣则芳歇也。"《广韵》称鹈鴂"春分鸣则众芳生，秋分鸣则众芳歇。"芳菲：指各种花草。

④"马上"句：用王昭君出塞事。李商隐《王昭君》："马上琵琶行万里，汉宫长有隔生春。"关塞黑：语本杜甫《梦李白》："魂来枫林青，魂返关塞黑。"借指王昭君出塞时边关要塞一片昏暗。

⑤“更长门”句:用汉武帝陈皇后事。司马相如《长门赋序》:“孝武皇帝陈皇后时得幸,颇妒,别在长门宫,愁闷悲思。闻蜀郡成都司马相如天下工为文,奉黄金百斤为相如文君取酒,因于解悲愁之辞,而相如为文以悟主上,陈皇后复得亲幸。”翠辇:用翠羽装饰的宫车。金阙:宫殿。

⑥“看燕燕”句:《诗·邶风·燕燕》:“燕燕于飞,差池其羽。之子于归,远送于野。瞻望弗及,涕泣如雨。”毛诗序云:“燕燕,卫庄姜送归妾也。”郑笺:“庄姜无子,陈女戴妫生子名完,庄姜以为己子。庄公薨,完立而州吁杀之。戴妫于是大归,庄姜远送之于野,作诗见己志。”

⑦将军:西汉时李陵,多次与匈奴作战,立下不少战功,但最后一次战败后投降了匈奴,所以说“声名裂”。故人:苏武。李陵《与苏武诗》:“携手上河梁,游子暮何之。”《汉书·苏武传》载苏武归汉,李陵送别语:“异域之人,壹别长绝。”

⑧“易水”三句:用荆轲刺秦事。《史记·刺客列传》载:战国末年,燕太子丹命荆轲行刺秦王嬴政。荆轲离开燕国时,太子丹及众宾客皆白衣素服相送于易水之上。在饯别宴会上,高渐离击筑,荆轲和乐而歌:“风萧萧兮易水寒,壮士一去兮不复还。”未彻:没有结束,指歌声犹在耳中回荡。

⑨还知:倘若知道,如果知道。如许:这么多。啼血:杜鹃旧有啼血之说。言鸟啼虽然悲切,若知道如许恨事,还要更加悲哀呢。

## 题解

邓广铭《稼轩词编年笺注》云此词作于绍熙五年(1194)至嘉泰二年(1202),稼轩移居瓢泉期内。这是他的族弟辛茂嘉被谪赴桂林,他送别前写的。作品表面是写离别之情,实则抒发的是家国之恨。先以三种禽鸟悲啼，啼到春归花谢起兴，酝酿成一种悲恻气氛。“算未抵”翻进一层，提出离别题旨。紧接着借古说今，列叙五个古代英雄美人辞家去国、铸成千古莫赎的恨事，以抒发自己对当前事的愤慨。王昭君出塞、陈皇后失宠幽居、庄姜送归妾、李陵诀别苏武、易水饯荆轲，三个薄命女子，二个失败英雄，这五个离别的故事都是悲剧性的，且都事关家国。作者借此讽刺宋朝一贯对敌妥协的政策，也借李陵、荆轲典故寄寓自己壮志不酬的苦闷，大气包举，沉郁悲凉。这些典故，或取自经书，或取自史书，这样大量使用经史语，是辛词一大特色。全词结构严谨，章法绝妙，前面用“算未抵人间离别”总起，后面用“啼鸟还知如许恨”收束，安排妥帖。最后用“谁共我，醉明月”作结，点明离别主旨，余意不尽。



## 破阵子

### 为陈同甫赋壮语以寄[①]

辛弃疾

醉里挑灯看剑[②]，梦回吹角连营[③]。八百里分麾下炙[④]，五十弦翻塞外声。沙场秋点兵[⑤]。　　马作的卢飞快[⑥]，弓如霹雳弦惊[⑦]。了却君王天下事，赢得生前身后名[⑧]。可怜白发生。



**评语**

陈廷焯《云韶集》卷五：字字跳掷而出，“沙场”五字，起一片秋声,沉雄悲壮,凌轹千古。”

陈廷焯《词则·放歌集》卷一:感激豪宕,苏辛并峙千古,然忠爱恻怛,苏胜于辛,而淋漓悲壮,顿挫盘郁,则稼轩独步千古矣。稼轩词魄力雄大,如惊雷怒涛,骇人耳目,天地巨观也。后惟迦陵有此笔力,而郁处不及。

## 注释

①题一作“为陈同甫赋壮词以寄之”。陈同甫:陈亮字同甫,辛弃疾挚友。



②挑灯:把油灯拨亮。看剑:语本杜甫《夜宴左氏》:“检书烧烛短,看剑引杯长。”刘斧《青琐高议》卷三载高言诗:“男儿慷慨平生事,时复挑灯把剑看。”

③梦回:梦醒。吹角连营:驻地相连的各个兵营都吹响了号角。《武经总要》前集卷六《漏刻》条:“法曰:行军于外,日出日没时,村鼓吹角为严警。凡鼓三百六十五槌为一通,角一十二变为一叠。鼓音止,角音动,凡鼓三通,角三叠,昼夜足矣。”

④八百里:指牛。刘义庆《世说新语·汰侈》载,王恺有牛,名八百里驳,王济与之赌射此牛,杀之,炙牛心而食。一说,指营地相连八百里。麾下:部下。炙:烤肉,此指熟牛肉。

⑤五十弦:瑟。泛指乐器。李商隐《锦瑟》:“锦瑟无端五十弦。”此泛指军中各种乐器。翻:演奏。塞外声:雄壮悲凉的边塞军歌。点兵:检阅部队。



⑥作:如。的卢:古代烈性名马。《相马经》:“马白额入口齿者,名曰榆雁,一名的卢。奴乘客死,主乘弃市,凶马也。”《三国志·蜀志·先主传》:“表疑其心,阴御之。”裴松之注引《世语》:“备屯樊城,刘表礼焉,惮其为人,不甚信用。曾请备宴会,

蒯越、蔡瑁欲因会取备,备觉之,伪如厕,潜遁出。所乘马名的卢,骑的卢走,堕襄阳城西檀溪水中……的卢乃一踊三丈,遂得过。”

⑦霹雳:雷声,形容弓弦的响声。《南史·曹景宗传》载曹景宗少年时骑马练武时,“拓弓弦作霹雳声,箭如饿鸱叫”。《隋书·长孙晟传》说长孙晟善射,突厥一降官说,突厥人“闻其弓声,谓为霹雳;见其走马,称为闪电。”

⑧了却:完成。君王天下事:此指收复中原、统一中国的大业。身后:死后。陶渊明《怨诗楚调示庞主簿邓治中》:“吁嗟身后名,于我若浮烟。”



## 题解

此篇系为友人陈亮所赋之“壮词”,情壮、景壮、事壮、语壮、声壮、人壮、马壮。全词十句,在结构上打破上下片分层之通常格局,而是分四层意思:首句一意,第二至第七句一意,第八、九句一意,结句一意。首句刻画了一位落魄的英雄形象:原本应该在战场上建功立业,如今却只能借酒消愁;原本是用来杀敌的宝剑,如今却只能被主人在灯下轻抚。英雄无路的情怀,豪壮中见悲凉。次句“梦回”一转,接下来六句一气直下,绘声绘色地描写自己年轻时曾经经历、后来只在梦中出现过的横刀跃马、轰轰烈烈的战斗情景,但见刀光剑影,箭飞马驰。作者不仅写出战斗场面,更传达出战场上的各种声响:号角声、拉弦开弓之“霹雳”声、马蹄得得声,从侧面烘托出身怀澄清天下壮志、勇猛直前的壮士形象。此六句写得雄伟壮阔,大气磅礴,摧人奋进,真所谓英雄之词也。第八第九句“了却君王天下事,赢得生前身后名”写平生的壮志。词的结句“可怜白发生”陡转,从热烈豪壮的梦中世界一下跌回到年华渐老却壮志难酬的残酷现实。这绝非寻常的、个人的叹老嗟衰，而是英雄志士的共同愤慨，故其情怀也由豪迈而变为悲壮。此词语言笔力雄健，对仗工整。全词除上、下片的末句为奇句外，其他都是对句。所有对句不仅词性相对，而且事典、数目、空间等都严整相对，读来有节奏，有气势。

## 永遇乐



京口北固亭怀古[①]

辛弃疾

千古江山，英雄无觅，孙仲谋处[②]。舞榭歌台，风流总被，雨打风吹去。斜阳草树，寻常巷陌，人道寄奴曾住[③]。想当年，金戈铁马，气吞万里如虎[④]。　元嘉草草，封狼居胥，赢得仓皇北顾[⑤]。四十三年，望中犹记，烽火扬州路[⑥]。可堪回首，佛狸祠下，一片神鸦社鼓[⑦]。凭谁问，廉颇老矣，尚能饭否[⑧]。

**评语**



杨慎《词品》卷四：稼轩词中第一。发端便欲涕落，后段一气奔注，笔不得遏。廉颇自拟，慷慨壮怀，如闻其声。谓此词用人名多者，当是不解词味。

又云：辛词当以“京口北固亭怀古”《永遇乐》为第一。

田同之《西圃词说》：今人论词，动称辛、柳，不知稼轩词以“佛狸祠下，一片神鸦社鼓”为最，过此则颓然放矣。

## 注释

①此词是宋宁宗开禧元年(1205)知镇江府时所作。京口：今江苏镇江。李吉甫《元和郡县志》载，孙权徙都建业(今南京)时，于此置京口镇。北固亭：在镇江北固山上。顾祖禹《读史方舆纪要》：“北固山在镇江城北一里，下临长江，三面滨水，回岭斗绝，势最险固。晋蔡谟起楼其上，以贮军实，谢安复营葺之，即所谓北固楼，亦曰北固亭。”

②孙仲谋：即孙权，京口镇即由孙权始建。

③寄奴：南朝宋武帝刘裕的小名。其高祖随晋元帝渡江，即徙居丹徒县之京口里。刘裕生长在京口，曾率兵北伐，灭南燕、后燕、后秦，一度收复过洛阳、长安。后代晋自立为皇帝。

④“想当年”三句：写刘裕北伐时的气概。

⑤元嘉：刘裕之子宋文帝刘义隆的年号(424—453)。草草：仓促；匆忙。封：封山，指北伐立功。狼居胥：即狼山，在今内蒙古西北部。汉大将军霍去病曾追击匈奴至此，封山而还。《宋书·王玄谟传》载，宋文帝欲伐中原，彭城太守王玄谟屡陈北伐之策，宋文帝曰：“观玄谟所陈，令人有封狼居胥意。”赢得仓皇北顾：指宋文帝好大喜功，元嘉二十七年(450)仓促北伐，王玄谟大败于滑台，以致于“北顾涕交流”(宋文帝诗)。此借元嘉北伐事，警告南宋朝廷当局不要轻举妄动北伐金邦。

⑥“四十三年”三句：指宋孝宗隆兴元年(1163)张浚北伐败于符离事。四十三年：自孝宗隆兴元年(1163)张浚北伐至宁宗开禧元年(1205)，共四十三年。烽火扬州路：曾经春风十里的扬州路上皆是连绵的烽火。

⑦“佛(bì)狸”二句:意指人们已经麻木,忘记了国耻。佛狸:北魏太武帝拓跋焘小名。他率兵追击王玄谟至长江,在江北瓜步山上建立行宫,后称佛狸祠。神鸦:祠庙里祭品多,所以乌鸦也多。社鼓:在祠庙里祭礼的乐鼓声。佛狸是北方少数民族的首领,如今他的庙里却香火旺盛,可见民众已淡忘了家国之恨。

⑧廉颇:战国时赵国名将。《史记·廉颇蔺相如列传》载,廉颇晚年客居于梁,郁郁不得志,赵王派使者去看他,廉颇仇家郭开贿赂使者令谗毁之。廉颇见使者为之一饭斗米,肉十斤,披甲上马,以示可用,而使者还报赵王说:“廉将军虽老,尚善饭,然与臣坐,顷之三遗矢(屎)矣”。赵王觉得他老而无用,便不再召见。



**题解**

宋宁宗开禧元年(1205),辛弃疾知镇江府,时韩侂胄准备北伐。在一片紧锣密鼓的北伐声中,词人虽已六十六岁,仍豪情满怀,壮志凌云。但他深忧于朝廷的轻敌冒进,对自己的不被重用,更是无限悲愤,于是写下了这首著名的怀古词。词中写五个“古”人,五件“古”事,但用意,态度各有不同。历史上的孙权、刘裕二人皆以弱胜强,百战开国,是让人热血沸腾的人物,词人写孙权的“英雄”,刘裕的“气吞万里如虎”,是表示自己心怀追慕和对本朝无此“英雄”之主的含蓄讽刺;写“草草”北伐而招致大败的刘义隆及北伐败于符离的张浚,是影射、激于韩侂胄的“草草”出兵,流露出对现实、对北伐的忧虑;结句回到自身,以廉颇自况,抒发老我英雄、不得重用的悲愤。全词名为怀古,实处处针对现实,极富于历史感和时代气息,因此写得悲壮苍凉,极咏古之能事。可悲的是辛弃疾的预言竟然不幸而言中,后来韩侂胄贪功北伐,草草用兵,果然大败,落得个身首异处,不得不佩服辛弃疾的远见卓识。

此词几乎全用典故联缀而成,时人岳珂曾批评"微觉用事多耳",辛弃疾认同岳珂的观点,"乃味改其语,日数十易,累月犹未竟"(岳珂《桯史》卷三)。看来是改了数百次,才改成今天这个样子,却仍然还有五个典故。卓人月《古今词统》卷十四云:"典故一经其手,正不患多。"在这首词中,辛弃疾用典故来表达自己的政治观点,这些典故各有功用,缺一不可,其效果绝非一篇政论文所能比拟的。沈祥龙《论词随笔》总结此词用典之法时曾云:"材富而约以用之,语陈则新以用之,事熟则生以用之,意晦则显以用之,实处间以虚意,死处参以活语,如禅家转法华,弗为法华转,斯为善于运用。"



## 汉宫春

会稽秋风亭怀古[①]

辛弃疾

亭上秋风,记去年袅袅,曾到吾庐[②]。山河举目虽异,风景非殊[③]。功成者去[④],觉团扇、便与人疏[⑤]。吹不断,斜阳依旧,茫茫禹迹都无[⑥]。　千古茂陵词在[⑦],甚风流章句,解拟相如[⑧]。只今木落江冷,眇眇愁余[⑨]。故人书报,莫因循、忘却莼鲈[⑩]。谁念我,新凉灯火,一编太史公书[⑪]。

## 评语

陈廷焯《云韶集》卷五：高绝，超绝。既沉着，又风流；既婉转，又直捷。句意深长，尤为千古杰作。迹似渊明，志如子美。

陈廷焯《词则·放歌集》卷一：风流悲壮，独有千古。

## 注释

①会稽秋风亭怀古：一作“会稽秋风亭观雨”。秋风亭：词人在会稽任职时所建造的一座亭子，在会稽府署内观风堂之侧。张镃在和此词之小序中云：“稼轩帅浙东，作秋风亭成，以长短句寄余。”嘉泰十五年，汪纲即旧址重建，并有记云：“秋风亭，辛稼轩曾赋词，脍炙人口，今废矣。余即旧基面东为亭，复创数椽于后，以为宾客往来馆寓之地。”见张淏《会稽续志》卷一。

②“亭上”二句：屈原《九歌·湘君》：“袅袅兮秋风，洞庭波兮木叶下。”袅袅：微风吹拂的样子。吾庐：指词人在铅山瓢泉的屋舍。陶渊明《读山海经》诗之一：“众鸟欣有托，吾亦爱吾庐。”

③“山河”二句：刘义庆《世说新语·言语》：“过江诸人，每至美日，辄相邀新亭，藉卉饮宴。周侯（𫖮）中坐而叹曰：‘风景不殊，正自有山河之异！’皆相视流泪。唯王丞相愀然变色曰：‘当共勠力王室，克复神州，何至作楚囚相对！’”此表达自己对北方故土的怀念。

④《战国策·秦策三》：“蔡泽谓应侯（范雎）曰：‘四时之序，成功者去。’”意谓一年四季按次序运行，每一个季节完成了它的使命就自动退去。这里指夏天已经过去。

⑤《汉书·外戚传》载班婕妤《怨歌行》诗：“新裂齐纨素，鲜洁如

霜雪。裁为合欢扇,团团似明月。出入君怀袖,动摇微风发。常恐秋节至,凉飙夺炎热。弃捐箧笥中,恩情中道绝。”这里借夏天一过去团扇就被抛弃,喻指君王往往在事业成功后就抛弃功臣。

⑥禹迹:相传夏禹治水,足迹遍于九州,后因称中国的疆城为禹迹。或云大禹在会稽留下的踪迹。《史记·夏本纪》:“帝禹东巡狩,至于会稽而崩。”《左传·襄公四年》:“茫茫禹迹,画为九州。”北宋太祖乾德年间,在会稽山上立禹庙,设专户岁供祭扫。

⑦茂陵:汉武帝刘彻的陵墓,在今陕西西安。茂陵词指汉武帝刘彻写的《秋风辞》。辞云:“秋风起兮白云飞,草木黄落兮雁南归。兰有秀兮菊有芳,怀佳人兮不能忘。泛楼船兮济汾河,横中流兮扬素波。箫鼓鸣兮发棹歌,欢乐极兮哀情多。少壮几时兮奈老何。”

⑧“甚风流”二句:谓汉武帝《秋风辞》富有文采和韵味,堪与司马相如的辞赋比美。甚:真。解拟:能比拟,比得上。一云“解拟相如”意谓怎么有人说那是模仿司马相如的章句呢?

⑨屈原《九歌·湘夫人》:“帝子降兮北渚,目眇眇兮愁予。”眇眇,远望而看不见的样子。

⑩因循:蹉跎,延误。莼鲈:刘义庆《世说新语·识鉴》:“张季鹰辟齐王东掾,在洛,见秋风起,因思吴中菰菜羹、鲈鱼脍,曰:‘人生贵得适意尔,何能羁宦数千里以要名爵?’遂命驾便归。”指思乡归隐。

⑪“谁念”句:谓秋凉了,仍在灯下读《史记》。表示壮心不已之意。一编:一部。太史公书:指司马迁《史记》。

## 题解

邓广铭《稼轩词编年笺注》编此词于嘉泰三年(1203),辛弃疾时年六十四岁,在知绍兴府兼浙江东路安抚使任上。因所登为秋风亭,季节又是秋天,故全词紧扣秋风落笔。上片写因秋风而生发的种种感慨。首句“亭上秋风”四字,既实写登亭所遇秋风,又关合秋风亭,语简而意丰。接下二句紧承首句,言今日袅袅秋风,去年也曾拜访吾庐。而去年此时,稼轩尚在铅山瓢泉闲居,故此三句有感叹时光易逝和思家之情在。“山河”二句,言外有寄托,用新亭对泣之典,表达了故国关山之思。“功成”二句语意双关,表面是说秋风一起,扇子就完成了自己的使命,深层意思则是抒发自己忠而见弃的失意沦落之感。“吹不断”三句即景抒情。秋风飒飒,残阳如血,既是实写所见所闻之景,也是国势衰微的象喻。“茫茫禹迹都无”言英雄大禹的遗迹渺不可寻,实亦感叹朝中无人,收复北方失地无望。秋风、斜阳、茫茫,歇拍营造的苍凉萧瑟之境,衬托出词人悲愤绝望的心情。如果说上片主要是通过写自然之景抒发感慨,下片则主要通过写与秋风有关的三个历史人物来抒情。过片三句写汉武帝的《秋风辞》,即扣合“秋风亭”,也赞美汉武帝的文采风流和无上事功。“只今”二句以空落寂寥之秋景象征当代无人,并抒发功业不能长久的悲哀感。“故人”三句用张翰见秋风起而思故乡莼鲈羹并命驾归里的典故,言瓢泉友人劝自己辞官归家。结尾三句写他在凄冷秋夜里,挑灯夜读记载着几千年兴衰治乱史的《史记》,乃自表年虽老而壮心不已之英雄心迹,此正所谓“烈士暮年,壮心不已”,无怪乎张镃在和词中赞扬稼轩道:“江南久无豪气,看规恢意概,当代谁如。乾坤尽归妙用,何处非作。”

# 踏莎行

## 庚戌中秋后二[夕]带湖篆冈小酌[①]

辛弃疾

夜月楼台，秋香院宇[②]。笑吟吟地人来去。是谁秋到便凄凉，当年宋玉悲如许[③]。　　随分杯盘[④]，等闲歌舞[⑤]。问他有甚堪悲处。思量却也有悲时，重阳节近多风雨[⑥]。



**评语**

陈廷焯《云韶集》卷五：笔致疏宕，独有千古。合拍处妙不可思议。

**注释**

①庚戌：宋光宗绍熙元年(1190)。篆冈：带湖边的一个小山坡。现为上饶地区水动力厂址。小酌：小饮，便宴。

②秋香：秋日开放的花。指桂花。李贺《金铜仙人辞汉歌》："画栏桂树悬秋香，三十六宫土花碧。"院宇：有院墙的屋宇，院落。



③"当年"句：宋玉《九辩》："悲哉秋之为气也，萧瑟兮草木摇落而变衰。"如许：如此。

④随分：随意。王绩《独坐》："百年随分了，未羡陟方壶。"

⑤等闲：平常。白居易《新昌新居》："等闲栽树木，随分占风烟。"

⑥释惠洪《冷斋夜话》卷四："黄州潘大临工诗，多佳句，然甚贫。

东坡山谷尤喜之。临川谢无逸以书问有新作否？潘答书曰：‘秋来景物，件件是佳句，恨为俗氛所蔽翳。昨日闲卧，最搅林风雨声，欣然起，题其壁曰：满城风雨近重阳。忽催租人至，遂败意。止此一句奉寄。’闻者笑其迂阔。”此处暗喻南宋形势风雨飘摇，十分危急。

## 题解

词作于宋光宗绍熙元年（1190）八月十七日夜，时作者五十一岁，在江西上饶带湖闲居。全词围绕秋天展开描写，抒发自己复杂矛盾的心情。上片写良宵在篆冈小酌的愉悦心情。起二句写月夜美景：中秋刚过，月亮尚圆，其清辉映照楼台。庭院中桂花正开，芳香四溢。第三句由景而人，写庭院中来来往往的人面对如此美景，笑语盈盈，心情畅快。词人不禁疑惑：秋天如此美好，是谁竟然逢秋兴悲的呢？他自问自答，想到最早应该是宋玉，是他的《九辩》为我们定下了悲秋的基调啊！过片三句仍然紧承上片写，进一步申说秋天不应悲伤，随意酒菜，平常歌舞，随遇而安，又有什么值得悲伤的呢？至此词人抒发的都是积极昂扬的精神。结尾两句陡转，言仔细思量却又真有悲哀之处，那就是中秋一过，重阳节又快到来，到时天气哪会如现在这般美好，只怕是凄风苦雨吧！此语犹如兜头冷水、当头棒喝，深刻表现了词人内心深处对未来的不安情绪。联想到稼轩一贯的爱国精神，此结句似亦含有对国家前途命运深深的担忧之情。词人将郁勃之气以蕴藉出之，使整首词于悲壮中见浑厚。

# 南乡子

## 登京口北固亭有怀

辛弃疾

何处望神州[①]。满眼风光北固楼。千古兴亡多少事[②]，悠悠[③]。不尽长江衮衮流[④]。　　年少万兜鍪[⑤]。坐断东南战未休[⑥]。天下英雄谁敌手。曹刘[⑦]。生子当如孙仲谋[⑧]。



**评语**

陈廷焯《云韶集》卷五：魄力之大，虎视千古。

**注释**

①神州：中国的别称，这里指被金人占领的中原地区。

②兴亡：指国家兴衰，朝代更替。

③悠悠：连绵不断的样子。此指时间漫长久远。

④杜甫《登高》："无边落木萧萧下，不尽长江衮衮来。"苏轼《次韵前篇》："长江衮衮空自流，白发纷纷宁少借。"

⑤年少万兜鍪：年少，指孙权十九岁继父兄之业统治江东。万兜鍪(móu)：是说孙权统率千军万马。兜鍪：原指古代作战时兵士所带的头盔，这里代指士兵。

⑥"坐断"句：指孙权据守东南地区，不断地与敌人作战。坐断：坐镇，占据，割据。

⑦"天下"二句：是说天下英雄只有曹操和刘备才是孙权的对手。

敌手:能力相当的对手。曹刘:指曹操与刘备。

⑧曹操率领大军南下,见孙权的军队雄壮威武,喟然而叹:“生子当如孙仲谋,刘景升儿子若豚犬耳。”刘景升即刘表,他的儿子刘琮投降了曹操。仲谋:孙权的字。

**题解**

据邓广铭《稼轩词编年笺注》,知此词作于嘉泰四年(1204),时稼轩以六十五岁高龄差知镇江府。词题云“登京口北固亭有怀”,故虽是登高之作,所思所感实远重于所见所闻。整首词三问三答,结构清晰,层次分明。第一问“何处望神州”,词人登楼北望,悲从中来,情不自禁地问道:中原故土何在?从哪里又可以眺望?词人魂牵梦绕的乃沦于敌手的中原大地,所问从大处、高处着眼,起笔自是不凡;第一答“满眼风光北固楼”,在北固楼可以远望中原,可是映入眼帘的只有北固楼附近美好的风光,更远处沦陷的中原该是一片萧条破败的景象吧!这一问一答,大有风景不再、山河变色之感,真可以惊天地,泣鬼神。第二问“千古兴亡多少事”,由第一问的空间之问转向时间之问,在漫长的历史长河中,这块土地上经历了多少王朝的兴衰更替?有多少令人感慨的往事?又有多少无奈的英雄?词人的无穷疑问,尽见于“多少事”三字中。第二答“悠悠,不尽长江滚滚流”,往事悠悠,浪花淘尽英雄,只有这无穷无尽长江水,滚滚东流。上片是概写,下片专写曾在京口建都的英雄孙权。过片两句实写孙权年纪轻轻就统率千军万马,凭着非凡的胆识和气魄、盖世的武功和不畏强敌的精神,据守东南。然后自然而然引出第三问“天下英雄谁敌手”,并且回答说天下英雄只有曹操、刘备才堪与孙权争胜。结句说生儿子就应该生像孙权那样的英雄,而不能生刘琮这种不战而降的懦夫。通过歌颂孙权这样的英雄人物，表达渴望为国效力的壮烈情怀，亦流露出报国无门及对南宋朝廷苟且偷安的愤懑之情。

## 满庭芳

### 促织儿[①]

张　镃

月洗高梧，露溥幽草[②]，宝钗楼外秋深[③]。土花沿翠[④]，萤火坠墙阴[⑤]。静听寒声断续，微韵转、凄咽悲沉。争求侣，殷勤劝织，促破晓机心[⑥]。　　儿时，曾记得、呼灯灌穴[⑦]，敛步随音[⑧]。任满身花影，犹自追寻。携向华堂戏斗，亭台小、笼巧妆金[⑨]。今休说，从渠床下[⑩]，凉夜伴孤吟。

**评语**

《历代诗余》卷七：张镃，张功甫，西秦人，其“月洗高梧”一阕，乃咏物之入神者。

郑文焯校本《白石道人歌曲》：功父《满庭芳》咏词蟋蟀儿，清隽幽美，实擅词家能事，有观止之叹。白石别构一格，下阕寄托遥深，亦足千古矣。

**注释**

①促织：蟋蟀。

②溥（tuán）：露水多。幽草：幽深地方的草丛。《诗·小雅·何草不黄》：“有芃者狐，率彼幽草。”韦应物《滁州西涧》：“独怜幽

草涧边生，上有黄鹂深树鸣。”

③宝钗楼：唐宋时咸阳酒楼名。邵博《闻见后录》卷十九：“予尝秋日饯客咸阳宝钗楼上，汉诸陵在晚照中，有歌此词（指李白《忆秦娥》）者，一坐悽然而罢。”陆游《大雪歌》：“虬须豪客狐白裘，夜来醉眠宝钗楼。”

④土花：青苔，苔藓。李贺《金铜仙人辞汉歌》：“画栏桂树悬秋香，三十六宫土花碧。”周邦彦《风流子·春景》：“羡金屋去来，旧时巢燕，土花缭绕，前度莓墙。”



⑤萤火：萤火虫。《诗·豳风·东山》“熠燿宵行”。毛传：“熠燿，燐也，燐，萤火也。”崔豹《古今注·鱼虫》：“萤火，一名耀夜，一名夜光，一名宵烛，一名景天，一名熠耀，一名燐，一名良鸟，腐草为之，食蚊蚋。”杜甫《见萤火》：“巫山秋夜萤火飞，疎帘巧入坐人衣。”

⑥机心：原指机巧功利之心。这里是说蟋蟀为“劝织”而煞费苦心。

⑦灌穴：古时抓蟋蟀的一种方法，将水灌进蟋蟀穴，逼迫蟋蟀出来。

⑧敛步：停步不前。江淹《待罪江南思北归赋》：“虎踡跼而敛步，蛟躨跜而失穴。”

⑨亭台：指盛蟋蟀的笼子。笼巧妆金：小巧而涂金色的蟋蟀笼子。



⑩渠：它，指蟋蟀。

**题解**

姜夔《齐天乐序》云：“丙辰岁与张功父会饮张达可之堂，闻屋壁间蟋蟀有声，功父约予同赋，以授歌者。功父先成，辞甚美。予裴回茉莉花间，仰见秋月，顿起幽思，寻亦得此。蟋蟀，中都呼为促织，善斗。好事者或以三二十万钱致一枚，镂象齿为楼观以贮之。”知此词是和姜夔于宋宁宗庆元二年（1196）丙辰岁同作于张达可家。上片写听到蟋蟀声的感受。“月洗”五句刻画环境：在一个深秋的夜晚，河汉无声，夜空澄澈，清幽的月光倾洒在高大的梧桐上，晶莹的露珠凝结在幽深的草丛中。宝钗楼外，墙下的苔藓一直沿着墙脚铺展开去，点点萤火，飘坠墙根。以上五句主要是从视角的角度写美好的秋夜之景，接着五句由视角转向听觉，写蟋蟀的鸣叫声和词人的感受。蟋蟀的叫声断断续续，幽咽婉转，似在寻找伴侣，又似在殷勤劝织。其声凄咽悲沉，令人感到阵阵寒意袭身。下片追忆儿时捕蟋蟀、斗蟋蟀的快乐童年，反衬今日之孤苦寂寞。“儿时”五句用精炼生动的语言，描写捕捉蟋蟀的细节，非常形象，也非常细腻。“呼灯灌穴，敛步随音”一动一静，写孩子们捕捉蟋蟀的动作，刻画入微。“任满身花影，犹自追寻”写月上柳梢头，孩子们仍然在四处寻找蟋蟀。“满身花影”，意境优美。此数句为全词精华，周密赞为“咏物之入神者”（《历代诗余·词话》引），贺裳《皱水轩词筌》则云：“形容处，心细入丝发。”“携向”二句写斗蟋蟀，补足当时情事，笔势连贯，一气呵成，为下面的感慨蓄势。“今休说”三句回到现实，昔日之欢乐与今日之孤苦形成强烈对照。其时词人正闲居在家，故有此感慨。





## 糖多令

刘　过

安远楼小集，侑觞歌板之姬黄其姓者，乞词于龙洲道人，为赋此糖多令，同柳阜之、刘去非、石民瞻、周嘉仲、陈孟参、孟容，时八月五日也。[①]

芦叶满汀洲[②]。寒沙带浅流[③]。二十年、重过南楼。柳下系舟犹未稳[④]，能几日、又中秋。　黄鹤断矶头[⑤]。故人今在不[⑥]。旧江山、浑是新愁[⑦]。欲买桂花同载酒，终不是、少年游。

**评语**



先著《词洁》卷二：与陈去非“杏花疏影里，吹笛到天明”，并数百年来绝作，使人不复敢以《花间》眉目限之。

**注释**

①一本词题作“重过武昌”。安远楼：即南楼，故址在今武汉市武昌江边的蛇山（旧名黄鹄山、黄鹤山）上，今黄鹤楼即建于此山上。陆游《入蜀记》谓南楼“在仪门之南石城上，一曰黄鹤山。制度闳伟，登望尤胜”。东晋时庾亮曾和佐吏趁秋夜登此赏玩，唐宋时成为骚人词客游赏胜地。侑觞：劝酒。

②汀洲：水中小洲。《楚辞·九歌·湘夫人》：“搴汀洲兮杜若，将以遗兮远者。”李商隐《安定城楼》：“迢递高城百尺楼，绿杨枝外尽汀洲。”



③寒沙：寒冷季节的沙滩。丘迟《旦发鱼浦潭》：“森森荒树齐，析析寒沙涨。”

④“柳下”句：意谓刚到此地，船停泊不久。

⑤矶头：矶上；亦指矶的前头一部分。常建《戏题湖上》：“湖上老人坐矶头，湖里桃花水却流。”矶：临江的山崖。

⑥今在：一作“曾到”。

⑦浑是：全是。

**题解**

这首词写于宋孝宗淳熙十三年（1186），写重过武昌时的所见所感。上片起二句写景，汀洲、落叶、寒沙、浅流，一片沧凉景象。第三句点明重经此地相隔时间之久，不胜今昔之慨。“柳下系舟”三句说中秋在即，既申言时光之速、时不我待之感，又暗示这是故人团聚的日子。下片即先追忆故人，转而由旧日江山引发今日新愁。此愁作者虽未明言，但从其身世及结句之苍凉感慨看，当系家国之感、身世之叹。此词豪放清越而又婉转含蓄，为学稼轩而得其神者。此词用笔轻灵，意致缠绵，为刘过得意之作。



## 点绛唇

### 丁未冬过吴松作[①]

姜　夔

燕雁无心[②]，太湖西畔随云去[③]。数峰清苦[④]。商略黄昏雨[⑤]。　　第四桥边[⑥]，拟共天随住[⑦]。今何许。凭阑怀古。残柳参差舞[⑧]。



**评语**

陈廷焯《词则·大雅集》卷三：字字清虚，无一笔犯实，只摹叹眼前景物而令读者吊古伤今不能自止，其绝调也。“今何许”三字提唱，“凭栏怀古”下只以“残柳”五字咏叹之，神韵无尽。

陈廷焯《白雨斋词话》卷二:白石长调之妙,冠绝南宋,短章亦有不可及者,如《点绛唇·丁未过吴淞作》一阕,通首只写眼前景物,至结处云:“今何许。凭栏怀古。残柳参差舞。”感时伤事,只用“今何许”三字提唱。“凭栏怀古”以下,仅以“残柳”五字咏叹了之。无穷哀感,都在虚处。令读者吊古伤今,不能自止,洵推绝调。

## 注释



①丁未:宋孝宗淳熙十四年(1187)。吴松:即今江苏省苏州市所属吴江县。本年春,白石曾由杨万里介绍到苏州去见范成大,此词或冬间自湖州再往,道经吴松作。

②燕(yān)雁:北方飞来的大雁。燕:古燕国,今北京一带。这里泛指北方。

③太湖:江苏吴县在太湖之滨。太湖在江苏省南部,其西南吸纳苕溪、荆溪,东由吴淞江,黄浦江流入长江。

④清苦:形容寒山的寥落、荒凉。

⑤商略:商量,酝酿。此云遥望群峰,雨意正浓。

⑥第四桥:在苏州,又名甘泉桥。因泉品居第四得名。《(乾隆)苏州府志》:“甘泉桥一名第四桥,以泉品居第四也。”

⑦天随:指晚唐诗人陆龟蒙,号天随子,苏州人。辞官后隐居松江甫里镇,常泛舟太湖。



⑧参差:形容柳丝长短高低不齐。

## 题解

姜夔长调之妙,冠绝南宋,其小令也有绝佳者。这首怀古小令是宋孝宗淳熙十四年丁未(1187)冬,词人自吴兴往苏州见范成大时所写。上片写眼前景，着笔由远而近。燕雁已随云而去，时序已入初冬；山峦阴云惨淡，恰似行客愁怀。虽是写景，然感时伤事之情自然流出。“数峰清苦。商略黄昏雨”历来脍炙人口，作者通过自己的感觉来写寒山的寥落，以“清”“苦”二字给所描绘的景物赋予了感情色彩，又用拟人化的手法，以“商略”一词写出雨意的浓酣和垂垂欲下。下片抒发怀古之情，说要和陆龟蒙一同隐居在第四桥边，以便自由自在，不随人俯仰。结句通过随风飘舞的残柳表现迷茫怅惘的心情，以景结情，余味无穷，无限哀感，都在虚处，体现了姜词清空的特色。



## 齐天乐 黄钟宫

姜　夔

丙辰岁，与张功父会饮张达可之堂，闻屋壁间蟋蟀有声，功父约予同赋，以授歌者。功父先成，辞甚美。予裴回末利花间，仰见秋月，顿起幽思，寻亦得此。蟋蟀，中都呼为促织，善斗。好事者或以三二十万钱致一枚，镂象齿为楼观以贮之。[1]

庾郎先自吟愁赋[2]。凄凄更闻私语。露湿铜铺[3]，苔侵石井，都是曾听伊处[4]。哀音似诉。正思妇无眠，起寻机杼[5]。曲曲屏山，夜凉独自甚情绪[6]。　　西窗又吹暗雨。为谁频断续，相和砧杵[7]。候馆迎秋，离宫吊月[8]，别有伤心无数。豳诗漫与[9]。笑篱落呼灯，世间儿女[10]。写入琴丝，一声声更苦⑪。

## 评语

杨慎《词品》卷四：其咏蟋蟀《齐天乐》一词最胜。

王士禛《花草蒙拾》：张玉田谓咏物最难。体认稍真，则拘而不畅，摹写差远，则晦而不明。而以史梅溪之咏春雪、咏燕，姜白石之咏促织为绝唱。

谢章铤《赌棋山庄词话》卷二：咏物词虽不作可也，别有寄托如东坡之咏雁，独写哀怨如白石之咏蟋蟀，斯最善矣。

吴衡照《莲子居词话》卷一：咏物虽小题，然极难作，贵有不粘不脱之妙，此体南宋诸老尤擅长。姜白石云："候馆迎秋，离宫吊月，别有伤心无数。……"数语刻画精巧，所谓空前绝后矣。

陈廷焯《词则·大雅集》卷三：此词精绝。一直说去，其中自有顿挫起伏，正如大江无风，波涛自涌，前无古，后无今。"篱落"二句平常意，一经点染，便觉神味渊永，其妙真令人不可思议。

## 注释

①丙辰岁：宋宁宗庆元二年（1196）。张功父：词人张镃之字。张达可：张镃旧字时可，达可与时可连名，当是兄弟。裴回：即徘徊。中都：指南宋京城临安（今杭州）。一说指北宋都城汴京，认为此词是追记北宋末年政和、宣和间汴京故事。楼观：楼台。《西湖老人繁盛录》："促织盛出，都民好养，或用银丝为笼，或作楼台为笼。"

②庾郎：即庾信，南朝梁著名作家，著有《愁赋》，中有"谁知一寸心，乃有万斛愁"之句。

③铜铺：铜质铺首。旧时大门上呈圆形或多边形铜铸物，用以衔

敲门铜环，亦称“金铺”。此指门外。李贺《宫娃歌》：“啼咕吊月钩阑下，屈膝铜铺锁阿甄。”

④石井：司空曙《题暕上人院》：“雨后绿苔生石井，秋来黄叶遍绳床。”伊：指蟋蟀。

⑤“正思妇”二句：《太平御览》卷九四九引陆玑《毛诗疏义》曰：“蟋蟀……，幽州人谓之促织，督促之言也。里语曰：趣织鸣，懒妇惊。”机杼：织具。机以转轴，杼以持纬，为织布的梭子。《古诗十九首》其十：“纤纤擢素手，札札弄机杼。”

⑥“曲曲”二句：张炎《词源》卷下：“最是过片，不要断了曲意，须要承上接下。如姜白石词云：‘曲曲屏山，夜凉独自甚情绪。’于过片则云：‘西窗又吹暗雨。’此则曲之意脉不断矣。”屏山：指屏风，因屏风上常雕画山水，故云。

⑦“相和”句：指蟋蟀的鸣声与捣衣声递相应和。砧：捣衣石。杵：捣衣棒。《乐府诗集·子夜四时歌·秋歌》：“佳人理寒服，万结砧杵劳。”

⑧候馆：客馆。《周礼·地官·遗人》：“五十里有市，市有候馆。”候馆吟秋：王褒《四子讲德论》：“蟋蟀候秋吟。”离宫吊月：指失意的君主、王子、公主等类人在离宫对月凭吊伤怀。离宫：正宫之外供帝王出巡时居住的宫室。李贺《宫娃歌》：“啼蛄吊月钩栏下。”

⑨豳诗：《诗经·豳风·七月》：“七月在野，八月在宇，九月在户，十月蟋蟀入我床下。”漫与：漫成，随意写出。杜甫《江上值水如海势聊短述》：“老去诗篇浑漫与，春来花鸟莫深愁。”

⑩“笑篱落”两句：写儿童夜间捕蟋蟀的活动。陈廷焯《白雨斋词话》卷二：“以无知儿女之乐，反衬出有心人之苦，最为入妙。”

篱落:篱笆。

⑪琴丝:琴弦。作者自注:“宣政间有士大夫制蟋蟀吟。”此两句意谓将蟋蟀的哀鸣声谱于琴曲,通过琴丝奏出。

## 题解

庆元二年(1196),作者与词人张镃等会饮,同赋蟋蟀。此词有三妙:一是词前小序。姜夔的词序在艺术上文辞优美、情蕴悠长,大大丰富了词的审美内涵。但有时词与序不免犯复,反使人觉其累赘,周济《宋四家词选》就曾批评说:“白石小序甚可观,苦与词复。”但此序以精炼的语言介绍词作的写作过程,内容与词篇相互生发,相映成辉,没有犯复的毛病。二是词人写蟋蟀,不写其形而只咏其声;又不以蟋蟀声为重点,而只是以其为线索,然后用各种声音来烘托蟋蟀声。作者展开想象,用诗人之“愁吟”、儿女之“私语”、思妇之“机杼”声及暗雨声、砧杵声、离人饮泣声、琴声等多角度地描状烘托蟋蟀之声,并寄托哀怨之情。此正是姚铉教夏竦赋“水”时不能只写水本身,而应“于水之前后左右言之”也。许昂霄《词综偶评》赞云:“将蟋蟀与听蟋蟀者层层夹写,如环无端,真化工之笔也。”三是此词少用典故。词发展到姜夔的时代,词人填词时好用典故,几乎无典不成词,辛弃疾、姜夔为其中翘楚,这既使词作内涵更加丰富,但同时也使得词过分典雅化,逐渐丧失民间接受的基础。姜夔此词在其所有作品中,是用典较少而托意比较明显的一首。词人通过描写声音和蟋蟀的活动环境,描写传神生动,使人如闻其声、如临其境。而通过一蟋蟀写出人生之各种苦难、忧伤,立意更显高超,堪称南宋咏物托意词的典范。

# 琵琶仙　黄钟商

姜　夔

吴都赋云：户藏烟浦，家具画船。唯吴兴为然。春游之盛，西湖未能过也。己酉岁，予与萧时父载酒南郭，感遇成歌。①

双桨来时，有人似、旧曲桃根桃叶②。歌扇轻约飞花，蛾眉正奇绝。春渐远、汀洲自绿，更添了、几声啼鴂③。十里扬州，三生杜牧，前事休说④。　又还是、宫烛分烟⑤，奈愁里、匆匆换时节。都把一襟芳思，与空阶榆荚⑥。千万缕、藏鸦细柳⑦，为玉尊、起舞回雪。想见西出阳关，故人初别⑧。



**评语**

张炎《词源》卷下《离情》："春草碧色，春水绿波。送君南浦，伤如之何。"矧情至于离，则哀怨必至。苟能调感怆于融会中，斯为得矣。白石《琵琶仙》云："双桨来时，……"秦少游《八六子》云："倚危亭，恨如芳草，……"离情当如此作，全在情景交炼，得言外意。有如"劝君更尽一杯酒，西出阳关无故人"，乃为绝唱。



**注释**

①《吴都赋》中无"户藏烟浦，家具画船"二句，李庾《西都赋》云："方塘含春，曲沼澄秋；户闭烟浦，家藏画舟。"疑误引此。己酉：

宋孝宗淳熙十六年(1189)。萧时父:萧德藻的子侄辈。南郭:城南。

②旧曲:旧时坊曲。郑文焯《清真集校》:“倡家谓之曲,其入选教坊者,居处则曰坊。”桃根桃叶:姊妹俩,晋王献之的妾。王献之曾作《桃叶歌》。据夏承焘先生考证,白石深恋合肥姐妹二人,此处“桃根桃叶”大约指彼二人或其中一人。

③啼鴂:啼声悲凉的杜鹃。杜鹃:一称鹈鴂。《离骚》:“恐鹈鴂之先鸣兮,使夫百草为之不芳。”

④十里扬州:代指繁华城市。杜牧《赠别》:“春风十里扬州路,卷上珠帘总不如。”三生:佛教用语,指前生、今生、来生。与“三世”同,即过去世、现在世、未来世。黄庭坚《广陵早春》:“春风十里珠帘卷,仿佛三生杜牧之。”

⑤宫烛分烟:古代清明宫中有取火烛赐群臣的礼俗。韩翃《寒食》:“日暮汉宫传蜡烛,轻烟散入五侯家。”

⑥“都把”二句:意谓将美好的愿望付与无情之物。榆荚:榆树的果实,形如元宝,成串挂在树上。韩愈《晚春》:“杨花榆荚无才思,唯解漫天作雪飞。”

⑦藏鸦细柳:形容柳条生长稠密。周邦彦《渡江云》:“千万丝、陌头杨柳,渐渐可藏鸦。”

⑧西出阳关:指别宴上的乐曲。王维《送元二使安西》:“劝君更进一杯酒,西出阳关无故人。”



**题解**

宋孝宗淳熙十六年(1198),白石居吴兴(今浙江湖州),与萧时父载酒春游,怅触合肥旧日情事而填此词。据夏承焘先生《姜白石词编年笺校》附《行事考·合肥词事》可知,姜夔二十余岁游合肥时，于青楼艳遇两姊妹。别后，萦怀于心，念之不已，岁久不衰，常形之于词。起写画船由远而近，中载女子恰似旧时相识，及至眼前，虽非其人，然闲雅美丽则同。“春渐远”两句宕开，不写人似实非之恨，只写时序景物，言春意渐远，只有那凄切的啼鴂声惹人离愁，昔游旧欢何堪回首。怀人之情，全寓于景。歇拍三句化用前人诗句，言前事可哀，不如不说。换头写时序景物依旧，年华却已暗换，暗含时光迁流之速。“都把”两句谓前事既不忍说，则满怀情思，唯有付诸榆荚。接着两句由现景回忆前情，眼前千万缕杨柳，已可藏鸦，不由得让人回忆起当年别筵，飞絮漫天，替人依依惜别。自然引出结句：眼前柳色不禁令人想起当年离别时，亦是杨柳依依，其情其景，正与今同。此词情景结合，其写景天然入妙，言情缠绵悱恻，“真能融情景于一家者也”（许昂霄《词综偶评》）。

## 暗　香　仙吕宫

姜　夔

辛亥之冬，予载雪诣石湖。止既月，授简索句，且徵新声。作此两曲，石湖把玩不已，使工妓隶习之，音节谐婉，乃名之曰暗香、疏影。[1]

旧时月色。算几番照我，梅边吹笛。唤起玉人[2]，不管清寒与攀摘。何逊而今渐老，都忘却、春风词笔[3]。但怪得、竹外疏花，香冷入瑶席[4]。　　江国[5]。正寂寂。叹寄与路遥[6]，夜雪初积。翠尊易泣[7]。红萼无言耿相忆。长记曾携手处，千树压、西湖寒碧[8]。又片片、吹尽也，几时见得。

## 评语

张炎《词源》卷下：诗之赋梅，惟和靖一联而已。世非无诗，不能与之齐驱耳。词之赋梅，惟姜白石《暗香》、《疏影》二曲，前无古人，后无来者，自立新意，真为绝唱。

先著《词洁》："落笔得'旧时月色'四字，便欲使千古作者皆出其下。咏梅嫌纯是素色，故用'红萼'字，此谓之破色笔。又恐突然，故先出'翠尊'字配之。说来甚浅，然大家亦不外此。用意之妙，总使人不觉，则烹锻之工也。美成《花犯》云：'人正在、空江烟浪里。'尧章云：'长忆曾携手处，千树压、西湖寒碧。'尧章思路，却是从美成出，而能与之埒，由于用字高，炼句密，泯其来踪去迹矣。"

李佳《左庵诗话》卷上：空前绝后，独有千古。

陈廷焯《词则·大雅集》卷三：二章脱尽恒蹊，永为千年绝调。

郑文焯《郑校白石道人歌曲》：案此二曲为千古词人咏梅绝调，以托喻遥深，自成馨逸。

## 注释

①辛亥：宋光宗绍熙二年（1191）。这年冬天，姜夔客范石湖家，留住月余，雪中范村访梅作《暗香》、《疏影》二词。范成大听后十分欣赏，高兴之余，将演唱此二曲的歌妓小红赠送给姜夔。姜夔回湖州途中赋诗曰："自琢新词韵最娇，小红低唱我吹箫。曲终过尽松陵路，回首烟波十里桥。"此后，姜夔"每喜自度曲，吟洞箫，小红辄歌而和之"（陆友仁《研北杂志》卷下）。诣：到，造访。石湖：范成大晚年居苏州西南的石湖，因号石湖居士。止

既月:住一个多月。徵新声:请创新调。工妓:乐工和歌妓。隶习:练习、演唱。《暗香》、《疏影》:林逋《山园小梅》:"疏影横斜水清浅,暗香浮动月黄昏。"白石爱此二句,取句首二字为"自度曲"咏梅之调名。

②玉人:美人。

③何逊:南朝梁代诗人。酷爱梅花,曾在扬州写有著名的《咏早梅》诗。此处作者自比何逊,是说年事渐高,昔日文采渐渐减退,忘却用词笔来歌咏梅花。杜甫《和裴迪登蜀州东亭送客逢早梅相忆见寄》:"东阁官梅动诗兴,还如何逊在扬州。"

④竹外疏花:苏轼《和秦太虚梅花》:"江头千树春欲暗,竹外一枝斜更好。"瑶席:精美的宴席。

⑤江国:江南水乡。

⑥寄与:南朝陆凯曾在江南折梅寄给远在长安的友人范晔,并作《赠范晔》诗说:"折梅逢驿使,寄与陇头人。江南无所有,聊寄一枝春。"路遥:远方的朋友。

⑦翠尊:碧绿的酒杯。红萼:红梅。耿:形容难以忘怀。

⑧千树:指梅林。宋时杭州西湖孤山多梅树。寒碧:指西湖。

## 题解

姜夔的《暗香》、《疏影》被张炎《词源》卷下誉为前无古人、后无来者的咏梅绝唱。其妙有如下数端:一是将咏物与怀人结合起来写,寄意题外,包蕴无穷。词人将作为审美对象观照的梅花、所怀念的"人"和"我"三者融为一体。就咏梅言,句句不离梅花,梅之"冷香"、"红萼"、花飞及其月照、雪压等时空环境一一写出;从怀人角度言,处处又是写"我"对"玉人"的追思、忆念,过去"吹笛"、"攀摘"、"携手"同游等生活情境也一一呈现,还写出"我"的种种情怀,梅、我、人三者结合,天衣无缝、水乳交融,实是巧夺天工!夏承焘、吴无闻《姜白石词校注》高度评价道:“这首词以盛衰为脉络,以今昔为开合,到下片忽又插入怀人的主题。这好比一首交响乐的旋律,它于表现第一主题第二主题之外,有时还插入第三主题,它们错综地交相出现,使乐曲的旋律更加丰富,更加美听。”二是此词绘物极形象,造境极优美。邓廷桢《双砚斋随笔》即云:“朱希真之‘引魂枝,消瘦一如无,但空里疏花数点。’姜石帚之‘长记曾携手处,千树压、西湖寒碧。’一状梅之少,一状梅之多,皆神情超越,不可思议,写生独步也。”其实此词不仅“千树压、西湖寒碧”状梅之多为写生独步,“竹外疏花,香冷入瑶席”两句写梅花之疏影暗香,也是绘景如画。词的上片写梅边吹笛、玉人摘梅、冷香入席,用字高,炼句密,造境美,此真张炎所谓“不惟清真,且又骚雅,读之使人神观飞越也”!



## 疏　影

姜　夔

苔枝缀玉①。有翠禽小小②,枝上同宿。客里相逢,篱角黄昏,无言自倚修竹③。昭君不惯胡沙远,但暗忆、江南江北④。想佩环、月夜归来,化作此花幽独。　　犹记深宫旧事,那人正睡里,飞近蛾绿⑤。莫似春风,不管盈盈,早与安排金屋⑥。还教一片随波去,又却怨、玉龙哀曲⑦。等恁时、重觅幽香,已入小窗横幅⑧。

## 评语

见前姜夔《暗香》评语。

## 注释

①“苔枝”句:周密《乾淳起居住》载,苔梅有两种,一种苔特厚,花甚多;一种苔如细丝,长尺余。范成大《梅谱》谓绍兴、吴兴一带多古梅,“苔须垂于枝间,或长数寸,风至,绿丝飘飘可玩”的苔梅即后者。苔枝:古梅的枝条。玉:指白色梅花。

②翠禽:绿色羽毛的小鸟。旧题柳宗元《龙城录》载,隋代赵师雄行至广东罗浮,困极入梦,梦见自己在林中酒店遇到一位芳香袭人的素妆美女,遂与共饮,不一会有绿衣童子来歌舞助兴。赵醒来,发现自己躺在梅花树下,树上有翠鸟欢鸣。原来美人是梅花神,绿衣童子是翠鸟所幻化。

③“无言”句:化用杜甫《佳人》诗:“天寒翠袖薄,日暮倚修竹。”此以梅花比佳人。

④昭君:汉代宫女王昭君,后远嫁匈奴。佩环:衣上的玉饰。用杜甫《咏怀古迹》“画图省识春风面,环佩空归月夜魂”诗意。此句意思是这幽清孤独的梅花好像是王昭君的灵魂在月夜归来时所化。

⑤深宫旧事:用寿阳公主故事。传说南朝宋武帝刘裕之女寿阳公主,人日卧于含章殿檐下,有梅花落在她的额上,成五出花。宫女争相仿效,号“梅花妆”。蛾绿:即蛾眉。“绿”指涂眉的颜料。

⑥盈盈:形容女子美好的仪态。这里代指梅花。金屋:用汉武帝金屋藏娇故事。

⑦“还教”二句:谓若再不珍惜,让梅花随波而去,又该听笛曲《梅

花落》而生怨意。玉龙哀曲：指古代笛曲《梅花落》。玉龙，笛子名。李白《与史郎中钦听黄鹤楼上吹笛》："黄鹤楼中吹玉笛，江城五月落梅花。"

⑧恁(nèn)时：那时。横幅：指窗上贴的梅花图画。崔橹《梅花诗》："初开已入雕梁画，未落先愁玉笛吹。"

## 题解

此词系《暗香》的姊妹篇，但构思、取材角度迥异。《暗香》将梅、我、人三合为一，而此篇则将梅花当作一位佳人来写，梅花与佳人二合一。全词化用历史、传说中的五位女性从不同角度表现梅之处境、品格、心态。以梅花神写其风姿神态，以倚竹佳人写其孤洁品格，以昭君写其"幽独"情怀，以寿阳公主写其容颜，以阿娇写主体对梅花之爱惜。每位用以比拟之佳人均置于特定的时空环境中，犹如五个摇动的镜头，构成一完整的画面。读者由此不仅可领略到梅花的风神，更可将想象延伸向广阔的历史空间，去沉思佳人们的种种命运和境遇。作品用典虽多，但体认着题，融化不涩而了无痕迹，既清空又腴练，此正张炎《词源》所谓"用事不为事所使"者也。此词寄意亦深，有认为是为徽、钦二帝北狩而发的，如陈廷焯《白雨斋词话》卷二云："发二帝之幽愤，伤在位之无人也。特感慨全在虚处，无迹可寻，人自不察耳。"郑文焯《郑校白石道人歌曲》亦云："此盖伤心二帝蒙尘，诸后妃相从北辕，沦落胡地，故以昭君托喻，发言哀断。"也有评论家没有坐实，认为抒发的是家国兴亡之悲，如沈祖棻《宋词赏析》谓："《暗香》、《疏影》虽同时所作，然前者多写身世之感，后者则属兴亡之悲，用意小别，而其托物喻志则同。"俞平伯《唐宋词选释》亦云："上首多关个人身世，故以何逊自比。下首写家国之恨居多，故引昭君、胡沙、深宫等等为喻。"

# 翠楼吟 双调

姜　夔

淳熙丙午冬，武昌安远楼成，与刘去非诸友落之，度曲见志。予去武昌十年，故人有泊舟鹦鹉洲者，闻小姬歌此词，问之颇能道其事，还吴为予言之。兴怀昔游，且伤今之离索也[①]。



月冷龙沙[②]，尘清虎落[③]，今年汉酺初赐[④]。新翻胡部曲[⑤]，听毡幕、元戎歌吹[⑥]。层楼高峙。看槛曲萦红，檐牙飞翠。人姝丽[⑦]。粉香吹下，夜寒风细。　此地[⑧]。宜有词仙，拥素云黄鹤[⑨]，与君游戏。玉梯凝望久[⑩]，叹芳草、萋萋千里。天涯情味。仗酒祓清愁[⑪]，花销英气。西山外[⑫]。晚来还卷，一帘秋霁[⑬]。

## 评语

陈廷焯《白雨斋词话》卷二：白石《翠楼吟》（武昌安远楼成）后半阕云："此地宜有神仙，拥素云黄鹤，与君游戏。玉梯凝望久，叹芳草萋萋千里。天涯情味。仗酒祓清愁，花消英气。"一纵一操，笔如游龙，意味深厚，是白石最高之作。此词应有所刺，特不敢穿凿求之。



## 注释

①淳熙丙午：宋孝宗淳熙十三年（1186）。武昌：在今湖北武汉，宋

时为鄂州州治所在。安远楼：楼址在武昌西南黄鹤山上，即武昌南楼。刘去非：与姜夔及刘过均有交往，生平不详。落之：祝贺楼的落成，指参加安远楼的落成庆典。鹦鹉洲：在今湖北省武汉市西南长江中。相传东汉末江夏太守黄祖长子射在此大会宾客，有人献鹦鹉，祢衡作《鹦鹉赋》，故名。后衡为黄祖所杀，葬此。自汉以后，由于江水冲刷，屡被浸没，今鹦鹉洲已非宋以前故地。崔颢《黄鹤楼》："晴川历历汉阳树，芳草萋萋鹦鹉洲。"小姬：歌妓。吴：浙江吴兴。兴怀：引起感触。离索：离群索居。杜甫《夜听许十一诵诗爱而有作》："离索晚相逢，包蒙欣有击。"仇兆鳌注："离索，离群索居，见《礼记》子夏语。"

②龙沙：泛指塞外沙漠之地。

③虎落：篱落；藩篱。古代用以遮护城邑或营寨的竹篱。亦用以作为边塞分界的标志。《汉书·晁错传》："要害之处，通川之道，调立城邑，毋下千家，为中周虎落。"颜师古注："虎落者，以竹篾相连遮落之也。"王先谦补注："于内城、小城之中间，以虎落周绕之，故曰中周虎落也。"皎然《从军行》之五："誓师张虎落，选将擐犀渠。"

④汉酺(pú)初赐：汉律，三人以上无故不得聚饮，违者罚金四两。朝廷有庆祝之事，特许臣民会聚欢饮，称赐酺。《汉书·文帝纪》诏："朕初即位，其赦天下，赐民爵一级，女子百户牛酒，酺五日。"后来历代王朝，遇新皇帝登位、帝后诞日、丰收、平定叛乱等事，常有赐酺之举。酺，合聚饮食。

⑤胡部曲：唐时西凉地方以琵琶为主的音乐。《新唐书·礼乐志》："开元二十四年(736)，升胡部于堂上。……后又诏道调、法曲与胡部新声合作。"此处泛指异族音乐。

⑥毡幕：指用毛毡制作的帐篷。元戎歌吹：反映军队生活的歌词乐曲。元戎，兵车。元帅亦称元戎。《汉书·董贤传》："统辟元戎。"注："元戎，大众也。"

⑦姝丽：美丽。《后汉书·皇后纪上·和熹邓皇后》："后长七尺二寸，姿颜姝丽，绝异于众。"

⑧此地：崔颢《黄鹤楼》："昔人已乘黄鹤去，此地空余黄鹤楼。黄鹤一去不见返，白云千载空悠悠。晴川历历汉阳树，芳草萋萋鹦鹉洲。日暮乡关何处是，烟波江上使人愁。"此处化用其意。

⑨词仙：词人的美称，包括白石自己。素云：指白云楼。黄鹤：《寰宇记》载，费文祎登仙，每乘黄鹤，憩于武昌城楼，故名黄鹤楼。君：泛指参加安远楼盛会诸人。

⑩玉梯：指玉楼。

⑪祓（fú）：原指古代为除灾去邪而举行仪式的习俗。此处指消除。

⑫西山外：王勃《滕王阁诗》："滕王高阁临江渚，佩玉鸣鸾罢歌舞。画栋朝飞南浦云，珠帘暮卷西山雨。闲云潭影日悠悠，物换星移几度秋。阁中帝子今何在？槛外长江空自流。"此处化用其意。

⑬一帘秋霁，"秋"字为修饰语，非实指，因作者游"安远楼"为冬季。





## 题解

宋孝宗淳熙十三年丙午（1186）秋，姜夔暂居汉阳府汉川县姐姐家。入冬，安远楼建成（武昌黄鹤山上）。词人参加落成典礼，曾携友人刘去非同游，并自度此曲记述其事。十年后，约在宋宁宗庆元二年（1196），姜夔一位朋友在汉阳江边听到歌女歌唱此曲，并能道出该词本事。朋友回吴兴后告诉姜夔此事,姜夔有感而为此曲补写词序。此词为武昌安远楼落成而赋,并抒发无穷感慨。此词前五句就“安远”字面着想,显示筑楼背景。以下正面写安远楼景观。先写楼的整体形势,然后作细部刻画。“看槛曲”二句,状物准工,写楼之气韵。“人姝丽”三句写楼中宴会盛况。词的上片实写楼内楼外,下片则提空抒感。过片写楼踞形胜之地,并多化用崔颢《黄鹤楼》诗意,进而写登楼有感。言“宜有词仙”,言下之意乃竟无词仙,其慨叹人才匮乏之意甚明,此从“玉梯凝望久,叹芳草、萋萋千里。天涯情味”亦可见出。“仗酒”二句言词人流连杯酒,排遣闲愁,抒发岁月虚掷之恨。最后以景结情,写雨后晴朗暮色,暗寓美好希望。此词虽为庆贺安远楼落成而作,然实暗露身世飘零之感及表面承平而实趋衰飒之时代气氛。此词下片最得前人称赏。许昂霄《词综偶评》云其“凄婉悲壮,何减王粲《登楼》一赋”。陈廷焯《白雨斋词话》卷二云其“意味深厚,是白石最高之作”。王国维《人间词话》亦赞其“不隔”。



## 湘　月

姜　夔



长溪杨声伯典长沙楫棹,居濒湘江。窗间所见,如燕公郭熙画图,卧起幽适。丙午七月既望,声伯约予与赵景鲁、景望、萧和父、裕父、时父、恭父大舟浮湘,放乎中流。山水空寒,烟月交映,凄然其为秋也。坐客皆小冠练服,或弹琴、或浩歌、或自酌、或援笔搜句。予度此曲,即念奴娇之鬲指声也，于双调中吹之。鬲指亦谓之过腔，见晁无咎集。凡能吹竹者，便能过腔也。[①]

五湖旧约，问经年底事，长负清景[②]。暝入西山，渐唤我、一叶夷犹乘兴[③]。倦网都收，归禽时度[④]，月上汀洲冷。中流容与，画桡不点清镜[⑤]。　谁解唤起湘灵，烟鬟雾鬓，理哀弦鸿阵[⑥]。玉麈谈玄，叹坐客、多少风流名胜[⑦]。暗柳萧萧，飞星冉冉，夜久知秋信。鲈鱼应好，旧家乐事谁省[⑧]。



## 评语

陈廷焯《白雨斋词话》卷二：白石《湘月》云："暗柳萧萧，飞星冉冉，夜久知秋冷。"写夜景高绝。点缀之工，意味之永，他手亦不能到。

## 注释

①《宋六十名家词》无此长序，仅曰："双调，即《念奴娇》之鬲指声也。"长溪：古县名，在今福建霞浦县南。杨声伯：长溪人，姜夔好友，生平不详。典长沙楫棹：掌管长沙一带舟船航运。湘江：江名。源出广西省，由南向北流入湖南洞庭湖，为湖南省最大的河流。燕公：宋代姓燕的名画家有燕文贵，吴兴（今浙江湖州）人，精于山水，见刘道醇《圣朝名画录》。又有燕肃，益都（今山东益都）人，工山水寒林，《宋史》、《图绘宝鉴》均有传。郭熙：五代北宋间人，善山水寒林，见《宣和画谱》。丙午：宋孝宗淳熙十三年（1186年）。既望：农历十六日。赵景鲁、景望：被约的同游人。萧和父、裕父、时父、恭父：均为萧德藻的子侄，姜夔妻子的兄弟辈。练（shū）服：粗布衣。练，粗麻织成的布。

鬲指:即隔指,古音乐术语,谓萧管或笛子声间隔一孔。晁无咎:即晁补之,无咎为其字。

②五湖:指洞庭湖。杜甫《归雁》:"年年霜露隔,不过五湖秋。"朱鹤龄注:"雁至衡阳则回。此五湖当指洞庭湖言。"一说指江苏太湖。底事:何事。清景:清丽的景色。

③暝入西山:谓暮色进入西山。暝,日落。一叶:指扁舟。夷犹:从容自在貌。李商隐《无题》:"万里风波一叶舟,忆归初罢更夷犹。"

④时度:按时。

⑤容与:悠然自得貌。屈原《涉江》:"船容与不进兮。"画桡(ráo):有画饰的船桨。清镜:指清澈的水面如镜子一般。

⑥湘灵:湘水女神,即舜帝的妃子娥皇和女英,传说善于鼓瑟。屈原《楚辞·远游》:"使湘灵鼓瑟兮,令海若舞冯夷。"烟鬟(huán)雾鬓(bìn):形容鬓发美丽。"理哀弦"句:指弹奏琴瑟,发出飞鸿的哀鸣声。鸿阵:雁行。

⑦玉麈(zhǔ)谈玄:东晋士大夫常执玉麈高谈玄理。玉麈:名士雅器,形类拂尘,以麈之尾毛制成。麈,兽名,似鹿而大,其尾摇动可以指挥鹿群的行动。刘义庆《世说新语·容止》:"晋大臣王衍'妙于谈玄,恒接白玉麈尾,与手都无分别。'"这里用以形容同游坐客有名士风度。名胜:原指清谈家,此处指文人名士。刘义庆《世说新语·文学》:"宣武集诸名胜讲《易》,日说一卦。"

⑧"鲈鱼"二句:意谓家乡的风味定然很好,往日的赏心乐事谁人了解。刘义庆《世说新语·识鉴》载,晋人张翰在洛阳任职,一日"见秋风起,因思吴中菰菜羹、鲈鱼脍……遂命驾便归。"此处意在说明故乡的风味美好如故,暗寓思乡。

**题解**

此词作于宋孝宗淳熙十三年(1186年)七月十六日,姜夔好友杨声伯任职于长沙,邀请其与其他文人雅士前往湘江泛舟游玩,白石乃自度“湘月”词牌,写成此月夜泛舟词。上片用一问句开头写此次出游之难能可贵。接着触景生情写出游经过及江上风物,勾画优美环境及恬适心境。下片换头三句转入想象,从湘江上的琴声联想到湘灵鼓瑟的传说。以下由虚入实,言座中全是风流名士,众人或玉麈谈玄,或弹琴浩歌,或饮酒作诗,真乃赏心乐事。以下写景,既表达游兴正浓、乐而忘归,也抒发了词人怀念故土的情思。词人为我们描绘了一幅迷人的湘江夜景图,其中有山有水,有鱼有鸟,有日月星辰,有舟船游人,词人将这些景物巧妙地布置在画布上,营造出一种淡雅而又朦胧的氛围。

## 绮罗香

### 咏春雨

史达祖

做冷欺花[1],将烟困柳[2],千里偷催春暮[3]。尽日冥迷[4],愁里欲飞还住。惊粉重、蝶宿西园[5],喜泥润、燕归南浦[6]。最妨它、佳约风流,钿车不到杜陵路[7]。　　沉沉江上望极,还被春潮晚急,难寻官渡[8]。隐约遥峰,和泪谢娘眉妩[9]。临断岸、新绿生时,是落红、带愁流处。记当日、门掩梨花,剪灯深夜语[10]。

## 评语

张炎《词源》：全章精粹，所咏了然在目，且不留滞于物。

戈载《宋七家词选》：（梅溪）集中如《东风第一枝》、《寿楼春》、《湘江静》、《绮罗香》、《秋霁》，皆推杰构。

沈祥龙《论词随笔》：词中对句，贵整炼工巧，流动脱化，而不类于诗赋。史梅溪之"做冷欺雨，将烟困柳"，非赋句也；晏叔原之"落花人独立，微雨燕双飞"，晏元献之"无可奈何花落去，似曾相识燕归来"，非诗句也；然不工诗赋，亦不能为绝妙好词。



## 注释

①做冷欺花：意谓春雨寒冷，妨碍花的开放。陆龟蒙《早春雪中作吴体寄袭美》："迎春避腊不肯下，欺花冻草还飘然。"

②将，捎带。"将烟"犹"和烟"。此句写烟柳迷离光景。

③偷催春暮：偷偷催促春天入暮、逝去。

④冥迷：迷蒙。

⑤粉重：蝴蝶翅上花粉，被春雨淋湿，沉重难飞。蝶宿西园：张泌《春夕言怀》："幽窗谩结相思梦，欲化西园蝶未成。"西园：泛指园林。

⑥"喜泥润"句：李商隐《细雨成咏》："稍稍落蝶粉，班班融燕泥。"南浦：泛指水滨。



⑦钿车：指古时贵族妇女所乘的用珠宝装饰的车子。杜陵：汉宣帝陵，古址在今陕西西安。此借指京郊。

⑧春潮晚急：韦应物《滁州西涧》："春潮带雨晚来急，野渡无人舟自横。"官渡，官方所设的渡口。

⑨谢娘：唐歌妓名。此泛指歌妓。眉妩：本作眉怃。指眉峰妩媚美好。《汉书·张敞传》："又为妇画眉，长安中传张京兆眉

恍。”“隐约”二句谓雨中远山隐约如和泪谢娘之眉峰，妩媚动人。

⑩门掩梨花：李重元《忆王孙》：“欲黄昏，雨打梨花深闭门。”剪灯：李商隐《夜雨寄北》：“何当共剪西窗烛，却话巴山夜雨时。”

**题解**

词咏春雨，句句语人而不着一“雨”字，却处处见出雨容雨态。所咏为“春”天之“雨”，故处处从“春”运思，“春暮”、“春潮”、春蝶、春燕固然是春日风物，而烟柳、新绿、落红、梨花也无不是春日之景。词人抓住雨为动态之视觉形象这一特征，从花、柳、蝶、燕、人等多种角度刻画春雨的种种情状，而春雨之迷朦广远、轻细凄清一一绘出。同时，客观之物象又与主体之情思丝丝入扣。体物而传神飞动，言情而物我交融，确为咏物词中上品。此词对句的使用，亦甚有特色，如四字对句“做冷欺花，将烟困柳”虚写春雨之神，整炼工巧，流动脱化；又如上三下四对句“惊粉重、蝶宿西园，喜泥润、燕归南浦”写雨中燕蝶一惊一喜，“临断岸、新绿生时，是落红、带愁流处”写雨中新绿落红，皆为传神妙笔。



# 双双燕



咏燕

史达祖

过春社了①，度帘幕中间②，去年尘冷。差池欲住③，试入旧巢相并。还相雕梁藻井[4]。又软语、商量不定。飘然快拂花梢，翠尾分开红影。　　芳径。芹泥雨润[5]。爱贴地争飞，竞夸轻俊。红楼归晚[6]，看足柳昏花暝[7]。应自栖香正稳。便忘了、天涯芳信[8]。愁损翠黛双蛾[9]，日日画阑独凭。

**评语**

黄昇《中兴以来绝妙词选》卷七：形容尽矣。姜尧章极称其“柳昏花暝”之句。

茅暎《词的》：词之咏物往往有绝唱者，诗则寥寥数作而已。

吴衡照《莲子居词话》卷一：刻画精巧，运用生动，所谓空前绝后矣。

**注释**

①春社：古时春天祭祀土地神的日子。宋代以立春后第五个戊日为春社日，时在春分前后，正是春暖花开、燕子北归之时。晏殊《破阵子》：“燕子来时新社，梨花落后清明。”

②度：形容春燕在帘幕中飞来飞去，犹豫不决。

③差（cī）池：指燕子飞时尾翼长短不齐的样子。语本《诗经·邶风·燕燕》：“燕燕于飞，差池其羽。”

④相（xiàng）：察看，打量。藻井：天花板。

⑤芹泥：水边种植芹菜的泥土。燕子衔芹泥以筑巢。杜甫《徐步》：“芹泥随燕嘴，蕊粉上蜂须。”

⑥红楼：泛指富贵人家。

⑦柳昏花暝：指渐浓的暮色中花柳昏暗朦胧的样子。暝，日暮，天

色昏暗。

⑧芳信:闺中的书信。翠黛双蛾:指女子的眉毛。

⑨翠黛双蛾:指女子双眉,此指代女子。

**题解**

此词是史达祖最为传诵的名篇。咏双燕,不仅传神地表现出双燕穿帘入室、窥巢试窝、争飞竞俊等一系列动作情态,还写出其昵喃软语,使人如闻其声、如见其形。作者咏物不忘言情,双燕之悠然自在、快活美满正衬托出闺中思妇之孤独苦闷,“相并”之燕与“独凭”之人本形成强烈的对照,而双燕自由飞翔、尽赏春光更会引起幽闭深闺之思妇对人生的思索与追求。词从多角度写双燕,可谓形神兼备,历来颇受好评,如张炎《词源》卷下云:“全章精粹,所咏了然在目,且不留滞于物。”王士禛《花草蒙拾》赞其“巧极天工”。贺裳《皱水轩词筌》赞其“形神俱似”。史达祖咏物词甚少用典,此词更是一典不用,完全用白描手法穷形尽相地进行描写,在南宋咏物词中,甚是少见。



## 临江仙

史达祖

倦客如今老矣[1],旧时不奈春何[2]。几曾湖上不经过。看花南陌醉[3],驻马翠楼歌[4]。　　远眼愁随芳草[5],湘裙忆著春罗[6]。枉教装得旧时多。向来箫鼓地[7],犹见柳婆娑[8]。

## 评语

陈廷焯《白雨斋词话》卷二:《临江仙》结句云:“枉教装得旧时多。向来箫鼓地,犹见柳婆娑。”慷慨生哀,极悲极郁。较“临断岸,新绿生时。是落红,带愁流处”之句,尤为沉至。此种境界,却是梅溪独绝处。

陈廷焯《词则》:(后结)直是唐人绝妙乐府。

况周颐《蕙风词话》卷二:“梅溪词‘几曾湖上不经过。看花南陌醉,驻马翠楼歌。’下二语人人能道,上七字妙绝,似乎不甚经意,所谓‘得来容易却艰辛’也。”



## 注释

①倦客:客游他乡而对旅居生活感到厌倦的人。鲍照《代东门行》:“伤禽恶弦惊,倦客恶离声。”

②不奈:无奈。李昂《戚夫人楚舞歌》:“不奈君王容鬓衰,相存相顾能几时。”

③南陌:南面的道路。沈约《鼓吹曲同诸公赋·临高台》:“所思竟何在,洛阳南陌头。”

④翠楼:指妇女居处。王昌龄《闺怨》:“闺中少妇不曾愁,春日凝妆上翠楼。”

⑤远眼:犹远目。放眼远望。曾巩《南轩竹》:“风吹已送烦心醒,雨洗还供远眼清。”



⑥湘裙:湘地丝织品制成的女裙。春罗:丝织品的一种。李贺《神仙曲》:“春罗书字邀王母,共宴红楼最深处。”

⑦箫鼓:箫与鼓。泛指乐奏。江淹《别赋》:“琴羽张兮箫鼓陈,燕赵歌兮伤美人。”

⑧婆娑:犹扶疏,纷披貌。刘义庆《世说新语·黜免》:“殷因月

朔，与众在听，视槐良久，叹曰：'槐树婆娑，无复生意。'"杜甫《恶树》："方知不材者，生长漫婆娑。"

**题解**

开禧二年（1206年），韩侂胄北伐失败，次年被斩，史达祖亦遭罢职，并被发配边地。词人借此词来抒发他此时之感想。首句自称"倦客"老矣，饱含词人遭遇生活挫折后对人世产生厌倦的情绪。"旧时可奈春何"感叹面对春天时今昔不同之心境。以下回忆往年西湖游赏观光、流连歌舞的生活经历。下片"远眼"二句，演化五代词人牛希济《生查子》名句"记得绿罗裙，处处怜芳草"，但增添"愁"、"忆"之成份。"枉教装得旧时多"一句，过渡至眼前，言即使现在看到比旧时更加漂亮的歌舞妓亦提不起欢快情绪，表现人生失落与倦怠之感。结尾的二句照应"看花"、"驻马"两句，抒发今昔变化之悲伤，慷慨生哀，尤为沉郁，受到陈廷焯、况周颐等著名词评家的好评。

## 贺新郎

### 肇庆府送谈金华、张月窗[1]

葛长庚

谓是无情者。又如何、临歧欲别[2]，泪珠如洒。此去兰舟双桨急[3]，两岸秋山似画。况已是、芙蓉开也。小立西风杨柳岸[4]，觉衣单、略说些些话[5]。重把我，袖儿把。　小词做了和愁写[6]。送将归、要相思处，月明今夜。客里不堪仍送客,平昔交游亦寡⑦。况惨惨、苍梧之野⑧。未可凄凉休哽咽,更明朝、后日才方罢。却默默,斜阳下。

## 评语

陈廷焯《别调集》:真人词最工发端。此篇低徊反复,情至文亦至,绝唱也。

## 注释

①肇庆府:重和元年(1118)升端州置,治所在高要县(今广东省肇庆市),辖有今广东省肇庆、广宁、四会、高明、高要等市县地。谈金华,生平不详,当为葛长庚道友。张月窗,号复斋、湛然,常住罗浮从葛长庚游。

②临歧:本为面临歧路,后亦用为赠别之辞。鲍照《舞鹤赋》:"指会规翔,临歧矩步。"李善注:"歧,歧路也。"杜甫《送李校书》:"临歧意颇切,对酒不能吃。"范成大《谭德称杨商卿父子送余作诗以别》:"临歧心曲两茫然,但祝频书无别语。"

③兰舟:木兰舟。亦用为小舟的美称。许浑《重游练湖怀旧》:"西风渺渺月连天,同醉兰舟未十年。"李清照《一剪梅》:"红藕香残玉簟秋,轻解罗裳,独上兰舟。"

④小立:暂时立住。杨万里《雪后晚晴赋绝句》:"只知逐胜忽忘寒,小立春风夕照间。"西风:西面吹来的风。多指秋风。李白《长干行》:"八月西风起,想君发扬子。"

⑤些些:少许,一点儿。元稹《答友封见赠》:"扶床小女君先识,应为些些似外翁。"

⑥小词:按谱填写的短篇歌词。牛峤《女冠子》:"浅笑含双靥,低声唱小词。"

⑦平昔:往昔,往常。刘义庆《世说新语·德行》:“(殷仲堪)每语子弟云:‘勿以我受任方州,云我豁平昔时意。’”元稹《代谕淮西书》:“感念平昔,兴然动怀。”

⑧惨惨:忧闷;忧愁。《诗·小雅·正月》:“忧心惨惨,念国之为虐。”郑玄笺:“惨惨,犹戚戚也。”戴叔伦《边城曲》:“胡笳听彻双泪流,羁魂惨惨生边愁。”苍梧:《礼记·檀弓上》:“舜葬于苍梧之野。”郑玄注:“舜征有苗而死,因留葬焉。”

**题解**

词咏离别。词的上片写离别时的情景,多从对方设想。“谓是无情者。又如何、临歧欲别,泪珠如洒”意谓作为道教人士,原本不应该为情所苦,可如今离别在即,竟然也泪雨纷纷,表达了朋友间难舍难分的感情。“此去兰舟双桨急,两岸秋山似画。况已是、芙蓉开也”想象朋友离别后将要经历的情景,船行迅捷,水中荷花摇曳多姿,两岸秋山美丽如画,似有借美景以安慰离情别苦之意。“小立”几句又回到离别现场,杨柳岸边,秋风劲吹,凉意入骨,是时候握手道别吧。词的下片抒情,多从自身着想。换头一句点明此词“愁”的主题。“送将归、要相思处,月明今夜”悬想与朋友分别后自己今夜将要经历的相思之情。“客里不堪仍送客,平昔交游亦寡。况惨惨、苍梧之野”感叹客中送客,情本难堪,加之自己平日朋友本就不多,又是在这让人愁惨的苍梧之地离别,内心的痛苦更是难以言表了。“未可”三句言离别后自己将长时间以泪洗面,结尾两句以景结情,有余味。这首送别词的最大特点就是语浅情深,毫无遮掩地抒发朋友间的离别之情,在整个宋代离别词中也是比较有特点的。

# 贺新郎

席上闻歌有感

刘克庄

妾出于微贱①。少年时、朱弦弹绝②,玉笙吹遍③。粗识国风关雎乱④,羞学流莺百啭⑤。总不涉、闺情春怨。谁向西邻公子说⑥,要珠鞍、迎入梨花院⑦。身未动,意先懒。　主家十二楼连苑。那人人、靓妆按曲,绣帘初卷。道是华堂箫管唱,笑杀鸡坊拍衮⑧。回首望、侯门天远。我有平生离鸾操⑨,颇哀而不愠微而婉。聊一奏,更三叹⑩。

**评语**

俞陛云《唐五代两宋词选释》:以天涯沦落之身,而申礼自持若是,似寒梅一枝,独立于盛雪严风之际,较商妇琵琶,别有一种感叹。托彼美以通辞,表余心之高洁,如怨如诉,绝妙词也。

**注释**



①微贱:卑微;低贱。亦指卑微低贱之人。《诗·小雅·绵蛮序》:"大臣不用仁心,遗忘微贱。"刘云《婕妤怨》:"秋扇尚有时,妾身永微贱。"

②朱弦:用熟丝制的琴弦。《礼记·乐记》:"《清庙》之瑟,朱弦而疏越。"郑玄注:"朱弦,练朱弦。练则声浊。"孔颖达疏:"案《虞

书》传云:古者帝王升歌《清庙》之乐,大瑟练弦。此云朱弦者,明练之可知也。云练则声浊者,不练则体劲而声清,练则丝熟而弦浊。”

③玉笙:饰玉的笙。亦用为笙之美称。刘孝威《奉和简文帝太子应令》:“园绮随金辂,浮丘侍玉笙。”苏轼《菩萨蛮》:“玉笙不受朱唇暖,离声凄咽胸填满。”

④国风关雎:《诗经》著名诗篇,既承认男女之爱是自然而正常的感情,又要求对这种感情加以克制,使其符合于社会的美德,后世之人往往各取所需的一端,加以引申发挥。

⑤羞学:决不学。流莺百啭:轻滑流转的淫丽之音。

⑥西邻:西边邻居。《易·既济》:“东邻杀牛,不如西邻之礿祭,实受其福。”元结《漫问相里黄州》诗:“东邻有渔父,西邻有山僧。”

⑦珠鞍:镶嵌珍珠宝物的马鞍。

⑧鸡坊:街坊。拍衮:宋代大曲有拍与衮,为受胡曲影响的新声。故亦以称当时的流行曲调。

⑨离鸾操:乐曲名。琴曲《双凤离鸾》的简称。代表高雅的乐曲。

⑩三叹:多次感叹,形容慨叹之深。《左传·昭公二十八年》:“吾子置食之间三叹,何也?”杜甫《惜别行送刘判官》诗:“九州兵革浩茫茫,三叹聚散临重阳。”





## 题解

此词借歌女之口,抒发了自己虽有高洁的品行、非凡的才华却怀才不遇的感慨。上片首三句言自己虽然出身微贱,然却多才多艺,还在年少时就知音识律,能弹奏各类乐器。“粗识”三句说自己能够领略《国风》中的高雅之调,而羞于学习闺情春怨的靡靡之音。

“谁向西邻公子说”至“意先懒”是说自己不愿去一般环境中去表演,大有“士为知己者死,女为悦己者容”的志意。下片“主家十二楼连苑”至“笑杀鸡坊拍衮”回忆自己到富贵豪华之家进行表演的经历,“回首望侯门天远”回到现实,有今非昔比之慨。“我有平生离鸾操”至结尾感叹自己虽有绝世才艺,却沦落不偶,无人赏识,唯有自弹自赏,徒自叹息而已。刘克庄生当末世而又奸佞当道,一生多次遭受迫害,但他的爱国之心和疾恶如仇、洁身自好的品性始终未曾改变,他将自己的信念和追求、理想与失落,用代言体的方式在此首词中给予了充分地体现。



## 齐天乐 黄钟宫,俗名正宫

与冯深居登禹陵[1]

吴文英

三千年事残鸦外[2],无言倦凭秋树。逝水移川,高陵变谷,那识当时神禹[3]。幽云怪雨。翠萍湿空梁,夜深飞去[4]。雁起青天,数行书似旧藏处[5]。　寂寥西窗久坐,故人悭会遇,同剪灯语[6]。积藓残碑,零圭断璧,重拂人间尘土[7]。霜红罢舞[8]。漫山色青青,雾朝烟暮。岸锁春船,画旗喧赛鼓[9]。



**评语**

郑文焯《手批梦窗词》:万古精灵,空荡幽默,怀古之作,至此乃神。

## 注释

①冯去非(1189—1265 前),字可迁,号深居,南康都昌(今属江西)人。淳祐元年(1241)进士。尝任淮南东路转运使司干办公事。宝祐四年(1256)召为宗学谕,因为与当时的权臣丁大全交恶被免官。与吴文英交往颇深。禹陵:夏禹之陵,在浙江绍兴县东南会稽山禹庙侧。

②三千年事:禹至南宋,约三千四百年。

③逝水:指一去不返的流水。颜之推《颜氏家训·勉学》:“光阴可惜,譬诸逝水。”许浑《重游练湖怀旧》:“荣枯尽寄浮云外,哀乐犹惊逝水前。”高陵:高丘,山丘。《易·同人》:“伏戎于莽,升其高陵,三岁不兴。”陆机《拟青青陵上柏》:“冉冉高陵苹,习习随风翰。”神禹:夏禹的尊称。《庄子·齐物论》:“无有为有,虽有神禹且不能知,吾独且奈何哉。”成玄英疏:“迷执日久,惑心已成,虽有大禹神人,亦不令其解悟。”

④“幽云”三句:《绍兴府志》:“禹庙,梁时修,忽夜风雨,飘一梅梁至,乃大梅山所产也。”张淏《会稽续志》卷六引《四明图经》:“大梅山在鄞县东七十里,盖汉梅子真旧隐也。山顶有大梅木,其上则伐为会稽禹祠之梁,其下则为它山堰之梁。禹祠之梁,张僧繇图龙于其上,夜或风雨,飞入镜湖与龙斗。后人见梁上水淋漓而萍藻满焉,始骇异之,乃以铁索锁于柱。”幽云:黑云。怪雨:指急骤凶猛的雨。韩愈《南海神庙碑》:“吏滋不供,神不顾享;盲风怪雨,发作无节。”

⑤旧藏处:《吴越春秋》:禹登宛委山,发石室金匮之书,知水理。

⑥故人:指冯深居。悭(qiān):难得。同剪灯语:李商隐《夜雨寄北》:“何当共剪西窗烛,却话巴山夜雨时。”

⑦积藓：厚积的苔藓。残碑：残缺的碑石。王安石《破冢》："埋没残碑草自春，旋风时出地中尘。"零圭断璧：比喻残破不全的珍贵文物。圭璧：古代祭祀朝聘等所用的玉器。刘孝标《辩命论》："周宣祈雨，珪璧斯罄。"

⑧霜红：经霜后变成红色。白居易《答梦得秋日书怀见寄》："树叶霜红日，髭须雪白时。"

⑨画旗：有画饰的旗。王维《三月三日曲江侍宴应制》诗："画旗摇浦溆，春服满汀洲。"赛鼓：赛神时打鼓声。陆游《镜湖女》："到家更约西邻女，明日河桥看赛神。"



## 题解

词人与朋友同登禹陵，感今怀古，在词中抒发了无限沧桑之感。上片写登禹陵时所见所想。开篇"三千年事残鸦外"写词人登上禹陵，抚今追昔，感慨三千年的往事销沉，如残鸦影没于浩渺的天空。词人将时间的久远与空间的苍茫结合起来，营造出一种苍凉壮阔的景象。"无言倦凭秋树"将词人因国势日危而身心俱疲的独特感受形象地表达了出来。"逝水"三句写沧海桑田，陵谷变迁，谁又还认识当年神禹？"幽云"五句在结构上有一个大的跳跃，用神话传说从侧面烘托禹。"幽云怪雨。翠萍湿空梁，夜深飞去"三句由前面写神禹跳转到写与禹庙有关的神话，"雁起青天，数行书似旧藏处"则写关于禹穴的传说。此皆从虚处着笔，词意空灵，词境恍惚悠邈。换头在结构上又有一大转换。"寂寥"三句由上片的登览禹陵转入回家后的晚上，词人与冯深居剪灯夜话。"积藓"三句指他们谈到白天摩挲禹碑及碑前的零圭断璧，睹物兴悲，多情凭吊。"霜红"三句又一跳，写登禹陵时所见景物，并与上片"无言倦凭秋树"之秋树照应。结尾两句遥想来年春日祭祀夏禹的祭神赛会，以繁华喧嚣反衬苍凉寂寥。此词气象高远开阔，感慨深沉，为怀古词神品。

## 莺啼序[①]

吴文英

残寒正欺病酒，掩沉香绣户[②]。燕来晚、飞入西城[③]，似说春事迟暮。画船载、清明过却，晴烟冉冉吴宫树[④]。念羁情游荡，随风化为轻絮。　　十载西湖，傍柳系马，趁娇尘软雾[⑤]。溯红渐、招入仙溪，锦儿偷寄幽素[⑥]。倚银屏、春宽梦窄，断红湿、歌纨金缕[⑦]。暝堤空，轻把斜阳，总还鸥鹭[⑧]。　　幽兰旋老，杜若还生，水乡尚寄旅[⑨]。别后访、六桥无信[⑩]，事往花委，瘗玉埋香[⑪]，几番风雨。长波妒盼，遥山羞黛[⑫]，渔灯分影春江宿，记当时、短楫桃根渡[⑬]。青楼仿佛，临分败壁题诗，泪墨惨澹尘土[⑭]。　　危亭望极，草色天涯，叹鬓侵半苎[⑮]。暗点检、离痕欢唾，尚染鲛绡[⑯]，亸凤迷归，破鸾慵舞[⑰]。殷勤待写，书中长恨，蓝霞辽海沉过雁[⑱]，漫相思、弹入哀筝柱。伤心千里江南，怨曲重招，断魂在否[⑲]。





**评语**

陈廷焯《白雨斋词话》：全章精粹，空绝千古。

陈廷焯《别调集》卷二：此调颇不易合拍，《词律》详言之矣。兹篇操纵自如，全体精粹，空绝古今。

## 注释

①《莺啼序》,是宋词中最长的词调,达240字。本词作于杭州西湖,主要写伤春怀人。汲古阁本此词末注:“淳祐十一年二月甲子,四明吴文英君特书。”盖书于杭州涌金门外丰乐楼壁。

②沉香绣户:用沉香木做的雕花窗户。

③西城:指杭州。

④吴宫:南宋都城临安的宫殿。五代吴越王钱镠建都于杭州。

⑤“十载”三句:回忆十年前杭州往事。榜柳系马:化用王维《少年游》:“新丰美酒斗十千,咸阳游侠多少年。相逢意气为君饮,系马高楼垂柳边。”言当时过着欢愉的游冶生活,常常在西湖边欣赏杨柳堆烟、红紫飘尘的美景。

⑥溯红:指沿溪而上。红,指溪上落花。仙溪:暗用刘晨、阮肇入天台山遇仙女的故事,见《幽明录》。锦儿:钱塘名妓杨爱爱的侍女。此泛指侍婢。幽素:衷肠;柔情蜜意。此指书信。

⑦倚银屏:指相聚。银屏,银白色屏风。春宽梦窄:春长梦短。指相聚时间短暂。断红:指泪水。歌纨:歌女唱歌时所执绢扇。金缕:用金线绣的舞衣。

⑧“暝堤空”三句:写两人分手以后,斜阳空堤,仅余鸥鹭而已。暝:天黑时分。

⑨杜若:香草名。多年生草本,夏日开白花。

⑩六桥:杭州西湖外湖有六座桥,苏轼所建。

⑪“事往”二句:以花谢、葬花,代指伊人于分别之后去世。委:凋谢。瘗:埋葬。

⑫“长波”二句:指伊人顾盼生情,流水为之忌妒;眉黛漂亮,远山为之羞愧。

⑬桃根渡:泛指渡口。晋王献之妾名桃叶,其妹名桃根。献之曾到渡口迎送,故有桃叶渡、桃根渡之称。

⑭"青楼"三句:意思是,当年临别曾在青楼的破壁上含泪题诗,如今青楼依稀在望,而泪墨题诗早已蒙上尘土,颜色惨淡不清。

⑮鬓侵半苎:鬓发半白。苎,白色苎麻。代指白色,半苎即半白。

⑯"暗点检"二句:写凭吊之情,言暗中检点昔日伊人赠送的罗织手帕,还有欢乐的唾涎及离别的泪痕。欢唾:化用李煜《一斛珠》"笑向檀郎唾"句。鲛绡:传说中鲛人所织的绡,此指丝帕。

⑰"亸(duǒ)凤"二句:意谓无心梳妆打扮,写现时失落心情。亸凤,凤钗。亸,下垂貌。破鸾:破镜。

⑱"殷勤"三句:意谓拟裁笺写信,但蓝天碧海,找不到传书的大雁。

⑲"伤心"三句:语出宋玉《招魂》:"目极千里兮伤春心,魂兮归来哀江南。"表达伤心缅怀之意。

## 题解

词追念亡妾,结构回环往复,系作者精心结撰的长篇杰作。与传统结构方式重视理性层次不同,吴文英从自己极为神奇的想象与极为丰富的联想出发,往往将时间与空间、现实与想象错综杂糅起来展开叙述,使词的时空结构跳跃性非常大,充分体现了梦窗词在章法结构上"奇思壮采,腾天潜渊"(周济《宋四家词选目录序论》)的特色。全词分为四叠。第一叠写清明时节游西湖所见之景。结歇处"念"字逗出下文。第二叠追忆十年前在西湖与情人欢会的赏心乐事。第三叠写分别后的惆怅与伊人永逝后的悲伤。第四叠写伤心凭吊。词的结构并非直线式单一发展,在后三叠中,每叠始终是将旧情今感、旧事今景绾合在一起描述，使今悲昔乐形成对照，互相映射。章法严密，字字有脉络，虽经常跳跃回环，但处处有照应。手法上融赋于比，多角度铺叙。这种结构方式不受时空的限制，虽跳跃性大而意脉不断，“非具大神力不能”（周济《介存斋论词杂著》）。

## 高阳台

### 落梅

吴文英

宫粉雕痕[①]，仙云堕影[②]，无人野水荒湾。古石埋香，金沙锁骨连环[③]。南楼不恨吹横笛[④]，恨晓风、千里关山[⑤]。半飘零、庭上黄昏，月冷阑干[⑥]。 寿阳空理愁鸾[⑦]，问谁调玉髓，暗补香瘢[⑧]。细雨归鸿，孤山无限春寒[⑨]。离魂难倩招清些[⑩]，梦缟衣、解佩溪边[⑪]。最愁人，啼鸟晴明，叶底青圆。

**评语**

陈廷焯《白雨斋词话》卷二：“梦窗《高阳台》一篇，既幽怨，又清虚，几欲突过中仙咏物诸篇，集中最高之作。”

陈洵《海绡说词》：“南楼”七字，空际转身，是觉翁神力独运处。“细雨”二句，空中渲染，传神阿堵。解此二处，读吴词方有入处。

## 注释

①宫粉：供妆饰用的粉末。辛弃疾《西江月·和杨民瞻赋牡丹韵》："宫粉厌涂娇额，浓妆要压秋花。"此句写梅花的颜色。

②苏轼《松风亭下梅花盛开》："海南仙云娇堕砌。"此句状梅花飘零情状。

③锁骨：李复言《续玄怪录》："昔延州有妇人，颇有姿貌，少年子悉与之狎昵。数岁而殁，人共葬之道左。大历中，有胡僧敬礼其墓，曰：'斯乃大圣，慈悲喜舍，世俗之欲，无不徇焉。此即锁骨菩萨，顺缘已尽尔。'众人开墓心视其骨，钩结皆如锁状，为起塔焉。"黄庭坚《戏答陈季常寄黄州山中连理松枝》："金沙滩头锁子骨，不妨随俗暂婵娟。"此喻梅花之美。

④南楼：故址在今武汉蛇山。李白《与李郎中饮听黄鹤楼上吹笛》："黄鹤楼中吹玉笛，江城五月落梅花。"

⑤高适《塞上听吹笛》："借问梅花何处落，风吹一夜满关山。"

⑥"半飘零"三句：化用林逋《山园小梅》"暗香浮动月黄昏"诗意。

⑦寿阳：用南朝宋武帝女寿阳公主梅花妆事（见《太平御览》卷三十《时序部》引《杂五行书》）。鸾：鸾镜。

⑧《酉阳杂俎》前集卷八引《拾遗记》："孙和月下舞水晶如意，误伤邓夫人颊，召太医视之，医以獭髓杂玉与琥珀合药敷之，愈后无瘢痕。"词人用此典言落梅难返旧枝，如人伤瘢。

⑨"细雨"二句：暗用林逋孤山之梅，点明落梅之时地。

⑩杜甫《咏怀古迹》："画图省识春风面，环佩空归月夜魂。"姜夔《疏影》："想佩环月夜归来，化作此花幽独。"

⑪缟衣：典出《龙城录》："赵师雄迁罗城，日暮于松林酒肆旁，见一美人淡妆素服，因与诣酒家共饮。师雄醉寝起视在大梅树

下,月落参横。”缟衣者即淡妆美人。解佩:典出《列仙传》:“江妃二女者,不知何所人也,出游于江汉之湄,逢郑交甫,见而悦之,不知其神人也,谓其仆曰:‘我欲下请其佩。’……遂手解与交甫。”

**题解**

此词赋落梅,抒发了诚挚深沉的忆旧之情。上片起三句言绰约幽香的梅花寂寞地飘零于野外荒湾,“古石”二句再作渲染,由飘落而埋香,盛开时以美艳之身入世悦人,谢落后复归于清净。接下来两句词笔由山野落梅的孤凄形象移向关山阻隔的哀伤情怀。“半飘零”三句由山野折回庭中,以清冷意象渲染梅落凄凉。下片先连用数典,写出落梅蓬山远隔的幽索,表达了对逝而不返的落梅的眷恋。“离魂”两句暗指昔日一段情事,寄寓了往事如梦、离魂难招的怀人之思。结三句写花落之后的梅树形象。此词用事多,却能不为事所使,而是始终围绕落梅和往日情事着笔,在梦窗晦涩朦胧的主体词风中,尚显清丽流畅。



## 乌夜啼

陈逢辰



月痕未到朱扉[①]。送郎时。暗里一汪儿泪、没人知[②]。　揾不住[③]。收不聚。被风吹。吹作一天愁雨、损花枝。

**评语**

查礼《铜鼓书堂词话》:其风情之绵密,字句之自然,可称绝唱。

然亦从李后主赋愁之“剪不断，理还乱，是离愁，别是一般滋味在心头”脱化出来者。

**注释**

①月痕：月影；月光。陆游《晓寒》：“鸡唱欲阑闻井汲，月痕渐浅觉窗明。”朱扉：红漆门。徐伯阳《日出东南隅行》：“朱城璧日启朱扉，青楼含照本晖晖。”柳永《凤栖梧》词之三：“玉砌雕阑新月上，朱扉半掩人相望。”

②暗里：犹暗中；背地里。李珣《南乡子》词之十：“暗里回眸深属意，遗双翠，骑象背人先过水。”

③揾：拭；擦。

**题解**

词咏离情。此词之所以被誉为绝唱，一是情感真挚，将女子送别心上人时难舍难分的痛苦心情描写得淋漓尽致；二是比喻手法的巧妙运用，词人将女子临别爱人时所流之泪比喻为满天飘舞的雨水，既形象又突出了她内心极度的痛苦之情；三是动态地写主人公情感的变化，先还是为了不让人知道而强忍眼泪，最后终于是忍无可忍，泪飞顿作倾盆雨，既表现了她情绪的变化，更将她内心情感的波澜刻画了出来；四是全词不用任何典故，具有民歌风味，这在南宋词中颇显独特。





# 玉京秋

周　密

长安独客，又见西风，素月丹枫，凄然其为秋也，因调夹

钟羽一解[1]

烟水阔。高林弄残照[2],晚蜩凄切[3]。碧砧度韵,银床飘叶[4]。衣湿桐阴露冷,采凉花、时赋秋雪[5]。叹轻别。一襟幽事,砌蛩能说[6]。　　客思吟商还怯[7]。怨歌长、琼壶暗缺[8]。翠扇恩疏[9],红衣香褪[10],翻成销歇。玉骨西风,恨最恨、闲却新凉时节。楚箫咽[11]。谁倚西楼淡月。



## 评语

陈廷焯《白雨斋词话》:此词精金百炼,既雄秀,又婉雅,几欲空绝古今,一"暗"字,其恨在骨。

## 注释

①长安:此处借指南宋都城临安。素月:皓月,明月。陶渊明《杂诗》之二:"白日沦西阿,素月出东岭。"丹枫:杜甫《湖城遇孟云卿》:"照室红炉簇曙光,萦窗素月垂秋练。"丹枫:经霜泛红的枫叶。李商隐《访秋》:"殷勤报秋意,只是有丹枫。"夹钟羽:一种律调。周密《齐东野语·六幺羽调》:"《唐·礼乐志》俗乐二十八调,中吕、高平、仙吕在七羽之数,盖中吕夹钟羽也。"一解:一阕。

②烟水:雾霭迷蒙的水面。孟浩然《送袁十岭南寻弟》:"苍梧白云远,烟水洞庭深。"残照:落日余晖。李白《忆秦娥》:"西风残照,汉家陵阙。"



③"晚蜩"句:柳永《雨霖铃》:"寒蝉凄切,对长亭晚,骤雨初歇。"蜩(tiáo):蝉。

④"碧砧"两句:有青苔的石砧传来有节奏的捣衣声,井旁落满枯

黄的桐叶。砧:石砧。度韵:发出有节奏的声响。银床:井栏。一说辘轳架。庾肩吾《九日侍宴乐游苑应令》:“玉醴吹岩菊,银床落井桐。”杜甫《冬日洛城北谒玄元皇帝庙》:“风筝吹玉柱,露井冻银床。”仇兆鳌注:“朱注:旧以银床为井栏。《名义考》:银床乃辘轳架,非井栏也。”

⑤凉花:指菊花、芦花等秋日开放的花,此地系指芦花。李白《将游衡岳留别族弟浮屠谈皓》:“凉花拂户牖,天籁鸣虚空。”陆龟蒙《早秋》:“早藕擎霜节,凉花束紫梢。”秋雪:指芦花。

⑥砌(qì)蛩:台阶下的蟋蟀。

⑦吟商:吟咏秋天。商,五音之一,《礼记·月令》:“孟秋之月其音商。”吟咏商调曲,应秋时曲。

⑧琼壶暗缺:《晋书·王敦传》:“敦欲专制朝廷,有问鼎之心。每酒后,辄咏魏武帝乐府歌曰:‘老骥伏枥,……’以如意打唾壶为节,壶边尽缺。”

⑨翠扇恩疏:秋天到了,天气变凉,扇子就不用,故云“恩疏”。

⑩“红衣”句:古代女子有赠衣给情人以为表记的习俗;屈原《九歌·湘夫人》:“捐余袂兮江中,遗余褋兮醴浦。”

⑪楚箫咽:李白《忆秦娥》:“箫声咽,秦娥梦断秦楼月。”

## 题解

此词感秋怀人。从词序可知,词人独客都城,闻秋风起,见枫叶红,感冷月当空,遂凄然而填此词。词的上片以写景为主。起首三句勾画出傍晚时分苍茫寥廓的景象:烟水迷蒙空阔,残阳抹过高林,寒蝉凄切声声,从视觉和听觉两方面渲染出一幅萧条的秋景图。“碧砧度韵,银床飘叶”选取两种具有典型性的意象来展现秋色,一是秋夜捣衣声,一是井栏边秋叶飘洒,仍然是从视听方面渲染秋意。“衣湿”三句由景而人，时间也由暮而夜，写词人伫立桐树阴下，衣湿露冷，见芦花而兴别感。“叹轻别”三句自然引入别恨，后悔昔时轻易就分别，现今则相见无期，满怀幽事无法诉说，唯有那阶下蟋蟀的低吟微叹能替自己道出一二。下片紧承上片的别恨，层层深入地进一步抒情。换头三句写词人情不能堪，在吟唱之时敲缺了唾壶，可见心中愁苦之深。“翠扇”以下三句转写外景，写荷叶残败，莲花凋零，抒前事消歇之遗恨。“玉骨”二句，言如此清境，竟无人能同赏共感，满腹怅恨于此可见。结尾两句言箫声呜咽，又是谁在此幽淡的月光下，倚楼吹奏呢？以问作结，兴味无穷。此词通过耳闻目见，描绘了一幅绝妙的湖天秋色图。全词结构严密，层次感强。语言千锤百炼，着笔清雅考究，词境高远，风格雄秀婉雅兼具，不愧为周密代表作之一。



## 一萼红

登蓬莱阁有感[1]

周　密

步深幽。正云黄天淡，雪意未全休。鉴曲寒沙[2]，茂林烟草[3]，俯仰千古悠悠[4]。岁华晚，飘零渐远，谁念我、同载五湖舟[5]。磴古松斜，厓阴苔老[6]，一片清愁。　回首天涯归梦，几魂飞西浦，泪洒东州[7]。故国山川，故园心眼，还似王粲登楼[8]。最怜他、秦鬟妆镜[9]，好江山、何事此时游。为唤狂吟老监[10]，共赋销忧。

## 评语

陈廷焯《白雨斋词话》卷二：公谨《一萼红·登蓬莱阁有感》一阕，苍茫感慨，情见乎词，当为草窗集中压卷。虽使美成、白石为之，亦无以过。

《周评绝妙好词笺》：草窗擅美在缜密，如此章稍空阔，愈闪烁佳妙。

## 注释

①蓬莱阁：故址在浙江绍兴卧龙山下，五代时吴越王建。

②鉴曲：鉴湖一曲。《新唐书·贺知章传》："有诏赐镜湖剡川一曲。"镜湖即鉴湖，在绍兴。

③茂林：指兰亭。王羲之《兰亭集序》："此地有崇山峻岭，茂林修竹。"

④俯仰：《兰亭集序》："俯仰之间，已为陈迹。"以上三句是看到此地悠久的古代的美丽风物，引起了心中无限的感慨。

⑤五湖舟：用范蠡泛舟五湖之事。赵晔《吴越春秋》卷十载，范蠡辅助勾践灭吴后，"乘扁舟，出三江，入五湖，人莫知其所适"。此云自己惆怅独游无伴。

⑥磴：山路，石级。崖阴：山角阴暗处。

⑦"回首"三句：作者自注："阁在绍兴，西浦、东州皆其地。"三句说自己在外飘零，曾几度回忆会稽。

⑧王粲《登楼赋》："虽信美而非吾土兮，曾何足以少留。"

⑨秦鬟：绍兴有秦望山，以秦始皇曾登之而得名。山形一似妇女鬟髻，故称秦鬟。妆镜：指鉴湖。因湖水清如妆镜，故云。

⑩狂吟老监：指贺知章。《旧唐书·贺知章传》："知章晚年尤加纵诞，无复规检，自号四明狂客，又称秘书外监，遨游里巷，醉后

属词，动成卷轴，文不加点，咸有可观。”

## 题解

宋端宗景炎二年（1277）冬，作者登会稽蓬莱阁有感而填此词。其时南宋都城临安已于去年陷落，幼帝与太后被元兵俘虏北去。词人登阁远眺，俯仰古今，感慨兴亡，发而为词，哀凄入骨。上片写登临所见之景，由空间而时间，便自然引出自身年华老大、飘零他乡的感慨。开篇“步深幽”三字以高度精炼的语言概括了进山登阁的山路曲折幽深。“正云黄天淡，雪意未全休”两句交代其时的天气是冬云凝重，天色昏黄欲雪，给人一种空际苍茫、万象寥落的感觉，其凄寂的气氛为下文做好了铺垫。“鉴曲寒沙，茂林烟草，俯仰千古悠悠”写登楼所见景观及因景而生的千古兴亡的感叹。接下来的“岁华晚”几句抒发年华已老、身世飘零的孤独之感，也表达了要遁迹江湖的心迹。抒情至此，词人复用景语勒住情语，然山路上古松横斜，石崖边绿苔遍布，此萧条之景渲染的是一片清愁，此所谓一切景语皆情语也。下片以抒情为主。换头三句以“回首”二字领起，直抒故园情思。在江山易主、国家灭亡的岁月中，词人日思夜想、魂牵梦绕的都是自己的故乡。“故国山川，故园心眼，还似王粲登楼”言今日登楼，颇似汉末建安诗人王粲登楼时作《登楼赋》以抒忧国怀乡之情思。“最怜他、秦鬟妆镜，好江山、何事此时游”点题，抒发了如此美好的江山却被敌人侵占的无比悲愤痛惜的心情。歇拍两句强作解脱语，比直抒悲恨更觉深沉。此词情感真挚沉痛，写景空远，抒情曲折含蓄，结构细密，用典贴切，被称为草窗词中的压卷之作。

# 眉 妩

## 新月

王沂孙

渐新痕悬柳[1],澹彩穿花[2],依约破初暝[3]。便有团圆意[4],深深拜[5],相逢谁在香径。画眉未稳,料素娥、犹带离恨[6]。最堪爱、一曲银钩小[7],宝帘挂秋冷。　千古盈亏休问。叹谩磨玉斧,难补金镜[8]。太液池犹在,凄凉处、何人重赋清景[9]。故山夜永。试待他、窥户端正[10]。看云外山河[11],还老尽、桂花影[12]。

### 评语

陈廷焯《白雨斋词话》卷二:碧山《眉妩》(按指"渐新痕悬柳"阕)、《高阳台》(按指"残雪庭阴"阕)、《庆清朝》(按指"玉局歌残"阕)三篇,古今绝构。词选取之,确有特识。……右上三章,一片热肠,无穷哀感。小雅怨诽不乱,诸词有焉。以视白石之《暗香》、《疏影》,亦有过之无不及。词至是,乃蔑以加矣。



### 注释

①新痕:指新月。

②澹彩:幽淡的月光。

③依约:仿佛;隐约。刘兼《登郡楼书怀》诗:"天际寂寥无雁下,云端依约有僧行。"晏殊《少年游》:"风流妙舞,樱桃清唱,依约

驻行云。”破初暝:划破了初夜时分的黑暗天幕。首三句形容初月的形状和光芒。

④团圆意:团圆的端倪和迹象。牛希济《生查子》:“新月曲如眉,未有团圆意。”这里反用其意。

⑤深深拜:唐宋人有拜月祈愿的习俗。李端《拜新月》:“开帘见新月,便即下阶拜。”

⑥未稳:未妥,未完。素娥:即传说中的嫦娥。诗词中常借以指月。此两句想象新月就像嫦娥没有画好的愁眉。陈叔宝《有所思》:“初月似愁眉。”

⑦银钩:形容一弯新月。

⑧谩:徒然。磨玉斧:传说月亮是由七宝合成,常有八万二千户用斧凿修补。见段成式《酉阳杂俎》卷一。金镜:喻月。李贺《七夕》:“天上分金镜,人间望玉钩。”此两句以月喻山河,感叹沦亡的国土难以收复。

⑨“太液”二句:陈师道《后山诗话》载:宋太祖曾夜幸太液池,对新月置酒,召学士卢多逊赋诗云:“太液池边看月时,好风吹动万年枝。谁家玉匣开新镜,露出清光些子儿。”此用其典,说明这类太平盛事已不可再得。

⑩窥户:月光射进窗户。端正:指月圆。韩愈《和崔舍人咏月》:“三秋端正月,今夜出东溟。”此三句云在长夜中的故国河山,正期待着圆月的照射。

⑪云外山河:遥远辽阔的河山,指中原沦陷区。

⑫桂花影:传说月中有桂树,高五百丈。故将月影称为“桂花影”。

## 题解

此词借咏新月,寄托亡国之恨。上片抓住新月特征,用“新痕”、“淡彩”、“破初暝”、“画眉未稳”、“一曲银钩小”正面写新月从初出到缓缓上升过程中逐渐变化的形象，又以云、柳、离人、嫦娥烘托其氛围，赋月以离恨，将咏物与抒情结合。哪怕新月只是“一钩”，词人仍觉其可爱而“深深拜”，希望它能够团圆，其中寄托之意已若隐若现。下片由对月的审美观照引发出故国之思，但构思仍不离新月。叹玉斧难补金镜，既是写月，也是抒发国家破亡后难以恢复的失望心情。结句写待月团圆，表达出作者萌生希望而终于无望的心态。词由咏物而兼写亡国恨、故国思，感慨遥深，意境沉郁。



## 高阳台

和周草窗寄越中诸友韵[①]

王沂孙

残雪庭阴，轻寒帘影[②]，霏霏玉管春葭[③]。小帖金泥[④]，不知春在谁家。相思一夜窗前梦，奈个人、水隔天遮。但凄然，满树幽香，满地横斜[⑤]。　江南自是离愁苦，况游骢古道[⑥]，归雁平沙。怎得银笺[⑦]，殷勤与说年华。如今处处生芳草，纵凭高、不见天涯[⑧]。更消他，几度东风，几度飞花[⑨]。

**评语**

同上。

## 注释

①周草窗：南宋著名词人周密，字公谨，号草窗。越中：泛指今浙江绍兴一带。

②此句说透过帘幕还感到寒意。元稹《表夏》："初日满阶前，轻风动帘影。"

③霏霏：葭灰飞扬的样子。玉管春葭：谓春天到来，律管内的葭灰飞出。《后汉书·律历志上》："候气之法，为室三重，户闭，涂衅必周，密布缇缦。室中以木为案，每律各一，内庳外高。从其方位，加律其上，以葭莩灰抑其内端。案历而候之，气至者灰动。"杜甫《小至》："刺绣五纹添弱线，吹葭六管动飞灰。"

④小帖：《岁时风土记》："立春之日，士大夫之家，剪裁为小幡，或悬于家人之头，或缀于花枝之下。"小贴金泥：用泥金涂饰的春贴子。

⑤"满树幽香"二句：林逋《山园小梅》："疏影横斜水清浅，暗香浮动月黄昏。"此化用其意。横斜，指梅花的影子。

⑥骢(cōng)：青白杂毛的马。

⑦怎得：安得，怎么能够得到。银笺：指洁白的信笺。

⑧凭高：登临高处。此三句暗用淮南小山《招隐士》："王孙游兮不归，春草生兮萋萋。"并化用苏轼《蝶恋花》："天涯何处无芳草。"

⑨飞花：落花飘飞。此三句云在离别中还要再禁受几度花落春去的苦闷呢！

## 题解

王沂孙与周密并负时名，二人也是以词赋相和的密友，此词即为王沂孙和周密《高阳台·寄越中诸友》一词而作。上片咏初春怀友。“残雪”三句写初春景象：庭院背阴处尚有残雪，风儿掀动门帘，带来阵阵春寒，箫管中葭灰飞动，春天是终于来了。三句由屋外写到室内，井然有序。“小帖金泥，不知春在谁家”言金泥小帖无处可帖，暗伤亡国。“相思一夜窗前梦，奈个人、水隔天遮”二句言思念情深，然水隔天遮，无缘得见。“但凄然，满树幽香，满地横斜”化用林逋诗句，以景结情。下片以蕴藉之笔，致缠绵之怀。“江南自是离愁苦，况游骢古道，归雁平沙”点明离愁主旨，云江南春色自古就是最易让人感受离愁别苦的，有宽慰之意。“怎得银笺，殷勤说与年华”进一步申说情谊。“如今处处生芳草，纵凭高、不见天涯”三句又转写别恨离愁，亦怀忧生念乱之情。结尾“更难消”几句感慨春光无主，好景不常。词人亡国哀感蕴藏于胸，无所依托，遂托此离愁别绪以寄情。



## 庆清朝

### 榴花

王沂孙

玉局歌残[1]，金陵句绝[2]，年年负却薰风[3]。西邻窈窕[4]，独怜入户飞红。前度绿阴载酒，枝头色比舞裙同[5]。何须拟，蜡珠作蒂，缃彩成丛[6]。　谁在旧家殿阁，自太真仙去，扫地春空[7]。朱幡护取，如今应误花工[8]。颠倒绛英满径，想无车马到山中[9]。西风后，尚余数点，还胜春浓。

**评语**

同上。

**注释**

①玉局:苏轼曾任玉局观提举,后人遂以“玉局”称苏轼。他的《贺新凉·夏景》后片,就是写榴花的:“石榴半吐红巾蹙,待浮花、浪蕊都尽,伴君幽独。秾艳一枝细看取,芳心千重似束。又恐被、秋风惊绿。若待得君来向此,花前对酒不忍触。共粉泪,两簌簌。”另一首《南歌子·暮春》,气象更为宏美,词是:“紫陌寻春去,红尘拂面来。无人不道看花回。惟见石榴新蕊一枝开。冰簟堆云髻,金尊滟玉醅。绿阴青子莫相催。留取红巾千点照池台。”

②金陵:指王安石,因其晚年家住金陵而称之。《王直方诗话》载,王安石作内相,翰林院中有石榴一株,枝叶甚茂,却只发一花,故作诗云:“万绿丛中红一点,动人春色不须多。”

③薰风:和暖的风。指初夏时的东南风。《吕氏春秋·有始》:“东南曰薰风。”白居易《首夏南池独酌》:“薰风自南至,吹我池上林。”

④西邻:西边邻居。元结《漫问相里黄州》:“东邻有渔父,西邻有山僧。”窈窕:娴静貌,美好貌。朱熹《榴花》:“窈窕安榴花,乃是西邻树。坠萼可怜人,风吹落幽户。”

⑤“前度”两句:万楚《五日观妓》:“眉黛夺将萱草色,红裙妒杀石榴花。”红裙即石榴裙。何思澄《南苑逢美人》:“风卷蒲萄带,日照石榴裙。”

⑥“蜡珠”两句:温庭筠《海榴》:“蜡珠攒作蒂,缃彩剪成丛。”蜡珠:蜡泪凝结成的珠状物。

⑦“谁家”三句：借唐玄宗去蜀，贵妃马嵬自缢事，暗喻宋王朝德祐之难后亡国之事。陈景沂《全芳备祖》引《洪氏杂俎》：“温汤朝元阁七圣殿，绕殿石榴皆太真所植。”说杨贵妃曾在骊山遍种石榴。

⑧“朱幡”两句：唐天宝中，崔玄微于春季月夜，遇美人绿衣杨氏、白衣李氏、绛衣陶氏、绯衣小女石醋醋和封家十八姨。崔命酒共饮。十八姨翻酒污醋醋衣裳，不欢而散。明夜诸女又来，醋醋言诸女皆住苑中，多被恶风所挠，求崔于每岁元旦作朱幡立于苑东，即可免难。时元旦已过，因请于某日平旦立此幡。是日东风刮地，折树飞沙，而苑中繁花不动。崔乃悟诸女皆花精，而封十八姨乃风神也。见谷神子《博异志·崔玄微》。

⑨“颠倒”两句：韩愈《榴花》：“可怜此地无车马，颠倒青苔落绛英。”



## 题解

梅花、牡丹、杨花易咏，榴花则难咏，因其既不为人所熟知，花本身可说者亦少，故历来甚少咏榴花的名作，此词算是例外。本词通过前人咏榴花诗词及种榴花的故事，烘托榴花之美，把亡国哀痛亦融入其中。起三句说从苏轼、王安石歌咏榴花后，年年榴花是照开照落，夏日薰风也是依旧拂过，然再也无人关注无人歌咏，今昔盛衰、华屋丘墟之感隐约可见。此三句连用两个典故，用其事而不显其名，所以佳妙。接下来的七句正面写榴花：“西邻窈窕，独怜入户飞红”两句写飘零的榴花，表达了一种无可奈何的惆怅之感；“前度绿阴载酒，枝头色比舞裙同”两句写枝头盛开的榴花堪与舞裙媲美。此四句一开一落，一盛一衰，亦有无限感慨。“何须拟”三句用蜡珠、缃彩之类的假花来反衬榴花之真之美。换头三句借唐玄宗去蜀，杨贵妃马嵬自缢事，暗喻南宋亡国之事。明言“旧家殿阁”，有黍离麦秀之悲。此典虽是历史故事，但与榴花密切相关，盖杨贵妃曾在骊山遍种石榴花树也。“朱幡护取，如今应误花工”言如今再无花工设幡护惜石榴。“颠倒”二句化用韩愈《榴花》“可怜此地无车马，颠倒青苔落绛英”诗意，由宫中榴花转写山中榴花，赋予榴花以清新脱俗的品格。“西风后”三句借“万绿丛中红一点，动人春色不须多”之意，反映榴花的自然美，不因西风而减损，歌咏了亡国后逸人高士的高贵品质。词人借用古事和前人诗句，略加点染，将榴花的精神风貌展现得淋漓尽致。



## 齐天乐

### 蝉

王沂孙

一襟余恨宫魂断，年年翠阴庭树[1]。乍咽凉柯，还移暗叶，重把离愁深诉[2]。西窗过雨。怪瑶佩流空，玉筝调柱[3]。镜暗妆残，为谁娇鬓尚如许[4]。　铜仙铅泪似洗，叹携盘去远，难贮零露[5]。病翼惊秋，枯形阅世，消得斜阳几度[6]。余音更苦。甚独抱清高，顿成凄楚[7]。谩想薰风[8]，柳丝千万缕。

## 评语

陈廷焯《白雨斋词话》卷二:碧山《齐天乐》诸阕,哀怨无穷,都归忠厚,是词中最上乘。

## 注释

①“一襟”二句:化用齐王后死后化蝉的典故。崔豹《古今注》卷下:“齐王后忿而死,尸变为蝉,登庭树,嘒唳而鸣,王悔恨,故世名蝉曰齐女也。”此两句说蝉由宫中齐后孤魂幻化,长恨不消。

②“乍咽”三句:言刚刚在枝头上悲鸣,又移到繁叶浓密之处,声声倾诉离愁。凉柯:秋天的树枝。

③“怪瑶佩”二句:用玉佩和弹筝的声音比喻蝉声。调柱:调弄乐器的弦柱,即弹奏之意。

④镜暗妆残:表示女子的青春已经过去,借指秋蝉。娇鬓:即蝉鬓,是古代妇女的一种发式。崔豹《古今注》:“魏文帝宫人绝所爱者,……有莫琼树,乃制蝉鬓,缥缈如蝉,故曰蝉鬓。”

⑤“铜仙”三句:意谓捧盘承露的金铜仙人洒泪远去,以饮露为生的秋蝉将何以维持。《三辅黄图》卷三:“神明台,武帝造,祭仙人处。上有承露盘,有铜仙人舒掌捧铜盘玉杯以承云表之露。”李贺《金铜仙人辞汉歌》序云:“魏明帝青龙元年八月,诏宫官牵车西取汉孝武捧露盘仙人。欲立置前殿,宫官既拆盘,仙人临载乃潸然泪下。”诗云:“空将汉月出宫门,忆君清泪如铅水。衰兰送客咸阳道,天若有情天亦老。携盘独出月荒凉,渭城已远波声小。”难贮零露:徐坚《初学记》卷三十引《车服杂注》谓蝉“清高饮露而不食也”。

⑥枯形:枯蜕,指蝉脱的皮。孙楚《蝉赋》:“形如枯槁。”阅:阅历,经历。消得:禁得起。

⑦甚:是,正。清高:化用骆宾王《在狱咏蝉》“无人信高洁”、李商隐《蝉》“本以高难饱”句意。

⑧谩:徒,空。薰风:南风,指夏天,是蝉的黄金时期。《尸子》:舜作五弦之琴歌《南风》,辞曰:“南风之薰兮。”

## 题解

词咏残秋哀蝉。起句“一襟余恨宫魂断”用齐女化蝉事,写蝉之神魂,故国沧桑之感已寓其中。“年年翠阴庭树”言蝉栖息于孤寂凄清的翠阴庭树之中。“乍咽”三句写蝉之呜咽声和播迁移栖,暗喻人在战争年代颠沛流离的生活。“西窗过雨。怪瑶佩流空,玉筝调柱”形容秋雨后的蝉声,清脆悦耳,犹如玉佩声流过夜空,又如弹奏玉筝发出来的声音。“镜暗妆残,为谁娇鬓尚如许”从侧面烘托蝉翼之美。上片具体描绘蝉魂、蝉声、蝉态、蝉影,又以凉柯、暗叶、过雨烘托出蝉声之悲凉,作者亡国失乡之“余恨”“离愁”即寓含其中。换头三句以金铜仙人被迁走时洒泪的典故,既明言以餐风饮露为生的蝉,因露盘已去而无以为生,也暗示国破主迁。“病翼惊秋,枯形阅世,消得斜阳几度”写哀蝉临秋时蝉翼纤弱,形同枯骸,已然时日无多,其自身经历亡国后之痛楚,亦借此传出。“余音更苦。甚独抱清高,顿成凄楚”写蝉虽然将亡,仍然高洁自许,苦苦哀鸣。结尾“谩想薰风,柳丝千万缕”两句,回想盛时情景:夏风吹暖,柳丝摇曳,蝉也正当盛时,然此情此景,已成云烟,徒增痛苦而已。此词之妙在于托意无穷,举凡身世沦落之感,家国沦亡之恨,黍离麦秀之悲,均于词中可见,而全篇以意贯串,故能浑化无迹。

# 齐天乐

## 赠秋崖道人西归

王沂孙

冷烟残水山阴道①，家家拥门黄叶。故里鱼肥②，初寒雁落，孤艇将归时节③。江南恨切，问还与何人，共歌新阕。换尽秋芳④，想渠西子更愁绝⑤。　当时无限旧事，叹繁华似梦，如今休说。短褐临流⑥，幽怀倚石，山色重逢都别。江云冻结。算只有梅花，尚堪攀折⑦。寄取相思，一枝和夜雪⑧。

### 评语

陈廷焯《白雨斋词话》卷二：碧山《赠秋崖道人西归》（调《齐天乐》）云："冷烟残水山阴道，家家拥门黄叶。"一起令人魂销。又云："换尽秋芳，想渠西子更愁绝。"亦不堪多诵。后叠云："短褐临流，幽怀倚石，山色重逢都别。"黍离麦秀之悲。"山色"六字，凄绝警绝，觉"国破山河在"犹浅语也。下云"江云冻结，算只有梅花，尚堪攀折"，此亦必有所指，骨韵高绝。玉田感伤处亦自雅正，总不及碧山之厚。

陈廷焯《云韶集》卷九：起得凄秀。一味感惜，情见乎词。淋漓曲折，白石化境。

### 注释

①山阴道：今绍兴西南郊一带。刘义庆《世说新语·言语》："从

山阴道上行，山川自相映发，使人应接不暇，秋冬之际，尤难为怀。”此用王徽之访戴逵事，以寄托对友人的怀念或惜别之情。杜甫《舟中夜雪怀卢十四侍御弟》：“烛斜初近见，舟重竟无闻。不识山阴道，听鸡更忆君。”

②故里鱼肥：刘义庆《世说新语·识鉴》：“张季鹰（张翰），辟齐王东曹掾，在洛。见秋风起，因思吴中菰菜羹、鲈鱼脍，曰：‘人生贵得适意尔，何能羁宦数千里以要名爵！’遂命驾便归。”

③孤艇：孤单的小船。刘长卿《送方外上人之常州依萧使君》：“夕阳孤艇去，秋水两溪分。”陆龟蒙《丹阳道中寄友生》：“烟树绿微微，春流浸竹扉。短蓑携稚去，孤艇载渔归。”

④秋芳：秋日开放的花朵，多指菊花。苏轼《次韵答刘景文左藏》：“夜烛催诗金烬落，秋芳压帽露华滋。”

⑤苏轼《饮湖上初晴后雨》：“欲把西湖比西子，淡妆浓抹总相宜。”西子：西施，亦代指西湖。

⑥短褐：粗布短衣。古代贫贱者或僮竖之服。《墨子·非乐上》：“昔者齐康公，兴乐万，万人不可衣短褐，不可食糟糠。”陶渊明《五柳先生传》：“环堵萧然，不蔽风日，短褐穿结，箪瓢屡空，晏如也。”临流：陶渊明《归去来兮辞》：“登东皋以舒啸，临清流而赋诗。”

⑦“算只有”二句：盛弘之《荆州记》：“陆凯与范晔相善，自江南寄梅花一枝，诣长安与晔。并赠诗曰：‘折花逢驿使，寄与陇头人。江南无所有，聊赠一枝春。’”

⑧齐己《早梅》：“前村深雪里，昨夜一枝开。”





## 题解

这首送别词，寓有无穷兴亡之感。起两句“冷烟残水山阴道，家家拥门黄叶”揭示友人西归道路及沿途苍凉景象，既可见出词人对友人的难舍之意、珍爱之情，又可感受到他面对残山剩水时的无限感慨，令人魂销。“故里”三句点明友人归去正是鱼肥雁落的暮秋时节，“孤艇”二字表明朋友是独自西归，透露出一种寂寞感。“江南恨切，问还与何人，共歌新阕”感伤朋友一旦离去，将只剩下自己消磨岁月，再也没有人“共歌新阕”了，此乃由上两句朋友之孤独联想到自己的孤独。“换尽秋芳，想渠西子更愁绝”又由自己之愁想到朋友回杭州后之愁。换头三句今昔对照，往日繁华已如梦消散，不堪言说。“短褐临流，幽怀倚石，山色重逢都别”申足首句“冷烟残水”之意，国家灭亡，山河变色，有《黍离》、《麦秀》之悲。“江云”以下五句既是写实景，又是借用典故抒写离情。全词骨韵高绝，兴寄遥深而意味深厚，不愧为送别词中的名作。



## 三姝媚

### 樱桃

王沂孙

红缨悬翠葆[①]。渐金铃枝深，瑶阶花少[②]。万颗燕支，赠旧情、争奈弄珠人老[③]。扇底清歌，还记得、樊姬娇小[④]。几度相思，红豆都销，碧丝空袅[⑤]。　芳意荼蘼开早[⑥]。正夜色瑛盘，素蟾低照[⑦]。荐笋同时[⑧]，叹故园春事，已无多了。赠满筠笼，偏暗触、天涯怀抱[⑨]。谩想青衣初见，花阴梦好[⑩]。

## 评语

吴衡照《莲子居词话》卷一：数语刻画精巧，运用生动，所谓空前绝后矣。

## 注释

①红缨：红色丝穗。翠葆：以翠绿色的车盖，比繁盛的枝叶。范成大《樱桃》："火齐宝璎珞，垂于绿茧丝。"

②金铃：喻指樱桃。瑶阶：玉砌的台阶。亦用为石阶的美称。王嘉《拾遗记·炎帝神农》："筑圆丘以祀朝日，饰瑶阶以揖夜光。"杜牧《秋夕》："瑶阶夜色凉如水，坐看牵牛织女星。"

③燕支：即胭脂，一种红色颜料。此指樱桃。弄珠人老：指汉皋二女事。张衡《南都赋》："耕父扬光于清泠之渊，游女弄珠于汉皋之曲。"李善注引《韩诗外传》："郑交甫将南适楚，遵彼汉皋台下，乃遇二女，佩两珠，大如荆鸡之卵。"李白《岘山怀古》："弄珠见游女，醉酒怀山公。"

④扇底清歌：李煜《一斛珠》："一曲清歌，暂引樱桃破。"晏几道《鹧鸪天》："舞低杨柳楼心月，歌尽桃花扇底风。"樊姬：指樊素，白居易家妓。白居易《不能忘情吟》序云："妓有樊素者年二十余，绰绰有歌舞态，善唱《杨枝》，人多以曲名名之，由是名闻洛下。"孟棨《本事诗·事感》："白尚书姬人樊素善歌，妓人小蛮善舞，尝为诗曰：'樱桃樊素口，杨柳小蛮腰。'"此代指樱桃。

⑤王维《相思》："红豆生南国，春来发几枝。愿君多采撷，此物最相思。"袅：摇曳貌；飘动貌。《玉台新咏·皑如山上雪》："竹竿何嫋嫋，鱼尾何蓰蓰。"鲍照《在江陵叹年伤老》："翾翾燕弄风，嫋嫋柳垂道。"

⑥荼蘼：花名，白色，有香气。荼蘼花在春季末夏季初开花，凋谢后即表示花季结束，所以有完结的意思。王琪《春暮游小园》："开到荼蘼花事了。"

⑦夜色瑛盘：《东观汉纪》载，后汉明帝于月夜宴群臣于照园，太官进樱桃，以赤瑛为盘，赐群臣。月下视之，盘与桃一色。群臣皆笑，云是空盘。瑛盘，玉盘。素蟾：月的别称。古代传说月中有蟾蜍，故称。黄滔《卷帘》："绿鬟侍女手纤纤，新捧嫦娥出素蟾。"

⑧荐笋同时：樱桃与春笋为同时上市。《宋史·礼志》："景祐三年，礼官宗正条定逐室时荐，请每岁春季月荐蔬以笋，果以樱。"荐，进献。

⑨筠笼：竹篮之类盛器。杜甫《野人送朱樱》："西蜀樱桃也自红，野人相赠满筠笼。……忆昨赐霑门下省，退朝擎出大明宫。金盘玉箸无消息，此日尝新任转蓬。"

⑩"谩想"句：任蕃《梦游录》："天宝初，有范阳卢子在都应举，频年不第，渐窘迫。尝暮乘驴游行，见一精舍中有僧开讲，听徒甚众。卢子方诣讲筵，倦寝。梦至精舍门，见一青衣携一篮樱桃在下坐。卢子访其谁家，因与青衣同餐樱桃。青衣云：'娘子姓卢，嫁崔家，今孀居在城。'因访近属，即卢子再从姑也。……后因出行，却到昔年逢携樱桃青衣精舍，复见其中有讲筵，遂下马礼谒。以故相之尊，处端揆居守之重，前后导从，颇极贵盛，高自简贵，辉映左右。升殿礼佛，忽然昏醉，良久不起。耳中闻讲僧唱云：'檀越何久不起？'忽然梦觉，乃见著白衫服饰如故，前后官吏一人亦无。彷徨迷惑，徐徐出门。乃见小竖捉驴执帽在门外立，谓卢曰：'人饿驴饥，郎君何久不出？'卢访其时，奴曰：'日向午矣。'卢子罔然叹曰：'人世荣华穷达，富贵贫贱，亦当

然也。而今而后,不更求宦达矣。'遂寻仙访道,绝迹人世焉。"

**题解**

词借咏樱桃追忆旧日情事。起三句正面写樱桃颜色之亮丽,颗粒之饱满,枝叶之繁茂,以见其喜爱之情。"万颗"三句由物及人,回想起当年共啖樱桃的美好情事。"扇底清歌,还记得、樊姬娇小"写佳人形体娇美,演唱技艺高超,令人难以忘怀。"几度"三句点明相思主题。换头转写荼蘼,盖早开之荼蘼与樱桃差不多同时开放,故写荼蘼实亦写樱桃。而荼蘼开放之时,正是春尽花残之时,故此句不言惜春而惜春之意自见。"正夜色"两句写夜色静美,月光朦胧,营造出对月感怀的场景。"荐笋同时,叹故园、春事已无多了"直抒春事无多的感伤情绪,"故园"之叹似有故国情怀,此词盖作于亡国前夕也。"赠满"两句言自己是人在客途而得此满笼樱桃,因物兴感,有一种飘零感。结尾两句再次回忆往昔,以见今日之难堪也。此词刻画精巧,善用典故,所抒之情窈渺深远,故显佳妙。



## 南　浦

春水

张　炎



波暖绿粼粼[1],燕飞来、好是苏堤才晓[2]。鱼没浪痕圆[3],流红去、翻笑东风难扫[4]。荒桥断浦,柳阴撑出扁舟小。回首池塘青欲遍,绝似梦中芳草[5]。　　和云流出空山,甚年年净洗，花香不了。新渌乍生时，孤村路、犹忆那回曾到。余情渺渺。茂林觞咏如今悄[6]。前度刘郎归去后，溪上碧桃多少[7]。

**评语**

邓牧《山中白云词序》：《春水》一词，绝唱千古。人以"张春水"目之。

江昱《山中白云词疏证》：邓牧《伯牙琴》、叔夏《春水》一词，绝唱今古，人以"张春水"目之。

陈廷焯《白雨斋词选》卷二：玉田以《春水》一词得名，用冠词集之首。此词深情绵邈，意余于言，自是佳作。然尚非乐笑翁压卷，知音者审之。

**注释**

①粼粼：水流清澈貌；水石闪映貌。《诗·唐风·扬之水》："扬之水，白石粼粼。"毛传："粼粼，清澈也。"

②苏堤：在杭州西湖中。苏轼知杭州时所筑，故名。苏堤把西湖分隔为内外两湖，有桥梁六座。"苏堤春晓"是西湖十景之一。

③鱼没浪痕圆：悟清逸句："鸟归花影动，鱼没浪痕圆。"没：指鱼从水面游入深处。

④此两句云流水带走了落花，反而嘲笑东风没能把落花吹扫干净。

⑤梦中芳草：《南史》卷十九："（谢灵运）尝于永嘉西堂思诗，竟日不就，忽梦见惠连，即得'池塘生春草'，大以为工。尝云：'此语有神功，非吾语也。'"

⑥茂林觞咏：晋穆帝永和九年（353）农历三月三日，王羲之和朋友

谢安、公孙绰等四十一人游于会稽山阴(今浙江绍兴)的兰亭,王羲之写了《兰亭集序》,有“此地有崇山峻岭,茂林修竹”、“一觞一咏,亦足以畅叙幽情”之句。此句说与朋友在郊野饮酒吟诗的乐事如今不再有了。

⑦刘郎:指刘晨。刘义庆《幽明录》记,东晋永平年间,刘晨、阮肇在天台桃源洞遇仙。至太康年间,两人重到天台。后世称去而复来的人为“前度刘郎”。此处作者则以刘郎自比。曹唐《刘阮再到天台不复见仙子》:“草树总非前度色,烟霞不似昔年春。桃花流水依然在,不见当时劝酒人。”碧桃:仙桃。此两句说自前次游览后,不知溪边桃花多了还是少了。



## 题解

这首咏春水的咏物词是张炎盛年时的作品,因体物工妙,人称作者为“张春水”。然后世词评家颇多争议。有的词评家不明此词因何而妙,如陈锐《抱碧斋词话》云“了不知其佳处,今人和者如牛毛,何也”?夏敬观《吷庵词评》亦云“此脍炙人口之词,余不明其妙处安在,但觉工稳而已”。有的词评家如周济《宋四家词选序论》则批评此词是“逐韵凑成,毫无脉络”。当然,更多的词评家则是持称许的态度。综合诸家所言,此词之妙有如下数端:一是多名句,如“鱼没浪痕圆”虽是唐人诗句,但词人拿来写水波,工细传神,使得没有什么影响的前人诗句在词作中焕发出耀眼的光芒来,故陈廷焯《云韶集》赞此五字“静细”;陆辅之《词旨》卷下列“和云流出空山,甚年年净洗,花香不了”为警句,陈廷焯《云韶集》称其为“神化之句”;周密《绝妙好词》赞“荒桥断浦,柳阴撑出扁舟小”为“赋春水如画”;陈廷焯《云韶集》赞美结尾两句“前度刘郎归去后,溪上碧桃多少”“婉约清丽”。这些名句有的是从侧面铺垫,有的是工笔描摹，确实是咏春水而能得其神者。二是此词不仅有名句，而且是完篇。词人多角度、多层次地描写春日水景。先用春燕、游鱼、落花、荒桥、柳阴、扁舟等意象群写湖上水色；其次化实为虚，写池中水境；接着用流云、空山、花香来烘托溪流水态。最后由水及人，笔墨宕开，写昔日与友人同游茂林溪水有曲水流觞之乐。全词不犯“春水”二字，却处处紧扣“春”和“水”来构思着墨。层次分明，离合得体。故俞陛云《唐五代两宋词选释》云此词“能运思于环中，而传神于象外”。著名词学大师朱祖谋亦云：“此词虽无新奇可喜之处，然吾尝试为之，终不能及玉田之安详合度，是即其可传处也。夫词之平淡无奇，而他人为之辄不能及，则其境深矣。”（陈匪石《旧时月色斋词谭》）



## 高阳台

### 西湖春感

张　炎

接叶巢莺[1]，平波卷絮，断桥斜日归船[2]。能几番游，看花又是明年。东风且伴蔷薇住，到蔷薇、春已堪怜[3]。更凄然。万绿西泠[4]，一抹荒烟。　　当年燕子知何处[5]，但苔深韦曲，草暗斜川[6]。见说新愁，如今也到鸥边[7]。无心再续笙歌梦[8]，掩重门、浅醉闲眠[9]。莫开帘。怕见飞花，怕听啼鹃。

## 评语

俞陛云《唐五代两宋词选释》：夏闰庵云："此词深婉之至，虚实兼到，集中压卷之作。"起二句写春景，工炼而雅。"看花"二句，已表出春感。"东风"二句以才人遘末造，即饮香名，已伤迟暮，与残春之蔷薇何异。"凄然"三句与"燕子"四句，皆极写其临流凭吊之怀。"新愁"二句怅王孙之路泣，何等蕴藉。"笙歌"以下五句梦断朝班，心甘退谷，本欲以闲眠浅醉，送此余生，鹃啼花落，徒恼人怀耳。"



## 注释

①接叶：叶子茂盛，互相紧挨。此句意为密接的树叶遮住了莺巢。杜甫《陪郑广文游何将军山林》："卑枝低结子，接叶暗巢莺。"

②断桥：为杭州西湖白堤第一桥。

③"到蔷薇"句：蔷薇开在晚春，春将逝去，故怜之。

④西泠：桥名，在西湖白堤西。《武林旧事》："西陵桥，又名西林桥，又名西泠桥。"

⑤当年燕子：用刘禹锡《乌衣巷》诗"旧时王谢堂前燕"句意。

⑥韦曲：地名，唐代位于长安城南郊，因韦氏世居于此得名。即今陕西省长安县。其地北有凤栖原，南有滈水、神禾原，依山傍水，风景秀丽，为唐时游览胜地。杜甫《奉陪郑驸马韦曲》诗之一："韦曲花无赖，家家恼杀人。"仇兆鳌注："《杜臆》：韦曲，在京城三十里，贵家园亭、侯王别墅，多在于此，乃行乐之胜地……钱笺：《雍录》：《吕图》，韦曲，在明德门外，韦后家在此，盖皇子陂之西也。"斜川：古地名。在江西省星子、都昌二县县境。濒鄱阳湖，风景秀丽，陶渊明曾游于此，作《游斜川》诗并序。此借指西湖。"苔深"、"草暗"言胜地荒凉，无人游赏。

⑦“见说”句：意谓如今“新愁”让鸥鸟也“愁”白了头。用鸥之毛白喻人之发白。又暗用《列子·黄帝篇》鸥鹭忘机典故：“海上之人有好鸥鸟者，每旦之海上，从鸥鸟游，鸥鸟之至者百住而不止。其父曰：‘吾闻鸥鸟皆从汝游，汝取来，吾玩之。’明日之海上，鸥鸟舞而不下也。”见说：听说。

⑧笙歌梦：指往日繁华的生活梦想。

⑨浅醉：不成醉。

**题解**



此词为南宋灭亡以后作者北上大都返回杭州后重游西湖时所作，其亡国之痛，哀婉动人。“接叶”三句从游归着笔，“接叶巢莺，平波卷絮”写春景，工炼和雅。“断桥斜日归船”点明归来的时间和地点，“断桥”“斜日”，其景堪哀。“能几番游”两句感叹春天易逝、芳景难留。“东风”两句希望春天能够暂停离开的脚步，等等那晚开的蔷薇花，此转进一层写法，无理而妙！“更凄然，万绿西冷，一抹荒烟”三句将战乱后西湖春尽时的惨淡迷离之景全面写出。换头“当年燕子”三句临湖凭吊，从春归燕去中感叹今昔盛衰，物是人非。“见说”二句由感而生愁，“无心”两句实写人之愁态，谓虽有笙歌，然哪还有心思再续旧梦呢？还是独掩重门，付之浅醉闲眠吧。结句警以莫开帘，因为那飞花啼鹃更能引人愁肠，词意至此更进一层。此词写景抒情融合无间，将今昔盛衰之感、凄凉幽怨之情以蕴藉之笔写出，正如陈廷焯《白雨斋词话》卷二所云：“凄凉幽怨，郁之至，厚之至。”语言则颇多名句，如“接叶巢莺，平波卷絮”，如“能几番游，看花又是明年”，如“见说新愁，如今也到鸥边”，又如“莫开帘，怕见飞花，怕听啼鹃”，于平易中见煅字炼句之功，故均被前人拈出而赞为“奇对”、“警句”者也。

## 壶中天

夜渡古黄河，与沈尧道、曾子敬同赋[①]

张　炎

扬舲万里[②]，笑当年底事，中分南北[③]。须信平生无梦到，却向而今游历。老柳官河，斜阳古道，风定波犹直[④]。野人惊问，泛槎何处狂客[⑤]。　迎面落叶萧萧，水流沙共远，都无行迹。衰草凄迷秋更绿[⑥]，惟有闲鸥独立。浪挟天浮，山邀云去，银浦横空碧[⑦]。扣舷歌断[⑧]，海蟾飞上孤白[⑨]。



**评语**

陈廷焯《云韶集》卷九：高绝、超绝、真绝、老绝，风流洒脱，置之白石集中，亦是高境。结更高更旷，笔力亦劲。通篇骨韵皆高，压遍今古。

**注释**



①沈尧道：沈钦，字尧道，号秋江，张炎的词友。曾子敬：即曾遇，字子敬，一字心传，华亭人。至元二十七年选入京写金字《藏经》，历官至安吉县丞致仕。

②扬舲：开船。舲：有窗的小船。《楚辞·涉江》："乘舲船予上沅兮。"孔法生《征虏亭祖王少传》："若人鉴殆辱，解跋扬归舲。"

③底事：何事，犹"为甚"。中分南北：《文选》卷十二郭璞《江赋》

李善注引《吴录》:“魏文帝临江叹曰:天所以隔南北也。”本指长江而言,这里或借指黄河。

④官河:官府掌管的河道。风定波犹直:指水流峻急。

⑤野人:此指当地老百姓。槎:木筏。张华《博物志》:“旧说天河与海相同。近有人居海渚者,年年八月,有浮槎来甚大,往返不失期。此人乃立于槎上,多赍粮,乘槎去。忽不觉昼夜,奄至一处,有城郭舍屋,望室中多见织妇。见一丈人牵牛渚次饮之。惊问此人何由至此。此人即问此为何处。答曰:‘君可诣蜀问严君平。’此人还问君平。君平曰:‘某月日有客星犯牵牛。’即此人到天河也。”《论语·公冶》马融注:”桴,编竹木,大者曰筏,小者曰桴。”

⑥绿:黄绿色。古诗:“秋草萋已绿。”谢朓《酬王晋安》:“春草秋更绿。”周邦彦《蕙兰芳引》:“霜草未衰更绿。”

⑦银浦:银汉,即天河也。李贺《天上谣》:“银浦流云学水声。”

⑧苏轼《赤壁赋》:“扣舷而歌之。”

⑨古以蟾蜍为月亮的代称。此处指海上的明月。《后汉书·天文志》注引张衡《灵宪》:“姮娥遂托身于月,是为蟾蜍。”“飞”字状月的移动。颜延年《为织女赠牵牛》:“姮娥栖飞月。”李白《渡荆门送别》:“月下飞天镜。”“孤白”为月的形状。王禹偁《再泛吴江》:“随船晓月孤轮白。”





## 题解

宋亡后,元朝征集艺人赴大都写金字《藏经》,张炎名列其中。王命在身,只好渡河北上。至元二十七年庚寅(1290)秋,词人与沈尧道、曾子敬自杭起程,北上大都,途中夜渡黄河时有感而填此词。上片写夜渡黄河时所见,引发抚今追昔的无穷感慨。“扬舲万里”

三句言黄河蜒延万里，当年还中分南北，宋金对峙，如今却连这种形势都不复存在了。“须信”二句云自己本无意北上，如今却不得不有此番游历，可见其无可奈何的沉痛心情。“老柳”三句写渡河所见之苍凉景象。“野人”二句，借“泛槎”典故，曲笔写路途遥远而艰辛。下片抒发弃国离乡之感慨。“迎面”三句写黄河气象空阔，寓艰难苦恨之情。“衰草”二句写北国的秋天衰草凄迷，只有闲鸥独立。“浪挟”三句写黄河的惊涛骇浪及壮阔景色。“扣舷”以海上飞月之景衬托孤寂难禁之情。此词一改张炎词婉约的主体风格，笔力高绝，豪气横溢，风格粗犷苍劲，可与放翁、稼轩争席。



## 扫花游

台城春饮，醉余偶赋，不知词之所以然

张　炎

嫩寒禁暖[1]，正草色侵衣，野光如洗。去城数里。绕长堤是柳，钓船深舣[2]。小立斜阳[3]，试数花风第几[4]。问春意[5]。待留取断红[6]，心事难寄。　　芳讯成捻指[7]。甚远客他乡，老怀如此[8]。醉余梦里。尚分明认得，旧时罗绮。可惜空帘，误却归来燕子。胜游地。想依然、断桥流水。

**评语**

陈廷焯《云韶集》卷二四：《扫花游》叔夏词脱去羁缚，疏而不散，自是高绝。

## 注释

①嫩寒:轻寒。王诜《踏青游》:“金勒狨鞍,西城嫩寒春晓。”

②钓船:渔船。黄庭坚《次韵张仲谋过酺池寺斋》:“我梦江湖去,钓船刺芦花。”舣:停船靠岸。

③小立:暂时立住。杨万里《雪后晚晴赋绝句》:“只知逐胜忽忘寒,小立春风夕照间。”

④花风:即花信风。应花期而来的风。自小寒至谷雨,凡四月,共八个节气,一百二十日,每五日一候,计二十四候,每候应以一种花的信风。庾信《北园新斋成应赵王教》:“鸟声惟杂啭,花风直乱吹。”

⑤春意:春天的气象。江淹《卧疾愁别刘长史》:“始怀未回叹,春意秋方惊。”陈师道《绝句》:“丁宁鸟语传春意,白下门东第几家。”

⑥断红:飘零的花瓣。周邦彦《六丑·蔷薇谢后作》:“恐断红尚有相思字,何由见得。”

⑦芳讯:指花开的信息。捻指:犹弹指。形容时间短暂。

⑧老怀:老年人的心怀。杨万里《和萧伯和韵》:“桃李何忙开又零,老怀易感扫还生。”



## 题解

此词应作于词人北游南归之后,表达了“风景不殊,举目有山河之异”(《世说新语》)的独特感受。上片写春饮的时间、景色和地点。起句点明时节是乍暖还寒的初春,“正草色侵衣,野光如洗”言其时景色一碧如洗,给人一种单调感、苍茫感。“去城”三句点明春饮的地点是在隔城数里、有绕堤绿柳泊岸渔舟的河岸边,没有繁华喧嚣,只有萧条寂寞。“小立”以下由景入情。“试数花风第几”,感叹春光易逝;“问春意,待留取断红”用红叶题诗事,表惜春之情。下片直抒感慨。换头“芳讯成捻指”感叹春光短暂,时光易逝。“甚远客”两句言自己远客他乡,又年华老大,能不悲凉!“醉余梦里,尚分明认得,旧时罗绮”言自己无论是酒醉还是梦里,都不能忘怀旧日情事,在回忆之中表达的是家国兴亡之悲。“可惜”两句由回忆转到现实,旧日繁华已一去不复返,只剩空帘悬挂,误那归来双燕。结尾两句仍承前意,感叹物是人非、时移世易。陈廷焯《云韶集》云此词“疏而不散,自是高绝”,信然!



## 解连环

孤雁

张 炎

楚江空晚[①]。怅离群万里,恍然惊散[②]。自顾影、欲下寒塘[③],正沙净草枯,水平天远。写不成书,只寄得、相思一点[④]。料因循误了,残毡拥雪,故人心眼[⑤]。 谁怜旅愁荏苒[⑥]。谩长门夜悄,锦筝弹怨[⑦]。想伴侣、犹宿芦花[⑧],也曾念春前,去程应转[⑨]。暮雨相呼,怕蓦地、玉关重见[⑩]。未羞他、双燕归来,画帘半卷[⑪]。



**评语**

吴衡照《莲子居词话》卷一:张玉田《春水》云:“和云流出空山,甚年年净洗,花香不了。”《孤雁》云:“写不成书,只寄得相思一点。”数语刻画精巧，运用生动，所谓空前绝后矣。

俞陛云《唐五代两宋词选释》：《孤雁》与《春水》词皆玉田少年擅名之作，晚年无此精湛矣。孔行素称：“玉田以此词得名，人以张孤雁称之。”“写不成书”二句，写“孤”字入妙。即怀人之作，亦极缠绵幽渺之思，况咏孤雁？人雁双关，允推绝唱。

## 注释

①楚：楚地。相传大雁南飞至湖南衡阳，不再南飞。衡阳古属楚地。楚江泛指南方的江流。

②怳然：忽然。阮籍《达庄论》：“怳然而止，忽然而休。”或云失意貌。

③欲下寒塘：语本崔涂《孤雁》诗：“暮雨相呼失，寒塘欲下迟。”

④雁群飞行时，行列整齐如字，故称雁字。此乃孤雁，排不成字，故云“只寄得相思一点”。

⑤“料因循误了”三句：暗用苏武“雁足传书”事。意谓孤雁因循自误，使故人久困胡地，持节而盼。因循：拖延，耽误。残毡拥雪：用苏武故事。《汉书·李广苏武传》载，苏武出使匈奴，被囚于大窖中，断绝饮食，苏武嚼雪和毡毛，得以数日不死。后来汉朝打听到苏武的下落，而匈奴诈称苏武已死。汉使者说，汉天子在上林苑射雁，见一雁足上系有书信，说苏武未死。大雁传书的故事即源于此。

⑥荏苒：辗转迁徙。杜甫《宿府》诗：“风尘荏苒音书绝，关塞萧条行路难。”

⑦长门夜悄：用杜牧《早雁》“仙掌月明孤影过，长门灯暗数声来”诗意。长门，即汉武帝陈皇后失宠后所居冷宫。这里泛指悲凉冷清的处所。锦筝：筝的美称。筝柱斜列如雁行，又称雁筝。

⑧芦花：雁习宿芦苇中。

⑨去程应转:指雁回北方。

⑩玉关:玉门关。泛指北方。

⑪“未羞他”二句:写孤雁幻想和自己的伴侣重逢以后的喜悦心情,当画帘半卷、燕子双双归来的时候,就不会自惭孤独了。

**题解**

此词是张炎的名作,也是宋代咏物词名篇。词咏孤雁,而寄托自己国破家亡后流离失所的孤苦心情。明写孤雁,暗写孤人,若雁若人,物我融为一体。词意分四层描写。第一层起六句用空旷阔大的空间反衬离群雁之孤独。“怳然惊散”点明物与人在战乱时代的独特境遇。第二层五句改用虚笔,借传说与历史故事写孤雁之飘泊天涯,使事浑化无痕,有点铁成金之妙。过片三句宕开一层,将孤雁与离人思妇夹写,由咏雁过渡到写人。最后一层由我及人,推想其他孤雁处境,企盼要相逢,并写出乍见时的心态。结句写孤雁独立不倚,实写自我人格节操。孔齐《至正直记》卷四云:“(张炎)尝赋孤雁词,有‘写不成书,只寄得相思一点’。人皆称之曰‘张孤雁’。”此词以“写不成书”二句最著名,张炎因而被人称为“张孤雁”。刘永济《微睇室说词》进一步分析说:“从托辞言,写孤雁之处,有非画笔所能传者;从寓身世言,则又有非言语所能尽者。孤雁与身世两方面写来俱极工,能尽离合之致,故当时即有‘张孤雁’之称。”





## 九张机[①]

无名氏

醉留客者,乐府之旧名;九张机者,才子之新调。凭戛玉之清歌,写掷梭之春怨。章章寄恨,句句言情。恭对华筵,敢陈口号。[②]

一掷梭心一缕丝,连连织就九张机。从来巧思知多少,苦恨春风久不归。

一张机。织梭光景去如飞。兰房夜永愁无寐。呕呕轧轧,织成春恨,留著待郎归。[③]

两张机。月明人静漏声稀。千丝万缕相萦系。织成一段,回纹锦字,将去寄呈伊。[④]

三张机。中心有朵耍花儿。娇红嫩绿春明媚。君须早折,一枝浓艳,莫待过芳菲。

四张机。鸳鸯织就欲双飞。可怜未老头先白。春波碧草,晓寒深处,相对浴红衣。

五张机。芳心密与巧心期。合欢树上枝连理。双头花下,两同心处,一对化生儿。[⑤]

六张机。雕花铺锦未离披。兰房别有留春计。炉添小篆,日长一线,相对绣工迟。[⑥]

七张机。春蚕吐尽一生丝。莫教容易裁罗绮。无端剪破,仙鸾彩凤,分作两般衣。

八张机。纤纤玉手住无时。蜀江濯尽春波媚。香遗囊麝,花房绣被,归去意迟迟。

九张机。一心长在百花枝。百花共作红堆被。都将春色,藏头裹面,不怕睡多时。

轻丝。象床玉手出新奇。千花万草光凝碧,裁缝衣著,春天歌舞，飞蝶语黄鹂。⑦

春衣。素丝染就已堪悲。尘世昏污无颜色。应同秋扇，从兹永弃，无复奉君时。⑧

歌声飞落画梁尘。舞罢香风卷绣茵。更欲缕成机上恨，尊前忽有断肠人。敛袂而归，相将好去。

**评语**

陈廷焯《大雅集》卷四："九张机"字字芊雅，凄宛欲绝，绝妙古乐府也。

陈廷焯《大雅集》卷四：词至"九张机"，高处不减风骚，次亦"子夜怨歌"之匹，千年绝调也。

陈廷焯《大雅集》卷四："九张机"全是寄怨之作，其缘起云"醉留客"者，乐府之旧名，"九张机"者才子之新调，凭戛玉之清歌，写掷梭之春怨，章章寄恨，句句言情，诗云"一掷梭心一缕丝，连连织就九张机"，从巧思知少苦，恨春风久不归，可知其寄意矣。"九张机"纯是骚雅变相，词至是已臻绝顶，虽美成、白石亦不能为也。"九张机"自是逐臣弃妇之词，愁怨无端令魂断。



**注释**

①九张机：宋词词牌名，最早见《乐府雅词》中所录宋代无名氏的词。其词为联章体，共有两组：一组为九首，一组为十一首。《九张机》在乐府中原来被称做《醉留客》，主要通过掷梭来描写闺中幽怨凄婉的思绪。丝丝含情，缕缕凝怨。《九张机》在《钦定词谱》中被视为大曲。



②戛玉：敲击玉片。形容声音清脆悦耳。崔致远《石峰》："点苏寒

影妆新雪，戛玉清音喷细泉。”清歌：清亮的歌声。掷梭：织布。于濆《苦辛吟》：“窗下掷梭女，手织身无衣。”华筵：丰盛的筵席。杜甫《刘九法曹郑瑕邱石门宴集》：“能吏逢联璧，华筵直一金。”

③兰房：犹香闺。旧时妇女所居之室。潘岳《哀永逝文》：“委兰房兮繁华，袭穷泉兮朽壤。”吕延济注：“兰房，妻尝所居室也。”呕呕轧轧：象声词，织布声。

④回纹锦字：指回文诗、锦字书。前秦苏蕙寄给丈夫的织锦回文诗。《晋书·列女传·窦滔妻苏氏》：“窦滔妻苏氏，始平人，名蕙，字若兰，善属文。苻坚时，滔为秦州刺史，被徙流沙，苏氏思之，织锦为回文旋玑图以赠滔，宛转循环以读之，词甚凄惋，凡八百四十字。”

⑤枝连理：谓两棵树的枝条连生在一起，比喻恩爱的夫妻。白居易《长恨歌》：“在地愿为连理枝。”

⑥离披：分散下垂貌；纷纷下落貌。《楚辞·九辩》：“白露既下百草兮，奄离披此梧楸。”朱熹集注：“离披，分散貌。”小篆：比喻盘香或缭绕的香烟。

⑦象床：象牙装饰的床。《战国策·齐策三》：“孟尝君出行国，至楚，献象床。”鲍彪注：“象齿为床。”

⑧素丝：本色的丝；白丝。《吕氏春秋·情欲》：“墨子见染素丝者而叹曰：‘染于苍则苍，染于黄则黄。’”





## 题解

《九张机》是一组具有浓郁民歌色彩的联章体抒情大曲，由首尾两首诗和中间九首同调词组合而成。“一张机”从织女夜织入题，感叹时光流逝，孤枕难眠；“两张机”承接上首，写织女深夜织成回纹锦字，寄托相思之情；“三张机”转写织女的内心活动，表达了她对爱情的渴望之情；"四张机"用织锦上的鸳鸯反衬思妇自己的孤独；"五张机"、"六张机"回忆当年一起时的幸福生活和山盟海誓；"七张机"用罗绮上的仙鸾彩凤因裁剪而被截为两段喻指二人被无情分离；"八张机"、"九张机"写织女高超的织布技艺，仍然是从侧面烘托织女之孤独心境。词人用细腻的笔触刻画了一个温柔多情而又多愁善感的织女形象，情感真挚，富有生活气息，使传统的题材在词中焕发出新的生命力。



## 风光好

无名氏

柳阴阴。水深深。风约双凫不自禁[①]。碧波心[②]。　孤村桥断人迷路[③]。舟横渡[④]。旋买村醪浅浅斟[⑤]。更微吟[⑥]。

### 评语

陈廷焯《别调集》卷二：旅情如画口头语，便成绝妙好辞。

### 注释

①双凫：两只水鸟。扬雄《解嘲》："譬若江湖之崖，渤澥之岛，乘雁集不为之多，双凫飞不为之少。"黄庭坚《次韵清水岩》："双凫能来游，俗子迹可扫。"自禁：犹自制。自己克制自己。《列子·汤问》："一里老幼，喜跃抃舞，弗能自禁。"张鷟《游仙窟》："心去无人制，情来不自禁。"

②波心：水中央。白居易《春题湖上》："松排山面千重翠，月点波

心一颗珠。”

③孤村:孤零零的村庄。韦应物《自巩洛行入黄河即事寄府县寮友》:“孤村几处临伊岸,一雁初晴下朔风。”

④横渡:从江河湖海的此岸到达彼岸。《尔雅·释水》“鬲津”郭璞注:“水多阨狭,可隔以为津而横渡。”

⑤村醪:村酒。醪,本指酒酿。引申为浊酒。司空图《柏东》:“免教世路人相忌,逢着村醪亦不憎。”

⑥微吟:小声吟咏。陆游《一笑》:“半醉微吟不怕寒,江边一笑觉天宽。”

**题解**

这首小令用明白晓畅的语言描绘出了如画的村野美景,所以佳妙。在这幅画里,有深湛碧绿的溪水,溪水上有年久失修的断桥,还有一对野鸭嬉戏在水中央。上片主要是写野水荒湾的美景,充满野趣,下片则添入人的活动,使这幅画更显生机。河岸边柳树浓阴蔽日,一座孤村掩映在绿柳丛中。主人公舍舟登岸,在小酒家沽酒浅斟,微吟低唱,好不逍遥自在!词人通过对自然美景的描绘,表现了对与世隔绝的乡村生活的向往,讴歌了闲适快意的人生图景。





## 鹧鸪天

无名氏

镇日无心扫黛眉[①]。临行愁见理征衣[②]。尊前只恐伤郎意,阁泪汪汪不敢垂[③]。　停宝马[④],捧瑶卮[⑤]。相斟相劝忍分离。不如饮待奴先醉，图得不知郎去时⑥。

## 评语

陈廷焯《闲情集》卷二：深情入骨天雨粟，鬼夜哭矣。语不深而情深，千古离别之词以此为最。

陈廷焯《白雨斋词话》卷六：宋无名氏《鹧鸪天》云："略。"语不必深，而情到至处，亦绝调也。惟措词近曲，终欠大雅。

## 注释



①镇日：整天，从早到晚。朱熹《邵武道中》诗："不惜容鬓凋，镇日长空饥。"扫黛眉：描画眉毛。

②征衣：旅人之衣。岑参《南楼送卫凭》："应须乘月去，且为解征衣。"

③阁泪：含着眼泪。

④宝马：名贵的骏马。《史记·大宛列传》："贰师马，宛宝马也。"张说《安乐郡主花烛行》："商女香草珠结网，天人宝马玉繁缨。"

⑤瑶卮：玉制的酒器，亦用作酒器的美称。王融《奉和代徐》之一："自君之出矣，芳蕇绝瑶卮。"

⑥图得：希望。



## 题解

此词杨慎《词林万选》卷二作夏竦词，然刘克庄《后村先生大全集》卷一百七十五引此词末二句时作无名氏词，今暂依刘说作无名氏词。词写离情。上片写女主人公与心上人即将分别时难舍难分的愁苦心情。"镇日无心扫黛眉"写女主人公整天百无聊赖，没有心情妆扮自己。次句“临行愁见理征衣”点明原因，原来是爱人即将远行。看到爱人打点行装，自己禁不住满腹忧愁。“尊前只恐伤郎意，阁泪汪汪不敢垂”回忆离筵上女主人公怕远行人伤心，自己强颜欢笑，有泪只敢在心里流。下片极言离别痛苦。“停宝马，捧瑶卮。相斟相劝忍分离”三句写停马再捧酒樽，再饮离酒。两人互相安慰，不忍分离，平静之中隐伏着深深的痛苦与煎熬，可谓情真意切。结尾两句“不如饮待奴先醉，图得不知郎去时”出语奇特。女主人公想，还不如把自己喝醉吧，醉了也就不知道心上人是什么时候离开的了，也就不必忍受那难堪的离别之情了！整首词语浅情深，元气淋漓，有民歌风味。

# 本书所录词人生平简介

（以词人时代先后为序）

李隆基（685—762），陇西成纪（今甘肃秦安）人。712 年至756 年在位，唐朝在位时间最长的皇帝。庙号“玄宗”，又因其谥号为“至道大圣大明孝皇帝”，故亦称为唐明皇。清朝为避讳康熙皇帝之名“玄烨”，多称其为唐明皇。唐玄宗前期任用贤相，励精图治，成就了开元盛世。在位后期宠爱杨贵妃，怠慢朝政，宠信奸臣，导致了长达八年的安史之乱，唐王朝由盛转衰。玄宗多才多艺，知晓音律，对词早期的发展颇有贡献。

李白（701—762），字太白，号青莲居士。祖籍陇西成纪（今甘肃秦安），生于中亚碎叶城（今托克马克城），五岁时随父迁居绵州彰明县（今四川江油）。天宝初入长安，贺知章惊为谪仙人，荐于唐玄宗，待诏翰林。后漫游江湖间。安史之乱中，永王李璘起兵，聘为僚佐。璘败，李白坐流放夜郎（在今贵州省）。中途遇赦，后病卒于当涂。李白是唐代伟大的浪漫主义诗人，被后人誉为“诗仙”，与杜甫并称为“李杜”。《全唐五代词》录其词 13 首。黄昇《花庵词选》卷一称其《菩萨蛮》、《忆秦娥》为“百代词曲之祖”。

张志和（732—774），字子同，初名龟龄，号玄真子。祖籍浙江金华。张志和三岁能读书，六岁做文章，十六岁明经及第，先后任翰林待诏、左金吾卫录事参军、南浦县尉等职。后隐居江湖间，自号烟波钓徒。善画山水。所作《渔父》词5首,传诵极广。

王建(766? —?),字仲初,关辅(今陕西)人,郡望颍川(今河南许昌)。德宗建中、兴元间,求学山东,与张籍同窗。贞元中,历佐淄青、幽州、岭南军幕。宪宗元和初,复佐荆南、魏博幕府。后任昭应县丞、太常丞。穆宗长庆二年(822),转秘书丞。文宗大和二年(828),出为陕州司马,后罢职居咸阳。有《王建诗集》十卷。今存词10首。

刘禹锡(772—842),字梦得,洛阳(今属河南)人。旧称中山或彭城人,乃称其郡望。德宗贞元九年(793)进士及第,又中博学宏词科。初在淮南节度使杜佑幕府中任记室,为杜佑所器重,后从杜佑入朝,为监察御史。后历任朗州司马、连州刺史、夔州刺史、和州刺史、主客郎中、礼部郎中、苏州刺史等职。会昌时,加检校礼部尚书。卒年七十,赠户部尚书。刘禹锡诗文俱佳,与柳宗元并称"刘柳",与韦应物、白居易合称"三杰",又与白居易合称"刘白",有"诗豪"之称。今存词39首。

皇甫松,生卒年不详。松一作"嵩",字子奇,自号檀栾子,睦州新安(今浙江淳安)人。屡试不第,终身未仕。能诗词,亦擅文。今存词22首。

温庭筠(812—870),本名岐,字飞卿,太原祁县(今属山西)人。生性傲岸,好讥刺权贵,取憎于时,因此累年不第。宣宗大中十三年(859)授随县尉,官终国子助教。能诗词,诗与李商隐齐名,并称"温李"。词与韦庄并称为"温韦"。《花间集》录其词66首,后世称之为"花间鼻祖"。

韦庄(836—910),字端己,京兆杜陵(今陕西西安)人。唐昭宗乾宁元年(894)进士,授校书郎。蜀王建称帝,累官至吏部尚书兼平章事。能诗,有《浣花集》行世。尤工词,词存 54 首。花间词派,如果说温庭筠是开派者,韦庄则为光大门楣者。他运密入疏,寓浓于淡,以清新隽逸的词风,改革温庭筠浓艳富贵的习气,以词抒写个人性情,影响后来李煜、苏轼、辛弃疾诸大家。

陈金凤(893—935),福唐(今福建福清)人。五代十国时期闽国国主王延钧皇后。陈氏貌寝而淫,今因《十国春秋》卷九四引《金凤外传》而流传下来的两首《乐游曲》亦未见有多么高明,然陈氏的存在,说明五代十国时期,并非只有南唐西蜀两地有人填词,其他地方也有人填词,只不过其中的绝大多数作品没有被传播后世而已。

牛峤(生卒年不详),字松卿,一字延峰,陇西狄道(今甘肃临洮)人,祖籍安定鹑觚(今甘肃灵台),中唐宰相牛僧孺之孙。他生逢乱世,乾符五年(878)登进士第。中进士仅两年,黄巢起义军破长安。在动荡的僖宗朝历仕拾遗、补阙、尚书郎。光启二年(886)避襄王李煴之乱先流落吴越,后寄寓巴蜀。昭宗大顺二年(891)以后被西川节度使王建辟为判官。前蜀开国,仕秘书监,以给事中卒于成都,故后世又称"牛给事"。牛峤博学有才,以歌诗著名。原有《牛峤集》三十卷,已佚。现存词三十三首诗三首。

顾敻,生卒年、籍贯及字号均不详。前蜀王建通正元年(916),以小臣给事内廷,见秃鹫翔摩诃池上,作诗刺之,几遭不测之祸。后擢茂州刺史。入后蜀,累官至太尉。顾敻能诗善词。《花间集》收其词 55 首,全部写男女艳情。况周颐《餐樱庑词话》评为"五代艳词上驷也",认为其特点是"工致丽密,时复清疏。以艳之神与骨为清，其艳乃益入神入骨”。

鹿虔扆，生卒年、籍贯、字号均不详。后蜀时登进士第。累官学士，广政间曾任永泰军节度使、进检校太尉、加太保，人称鹿太保，与欧阳炯、韩琮、阎选、毛文锡等俱以工小词供奉后主孟昶，忌之者号曰“五鬼”。蜀亡不仕。《花间集》收其词 6 首，含思凄惋，秀美疏朗，较少浮艳之习，风格近于韦庄。

孙光宪（901—968），字孟文，自号葆光子，陵州贵平（今属四川省仁寿县东北的向家乡贵坪村）人。仕南平三世，累官荆南节度副使、朝议郎、检校秘书少监，试御史中丞。入宋，为黄州刺史。孙光宪“性嗜经籍，聚书凡数千卷。或手自钞写，孜孜校雠，老而不废”（《十国春秋》卷一百二）。著有《北梦琐言》传世。词存 84 首。在唐五代词人中，孙光宪以矫健爽朗的词风自成一派，在花间词人中是与温庭筠、韦庄鼎足而三的词人。

冯延巳（903—960），又名延嗣，字正中，五代时广陵（今江苏扬州）人。仕于南唐烈祖、中主二朝，三度入相，官终太子太傅，卒谥忠肃。冯延巳“学问渊博，文章颖发，辩说纵横”（《钓矶立谈》），也是唐五代与温、韦鼎足而三的著名词人。其词多写闲情逸致，思深语丽，文人气息很浓，开北宋一代风气。存词 110 余首，词集名《阳春集》（又名《香奁集》）。

李璟（916-961），字伯玉，初名李景通，徐州（今江苏徐州）人，南唐烈祖李昪长子，五代十国时期南唐第二位皇帝，943 年嗣位。后因受到后周威胁，削去帝号，改称国主，史称南唐中主。即位后开始大规模对外用兵，消灭楚、闽二国。他在位时，南唐疆土最大。不过李璟奢侈无度，导致政治腐败，国力下降。庙号元宗，谥号明道崇德文宣孝皇帝。李璟好读书,多才艺,常与宠臣韩熙载、冯延巳等饮宴赋诗。他的词今存 4 首,绮艳中含深婉之致,感情真挚,风格清新,语言不事雕琢。其词被录入《南唐二主词》中。

李煜(937—978),南唐中主李璟第六子,初名从嘉,字重光,号钟隐、莲峰居士,祖籍彭城(今江苏徐州铜山区)。北宋建隆二年(961 年),李煜继位,成为南唐最后一位国君。尊宋为正统,岁贡以保平安。开宝四年(971 年)十月,宋太祖灭南汉,李煜去除唐号,改称"江南国主";并于次年贬损仪制,撤去金陵(今南京)台殿鸱吻,以示尊奉宋廷。开宝八年(975),宋军攻破金陵,李煜被迫降宋,被俘至汴京(今开封),封为右千牛卫上将军、违命侯。太平兴国三年(978)七月七日,李煜被毒死于汴京,世称南唐后主、李后主。李煜不是因为他做过国君而流芳后世,而是以杰出的文艺才华被后人缅怀,可悲亦复可爱。他精书法、工绘画、通音律,诗文均有一定造诣,尤以词的成就最高。李煜的词,继承了晚唐以来温庭筠、韦庄等花间派词人的传统,又受李璟、冯延巳等的影响,语言明快,形象生动,真切自然,风格鲜明,其亡国后词作更是题材广阔,含意深沉,在晚唐五代词中别树一帜,对后世词坛影响深远。今存词 30 余首。

寇准(961—1023),字平仲,华州下邽(今陕西渭南)人。北宋政治家、诗人。太平兴国五年(980)进士,授大理评事、知归州巴东县,改大名府成安县。累迁殿中丞、通判郓州。召试学士院,授右正言、直史馆,为三司度支推官、转盐铁判官。历同知枢密院事、参知政事。后两度入相,一任枢密使,出为使相。乾兴元年(1022)贬雷州司户参军,天圣元年(1023),徙衡州司马。是年九月，病逝于雷州。后十一年，追谥忠愍。著有《巴东集》。今存词4首。

林逋(967—1028)，字君复，钱塘(今浙江杭州)人。《宋史·隐逸传》称其"性恬淡好古，弗趋荣利。家贫衣食不足，晏如也。……归杭州，结庐西湖之孤山，二十年足不及城市"。林逋终生不娶不仕，喜种梅养鹤，自称"以梅为妻，以鹤为子"。为中国古代著名隐士。宋仁宗赐谥"和靖先生"。平生喜为诗，以风格淡泊、意趣高远著称，是"晚唐体"诗人的代表。今存诗300余首，词3首。

夏竦(985—1051)，字子乔，江州德安(今属江西)人。初以父荫为润州丹阳县主簿，后举贤良方正，通判台州。召直集贤院，编修国史，迁右正言。仁宗初迁知制诰，为枢密副使、参知政事。明道二年(1033)罢知襄州。历知黄、邓、寿、安、洪、颍、青等州及永兴军。庆历七年(1047)为宰相，旋改枢密使，封英国公。罢知河南府，徙武宁军节度使，进郑国公。皇祐三年卒，年六十七。谥文庄。著有《文庄集》一百卷。《全宋词》录其词一首。

范仲淹(989—1052)，字希文，祖籍邠州(今陕西省彬县)，出生在吴县(今江苏苏州)。北宋著名政治家、文学家、军事家、教育家。少有志操，勤学苦读，做秀才时便以天下为己任，说"士当先天下之忧而忧，后天下之乐而乐"。真宗大中祥符八年(1015)进士，授广德军司理参军。晏殊知应天府，闻其名，召置府学。历知睦州、苏州、明州、开封府、饶州、润州、越州。仁宗康定元年(1040)，知永兴军，改陕西都转运使、陕西经略安抚副使兼知延州，守边多年。守边之时，为将号令明白，爱抚士卒，防止了西夏的入侵，人说他“胸中有十万甲兵”。庆历三年(1043),除枢密副使,复拜参知政事,主持“庆历新政”。新政失败,转任地方,有善政。卒谥文正。范仲淹喜好弹琴,然平日只弹履霜一曲,故时人称之为“范履霜”。他工于诗词散文,所作文章富政治内容,文辞秀美,气度豁达。其词今仅存5首,其中《渔家傲》一词开了苏、辛派的先河。

柳永(984—1053),原名三变,字景庄,后改名柳永,字耆卿,因排行第七,又称柳七,福建崇安(今福建武夷山)人。早年为举子时,生活放浪,并填了大量艳词,遂为当政者所不容。仁宗景祐元年(1034)始中进士,历任睦州团练推官、余杭县令、监晓峰盐场、泗州判官、著作郎、西京灵台令、太学博士等职,以屯田员外郎致仕,故世称“柳屯田”。柳永仕途不畅,平生功业全在词,尤其是慢词的创作,将词的发展向前推进了一大步。他充分运用俚词俗语,以适俗的意象、淋漓尽致的铺叙、平淡无华的白描等独特的艺术手法进行创作,故“凡有井水饮处,皆能歌柳词”,对当时后世都有着深远的影响。有《乐章集》,存词212首。

张先(990—1078),字子野,乌程(今浙江湖州)人。仁宗天圣八年(1030)与欧阳修同榜进士,晏殊为座主。做过几任州府通判,以都官郎中致仕,故后世称“张都官”或“张郎中”。又因为曾知安陆(今属湖北),故又称“张安陆”。两宋词人中,因词而得外号最多的是张先,他至少有“张三中”、“张三影”、“桃杏嫁东风郎中”三个外号,这说明他的词名句多。张先也是两宋著名词人中最长寿的词人,像晏殊、欧阳修、王安石、苏轼都只活了六十五、六岁,可张先历太宗、真宗、仁宗、英宗、神宗五朝,活了八十九岁。这多出来的二十多年光阴,张先可没有虚度。这个自由王国里的风流快活人,年轻时爬梯子与小尼姑偷情,八十多岁时还娶年轻美少女为妾,搞得苏轼都很佩服地写诗赠他:“诗人老去莺莺在,公子归来燕燕忙。”更加重要的是,他前半生跟老一辈词人晏殊、欧阳修有交往,后半生又和苏轼等过从甚密,既是宋词兴盛局面的开创者之一,又是联系两代词人的纽带。张先“能诗及乐府,至老不衰”(《石林诗话》卷下),其实是一个对填词很上心的人。他今存词一百七十余调,共用了九十六个词调,平均不到两首就用一个新调,其中不少还是自度曲。论在词调方面的贡献,张先与柳永最大。二人的词集按宫调编排,是传世宋词别集中存唱本面目的仅有的两个集子。张先还率先使用题序,最早用词来唱和(村上哲见《唐五代北宋词研究》以为词中唱和之风,即始于张先),对词的发展做出了开创性的贡献。

宋祁(998—1061),字子京,小字选郎。祖籍安州安陆(今湖北省安陆市),高祖父宋绅徙居开封府雍丘县(今杞县),遂为雍丘人。仁宗天圣二年(1024),与兄庠同举进士,奏名第一。章献太后不欲以弟先兄,乃擢庠为第一,而置祁第十。宋祁与兄长宋庠并有文名,时称“二宋”,而以大小别之。历官翰林学士、史馆修撰。修《唐书》成,迁左丞,进工部尚书,拜翰林学士承旨。卒谥景文。

梅尧臣(1002—1060),字圣俞,宣城(今安徽宣城)人,世称宛陵先生。以荫补斋郎。皇祐二年(1050),官国子博士。召试,赐进士出身。擢国子直讲,历尚书都官员外郎。有《宛陵集》。今存词2首。

晏殊(991—1055),字同叔,抚州临川人。十四岁以神童入试,赐进士出身,命为秘书省正字,官至右谏议大夫、集贤殿学士、同平章事兼枢密使、礼部刑部尚书、观文殿大学士知永兴军、兵部尚书。谥号元献，世称晏元献。晏殊是“北宋倚声家初祖”（冯煦《蒿庵论词》）。他的词基本上是继承五代风格，但他善于准确地表现人物的神情风貌，词作中出现了不少富有个性化的人物，其词情中有思，是北宋词重感悟的开始。词风珠圆玉润、雍容淡雅，用一种很平淡的方式写自己生命中现实的东西。这都是他对五代词的超越之处。同时，他还顺应时代潮流，利用宰相的权力手杖，纠正柳永词俚俗化的倾向，使词风朝着适应盛世王朝的典雅词风发展，为词的典雅化作出了很大的贡献。晏殊与其子晏几道，被称为“大晏”和“小晏”，又与欧阳修并称“晏欧”。



欧阳修（1007—1072），字永叔，号醉翁、六一居士，吉州永丰（今江西省吉安市永丰县）人。官至翰林学士、枢密副使、参知政事，谥号文忠，世称欧阳文忠公。欧阳修与晏殊并称“晏欧”，其词主要也是继承五代词风。但他毕竟是宋代诗文革新运动的领袖，血液中流淌的变革因子，在词的创作中其实也有所体现。首先，他的词的内容较晏殊是丰富得多了，举凡男欢女爱、离别相思、歌舞宴乐、人生感叹、仕途遭际、自然风光等等，他都有涉及。特别是写他宦海沉浮和自然风光的词，在词坛有开风气的作用。其次是风格的多样化，既有明快疏俊之作，也有含蓄摇曳之作，还有不少花间风味的词。欧词对后世有很大的影响，冯煦《蒿庵论词》即云欧词“疏隽开子瞻，深婉开少游”。曾被誉为宋代豪放派与婉约派代表的苏轼和秦观，论其源头居然都是欧阳修，可见他对词创作的巨大贡献。



王安石（1021—1086），字介甫，号半山老人，封荆国公，故人称

“王荆公”。临川(今江西抚州)人。北宋著名的思想家、政治家、文学家、改革家。梁启超《王安石传》说:“若乃于三代下求完人,惟公庶足以当之矣。”王安石当然不是完人,譬如他不讲卫生,面君的时候,虱子都爬到胡子上去了,他性格又执拗得很,什么情面都不讲。可这些都属小节,不影响他了不起的人格和非凡的才华。他的文章是“唐宋八大家”之一,宋神宗甚至夸他是“天下文章第一家”。他的诗歌也得到过“半山体”的美誉,是宋代诗歌一大家。王安石反对晏殊“为宰相而作小词”,其实他只是反对那些只是抒写流连光景或男女之情的小词,用词写大题材他是不反对的,比如他自己现存的二十多首词,多为抒写怀抱、感时伤怀之作,绝无脂粉绮罗气息,境界高远得很。

章楶(1027—1102),字质夫,浦城(今属福建省南平市浦城县)人。治平二年(1065)进士及第。历陈留知县、京东转运判官、湖北刑狱、成都路转运使等职,政绩卓著。章楶是北宋一流的名将,元祐七年(1092)曾率军大败西夏军队数十万,绍圣元年(1094)章楶出兵西夏,又收复洪州、宥州、会州、盐州、兰州、横山等地。章楶在词坛上留下名气,主要是因为苏轼的名作《水龙吟·咏杨花》是和他这首词的,并且原作与和作均被称为绝唱。

晏几道(1038—1110),字叔原,号小山,临川(今江西抚州)人。晏几道出身了得,父亲晏殊、姐夫富弼都官至宰相,还有个姐夫杨察是礼部尚书,也属中央部长级别的官员,名臣范仲淹、欧阳修、韩琦等都出自他父亲的门下。他自幼又聪颖过人,继承了父亲优良的文学细胞,7 岁就能写文章,14 岁就考中进士。按理说,晏几道应该有一个幸福的人生,可他太自我了。他的朋友黄庭坚在

《小山词序》中说他为人有"四痴":"仕宦连蹇而不能一傍贵人之门,是一痴也;论文自有体,不肯作一新进士语,此又一痴也;费资千百万,家人寒饥而面有孺子之色,此又一痴也;人百负之而不恨,己信人终不疑其欺己,此又一痴也。"他不仅痴而且狂,连苏轼去拜访他他都避而不见,也是够狂的了!痴狂使他仕途连蹇,生活窘迫,可却也成就了一个了不起的词人。晏几道和苏轼年龄相仿,二人对词的贡献都很大,晏几道是旧词风的终结者,是宋词小令第一人;苏轼是新词风的开创者,是婉约词风向豪放词风发展的关键人物。



苏轼(1037—1101),字子瞻,又字和仲,号东坡居士,眉州眉山(今四川眉山市)人,中国古代第一大才子,在诗、词、文、赋、书法、绘画等方面均领一代风骚,是中国文学艺术史上罕见的全才。苏轼在政治上倾向于保守,支持司马光,反对王安石变法,但在词的创作中却属革新一派,由他开创的豪逸一派影响后世深远。词至苏轼,词意始广,词格始高,词境始大,词体始尊,词开始取得与诗、文同等的地位,也才有机会发展到能与唐诗分庭抗礼的成就。

晁端礼(1046—1113),又名元礼,字次膺。其先澶州清丰(今属河南)人,家彭门(今江苏徐州)。神宗熙宁六年(1073)举进士。两为县令,坐事废。政和三年(1113),因进《并蒂芙蓉》词而大得徽宗称赏,于是以承事郎为大晟府协律。黄昇《唐宋诸贤绝妙词选》卷七称他"与万俟雅言齐名,按月律进词"。词集《闲适集》已佚,今传《闲斋琴趣外篇》六卷,有毛晋汲古阁景宋抄本。



秦观(1049—1100),早年字太虚,后改字少游,别号邗沟居士、淮海居士,扬州高邮(今属江苏)人。秦观年轻时非常贫困,他在写给钱穆父的诗歌中说："三年京国鬓如丝，又见新花发故枝。日典春衣非为酒，家贫食粥已多时。"但性格豪俊，慷慨溢于文辞。诗文为苏轼、王安石等赏识。神宗元丰八年（1085）考中进士，苏轼推荐他为秘书省正字兼国史院编修官。哲宗绍圣元年（1094）坐党籍贬监处州酒税，后徙郴州、横州、雷州。元符三年（1100）遇赦放还，至藤州卒。在苏门文人集团中，秦观是最得苏轼赏识的，但他在词的创作中却走着与苏轼完全不同的路数，他的词情韵兼胜，被公认为两宋婉约词人的代表，而苏轼则是豪放词的代表人物之一。秦观有《淮海居士长短句》，存词90首。

贺铸（1052—1125），字方回，又名贺三愁，人称贺梅子，自号庆湖遗老。祖籍山阴（今浙江绍兴），出生于卫州（今河南卫辉）。出身贵族，宋太祖贺皇后族孙，所娶亦宗室之女。自称贺知章之后，以知章居庆湖（即镜湖），故自号庆湖遗老。曾任右班殿直，元祐中曾任泗州、太平州通判。晚年退居苏州，杜门校书。不附权贵，喜论天下事。能诗文，尤长于词。他的词长于锤炼语言并善融化前人成句，用韵特严，富有节奏感和音乐美，风格多样，张耒《东山词序》称赞他的词"盛丽如游金、张之堂，而妖冶如揽嫱、施之祛；出索如屈、宋，悲壮如苏、李"。

晁补之（1053—1110），字无咎，号归来子，济州巨野（今属山东巨野县）人，"苏门四学士"之一。神宗元丰二年（1079）进士。哲宗元祐元年（1086）除秘书省正字，绍圣二年（1095）遭贬谪。后曾任尚书礼部员外郎，旋落职。《宋史》本传云："补之才气飘逸，嗜学不知倦，文章温润典缛，其凌丽奇卓出于天成。尤精《楚辞》，论集屈、宋以来赋咏为《变离骚》等三书。安南用兵，著《罪言》一篇，大意欲择仁厚勇略吏为五管郡守，及修海上诸郡武备，议者以为通达世务。”除精通文之外，晁补之还工诗词书画，也是通才型人物。其所作诗文凡70卷，名《鸡肋集》，另有收录晁补之词作的《晁氏琴趣外篇》6卷。《四库全书总目提要》评他的词“神姿高秀，与轼可肩随”，是苏门文人集团中苏轼词风忠实的追随者，对后来辛弃疾词也有一定的影响。

周邦彦（1056—1121），字美成，号清真居士，钱塘（今浙江杭州）人。宋神宗元丰六年（1083），因献《汴都赋》赞扬新法为神宗所赏，由诸生擢为太学正，任教太学。哲宗元祐间出为庐州教授，知溧水县。绍圣末迁为国子监主簿。后拜秘书监，提举大晟府，成为国家最高音乐机关的领导者之一。周邦彦在词的题材内容方面新变不多，主要还是写羁旅行役、咏物恋爱之类的传统题材，但他能让传统题材焕发出新的光彩。他善用典故，注重琢字炼句，其词高雅并富有音乐美。总之，词在周邦彦手里开始变得精美起来。沈义父《乐府指迷》即云：“凡作词，当以清真为主。盖清真最为知音，且无一点市井气。下字运意，皆有法度，往往自唐宋诸贤诗句中来，而不用经史中生硬字面，此所以为冠绝也。学者看词，当以周词集解为冠。”在词艺上周邦彦是“结北开南”的人物，即集北宋之大成开南宋之先声。有《清真集》（一作《片玉词》），存词186首。

孔夷，字方平，号三楼。汝州龙兴（今河南宝丰）人。学者孔旼之子。孔夷深受父亲影响，终生不求仕进，唯以诗酒自娱。隐居滍阳（今属河南），隐名鲁逸仲，自号滍皋渔父，与李廌、刘攽、韩维为诗酒侣。孔夷是著名的词人和书法家，其书法兼善草、楷、行各体。王灼《碧鸡漫志》卷二称其与侄孔处度齐名。黄昇《花庵词选》赞其"词意婉丽,似万俟雅言"。《全宋词》录其词3首。

叶梦得(1077—1148),字少蕴,号石林居士,长洲(今江苏苏州)人。哲宗绍圣四年(1097)登进士第。徽宗朝,累官中书舍人、翰林学士。高宗朝,除尚书左丞、江东安抚大使兼知建康府。晚年隐居湖州弁山玲珑山石林,故号石林居士。他早年的词婉丽,后期的词则"落其华而实之,能于简淡时出雄杰,合处不减靖节、东坡之妙"(关注《题石林词》)。

朱敦儒(1081—1159),字希真,号岩壑,洛阳(今属河南)人。高宗绍兴三年(1133),以荐补右迪功郎。五年(1135),赐进士出身,历官秘书省正字、兵部郎中、两浙东路提点刑狱。致仕后,居嘉禾。朱敦儒获得"词俊"之名,与"诗俊"陈与义等并称为"洛中八俊"。其词一扫绮靡之习,多写遁世情怀,寄情冲旷,不假修饰而丰韵天成,为南渡词人一大家。有词三卷,名《樵歌》,又名《太平樵唱》,存词246首。

廖世美为南北宋之交人,生平不详。现存词2首,见黄昇《花庵词选》。

李清照(1084—1155?),号易安居士,历城(今山东济南)人。"苏门后四学士"之一李格非的女儿、著名金石家赵明诚的妻子,中国历史上最了不起的女性作家,诗词文兼擅,尤以词著名,与李白、李煜并称"词中三李",被誉为婉约词派的代表词人之一。其词写尽她一生的喜怒哀乐,语淡情深,风韵天然。有《漱玉词》,已佚。今存词48首。

如晦,名皎。居剡之明心寺,与汝阴王铚相酬答。存词一首。

陈与义(1090—1138),字去非,号简斋,洛阳(今属河南)人。徽宗政和三年(1113)甲科进士,授开德府教授。宣和四年(1122)擢太学博士、著作佐郎。宋室南渡后,避乱于襄汉。高宗建炎四年(1130),召为兵部员外郎。后官至参知政事。陈与义是江西诗派"一祖三宗"的一宗,是诗歌史上的重要人物,有《简斋诗集》,存诗626首。其词名《无住词》,存词仅18首,然语意超绝,可摩坡仙之垒,几乎首首可传。

岳飞(1103—1141),字鹏举,相州汤阴县(今河南安阳汤阴县)人。中国历史上著名军事家、战略家,民族英雄,位列南宋中兴四将之一。高宗绍兴十一年(1141),被秦桧以"莫须有"罪名陷害。孝宗朝得到平反,赐谥武穆。宁宗嘉定四年(1211),追封鄂王。有《岳武穆集》。今存词3首。



葛立方(?—1164),字常之,自号懒真子。丹阳(今属江苏)人,后定居湖州吴兴(今浙江湖州)。绍兴八年(1138)举进士,曾任正字、校书郎及考功员外郎等职。后因忤秦桧而得罪,罢吏部侍郎,出知袁州、宣州。二十六年归休于吴兴汛金溪上。葛立方博极群书,以文章名一世,著有《归愚集》、《韵语阳秋》等。葛立方与父亲葛胜仲同有名于词坛,现存词40首,《四库全书总目》评其词说:"多平实铺叙,少清新宛转之思,然大致不失宋人规格。"



朱淑真(1135?—1180?),号幽栖居士,祖籍歙州(治今安徽歙县),《四库全书》定其为"浙中海宁人",一说浙江钱塘(今浙江杭州)人。生于仕宦之家,自幼聪慧,博通经史,善诗画,精音律,但与只是一个文法小吏的丈夫志趣不合,婚姻不幸福而抑郁早逝。相传朱淑真过世后,父母将其生前文稿付之一炬。现有《断肠诗集》、《断肠词》劫后得以传存。其词“清新婉丽，蓄思含情，能道人意中事”（魏仲恭《断肠集序》）。

曹冠，生卒年不详，字宗臣，号双溪居士，东阳（今属浙江）人。高宗绍兴二十四年榜眼，及第后官太常博士。居秦桧门下，教其孙埙。后仕至知郴州。著有《燕喜词》一卷、《双溪集》二十卷。

范端臣，字元卿，学者称为蒙斋先生，兰溪（今属浙江）人。绍兴二十四年（1154）进士。隆兴二年（1164），太学录。召试馆职，授秘书省校书郎。淳熙四年（1177），礼部员外郎。五年（1178），起居舍人。又曾为中书舍人、韶州守。工诗词书法。

韩元吉（1118—1187），字无咎，号南涧。许昌（今属河南）人，一作开封雍邱（今河南开封市）人。官除吏部尚书，知婺州。著有《涧泉集》、《涧泉日记》、《南涧甲乙稿》、《南涧诗余》。存词80余首，多抒发山林情趣。

杨万里（1127—1206），字廷秀，号诚斋，吉州吉水（今属江西）人。高宗绍兴二十四年（1154）进士，授赣州司户参军，调零陵丞。孝宗乾道六年（1170）召为国子博士，迁太常博士，权吏部右侍郎官，将作少监。淳熙间，历知常州，提举广东常平茶盐，迁广东提点刑狱。孝宗淳熙十一年（1184），召为吏部员外郎。历任枢密院检详官，尚书右、左司郎中，秘书少监。与尤袤、范成大、陆游合称南宋“中兴四大诗人”。其诗初学江西派，后学王安石及晚唐诗，自成一家，时称“诚斋体”。有《诚斋集》，存诗4200余首，词8首。

张孝祥（1132—1169），字安国，号于湖居士，简州（今属四川）人，卜居历阳乌江（今安徽和县）。高宗绍兴二十四年（1154）会试时，主考官为巴结秦桧而定秦桧之孙秦埙为第一，张孝祥第二。宋高宗亲试后,认为张孝祥"议论雅正,词翰爽美",而且书法秀美,于是亲擢他为状元,这自然得罪了秦桧。后来他又上疏为岳飞辩冤,更为秦桧所忌恨,于是诬陷其父与张浚、胡寅谋反,将他与张祁、胡寅等下狱,秦桧死后才获释。孝宗时,任中书舍人,直学士院。隆兴元年,为建康(今南京市)留守,因赞助张浚北伐而被免职。后任荆南湖北路安抚使,治水有政绩。乾道五年(1169),以显谟阁直学士致仕。张孝祥诗学杜甫,书法学颜真卿。著有《于湖居士文集》、《于湖词》,存词224首。其词早期多清丽婉约之作,南渡后转为慷慨悲凉,多抒发爱国思想,激昂奔放,风格近苏轼,为辛派先声。

辛弃疾(1140—1207),字幼安,号稼轩,历城(今山东济南)人。他出生在金国,自幼即决心为国雪耻,收复中原。高宗绍兴三十一年(1161)率两千民众参加耿京领导的八字军,次年率五十骑于数万金人营中生擒叛徒张安国,并将他押至建康问罪,授江阴签判,从此就留在了南方。他一生坚决主张抗金,也有非凡的智谋和勇力,然生不逢时,其时主和派占据上风,再加上他"归正人"的身份不被信任,所以只能在江西、湖北、湖南等地担任转运使、安抚使一类地方官职,并不给他在前线杀敌报国的机会,南归后甚至有差不多一半的时间被罢官闲居。于是他以词为"陶写之具",将理想与现实的矛盾、报国无门的悲愤等丰富的情感一一寄之于词,将宋代爱国豪放词推向最高峰。人称他为词中之龙,与苏轼合称"苏辛",与李清照并称"济南二安"。现存词600多首,强烈的爱国主义思想和战斗精神是他词的基本思想内容。艺术风格多样,而以豪放为主。热情洋溢,慷慨悲壮,笔力雄厚。

张镃(1153—1235),宋南渡名将张俊曾孙,刘光世外孙,宋末著名词人张炎的曾祖。杨万里《进退格寄张功父姜尧章》云:“尤萧范陆四诗翁,此后谁当第一功。新拜南湖为上将,更差白石作先锋。”在当时是与陆游、范成大等著名文人齐名的人物。他著有《玉照堂词》一卷,存词84首。与辛弃疾词风相近,好作咏物词。

刘过(1154—1206),字改之,号龙洲道人。吉州太和(今江西泰和县)人,长于庐陵(今江西吉安),去世于江苏昆山,今其墓尚在。刘过少有志节,以功业自许。博学经、史、百氏之书,通古今治乱之略,尤善于论兵,辛弃疾、陈亮都很是敬畏。曾向宰相进恢复之策,没有被采纳。他先后四次应举不中,流落江湖间,终生未仕。刘过以词闻名,词风狂逸俊致,和辛弃疾相近,与刘克庄、刘辰翁享有“辛派三刘”之誉,又与刘仙伦合称为“庐陵二布衣”。有《龙洲集》、《龙洲词》。

姜夔(1154—1221),字尧章,号白石道人、石帚,饶州鄱阳(今江西鄱阳县)人。少年孤贫,屡试不第,终生未仕,一生清苦,靠卖字和朋友接济为生,死后竟至没有钱安葬。陈藏一在《藏一话腴》里,描述姜夔“气貌若不胜衣……襟期洒落,如晋宋间人”。参政范成大也说他的翰墨人品,“皆似晋宋之雅士”。可以想见其气质风度!他又多才多艺,诗、词、文、赋、书法、音乐、诗歌品评,无一不善,是两宋继欧阳修、苏轼之后又一通才型人物。如此不食人间烟火又才华横溢的高雅之士,当世名公钜儒如辛弃疾、杨万里、范成大、朱熹和萧德藻等人是赏爱不已。萧德藻看了他写的诗,非常高兴,说:“四十年作诗,始得此友。”并将自己哥哥的女儿嫁给他为妻。范成大读了他填的词,兴奋异常,把色艺双绝的歌妓小红赐给他，他因此而写了“自琢新词韵最娇，小红低唱我吹箫。曲终过尽松陵路，回首烟波十四桥”的美好诗句。姜夔的词清空骚雅，刘熙载《艺概》有一句非常有名的评语：“幽韵冷香，令人挹之无尽。拟诸形容，在乐则琴，在花则梅也。”是宋代雅词的最高典范。

史达祖（1163？—1220？），字邦卿，号梅溪，汴（河南开封）人。一生未中第，早年任过幕僚。韩侂胄当国时，他是最亲信的堂吏，拟帖撰旨，俱出其手。开禧三年（1207），韩以“开禧北伐”失败被杀，史受牵连下大理寺，黥面流放，遂贬死。史达祖的词以咏物为长，其中不乏身世之感。他还在宁宗朝北行使金，这一部分的北行词，充满了沉痛的家国之感。今传有《梅溪词》，存词112首。两宋词坛，史达祖与姜夔齐名，并称为“姜史”。姜夔为其《梅溪词》作序，称其词“奇秀清逸，有李长吉之韵，盖能融情景于一家，会句意于两得”。张镃在《题梅溪词》中也说“辞情俱到。织绡泉底，去尘眼中。妥帖轻圆，特其余事，至于夺苕艳于春景，起悲音于商素，有瑰奇警迈清新闲婉之长，而无𬈮荡污淫之失。端可以分镳清真、平睨方回。而纷纷三变行辈，几不足比数”。可见他在当时词坛的影响。史达祖填词，用字造句是千锤百炼，谋篇布局也是惨淡经营，因此有很高的艺术价值。

葛长庚（1194—？），闽（今福建）人。自名白玉蟾，字如晦、紫清、白叟，号海琼子、海南翁、武夷散人、神霄散吏。幼聪慧，谙九经，能诗赋，长于书画，曾举童子科。及长，因“任侠杀人，亡命至武夷”。为道教金丹派南五祖之一，是道教内丹派南宗的实际创始者。嘉定中，馆太一宫，封紫清明道真人。有《玉蟾先生诗余》二卷。

刘克庄(1187—1269),初名灼,字潜夫,号后村居士,莆田(今福建莆田)人。宁宗嘉定二年(1209)以荫补将仕郎,授靖安主薄、真州录事。十七年(1224)知建阳县。因咏《落梅》诗被劾,免官十年。理宗端平二年(1235),除枢密院编修官。淳祐六年(1246),赐同进士出身。景定三年(1262),权工部尚书兼侍读。卒谥文定。有《后村先生大全集》。诗属江湖派,作品数量多(存诗4500余首),内容丰富。词深受辛弃疾影响,风格雄肆豪放,情怀怨愤急切,笔势纵横跌宕,散文化、议论化倾向比较突出,是辛派词人在南宋后期的重要代表,被认为"与放翁、稼轩犹鼎三足"(冯煦《宋六十一家词选例言》)。今存词269首,有钱仲联《后村词笺注》4卷。

吴文英(1200? —1260?),字君特,号梦窗,晚号觉翁,四明鄞县(今浙江宁波)人。本姓翁,与翁元龙、逢龙为亲伯仲,后过继给吴氏。他是一位以布衣终生的江湖游士,先后充当尹焕、吴潜、史宅之、贾似道等权贵的幕僚,也做过宋理宗弟弟嗣荣王赵与芮的门客。吴文英是十三世纪前中期的重要词人,创作源流承自周邦彦,而与姜夔各辟路径。如果说周邦彦的词还有失雅正之音的地方,吴文英则务去市井俗语,遣辞典博雅正。与周邦彦的明秀、姜夔的清空又有不同,吴文英的词思深而曲折,辞隐而幽微,多用代字及生僻之典,追求一种深隐密丽的艺术境界。吴文英的词历来毁誉参半。誉之者如尹焕说:"求词于吾宋,前有清真,后有梦窗,此非焕之言,四海之公言也。"(毛晋《梦窗词跋》一)把吴文英当作南宋第一大词家。到了清代,《四库全书总目提要·梦窗词提要》说"词家之有文英,如诗家之有李商隐",对吴文英的词坛地位给予了形象而准确的定位。常州词派的周济则把他当作宋代四大词人之一，其后戈载、陈廷焯等人对吴词都大力宣扬。晚清朱祖谋、王鹏运、郑文焯、况周颐、陈洵等对他更是交相推誉，吴文英的声誉也达到顶点。而与此相反，沈义父《乐府指迷》指出了梦窗词“用事下语太晦”的缺点，张炎《词源》则说“梦窗词如七宝楼台，眩人眼目，拆碎下来，不成片段”。著有《梦窗甲乙丙丁稿》四卷，存词350首。

陈逢辰，字振祖，号存熙。存词二首。生平事迹不详。

周密（1232—1298），字公谨，号草窗，又号霄斋、苹洲、萧斋，晚年号弁阳老人、四水潜夫、华不注山人。祖籍济南，先人因随高宗南渡，落籍吴兴（今浙江湖州），置业于弁山南。一说其祖后自吴兴迁杭州，周密生于杭州。周密学问广博，善诗词，能书画，雅好医药，尤精于宋时掌故。他著述丰富，有《苹洲渔笛谱》、《云烟过眼录》、《浩然斋雅谈》、《武林旧事》、《齐东野语》、《癸辛杂识》等，编选有《绝妙好词》。他还是宋代著名的藏书家，曾在吴兴家中设“书种”、“志雅”两座藏书楼，藏书42000余卷，及祖上三代以来金石之刻1500余种。词名与吴文英并称“二窗”，词风实近于张炎。

王沂孙，大约生活在1230年至1291年之间，字圣与、咏道，号碧山、中仙，因家住玉笥山，故又号玉笥山人。会稽（今浙江绍兴）人。入元后，曾任庆元路（路治今宁波鄞州）学正（地方学校的学官）。词的风格接近周邦彦，含蓄深婉，然其清峭处又颇似姜夔，张炎就说他“琢语峭拔，有白石意度”。他在元王朝统治下度过晚年，故往往通过咏物寄托故国之思和身世之感。其词的章法缜密，在宋末格律派词人中是一位有显著艺术个性的词家，与周密、张炎、蒋捷并称“宋末词坛四大家”。周济《宋四家词选目录序论》

云:“问涂碧山,历梦窗、稼轩,以还清真之浑化。”况周颐《香海棠馆词话》亦云:“初学作词,最宜读碧山乐府。”学习填词为什么要从王沂孙入手呢? 原来“词以思笔为入门阶陛,碧山思笔,可谓双绝”(《宋四家词选目录序论》),也就是说其词的思想内容和艺术技巧均甚完美,可供学习。有《碧山乐府》二卷,又名《花外集》,收词60余首。

张炎(1248—1320?),字叔夏,号玉田,又号乐笑翁。祖籍秦州成纪(今甘肃天水),寓居临安(今浙江杭州)。“南宋中兴四将”之一循王张俊的六世孙。他三十岁之前的青少年时期在南宋度过,过着优游潇洒的贵介公子的生活,入元后又过了四十余年国破家亡、沦落无依的“遗民”生活。故其词多以清空之笔,写流落之悲。张炎的曾祖张镃、祖父张濡、父张枢,都能填词。张炎家学渊源,又青出于蓝,为两宋三百年词家之殿军,与姜夔并称“姜张”,与宋末著名词人蒋捷、王沂孙、周密并称“宋末四大家”。张炎精通音律,审音拈韵,细致入微,遣词造句,流丽清畅,时有精警之处。他又是两宋最著名的词论家,著有词话名著《词源》,论词主“清空”、“骚雅”。